Raupen, die sich ihr eigenes Grab schaufeln, Haie, die künstlich beatmet werden, Enten, die noch im Schlaf nach Fressfeinden Ausschau halten, Schafe, die ihre Wolle von selbst abwerfen. Jede von Eva Menasses Erzählungen geht von einer kuriosen Tiermeldung aus und widmet sich doch ganz der Gattung Mensch.

Ein alter Despot, der sich gegen jede Veränderung wehrt, kann nicht verhindern, dass die Demenz seiner Frau auch die eigene Vergangenheit löscht. Einer engagierten Mutter, die ein muslimisches Kind gegen Anfeindungen in Schutz nimmt, verschwimmen schließlich selbst die Grenzen zwischen Gut und Böse, Richtig und Falsch. Eine Frau realisiert, wie sehr das Schicksal ihres Vaters sie geprägt hat, in ihren Marotten ebenso wie in ihren tiefsten Ängsten. Und eine Gruppe handverlesener Künstler und Wissenschaftler probt in südländischer Gluthitze eine groteske Revolution.

EVA MENASSE, geboren 1970 in Wien, lebt seit 2003 als freie Schriftstellerin in Berlin. Ihr Debütroman »Vienna« sowie ihre folgenden Erzählungen und Essays waren bei Kritik und Lesern ein großer Erfolg. Für ihren Roman »Quasikristalle« wurde sie mit dem Gerty-Spies-Literaturpreis, dem österreichischen Alpha-Literaturpreis sowie dem Heinrich-Böll-Preis der Stadt Köln ausgezeichnet. 2015 war sie Stipendiatin der Villa Massimo in Rom und erhielt für ihr bisheriges Werk den Jonathan-Swift-Preis für Satire und Humor. 2017 wurde sie mit dem Friedrich-Hölderlin-Preis der Stadt Bad Homburg ausgezeichnet und erhielt für »Tiere für Fortgeschrittene« den Österreichischen Buchpreis.

Eva Menasse

Tiere für Fortgeschrittene

btb

Verlagsgruppe Random House FSC® N001967

1. Auflage
Genehmigte Lizenzausgabe November 2018
btb Verlag in der Verlagsgruppe Random House GmbH,
Neumarkter Straße 28, 81673 München
Copyright © 2017 by Kiepenheuer & Witsch GmbH & Co. KG, Köln
Alle Rechte vorbehalten
Covergestaltung: semper smile, München
unter Verwendung eines Entwurfs von Barbara Thoben, Köln
Covermotiv: plainpicture/Goto-Foto/Ildiko Neer
Druck und Einband: GGP Media GmbH, Pößneck
MK · Herstellung: sc
Printed in Germany
ISBN 978-3-442-7162-3

www.btb-verlag.de
www.facebook.com/btbverlag

Zur Erinnerung an
Michael Glawogger
1959 – 2014

In der Natur entdeckte ich die zweckfreien
Wonnen, die ich in der Kunst suchte. Beide
waren eine Form der Magie, beide waren ein
Spiel intrikater Bezauberung und Täuschung.

Vladimir Nabokov

Um eine Spezies zu verstehen, braucht man
mehrere Exemplare. Eines reicht nicht aus.

Audioguide im Natural History Museum,
London

Schmetterling, Biene, Krokodil

Auf der Suche nach Nahrung werden Bienen und Schmetterlinge auch an ungewöhnlichen Plätzen fündig. Weil sie nährstoffreiches Wasser trinken, sitzen sie oft an Regenpfützen. Wie ein Foto eines in Puerto Rico forschenden Ökologen belegt, setzen sie sich sogar auf den Kopf von Krokodilen, um deren salzige Tränen aufzusaugen.

Ihr Jugendfreund Martin ist gestorben, und Tom, die Frau, die auf einem Männernamen besteht, sitzt ratlos am Computer und bucht einen Türkeiurlaub mit Wasserrutschen. Die Herbstferien stehen ins Haus. In acht Wochen werden sich die Kinder nicht mehr daran erinnern können, dass Tom an diesem Abend ein bisschen geweint und sich an Papas Schulter versteckt hat. Geschweige denn, dass die Kinder diesen leicht irritierenden, aber lange zurückliegenden Umstand als Erklärung dafür akzeptieren würden, dass ihnen nicht die allerbuntesten, ausgefallensten Wasserrutschen geboten werden, nachdem sie am Frühstücksbuffet noch einmal mit Schokoladefingern unterstrichen haben, dass ausgewogene Ernährung in den Ferien ausgesetzt ist.

Wenn es ein Unfall gewesen wäre, ein plötzlicher Tod, dann könnte sie das ja nicht, sich durch all die Angebote klicken, Bungalow mit zwei Schlafzimmern, Spa-Landschaft, Indoor-Pool, all inclusive mit oder ohne Tischwein, Direktflug oder nicht. Aber dass Martin sterben würde, war seit Monaten in das Bewusstsein seiner Freunde gedrungen wie dickflüssiger Schlamm. Der stirbt doch, oder, hat Judith, die ihn ebenso lange kennt und in den letzten Jahren ebenso viele Schwierigkeiten mit ihm hatte, Tom schon zu Ostern gefragt. Typisch Judith, allen anderen ihre frommen Wünsche zu zertrümmern, um aus ihrem Erschrecken einen perversen Trost zu ziehen. Tom, deren Schwester immerhin Ärztin, wenn auch keine Onkologin ist, hat ihr aufgebracht einen mit Fachbegriffen gespickten Kurzvortrag gehalten, der das Gegenteil behauptete: Operation, neue Methoden, und mit den Chemos ist man heute ganz woanders als noch vor ein paar Jahren. Dass Judith, die Tom normalerweise provoziert, wo sie nur kann, ihr damals nicht widersprach, ließ allerdings tief blicken.

Und jetzt ist Martin tot, liegt irgendwo gekühlt und atmet nicht mehr, und man nimmt es einfach zur Kenntnis, bedauernd, bestürzt, aber nicht entsetzt. Er hätte schon gestern sterben können, oder noch ein paar Stunden länger kämpfen. Jetzt, in diesem Moment, könnte er noch kämpfen, wobei sich Tom nicht vorstellen mag, wie das genau aussähe. Wahrscheinlich sehr viel stiller als das Bewegung vortäuschende Verb. Oder kämpft man an einem solchen Ende vielmehr darum, dem Leben endlich zu entkommen? Eineinhalb Stunden später wäre sein Todestag erst der morgige. Es ist aber dieser Tag, der da jetzt liegt wie ein extraharter Riegel zwischen gestern und morgen. Er wird für alle Zeiten Martins letzter bleiben. Für alle Zeiten? Solange noch jemand lebt, der sich an ihn erinnern kann. Bei solchen gedanklichen Riesensprüngen in die Zukunft wird Tom schwindlig.

Sie entdeckt ein buntgestrichenes Riesenrad mit Glüh-birnenketten an den Stangen, altmodisch, wie aus ihrer Kindheit. Man kann das Bild nicht vergrößern, aber in der Beschreibung steht, das Clubhotel verfüge über einen kostenlosen Lunapark. Dem Jüngsten könnte das noch gefallen, eine kleine Bahn in Form einer Raupe, ein Ket-tenkarussell und dieses lächerliche Riesenrad, ein Zwer-genrad. Als sie noch Kinder waren, Judith, Martin und sie, trugen sie Mützen, die ihre Mütter und Großmütter gestrickt oder gehäkelt hatten. Ungefähr in den Farben dieses türkischen Lunaparks. Tom nimmt das als Finger-zeig und bucht den Club, obwohl er vierhundert Betten hat.

Jonas und Karo haben diesmal eine eigene Reisetasche dabei, weil sie aus unbekannten Gründen erst am selben Vormittag zu ihnen gebracht werden konnten. Die halbe Stunde Zeitpolster, die ihre Mutter diesmal einzuhalten geschafft hat, nutzt Tom wie folgt: Sie bittet ihren Mann Georg, mit den Kindern ein paar Runden Quartett zu spielen, während sie sich mit ebenjener Tasche ins Schlaf-zimmer zurückzieht. Seinem Einwand, dass man in letz-ter Minute nicht noch etwas Neues anfangen sollte, be-gegnet sie mit einer expressiven Tus-halt-bitte-Grimasse. Aber genauer wird sie ihm nicht erklären, was sie vor-hat, denn er würde ihr wieder sagen, dass sie langsam co-abhängig wird. Aber wenn, womit sie fest rechnet, es nach dem Urlaub wieder zu einer entsprechenden An-klage kommen sollte, wird sie gerüstet sein. Und dann wird er noch froh sein über ihre Co-Abhängigkeit. Mit wenigen Handgriffen hat sie die Tasche auf dem Ehebett ausgeleert, die Hosen, T-Shirts, Kleider, die Unterwäsche, Socken, Strümpfe und Badesachen wie auf einem Ladentisch ausgelegt, in thematisch zusammengehörenden Gruppen. Die Brieflein, die die Mutter den Kindern dazugepackt hat, eins blau, eins rosa, legt sie zur Seite. Das fällt ihr nicht ganz leicht, sie sind nicht zugeklebt, aber sie kann sich die Vergissmeinnicht-Orgeln ohnehin vorstellen. Sie hat Vergleichstexte gelesen, auf Geburtstags- und Ferienpostkarten, die die Kinder offen herumliegen lassen, weil sie eben Kinder sind. Mit ihrem Handy fotografiert sie die fremde Kleidung ab; das ist die einzige Möglichkeit, später zu beweisen, dass in der Zeit bei ihnen nichts verloren oder zurückbehalten worden ist. Tom führt seit Jahren einen stummen Abwehrkampf gegen Georgs Exfrau, deren Beschwerden so kleinlich wie zahlreich sind. Immer fehlt angeblich etwas, immer vermisst sie ein nagelneues Geschenk, ein besonderes Paar Schuhe, das sie störrisch in Georgs und Toms Haushalt vermutet. Wenn es nach der Exfrau geht, werden bei ihnen überdies Brotdosen verspeist, paniert, gegrillt oder über den Salat geraspelt, denn sie verschwinden offenbar im Dutzend, obwohl die Kinder jeden zweiten Montag mit einer kommen und am Montag darauf wieder mit einer gehen. Einmal haben Tom und Georg sich ausgemalt, wie sie bei Aldi zwanzig dieser bunten Plastikboxen kaufen und ihr im Paket schicken, mit herzlichen Grüßen, ein kleiner Vorrat. Sie haben viel gelacht dabei, das glückliche Paar, und noch mehr dazu getrunken. Und dann hat Tom geweint und gefragt, wann diese Schlammschlacht endlich zu Ende sei.

Wichtigere Dinge als Brotdosen tauchen nach einer Weile wieder auf – war eh bei Mama, erfährt man auf Nachfrage von den Kindern –, weshalb Georg bei den entsprechenden Telefonaten inzwischen grundsätzlich brüllt, die Exfrau solle erst ihren eigenen Saustall in Ordnung bringen, denn bisher sei es doch jedes Mal so gewesen, dass sie alle anderen falsch beschuldigt habe. Tom läuft in solchen Fällen von Zimmer zu Zimmer und schließt die Flügeltüren, doch natürlich bekommen Karo und Jonas gelegentlich etwas davon mit. Die Kinder reagieren unterschiedlich auf diese Querelen. An Jonas, dem Älteren, scheint alles spurlos vorbeizugehen. Wenn von seinen Sachen etwas vermisst wird oder er etwas verloren hat, zuckt er die Schultern und schweigt. Er weiß nichts, er kann sich nicht erinnern, er hat nichts gesehen und nichts damit zu tun. Die Teflonschicht nach allen Seiten muss ihn Kraft kosten, aber vermutlich spart sie sie ihm an anderer Stelle. Tom bewundert ihn dafür. Karo dagegen ist eine Träumerin und widerlegt mit ihrer Zerstreutheit alle Thesen von den ordentlichen Mädchen. Doch nimmt sie sich jeden Verlust umso mehr zu Herzen, sucht so unsystematisch wie unberuhigbar im Backrohr, in der Speisekammer, in den tiefsten Schubladen von Toms Schreibtisch. Aber um überhaupt dahin zu gelangen, hätte der neue und angeblich besonders wertvolle Teddybär von jener Oma mütterlicherseits, die ihn geschenkt hat, zusätzlich noch Leben eingehaucht bekommen müssen.

Tom liebt die struppige kleine Maus, obwohl sie ihnen mit ihren Wutanfällen das Leben schwer macht. Und anders als Georg hat Tom im Blick, dass sich das Problem gerade verschiebt. Karo hat sich endlich schweren Herzens abgewöhnt, Lieblingsspielsachen oder Geschenke zwischen Mama und Papa hin und her zu tragen. Die Verwirrungs- und Vorwurfsquote wurde auch dem Kind zu hoch. Aber indem Karo reif genug geworden ist, die wochenweise Trennung von ihren Kuscheltieren zu verkraften, wurde sie auch stark genug, zu rennen, von Klettergerüsten zu springen und sich die Kleidung zu zerreißen.

Und zerrissene Kleider werden von der Mutter der Kinder derzeit zum nächsten Kampfplatz hochgejazzt. Wo sie aufmarschiert und man ihr auf eine unheimliche Weise, die außer Georg und Tom niemand versteht, einfach nicht ausweichen kann.

Obwohl die Scheidung Jahre zurückliegt, verkehrt seine Exfrau mit Georg weiterhin im immer-und-nie-Modus, den jeder, der schon einmal eine Eheberatungskolumne gelesen hat, als Melodie des Finales erkennt. Der letzte hochinfektiöse Satz seiner Ex, den Georg in dem Moment vergisst, in dem er ihn bei Tom abgeladen hat, lautet: *Nie haben die Kinder etwas Sauberes an, wenn sie zu mir zurückkommen, immer sind die Sachen, die ich gekauft habe, zerrissen und kaputt.*

Tom wendet daher inzwischen geheimpolizeiliche Methoden an. Sie hat alle verwechselbaren Kleidungsstücke, vor allem Jonas' Hosen sowie Karos süße kleine Jeansröcke, an unauffälligen Stellen mit winzigen silberfarbenen Ösen markiert. Sie weiß also, welche Kleidungsstücke ihre und welche die der anderen Seite sind. Sie könnte es beweisen. Natürlich hofft sie, dass das nie nötig sein wird, weil sie sich dafür auch ein bisschen schämt. Weil es ja im Grunde nicht um eine Hose für neunzehn Euro neunzig geht. Und natürlich denkt sie manchmal unbehaglich an Georgs Satz, dass man an dieser Front niemals recht bekommen wird, weil es gerade darum geht, immer, immer, immer im Unrecht zu sein.

In normalen Wochen sorgt sie dafür, dass die Kleider, mit denen die Kinder angekommen sind, noch am selben Abend in der Wäsche verschwinden und von dort erst am letzten Abend, dem folgenden Sonntag, gewaschen und gebügelt ihren Weg zurück ins Kinderzimmer finden. Dann kann das Loch am Knie, für das die Ex sie am Montagnachmittag telefonisch anklagt, nur tagsüber entstanden sein, was sie Tom und Georg natürlich keinesfalls glauben wird. Absolute Sicherheit gibt es nicht, das ist schon klar. Aber eine Woche in der Türkei mit einer Reisetasche voller Anderer-Seite-Klamotten, mit dem vervielfachten Risiko, während der Reise, am Strand, im Meer fremde Dinge zu zerstören oder gar zu verlieren, das ist für Tom ein Horror; vergleichbar dem eines Leibwächters, wenn sich Papst oder Präsident spontan entschließen, ein Bad in der Menge zu nehmen. Und nur deshalb kommt sie auf die Idee, die gefährdetsten Kleidungsstücke, zwei Paar Jeans von Jonas, zwei dünne Sommerhosen und ein Röckchen von Karo, gegen eigene, mit Ösen markierte, auszutauschen. Wenn die im Urlaub kaputtgehen – egal. Ein weiteres stilles Opfer für den Seelenfrieden dieser armen Kinder. Tom darf nach der Rückkehr bloß das Umpacken nicht vergessen. Aber auf ihren lebenstechnischen Überblick ist sie gelegentlich fast ungebührlich stolz.

Als sie mit großer Verspätung ankommen, ist es nicht nur dunkel, sondern stockfinster. Wie umfassend fremd alles ist, kann man dennoch riechen und hören. Das bisschen, was an Umrissen zu erkennen ist, scheint einerseits die übliche Flughafengegend zu sein, Parkplätze, Scherenschnitte von Hangars und Flugzeugtreppen, aber dank der feuchten Wärme, der Zäune, Stacheldrähte, Scheinwerfer erinnert es sie ein bisschen an Guantánamo, eine Assoziation, die sich Tom gleich als Rassismus vorwirft.

An kleinen Tischen im Freien stehen Raucher mit Schnauzbärten. Bei ihnen bekommt man nach Vorlage des Vouchers eine Nummer, die zu einem der vielen Busse gehört. In der Nummer 927, einem Kleinbus, sitzt bereits eine hübsche, aber sehr dicke junge Frau, ein aufgepumptes Rapunzel mit Alabasterhaut und Korkenzieherlocken. Sie hält die Hand eines schmalen, kaum erwachsenen Jungen, den man lieber für ihren Sohn gehalten hätte.

Georgs Kinder sind still und müde, Lenny, ihr gemeinsames Kind, sitzt auf Toms Hüfte und versucht, sich zu beruhigen, indem er seine Nase an ihrem Schlüsselbein reibt. Im Bus riecht es nach Wunderbaum Grüner Apfel. Als Karo sich anschnallen will, stellt sich heraus, dass sich nur an zwei Sitzen Gurte befinden. Tom wirft ihrem Mann einen Blick zu, und sie schieben sich selbst und die Kinder so herum, dass wenigstens Jonas und Karo angeschnallt sind. Die Blondine in der Reihe davor wird aufmerksam und sucht ihrerseits vergeblich nach Gurten. Sie spricht in einer fremden Sprache auf den Jungen ein, der daraufhin aussteigt und einen Schnauzbart zurückbringt, der offenbar der Fahrer ist und sich nur auf Türkisch und mittels Gebärden verständigt. Seine weit von sich gestreckten, nach außen weisenden Handflächen sind aber international verständlich.

I don't go, sagt das dicke Mädchen und klettert aus dem Bus, I don't go.

Ist das Schwedisch, fragt Tom ihren Mann.

Ich halte das für Englisch, antwortet er.

Sie gibt ihm einen Stoß: Du weißt schon.

– Ich weiß es eben nicht. Dänisch, Finnisch, Norwegisch?

Tom stöhnt und vergräbt das Gesicht im Schopf ihres Kindes. Solange man kleine Kinder hat, bieten sie einem rein physisch Fluchtmöglichkeiten aus vielen Lagen, das ist einer der unabweisbaren Vorteile und funktioniert sogar mit Stiefkindern.

Nach einigen Minuten findet vor dem offenen Bus eine Schnurrbartversammlung statt, der Rauch zieht herein, die Zigaretten stinken nach Torf oder verbranntem Stroh, wie in Toms Kindheit.

Martins Vater hat so ein Kraut geraucht. Er war gar nicht sein richtiger Vater, er rauchte diese Zigaretten und hatte eine Stimme wie Louis Armstrong. Als sie noch klein waren, spielten sie abends mit ihm Bär. Immer, wenn Judith und Tom bei Martin übernachteten – Tom weiß nicht mehr, warum, und ob es so häufig gewesen ist, wie es ihr nun vorkommt, nur dass Martins Mutter nie da war, daran meint sie sich zu erinnern –, hat dieser merkwürdige Mann die Kinder ins Bett gebracht. Sie warteten im Dunkeln, die Tür stand einen Spaltbreit offen, das Licht fiel vom Vorzimmer herein. Langsam wurde der Lichtstrahl breiter, sie hielten den Atem an. Leise knurrend kam Martins Vater auf allen vieren herein, er brummte und schmatzte, er war der hungrige, große Bär. Am Matratzenlager der Kinder angekommen, richtete er sich auf, fletschte die Zähne, brüllte, als wollte er sie alle fressen, und ohne einen sicheren Beweis dafür zu haben, glaubt Tom bis heute, dass Martin sich am meisten gefürchtet hat, gefürchtet bis an die Grenze des Anpinkelns. Aber der Bär ließ sich wieder nieder und beschnupperte ihre Gesichter. An jedem knurrte und brummte er herum, in verschiedenen Tonlagen, sie lagen still, hatten Gänsehaut, und manchmal streichelten sie ihn, wie um ihn zu beruhigen. Er summte dann traurige Melodien an ihren Hälsen und Ohren, und am Ende, wenn er wieder hinauskroch, schliefen sie selig ein, da sich das Monster als starker Beschützer zu erkennen gegeben hatte.

Die Schwedin steht vor dem Bus und starrt vor sich hin. Ihr Begleiter sieht zwischen ihr und den rauchenden Schnauzbärten hin und her. Einer der Kapos steckt den Kopf herein und entschuldigt sich auf Englisch. Solange die anderen Gäste nicht einstiegen, könne man leider nicht losfahren. Georg steigt aus und schlägt den beiden Schweden vor, ein Taxi zu nehmen. If you pay, antwortet die junge Frau mit ansatzloser Härte. Offenbar hat sie gelernt, den Platz, den sie rein physisch ausfüllt, auch auratisch zu beanspruchen.

Die Schnauzbärte versichern, keinen anderen Bus zu haben, schon gar nicht um diese Uhrzeit. Karo steigt aus und sagt zu ihrem Vater: Sie kann doch meinen nehmen.

Georg nimmt seine Tochter an der Hand und fragt den jungen Mann, ob auch er unbedingt einen Gurt brauche, oder ob es reiche, wenn seine Freundin angeschnallt sei. Er benutzt das Wort »Girlfriend«. Der junge Mann drückt sich auf übertriebene Weise nonverbal aus, mit den Augen, den Schultern, den Händen, die alle dasselbe, nämlich frenetisches Einverständnis bedeuten, und bekommt dafür von seiner Prinzessin einen bösen Blick. Sie beansprucht alles, und er zelebriert das überbleibende Nichts, denkt Tom. Wahrscheinlich wäre auch ihr lieber, wenn die Extrempositionen ein bisschen angenähert werden könnten. Aus ihr würde dann ein verträglicherer Mensch. Aber dann müsste er aufhören, sich im Verzicht zu suhlen.

Georg setzt Karo auf Jonas' Schoß, obwohl beide protestieren, schnallt sie gemeinsam an und überlässt den Platz daneben mit einer Geste dem dicken Rapunzel.

Und der Kleine, flüstert Tom vorwurfsvoll, als sich der Bus in Bewegung setzt, – und ich?

Wir sind nicht in Zentralafrika, sagt Georg.

Die Fahrt über denkt Tom darüber nach, dass Karo ihrem Bruder im Fall einer Vollbremsung mit dem Hinterkopf die Zähne einschlagen oder die Nase brechen wird.

Und darüber, wie sich eine Beziehung anfühlen mag, in der der andere sein Leben für schützenswerter hält.

Das Hotel ist eine Freizeitfabrik von erträglichen Graden. Die Architekten haben sich bemüht, den Lagercharakter vergessen zu machen, indem sie alle großen Flächen in kleinere Stücke gehackt haben. Wer ein paar Hektar für die Massentouristenhaltung kauft, es aber nicht danach aussehen lassen will, breitet ein Netz von Raumteilern darüber; die Speisesäle voller geschnitzter Paravents und quer gestellter Buffet-Tresen, die Gärten voller mäandernder Wege oder sinnlos sich schlängelnder Buchsbaumhecken. Wenn je ein Architekt genausoviel Anstrengung in die Unterscheidbarkeit der einzelnen Segmente gelegt hätte wie in ihre bloße Erzeugung, hätte es klappen können. Da dafür jedoch weder Zeit noch Geld reichen, entstehen Freiluftlabyrinthe, in denen man sich verläuft wie in riesigen Shoppingmalls. Zum Glück wissen die Kinder immer sofort, in welcher Richtung es zum Strand geht, und lassen sich als vorauslaufender Kompass benutzen. Eingenordet auf das Meer.

Anfangs ist Tom lüstern fasziniert vom reibungslosen Ablauf in der Fabrik: Die Kellnerschar in dunkelbraunen Anzügen, Männer und Frauen, die wie vielarmige indische Götter abräumen und Unmengen Essensreste in Mülleimer kippen, die seitlich an ihren Geschirrwagen befestigt sind. Sie tragen Gummihandschuhe und werfen das benutzte Besteck in Plastikwannen. Die schwitzenden Köche hinter den Buffets, die Fleisch und Beilagen auf ihnen entgegengereckte Teller häufen. Fast könnte man meinen, es gäbe gar keinen Zwischenschritt. Der Schöpflöffel teilt im Akkord aus, sonnenverbrannte Hände tragen die Beute durchs Gewühl, stellen sie ab und stochern darin, dann schon streckt sich der exekutierende Gummihandschuh danach aus. An vielen Tischen haben sämtliche Familienmitglieder ein elektronisches Gerät vor sich. Hypnotisierte Zweijährige wischen auf iPads herum, anstatt zu essen, Eltern beantworten währenddessen E-Mails und haben nur Sorge, dass ihnen Soße auf das Gerät tropft.

Die Welt ist dem Untergang geweiht, sagt Tom.

Um das zu kapieren, verlässt man die geschmackvolle Altbauwohnung und fährt in den Urlaub, antwortet ihr Mann.

Wie recht er hat, und doch wünscht Tom, dass alles genau umgekehrt wäre. So wie ihre Kinder Fischgrätparkett für langweilige Normalität halten, aber den Rest des Jahres von diesem aquamarinblauen Meer träumen werden.

Die Schwedin und ihr Freund sitzen jeden Morgen an einem Tisch am Rand. Sie isst zwei bis drei Croissants mit Nutella und sammelt am Ende mit abgelecktem Finger alle Krümel vom Teller auf. Ihre Zunge, die spitz und flach zu sein scheint, fährt in kurzen Abständen heraus.

Er, der aussieht, als wäre er noch nicht volljährig, sucht ihren Blick, allzeit lächelbereit, aber sie starrt gekränkt und beleidigt vor sich hin. Tom findet das alles rätselhaft, ein unbegreifliches Paar, aber Georg behauptet, es sei alles immer viel einfacher, als man denke.

Was ist daran einfach, fragt Tom.

Sie bezahlt den Pfleger ihrer Launen nachts, mit diesem Übermaß an weichem Fleisch, sagt Georg: Alle Beziehungen sind doch Geschäfte.

Tom schüttelt nur den Kopf. Sie wüsste gar nicht, wo anfangen mit ihrem grundsätzlichen Widerspruch.

Nach dem Frühstück geht Georg mit den Kindern zum

Strand, während sie sich auf eine Liege am Pool zurückzieht. Sie schlägt einen Roman auf, doch ihr Blick rutscht an den Zeilen ab. Wenn alle Beziehungen Geschäfte sind, welches ist dann ihres? Was bekommt sie, was gibt sie? Was hat es zu bedeuten, dass ihr höchstens Antworten auf die zweite Frage einfallen? Früher hätte sie gesagt, dass Loyalität das Wichtigste sei.

Vor einigen Jahren haben sie den schwer betrunkenen Martin in einem Wirtshaus getroffen. Tom lief hin, um ihn zu begrüßen, da stand er auf, langte ihr grob an den Bauch und sagte: Bist du jetzt auch so ein Spießer geworden? Ich habe gehofft, wenigstens du kannst auf diesen Reproduktionsscheiß verzichten!

Und daraufhin hat Tom mit ihm gebrochen. Sie hat ihm am nächsten Tag einen Brief geschrieben, in dem es hieß, dass er aufhören müsse, anderen seinen Weltschmerz unterzuschieben. Mit einem schlechtgelaunten Daueropfer wolle niemand befreundet sein, das müsse ihm doch langsam auffallen. Damals ist ihr das alles sehr schlüssig erschienen. In Gesprächen mit Dritten hat sie mit schriller Stimme Martins Psychogramm gezeichnet, das eines zweifellos Hochsensiblen, der leider glaube, sein Recht auf Glück und Erfolg einklagen zu können. Und der mit seinem Lamento aus Mangel an anderen Adressaten schließlich bei seinen alten Freunden lande.

Schon ein paar Monate später hatte sich diese Schlüssigkeit verflüchtigt. Und schließlich hat sie, von Martins einmaliger Rüpelei abgesehen, gar nicht mehr gewusst, worum es eigentlich gegangen war. Irgendeine Rechnung schien doch auch sie mit ihm offen gehabt zu haben, obwohl sie nicht mehr wusste, welche. So hat sie sich mit der Zeit unbeholfen wieder angeschlichen, und Martin ließ es geschehen. Zwischendurch war sie manchmal gekränkt, dass er umgekehrt nichts dergleichen versuchte, keine noch so verschämte, nonverbale Entschuldigung.

So wie früher wurde es nie mehr.

Immer noch kann sie sich an die Szene im *Blaubichler* schärfer erinnern als an das meiste danach, Martins schmucklose, fast ruppige Einäscherung ausgenommen. Gerade anhand des Blaubichler-Beispiels hat sie sich selbst oft versichert, wieviel es wert ist, dass der Partner solidarisch ist. Dass Georg nicht gesagt hat, ach, der war doch betrunken, sieh's nicht so eng. Aber in letzter Zeit scheint ihr manchmal, dass vieles im Leben ganz anders gewesen sein könnte. Dass sie von manchem die falsche Version abgespeichert hat. Dass damals Georg besonders empört und beleidigt war, dass er gesagt haben könnte, er habe diesen verkorksten Typen noch nie leiden können. Und dass sie, Tom, nur deshalb zu einer so pathetischen Geste wie dem Brief gegriffen hat, die zu ihr, Judith und Martin eigentlich gar nicht passte.

Am Strand ist es windig. Weiße Wölkchen von beinahe genormter Größe fahren über den Horizont wie Milchpäckchen auf einem Förderband. Alles flattert, die Handtücher auf den Liegestühlen, die Strandhemden der Menschen, die am Ufer entlanggehen, und die Schilfmatten, mit denen die schattenspendenden Holzgerüste gedeckt sind, unter denen die Liegen aufgereiht stehen. All das Flattern und Knattern und dazu das Sonnenlicht sind so dramatisch herbstmelancholisch, dass Tom meint, den Wind und die Wellen an ihr Herz anbranden zu spüren.

In den tiefen Dünen hinter dem Strand steht eine einzelne Dusche, bloß ein dickes Rohr mit Sprühkopf, trotzig in ihrer Überflüssigkeit. Man schwimmt im Meer, dann spült man sich am Pool den Sand von den Füßen. Was soll die Dusche hier? Vielleicht strukturiert auch sie nur den allzu weiten Raum. Tom geht genau hierher, bis in diese leere Mitte zwischen der Gartenanlage und dem Strandbereich. Sie stellt sich neben das Duschrohr und versucht, ihre Familie zu finden wie in einem Wimmelbild. Schließlich erkennt sie Karo an ihrem Gang, hüpfend wie ein junges Kitz, aber mit diesem winzigen Hinken. Tom hat bei der Mutter nachfragen lassen, ob sie, Georg oder Tom, mit dem Kind zum Orthopäden gehen sollten. Da ist nichts, das wäre mir doch aufgefallen, war die schnippische Antwort, der Tom noch in der Übermittlung durch Georg den Ärger über den Angriff auf die Mutterkompetenz anmerkte. Karo und Jonas spielen sich einen roten Wasserball zu, Toms eigener kleiner Sohn läuft entzückt hinter dem Ball her, ohne zu versuchen, ihn zu fangen. In Toms Kopf sagt Martins Stimme: Verlogenes Familienidyll. Tom antwortet kleinlaut: So idyllisch ist es selten. Meistens ist man ja mitten drin.

Wo ist Georg? Jemand, der Georg sein könnte, lehnt mit der Schulter an einem Pfosten des Sonnenschutzgerüsts, aber er kann es nicht sein, denn dieser Mann unterhält sich mit einer gertenschlanken Frau, die endlos lange Haare hat und ihm einmal kurz die Fingerspitzen auf den Unterarm legt. Das wäre ja schnell gegangen. Jedenfalls fasst diese Frau ihren Haarvorhang mit beiden Händen, dreht ihn zu einem Seil und stopft es in den Kragen ihres zitronengelben Leinenhemds. Der Wind, der Wind.

– Man kann sich ja gar nicht unterhalten, wenn einem dauernd die Haare um den Kopf fliegen.

– Und ich habe gedacht, wenn Haare nur lang genug sind, werden sie nicht mehr so lästig.

– Stimmt. Wie Sie sehen, kann man sie sich dann als Tau unter die Kleidung stecken.

– Aber die Spitzen werden Sie an der Hüfte kitzeln.

– An der Hüfte? Was geht Sie meine Hüfte an?

– Verzeihen Sie, derzeit natürlich nichts.

– Sie meinen, das kann ja noch werden?

Tom gibt sich einen Ruck und marschiert los. Anstatt weiter auf die Frau und den Mann zu achten, vertieft sie sich in den Anblick des hocherregten, schaumschlagenden Meers. Kinder springen wie in einem Stummfilm über die Wellen, denn obwohl sie vermutlich kreischen, hört man nur das Donnern des Wassers. Ein Bademeister mit einer Pfeife geht wachsam auf und ab. Deutsche Verhältnisse an der türkischen Riviera. Sicherheit und Obsorge. Solange man die Tourismusfabrik samt ärmlichem Riesenrad im Rücken hat, könnte man sich einbilden, an einem unberührten Strand zu sein; Herbstbadeglück in den Sechzigerjahren, welche ja auch die Mode derzeit wieder nach Kräften beschwört. Martin wurde noch in den Sechzigern geboren, sie knapp nicht mehr.

Bei den Sonnenliegen angekommen, verliert Tom einen Moment die Orientierung. Sie glaubt, zu weit nach links abgekommen zu sein, hebt den Blick, sucht nach dem Mann an dem Pfosten, nach den Ball spielenden Kindern. Ein paar Meter weiter stößt sie mit dem Schienbein hart an den Rand einer Liege. Sie erschrickt, tritt einen Schritt zurück und sieht zwei Hände, die einen walartigen, blendend weißen Rücken eincremen. Zwar verharren die Hände nun, aber ihr Gehirn spielt Tom die vorangegangenen Sekunden mit kleiner Verzögerung vor: Wie diese Hände das Fleisch kneten, es tatsächlich zwischen den Fingern hervorquellen lassen, es hin und her streichen, als wäre es lose und könnte neu angeordnet werden. Der Inhaberstolz, der darin liegt. Das ist mehr als das Verreiben von Sonnencreme, das ist eine Form von besitzanzeigender Massage. Im nächsten Moment erkennt sie den schwedischen Boyfriend, der ihr sein Milchbubengesicht zuwendet und so errötet, dass auch Tom die Augen niederschlägt. Das Rapunzelmädchen hebt den Kopf und blickt blinzelnd über die Schulter. Tom entschuldigt sich wortreich, schilt sich der Unaufmerksamkeit, bedauert unendlich. Never mind, sagt das Rapunzel mit seiner angerauhten Stimme und macht dazu eine Handbewegung. Während Tom flieht, fragt sie sich, ob es wirklich sein kann, dass die Schwedin sie nicht mehr erkannt hat, während der Junge weiß, wer sie ist, es nur zu genau weiß und sich deshalb so ertappt fühlt.

Georg sitzt inzwischen auf dem Boden, mit dem Rücken an einen der Holzpfosten gelehnt, und schaut den Kindern zu. Der Kleine gräbt ein Loch in den feuchten Sand, Karo sammelt am Wasser Kieselsteine, Jonas kickt abwesend den Ball hin und her. Fünfzig Meter weiter liegt eine langhaarige Frau im Bikini in der Sonne, aber das zitronengelbe Hemd ist nirgends zu sehen, nicht neben ihr und nicht an ihrem Sonnenschirm. Das, was Tom beobachtet hat, kann woanders gewesen sein, weiter in Richtung Westen. Toms Orientierung war nie besonders gut, und sie hat den Verdacht, dass ihre Augen wieder schlechter geworden sind. Sie setzt sich neben Georg und versucht, sich unter seinen Arm zu kuscheln. Er wehrt sie ab, indem er zur Seite rückt und ihr den Pfosten als Lehne überlässt. Das wollte ich nicht, protestiert Tom.

Aber wenn du dich an mich lehnst, kippe ich um, sagt Georg.

Tom erzählt von der Schwedin und ihrem Freund, dass sogar das Eincremen mit Sonnenmilch zur Erregung öffentlichen Ärgernisses werden könne. Ihr Mann fragt sich, aber wohl doch eher sie, warum sie sich so für die beiden interessiert.

– Weil ich nicht verstehe, wie man so jung schon so unglücklich sein kann.

Wann, wenn nicht dann, fragt Georg.

Für den Abend ist »großes Fischgrill an Buffet« angekündigt, Jonas macht sich darüber lustig. Karo verteidigt die Bediensteten in den dunkelbraunen Anzügen mit dem rührenden Satz, dass sie gern so gut Türkisch könnte wie diese Kellner Deutsch. Tom staunt, dass ein Kind, das sich vor gleißender Wut manchmal nicht anders zu helfen weiß, als Bleistifte zu zerbrechen, Bücher oder die T-Shirts ihres Bruders zu zerfetzen, zu dieser feinen Unterscheidung fähig ist. Karos Wut schlägt normalerweise in sie ein wie ein Blitz – man sieht sie nicht kommen. Ein Mal hat Tom etwas gesehen oder geahnt, und das war auch das einzige Mal, wo es schlimm hätte werden können. Sie saßen am Tisch und aßen, ein großes Messer steckte in der Lammkeule, Jonas flüsterte etwas, das sowohl er als auch Karo später zu wiederholen sich weigerten, und Tom bemerkte, dass Karos Nasenspitze weiß wurde. Wut ist nicht rot, sondern weiß wie die heißeste Hitze, jene, in der sich alles auflöst, ohne überhaupt noch zu brennen. Toms Hand und die von Karo schnellten fast gleichzeitig zum Messergriff, Tom war den Sekundenbruchteil schneller. In dem Augenblick, in dem sie das Messer packte und herauszog, stieß Karo einen grellen Schrei aus. Und dann stach sie mit der geballten Faust auf ihren eigenen, auf dem Tisch liegenden linken Handrücken ein, ohne etwas darin, aber alle anderen glaubten dort die Umrisse des Messers zu sehen, das Tom in Wirklichkeit langsam, als wäre es zerbrechlich, auf ihren

Schoß sinken und damit außer Sicht geraten ließ. Aber Georg sagte nachher, das hätte sie doch nie getan, niemals. Karo habe überhaupt erst mit der dramatischen Show begonnen, als sie, Tom, so hektisch das Messer geschnappt habe. Du bringst sie erst auf Gedanken, sagte er und lachte. Und Tom, die gelobt hatte werden wollen, machte als Antwort nur ein Geräusch, das klang, als sitze in ihrem Hals einer dieser bunten Blechfrösche, die Martin und sie als Kinder auf der Straße hatten springen lassen.

Mit ihrem kleinen Sohn auf dem Arm steht Tom vor einem Marktstand, so neu und holzgewachst, dass er selbst zu Hause auf dem Biomarkt auffallen würde. Hier in der Türkei blinkt er hervor wie die goldenen Schneidezähne der Taxifahrer. Auf diesem Kulissen-Marktstand wird ein ganzer Thunfisch präsentiert, dick und schimmernd. Am Ende des Grillabends wird er ein anklagendes Skelett sein. Dahinter stehen lächelnde Köche in langen weißen Schürzen, mit langen weißen Zähnen und schwingen ihre Messer, – ein bewegliches Werbefoto. Ein Koch greift sich einen Hummer vom Eis und hebt ihn Toms Sohn entgegen, durch diskretes Rütteln vorspielend, er sei noch lebendig. Aber auch dieses Kind reagiert selten so, wie man es erwartet. Lenny ekelt sich nicht, er lacht nicht, er verbirgt nicht das Gesicht an Mutters Schulter. Er starrt dem auf ihn zuschwebenden Hummer gebannt entgegen. Das wird ein Intellektueller, sagte der Kinderarzt, als er ihm bei einer der Kontrolluntersuchungen eine Rassel wegnahm und sie an die Seite legte. Die meisten Kinder würden sich in Richtung der Rassel drehen und versuchen, sie wiederzubekommen. Doch Toms Baby starrte den Arzt an, wie um herauszufinden, warum er so etwas Unhöfliches getan hatte. Ein Intellektueller, kein Sportler, hat der Arzt gesagt und gelacht.

Der türkische Koch schaut ein wenig enttäuscht. Tom macht eine begeisterte Bemerkung zu dem riesigen Fisch, wie um den Koch zu trösten. So etwas gibt es bei uns zu Hause nicht, sagt sie, doch er antwortet: Dafür alles andere. Tom ist sich nicht sicher, ob sie sich verhört hat, deshalb dreht sie sich mit einem vagen Lächeln um und sucht nach dem Rest der Familie, der ihr schon wieder abhanden gekommen ist. Am anderen Ende der Terrasse sitzen zwei Kinder an einem Tisch und essen. Das könnten Jonas und Karo sein. Georg dagegen ist nicht zu sehen; seit sie hier sind, ist er immer wieder für eine Weile verschwunden oder taucht aus ganz unerwarteten Richtungen auf.

In diesem Moment greift jemand von der Seite, aus einer Menschentraube heraus, nach ihrem Unterarm und drückt so fest, dass es wehtut.

Es ist ein kleiner alter Mann mit drahtigen grauen Haaren, der sich von unten und hinten in ihr Blickfeld schiebt. Seine Augen sind rot und wässrig, er hält ihren Arm im Klammergriff fest und streichelt ihn mit der anderen Hand. Langsam, wie jemand, der erst zu sich kommt, begreift Tom, dass er weint. Ihr Sohn starrt von ihrer Hüfte auf ihn hinunter, Tom lässt das Kind vorsichtig zu Boden rutschen.

Verzeihen Sie, wispert der alte Mann, ich bitte Sie höflich um Verzeihung, aber Sie sehen aus wie sie, meine Schwester, damals, entschuldigen Sie bitte tausend Mal.

Er hat einen leichten Akzent. Russischer Jude, kommt Tom in den Sinn, und etwas Kühles fasst ihr ans Herz. Ihr Sohn zerrt an ihrem Bein und beginnt zu heulen, was kein Wunder ist, sie dreht sich zu ihm, der Mann lässt los und ist im nächsten Augenblick verschwunden.

Wo seid ihr gewesen, fragt da Georg direkt neben ihr, hast du noch nichts zu essen geholt, was hat der Kleine denn?

Und sie verschweigt ihm die Hälfte, erwähnt bloß einen unheimlichen alten Mann, der sie offenbar mit seiner Schwester verwechselt hat.

Du hast keine Doppelgängerin, sagt Georg, du bist einzigartig. Und dabei lacht er auf eine so begeisterte Weise, dass sie denkt, er meine eigentlich jemand anderen.

Den ganzen Abend steht Tom immer wieder auf und geht wegen Kleinigkeiten an die Buffet-Stände. In Wirklichkeit hält sie nach dem traurigen Mann Ausschau. Sie will wissen, was mit seiner Schwester geschehen ist. Wenn ihr etwas unheimlich ist, verlangt es sie nach Erklärungen. Erklärungen sind für sie wie der Strahl einer Taschenlampe in einem dunklen Gruselschloss. Bei Martins Einäscherung sprach sein Arzt – ein Freund der Familie – und teilte mit, wo der Krebs seinen Ausgang genommen hatte. Warum er viel zu spät entdeckt worden war. Wie selten diese Kombination war, der Krebs selbst und sein besonders ungewöhnlicher Ausbruchsort. Während sie an den Bilderbuch-Marktständen vorbeistreift – Fischskelette, schmelzende Eisberge, rauchende Gasherde, auf denen nicht mehr gekocht wird, geplünderte Platten, nur am Dessertstand herrscht noch insofern Ordnung, als die Lücken sofort geschlossen werden – malt sie sich das Gegenteil aus: Ein Begräbnis, wo einer darüber spricht, wie normal und gewöhnlich dieser Tod war, ein Tod, den wir alle sterben könnten und wahrscheinlich sterben werden. Am Ende ein kleiner statistischer Abriss, veranschaulicht an der Zahl der Anwesenden – heute sind wir an die hundert Trauergäste, die sich zum Abschied von unserem Freund

Martin versammelt haben. Die Hälfte, also jeder zweite, wird an einer Herz-Kreislauf-Erkrankung sterben, ein Drittel, wie Martin, an Krebs. Danach kommen in unseren Breiten schon die Lebererkrankungen, aber darüber können wir ja anschließend beim Leichenschmaus witzeln, wenn wir endlich wieder ein kühles Glas in der Hand haben. Oder er spräche über die Wahrscheinlichkeit der spontanen Zellmutation, die, wie es immer häufiger heißt, die Hauptursache für Krebs sein soll. Dass die bisherige Krebs-Vererbungslehre, dieses Forschen nach familiärer Vorbelastung, derzeit an Bedeutung verliert. Es ist viel zufälliger: In einer Zelle macht es hops, zwei Jahre später kämpft man, und dann liegt man im Eisfach. Und die alten Freunde fahren in einen Türkeiurlaub mit Wasserrutschen.

Tom weiß, dass sie sich hineinsteigert. Aber das Hineinsteigern ist das einzige, was man überhaupt tun kann. Ein bisschen hineinsteigern, bis zum Weinen. Seit Martin gestorben ist, vor zwei Monaten, hat sich ein Loch aufgetan, das Martins wahrer Rolle in ihrem Leben gar nicht entspricht. Das Loch wandert, manchmal hat sie es im Hals, manchmal im Magen, es war auch schon im Kopf. Jedenfalls ist es zu groß. Früher, ja. Als sie noch Kinder waren, dann Jugendliche. Als sie mit dem Stehlen begannen, in den Kaufhäusern der Innenstadt. Als sie mit dem Stehlen bald wieder aufhörten, weil Judith ihnen zeigte, wo der Hammer hängt. Denn während Martin und sie zitternd Kleinigkeiten in die Taschen gleiten ließen – eine rot-weiß gestreifte Füllfeder hat sie lange besessen, obwohl sie das Ding geradezu fürchtete, als Beweisstück, das noch Jahre später zu ihrer Überführung herangezogen werden könnte –, nahm Judith einfach einen großen Karton von einem Stapel und spazierte damit vor aller Augen hinaus. So selbstverständlich, als hätte sie ihn auch bezahlt. Tom versucht sich zu erinnern, was darin war. Ein Teeset, eine Kanne mit Gläsern und Stövchen. Und danach wollten Martin und sie nicht mehr mitmachen, weil sie ahnten, dass es sich um einen ungleichen, für alle gefährlichen Wettbewerb handelte. Judiths Gesichtsausdruck, wenn sie in den Monaten danach zum Tee lud, in ihrem schwarz eingerichteten Jugendzimmer. Klobige alte Möbel vom Flohmarkt oder vom Sperrmüll, Hauptsache schwarz, an den Wänden Poster von Boeckls aufgeschnittenen Leichnamen. Dazu aromatisierter Tee und Judiths beunruhigendes Grinsen. Einmal gingen sie von einer solchen Tea Time nach Hause, Martin und sie. Tom kommt es vor, als wäre in ihrer Jugend immer November gewesen, Regen, rote Ampeln, die kaum durch den feuchten grauen Nebel drangen mit ihrem Haltebefehl. An der Kreuzung richtete Martin, der bisher zu Boden geschaut hatte, den Blick auf sie wie einen düsteren Scheinwerfer. In letzter Zeit, sagte er, mag ich sie viel weniger und dich viel mehr. Nach dieser Verlautbarung küsste er sie, und merkwürdigerweise war das ein sehr, sehr guter Kuss. Deshalb machten sie damit noch eine Weile weiter, ein paar Wochen vielleicht, und möglicherweise kam es sogar zu Gefummel. Diese Fußnote der Geschichte ist Tom seither peinlich. Obwohl sie doch erst sechzehn waren, sie sich beim besten Willen nicht erinnern kann, wie und warum das Ganze später geendet hat, und auch nie wieder darüber gesprochen wurde.

Tom findet den alten Mann nirgends, auch keine anderen Russen. Die Tische leeren sich langsam, Georg bringt gerade die Kinder ins Bett. Nicht einmal die Schwedin und ihr Freund sind zu sehen, der Tisch, an dem sie meistens essen, ist mit anderen zu einer Tafel zusammengeschoben, an der eine Gruppe junger Engländer lärmt. Wenn sie zumindest die Schwedin und ihren Boyfriend wiederfände, redet sich Tom ein, dann hätte sie nicht zunehmend das Gefühl, dass in diesem Club Menschen verschwinden und andere an den falschen Orten auftauchen. Dieser alte Mann von vorhin sah aus wie jemand aus ihrer Kindheit. Da haben die alten Leute manchmal geweint, so, dass es die Kinder nicht sehen sollten. Deshalb waren sie so unheimlich.

Tom kehrt zu ihrem Tisch zurück und wartet auf Georg. In der Zwischenzeit trinkt sie Gin Tonic. Dafür muss man extra zahlen, jedes Mal wird eine Rechnung gebracht, jedes Mal fragt derselbe Kellner sie nach der Zimmernummer. Plötzlich erscheint er ihr weniger nett. Sein Lächeln ist seifig. Ist er wirklich so dumm, dass er sich die Zimmernummer nicht merken kann, oder ist das seine Art, ihr mitzuteilen, dass er Alkoholkonsum missbilligt? Die Türken sind eigentlich keine religiösen Fundamentalisten. Entweder ist er im Gegenteil intelligent und spult seinen langweiligen Job auf die erträglichste Weise ab, indem er sich vollkommen in sich zurückzieht und jeden Gast, der etwas bei ihm bestellt, in gewisser Weise wieder zum allerersten Mal sieht. Dann fällt es ihm leichter zu lächeln. Oder es liegt an ihr, und sie verwechselt diese jungen Burschen in ihren braunen Uniformen, so wie wir ja auch die Chinesen dauernd verwechseln und die Chinesen uns. Ölige schwarze Haare und ein strahlendweißes Lächeln. Und dann schnippt die Zeit oder das Schicksal oder wer auch immer mit dem Finger, und mit einem Mal haben sie alle Schnurrbärte, Goldzähne und ledrige graue Haut. Dann werden sie Busfahrer. Tom muss lachen. Wir werden von den kaum wahrnehmbaren Zwischenstufen eingelullt. Sie ermöglichen uns, das Leben zu ertragen, das Vergehen der Zeit, das Wenigerwerden von allem, unseren Verfall. Und jetzt versteht sie auch, warum sie immer noch, bei jeder Mahlzeit, die Wege der Nahrung beobachtet, hier in dieser Freizeitfabrik. Das Aufladen durch die Köche, das Wegtragen durch die Urlauber, das Wegkippen durch die flinken Gummihandschuhe. Weil es so schnell geht, dass man ihn endlich einmal deutlich sieht, den Gang der Dinge. Und deshalb fasziniert sie auch – jetzt ist Georg wieder da, er bringt seinen Gin Tonic schon mit. Hat er ihn an der Bar geholt?

Georg, sagt sie, ich weiß endlich, warum mich das dicke schwedische Rapunzel so fasziniert – wegen dem Zeitsprung, den sie schon eingebaut hat! Weißt du? In ihrer Beziehung? Sie ist noch so jung, aber schon so genervt, als wäre sie seit Jahrzehnten verheiratet, und genau das bekommt man selten zu sehen. So, als würden einfach die Jahre dazwischen fehlen!

Verstehe, sagt Georg und lächelt sie vage an. Ich glaube, wir sollten lieber ins Zimmer gehen. Karo hat lange nicht einschlafen können, und ich bin mir nicht sicher, ob sie in Ordnung ist.

Georg, ruft Tom und beugt sich vor, sie haben dir ein schmutziges Glas gegeben, schau doch, da ist noch Lippenstift dran!

In dieser Nacht ist Tom den drei Gin Tonics einzeln und pro Milliliter dankbar. Dabei fühlt sie sich, als Karo um drei Uhr morgens beginnt, sich so schwallartig zu erbrechen wie das verhexte Mädchen im Exorzisten-Film, ziemlich nüchtern. Die kleine Restbetrunkenheit ist hilfreich, ein dämpfender Schleier über den Empfindungen, als auch Georg zu würgen beginnt und sich die Hand vor den Mund presst. Ihn ekelt es vor Erbrochenem so sehr, dass er Tom nicht helfen kann, deshalb sitzt er jetzt, seine gewaschene und halb getröstete Tochter auf dem Schoß, im Bad und summt ihr lustige Lieder ins Ohr. Tom hat keinen Eimer und kein Putzmittel, zur Rezeption möchte sie um diese Zeit nicht gehen, sie benutzt daher das Sandeimerchen ihres Sohnes, den Weinkühler, den sie in einem Schrank gefunden hat, sowie die Shampoofläschchen, die im Bad stehen. Sie hat schon früher bemerkt, dass ihr stupide Arbeiten leichter fallen, wenn sie angetrunken ist. Sie hat dann mehr Geduld, sie ergibt sich dem Rhythmus des Monotonen. Das Bett, in dem Karo geschlafen hat, ist fest mit dem dunkelbraunen Wandpaneel verschraubt, aber dazwischen ist eine wenige Millimeter schmale Ritze, aus der man die Bescherung nur mit einer Zahnbürste herauskratzen kann. Ohne Gin Tonic wäre sie wahrscheinlich verzweifelt, dank Gin Tonic greift sie beherzt nach ihrer eigenen Zahnbürste und verschiebt die Frage ihrer zukünftigen Zahnpflege auf den nächsten Morgen. Auch eine Zeitung ist von unermesslicher Hilfe, das schöne, weiche Zeitungspapier der deutschen Intellektuellen, es saugt so gut. Man ist sich gar nicht bewusst, wie glänzend unsere moderne Welt funktioniert, sogar, wenn die Umstände einmal nicht ganz perfekt sind. Auch improvisierte Hilfsmittel sind von erster Qualität, alles wird wieder sauber, es gibt für alles eine Lösung. Ein Mann, der vor Ekel nicht putzen kann, tröstet stattdessen das Kind. Man nennt das Arbeitsteilung. Aber was Georg eigentlich gegen Martin gehabt hat, versteht sie noch immer nicht. Als sie sich kennenlernten und sie Georg den alten Freunden vorstellte, hatte sie den Eindruck, dass Martin zum ersten Mal zufrieden mit ihr war. Er erkannte Georg an, er hielt ihn nicht für einen Idioten wie all die anderen, mit denen Tom davor zusammen gewesen war. Was Georg wirklich dachte, hat sie damals nicht interessiert, sie nahm an, dass er ihre alten Freunde zumindest mochte.

Karos Laken liegen unter einer eindrucksvollen Schaumkrone in der Badewanne. Tom bereitet das Bett mit Hand- und Badetüchern neu. Die anderen beiden Kinder schlafen fest, das ist wie ein unhörbarer Applaus für Toms praktische Fähigkeiten. Mit einem Waschlappen wischt sie noch einmal alles feucht ab und versprüht ein wenig von Georgs Rasierwasser. Als sie den Weinkühler zum letzten Mal leert, fragt Karo, die auf Georgs Schoß schon fast eingeschlafen ist, warum sie weint. Und dann beginnt das Kind selbst zu weinen und verlangt, Mama anzurufen, auf der Stelle. Tom und Georg müssen noch einmal alle Kräfte zusammennehmen, eine gute Fee gibt ihnen Geduld und Ausdauer. Sie beschwören die Wichtigkeit von Mamas ungestörtem und unbesorgtem Schlaf, sie rühmen des Kindes grandiose Tapferkeit, und während Georg langsam bestimmter wird, versucht es Tom mit klebrigem Verständnis, um einem Wutanfall vorzubeugen. Am Ende erzählt Georg ein Märchen, Tom massiert dem Kind die Füße, und irgendwann schleichen sie sich wie Verschwörer auf Zehenspitzen in ihr eigenes Bett, während draußen die Sonne aus ihrem Nachtquartier steigt und dünne Ärmchen nach dem Horizont zu strecken beginnt. Aber wer gedacht hat, dass nichts so verbindet wie eine gemeisterte Herausforderung, der verkennt, dass die Entscheidung, eine Familie und mehrere Kinder zu haben, leider bedeutet, sich selbst für Jahre um Ressourcen, Reserven und manchmal um den Verstand zu bringen. Georg möchte jetzt Sex, Tom hingegen über Martin und den Tod sprechen, und deshalb wehrt Tom Georgs herüberwandernde Hände mit dem Hinweis ab, dass sie gerade ganz allein, wie eine Putzfrau, die Kotze aufgewischt habe, etwas später sagt Georg, Judith und sie sollten endlich aufhören, sich wie die unmittelbaren Witwen zu benehmen, dann drehen sie sich voneinander weg und hoffen auf eine gnädige Traum- und Vergessensbarriere vor dem Wiedersehen am nächsten Morgen.

Nach ein paar Tagen weicht die Anfangsfremdheit schlagartig einer dumpfen Routine. Aufstehen, frühstücken, Kakao am Automaten, Espresso kostenpflichtig an der Bar, die Kinder vom Nutella-Missbrauch abhalten und versuchen, ihren unvernünftigen Systemen gelegentlich Käse und Rohkost einzuspeisen. Bevor es zum Strand geht, sollen sie zumindest ihre Badesachen von der Wäscheleine holen und in die Tasche packen. Das klappt an keinem einzigen Morgen. Georg brüllt, Tom stopft mit der Miene einer gefolterten Heiligen das Zeug in die Badetasche, bevor sie sie heftig Jonas hinwirft: Wenigstens tragen, Euer Gnaden?

Umso engagierter beginnen sich die Kinder darüber zu beklagen, dass sie jeden Tag das Gleiche essen müssen, dabei nehmen sie bloß das Gleiche vom Buffet. Auch Tom hat in Wahrheit Tomaten, Schafskäse, Lammgulasch und Baklava satt, hält aber Vorträge darüber, dass man hier eine Woche lang täglich etwas anderes essen könnte, wenn man sich pro Mahlzeit auf eine Vor- und eine Hauptspeise beschränke. Ihr fällt auf, dass sie die von ihren Smartphones und iPads hypnotisierten Familien kaum mehr beachtet, und sie beginnt, die normative Kraft dieses Anblicks zu fürchten. Lenny meistert die kleineren Wasserrutschen inzwischen allein und verkündet, es sei der coolste Urlaub aller Zeiten. Im Gegensatz zu den beiden Großen wird seine Erregungskurve am Ende dieser

Woche nicht abgeflacht sein, denn für die steilsten Wasserrutschen im Aquapark ist er noch zu jung. Er wird also, zumindest was die Rutschen betrifft, bis zum Ende hungrig bleiben und sich unter dem »Schwarzen Loch« etwas geradezu Übernatürliches vorstellen, wie Fliegen. Tom hat das »Schwarze Loch« am ersten Tag mit Karo ausprobiert und sich durchaus ein wenig gegruselt. Die Plastikröhre, in der man dahinrast, ist schwarz, zum Schluss fällt man überraschend durch einen Trichter in den Pool. Man wird nicht horizontal herausgeschossen, sondern man fällt. Es ist perfekt getimt. Dieser Moment, in dem man begreift, dass sich die Leere unter einem öffnet, ist gerade lang genug. Gleich nachdem einem der Schreck die Luft nimmt, versinkt man schon im lauwarmen Wasser. Und ist wieder sicher. Ein winziges Triezen ist das, nicht mehr. Sieh dich vor, wir könnten auch anders. Von einem Vater, der mit ihr am Beckenrand steht und seine Kinder im Auge behält, erfährt sie, dass diese Wasserrutschen von einer schwäbischen Firma entwickelt werden. Die herrlichen Attraktionen auch noch alle vom TÜV geprüft. Stellen Sie sich das einmal vor, sagt Tom zu dem Mann in seinen knielangen, neongrünen, tropfenden Badeshorts: Tag für Tag an seinem Schreibtisch Wasserrutschen zu entwerfen. Doch der Mann, der wahrscheinlich zwei Liter Wasser in seiner Hose speichert, hält nach seinen Kindern Ausschau und nickt nur höflich, nicht einmal amüsiert.

Die Kinder sind so gut erholt, dass sie schon wieder streiten wie zu Hause. Einmal kommt es zu einer hässlichen Szene zwischen Karo und Lenny. Normalerweise sind sie ein Herz und eine Seele und verbünden sich oft genug gegen Jonas. Aber nachdem sie sich um ein Spielzeug, eine Taucherbrille oder den im Dunkeln leuchtenden Ball, den Tom einem Strandhändler abgekauft hat, gestritten haben, nachdem Karo Siegerin in diesem Streit geworden und mit dem begehrten Gegenstand ein paar Meter weggerannt ist, wo sie ihn mit triumphaler Geste in die Luft reckt, als wäre ihr kleiner Bruder ein Zirkuslöwe, der nun danach springen müsste, da erstarrt Lenny plötzlich wie Lots Frau. Man sieht geradezu, wie es Klick macht in ihm, wie er die Affekte unter Kontrolle bringt, die ihm wahrscheinlich befehlen, zu beißen und zu kratzen, zu schreien und zu treten. Nimms und geh, sagt er mit fremder, tiefer Stimme: Das ist meine Familie!

Aus welchem Köcher es wohl diesen Pfeil geholt hat, das unschuldige jüngste Kind? Und man sieht ihn treffen. Karo lässt das Spielzeug fallen, als hätte es ihr die Hand verbrannt, wie bei den Peanuts scheinen die Tränen horizontal zu spritzen, dann wendet sie sich um und ist mit langen Sprüngen über den Strand verschwunden. Georg wirft Tom einen Blick zu und rennt hinterher. Tom ist so entsetzt, dass sie im ersten Moment nicht weiß, was sie tun soll. Ihre heile Familie. Ihr Vorzeige-Patchwork. Und dann holt so ein Fünfjähriger aus und sticht mitten hinein in die empfindlichen, unübersichtlichen Weichteile der Konstruktion, über die man sich seit Jahren hinwegschwindelt: dass die Beziehungen eben nicht gleich sind, sondern dass es feine Abstufungen gibt, mehr verwandt, weniger verwandt, gar nicht verwandt, letzteres dafür doppelt bemüht.

Die Rede, die sie Lenny anschließend hält, orientiert sich sardonisch an der Selbstkontrolle, die der Kleine gerade bewiesen hat. Sie schimpft nicht, sie schreit nicht, sie redet eindringlich auf ihn ein und kann beinahe sehen, wie ihre Sätze ihm durch und durch gehen. Wenn man sie anbrüllt, rollen sie sich zusammen wie die Igel, aber wenn man ruhig bleibt, kann man manchmal mit freundlich schimmernden Klingen ihr Herz ritzen. Die Lage seiner beiden Geschwister malt sie ihm so mitfühlend aus, wie sie es gerade noch für zulässig hält. Vermutlich wird er trotzdem Alpträume bekommen, in denen sich auch seine Eltern trennen. Über Karos Liebe und Zuneigung zu ihm spricht sie, vom Tag seiner Geburt an, wie sie ihn immer als vollwertigen Bruder angenommen habe. Niemals würde man in dieser Familie eine Unterscheidung zwischen halben und ganzen Geschwistern treffen, so wie das möglicherweise Fremde täten. Man lebt zusammen, man hat sich lieb. Lenny ist sichtlich erschüttert. Du wirst dich bei ihr entschuldigen, sagt Tom zum Schluss mit einer leichten Schärfe in der Stimme, und du wirst so etwas Bösartiges nie wieder sagen.

Lenny sitzt neben ihr auf der Liege und starrt, ohne zu blinzeln, in Richtung Horizont. Die Augen schwimmen, aber laufen nicht über. Auch das Meer ist heute ruhig. Im kniehohen Wasser werfen Kinder einander einen Ball zu. Weit links steht eine Frau in einer gelben Leinenbluse am Meeressaum und unterhält sich mit einem Mann, dem sie gelegentlich über den Unterarm streicht. Das Kind, das davor auf den Knien liegt und nach Muscheln gräbt, könnte Karo sein. Doch wird sie sich noch nicht beruhigt haben. Irgendwo wird sie unter einem Busch oder Tisch sitzen, das Gesicht wie ein Stein, und nicht mit sich reden lassen. Falls sie bis zum Abendessen wieder spricht, werden sie Glück gehabt haben. Trotzdem weiß Tom, dass ihre Moralkeule zu groß war für ihren eigenen Sohn, zu groß für sein Alter, und sie verdächtigt sich, es wieder für Georg getan zu haben. Wenn die Kinder laut, frech oder unzuverlässig sind, wenn sie befürchtet, dass er die Nerven verlieren könnte, dann grätscht sie oft vor ihm hinein. Nie ist sie furioser, als wenn es darum geht, seinen Zorn oder seine Klagen über die Familie abzufangen. Und wenn Georg anschließend sagt, dass sie übertreibt, dass sie manchmal wirklich zu streng ist, dann fühlt sie sich wie jemand, der im letzten Moment den passenden Stöpsel in das Leck eines sinkenden Bootes gestopft hat. Dafür ist einem niemand dankbar, klar, denn sie haben ja trotzdem alle nasse Füße. Aber zumindest weiß man selbst, warum man es getan hat.

Die Schwedin und ihr dünner junger Freund sitzen nach wie vor täglich am selben Tisch. Sie pickt mit ihrem abgeleckten Alabasterfinger die Croissantkrümel auf. Als Tom so jung war, zum ersten Mal verliebt, zum ersten Mal mit einem Geliebten im Urlaub, gab es keine Langeweile und keine Wiederholungen. Das Leben war wild und grenzenlos, manchmal auch unentzifferbar und enttäuschend. Das der Schwedin irritiert sie deshalb so, weil sie es für monotoner hält als ihr eigenes. Jeden Morgen die gleiche schlechte Laune, jeden Morgen die Augen aufschlagen und auf Erlösung warten. Aber vermutlich ist diese Annahme ein Phänomen wie Mundgeruch: Man riecht nur den der anderen.

Bevor sie von Martins Krankheit erfuhr, sah sie sich manchmal als bunte, zerzauste Comicfigur wie auf Schienen dahinfahren. Jeden Tag der Wecker, die Pausenbrote, jeden Tag der verbissene Kampf um etwas Eigenes, das bitteschön bedeutsam genug sein muss, um ein paar Stunden lang von den Kindern wegzuhasten. Dieses Leben würde sich vor ihr abspulen, bis die Kinder groß wären. Über dem Danach lag eine Wolke. Als Martin krank wurde, erschien ihr speziell dieser Alltag, den er nie gehabt hatte, wie mit Gold bestäubt. Die Kinder groß werden sehen. Ein Pausenbrot machen und wissen, dass man noch tausende machen darf.

Seit Martin tot ist, weiß sie nicht mehr genau: Ist sie einfach wieder auf der alten Bahn gelandet oder handelt es sich um eine andere, die viel mehr schlingert?

Am letzten Nachmittag und Abend gewittert es wie zum Weltuntergang. Zu Karos Enttäuschung muss das Karaoke am Pool abgesagt werden. Als sie zum Abendessen gehen wollen und auf den Lift warten, wallt die blonde Schwedin die Treppe herab. Hat sie die ganze Zeit über ihnen gewohnt? Haben sich ihre unausdenkbaren Nächte direkt über ihren Köpfen abgespielt? Der junge Mann richtet den Blick zu Boden, aber sie bleibt einen Moment bei ihnen stehen und rät, bei einem solchen Gewitter den Aufzug lieber nicht zu benutzen. Im Weitergehen streckt sie die Hand aus und streicht Lenny über den Kopf. In Tom widerstreitet der Ärger über die Belehrung einer Sicherheitsfanatikerin mit der sofort wirksamen Phantasie, den Abend in eine Liftkabine gepfercht verbringen zu müssen. Sie nimmt an, dass in einer solchen Situation mindestens die Hälfte der Eingesperrten einem unkontrollierbaren Harndrang erliegt. Sie nickt Georg zu, und so folgen sie alle fünf dem jungen Paar durch ein überraschend großzügiges, hell beleuchtetes Treppenhaus nach unten. Die Urlauber, die die Bungalows bewohnen, erreichen Lobby und Restaurant durchnässt und mit weinenden Kindern. Der Donner klingt wie ein Riese, der sich direkt über ihnen mit Genuss auf ein immer wieder zusammenkrachendes Bett fallen lässt. Natürlich befürchtet man, das Bett dieses Riesen sei womöglich das Dach. Die Beleuchtung flackert, aber sie fällt nicht aus. Die braune Kellnerarmee ist nicht so flink wie sonst, denn einige wurden an die Wischmops gerufen. Der Flachbau, in dem das Restaurant untergebracht ist, ist den Sturzfluten genausowenig gewachsen wie es die elektrischen Glasschiebetüren sind. An manchen Stellen tropft es von oben herein, dort werden Eimer aufgestellt. Die Schiebetüren werden manuell zusammengeschoben und mit rotweißem Klebeband als unpassierbar gekennzeichnet. Das Freizeitimperium zeigt seine Verwundbarkeit. In diesem veränderten, feuchtkühlen Ambiente laden sie zum letzten Mal Salat und Schafskäse, Lammspieße und Pommes, Melone und Baklava auf. Die iPad- und Handydichte an den Tischen ist zurückgegangen, die entfesselten Kräfte der Natur stören die Konzentration auf das Wesentliche.

Lenny schüttet seinen Orangensaft um, Tom steht auf, um neuen zu holen. Das Gewühl an den Tischen ist schlimmer als sonst, offenbar hat das Unwetter alle pünktlich und gleichzeitig zum Essen getrieben. Vielleicht fühlen sie sich im Haupthaus sicherer, vielleicht ertragen sie einander und ihre Kinder, die schon den Nachmittag drinnen bleiben mussten, nicht mehr.

In der Schlange vor den Getränkeautomaten fällt ihr Blick auf einen Hinterkopf, der aussieht wie mit stahlgrauem Topfreiniger bewachsen. Ihr Herz klopft, sie tritt aus der Reihe, geht drei Schritte nach vorne und stellt sich neben den alten Mann, der wieder aus der Parallelwelt zurückgekehrt ist.

Entschuldigung, sagt sie, Sie haben mich letztens angesprochen, beim Fischgrill?

Der Mann sieht sie von unten an. Ich kenne Sie nicht, sagt er, Sie müssen mich verwechseln.

Nein, sagt Tom, ich glaube nicht, Sie haben mich beim Thunfischstand angesprochen und gesagt, ich würde Sie an Ihre Schwester erinnern.

Ich habe keine Schwester, sagt der Mann und ist dabei keineswegs unfreundlich, jedenfalls nicht, soweit ich weiß. Aber letztlich kann man das nie genau wissen.

Dann muss ich Sie wirklich verwechselt haben, sagt Tom, die sich sicher ist, dass er lügt, und zu spüren glaubt, dass er einen zwingenden Grund dafür hat.

Kostja, ruft eine Frau und drängt sich dazu, Kostja, ich bin schon da!

Die Frau trägt, genau wie der Mann, eine helle Weste voller kleiner, praktischer Einstecktaschen. Nebeneinander sehen sie aus wie alte Zwillinge auf einem gefährlichen Marsch, auf dem es sich empfiehlt, die wichtigsten Gegenstände immer am Körper zu tragen.

Hat mein Bruder Sie belästigt, fragt die Frau.

Aber nein, wehrt Tom ab. Im Gegenteil, ich habe ihn angesprochen, denn ich habe mir eingebildet, dass er mich letztens, bei diesem Grillabend …

Die Frau wendet sich etwas zur Seite, von Kostja weg zu Tom und haucht: Das mag schon sein, aber ich muss Ihnen sagen, er ist leider nicht mehr ganz … Dabei hebt sie die Hand, als würde sie sich die Haare hinters Ohr streichen, doch als die Hand nah genug ist, tippt der Zeigefinger zweimal resolut gegen die Schläfe. Der Mann ist inzwischen in der Schlange weitergerückt, Tom sieht ein verzeihendes Lächeln um seine Mundwinkel. Sie schüttelt ungläubig den Kopf.

Bitte seien Sie mir nicht böse, sagt sie zu der Frau, aber haben Sie noch weitere Geschwister?

Die Frau sieht sie an. Jetzt nicht mehr, jetzt sind es nur noch wir zwei, aber früher …

Sie dreht sich um und ruft im Befehlston: Kostja! Keinen Orangensaft! Du hast schon zwei gehabt! Du verträgst ihn nicht! Nimm Wasser! Kostja, bitte!

Und dann entschuldigt sie sich, macht ein paar Schritte zu ihrem Bruder hin, und Tom bleibt einfach stehen und wartet, bis auch sie an die Reihe kommt.

Sie stellt sich vor, wie es wäre, einen Doppelgänger von Martin zu sehen, hier im Gewühl. Sie würde bestimmt nicht weinen, im Gegenteil würde sie versuchen, das Trugbild schleunigst zu zerstören. Sie würde ihn auch nicht ansprechen, nicht einmal, wenn etwas völlig Verblüffendes an dem Fremden wäre, zum Beispiel, dass er genau die gleichen festgewachsenen Ohrläppchen hätte, das gleiche Rasierwasser oder die Brandnarbe am linken Handgelenk. Solche Sachen gibt es, man braucht sich nicht zu wundern, das Schicksal foppt einen, oder das eigene Wunsch- und Sehnsuchtsdenken verändert die Wahrnehmung. Und darüber hinaus wäre Martin niemals an einen Ort wie diesen gekommen. Nur über seine Leiche.

Als sie mit mehreren Bechern Saft an den Tisch zurückkommt, sitzen die Kinder dort allein. Papa ist zur Toilette gegangen, behauptet Jonas, Papa ist dich suchen gegangen, behauptet Karo, Papa ist nicht da, stellt Lenny fest, und die anderen lachen. Sie warten eine Weile, die Großen holen noch Pudding für Lenny und sich. Dann beschließt Tom, den Tisch aufzugeben, da Knappheit herrscht, genervte Menschen mit Tellern umherirren und ständig gefragt wird, ob bei ihnen noch Plätze frei seien. Wenn wir jetzt in die Lobby gehen, kriegen wir dort noch einen Platz, sagt Tom, die sich fragt, was mit dem angebrochenen Abend in Gottes Namen anzufangen ist. Es blitzt, donnert und regnet ohne Unterlass. Die Belegschaft wird sich an den beiden Bars stauen, und dafür ist die Lobby nicht ausgelegt. Sonst regnet es hier nur kurz und selten, das, was sich gerade abspielt, fällt völlig aus dem Rahmen. Sie hat jemanden sagen hören, dass es bereits Murenabgänge und Überschwemmungen gegeben habe, nicht direkt in der Nähe, aber in diesem Landesteil. Sie trinkt in schneller Folge zwei Gin Tonic und schafft es, mit den Kindern viele Runden Uno zu spielen, ohne dass einer ausflippt. Gelegentlich schlagen die Eingangstüren auf und Wasser und Wind dringen ein. Später kommt Georg zurück, völlig durchnässt, aber bester Dinge. Er habe geholfen, hinten im Aquapark eine Pumpe auszubauen, die aus einem undicht gewordenen Pumpenhäuschen habe gerettet werden müssen. Ich wusste gar nicht, dass du das kannst, sagt Tom. Ich auch nicht, sagt Georg, aber es waren andere dabei, die sich auskannten. Ein paar Meter vor ihnen geht eine langhaarige Frau durch den Saal, schön wie eine Wassernixe, und scheint ein-, zweimal nixenhaft in ihre Richtung zu winken. Tom dreht sich um, doch hinter ihnen sind nur zwei braununiformierte Kellner, die zwischen ihren Geschirrwagen einen komplizierten Tauschhandel abwickeln: Der eine bekommt einen Stapel schmutziger Teller hinübergehievt, der andere nimmt dafür eine volle Wanne mit Besteck, das alles unter erheblichem Geklirr und Geklapper. Als Tom sich wieder umdreht, ist die Frau verschwunden, Georg strahlt sie und die Kinder an und hat dabei rosige Wangen.

Der Abreisetag ist einer von denen, die man besser schnell vergisst. Der Transfer zum Flughafen absurd früh, trockene Lunchpakete vom Hotel, ein ausgelaufenes Saftpäckchen. Das Flugzeug dann verspätet, die Ankunft wieder im Dunkeln, die Kinder übermüdet und gereizt. Sobald sie alle im Bett sind, füllt Tom noch eine Waschmaschine. Sie setzt sich mit einem Buch davor auf den Boden, aber sie liest nicht, sondern lässt sich von der Trommel hypnotisieren, während sie versucht, den Urlaub Revue passieren zu lassen. Wofür macht man Urlaub? Was bedeutet Erholung? Warum fällt es ihr immer so schwer, sich aus dem einen Trott in einen anderen zu begeben, und zwar in jede Richtung? Jedes Mal kurz vor einem Urlaub möchte sie ihn mit einem Harry-Potterschen Zeittrick noch ein paar Tage in die Zukunft verschieben. Jedes Mal fühlt sie sich noch gar nicht bereit. Und danach, endlich gewöhnt an das Nichtstun, für das man ja auch erst eine Struktur hat finden müssen, kann sie kaum mehr fassen, wieviel sie davor in so einem schnell dahinfließenden Tag untergebracht hat. Fragt sich, ob ihr ein solches Tempo je wieder gelingen wird. Und was nimmt man davon eigentlich mit? Man war an einem anderen, einem vollkommen fremden Ort, man hat ein bisschen mehr Sonne gesehen. Ist im Meer geschwommen. Und sonst?

Wenn dir auch nichts Besseres einfällt als so ein Hausmeisterurlaub! Die Stimme im Kopf klingt nach Martin, und Tom hat ihre Verteidigung so schnell parat, dass sie falsch klingt. Die Kinder, wenn man mit Kindern selbst auch ein bisschen Erholung haben will, dann ist das die einfachste Lösung … wo sonst im Leben entscheidet sie sich je für die einfachste Lösung? Natürlich wäre ein Überlebenscamp im Wald, wo man sich alle Hilfsmittel und Werkzeuge selber basteln, Tiere fangen, töten, braten muss, weit lehrreicher und für den Kopf anregender als der Anblick leergefressener Buffets und wohlstandsverwahrloster Zweijähriger, die keinen Löffel Cornflakes zu sich nehmen, wenn nicht dazu das iPad blinkt.

Aber Tom würde es nicht einmal nach vier Wochen Strandurlaub schaffen, sich zu einer solchen Herausforderung – kanadischer Wald mit Kindern, oder auch bloß ein Campingurlaub – aufzuraffen. Wahrscheinlich ist sie im tiefsten Inneren ein Hausmeister. Oder zum Urlaubmachen schreiend untalentiert. Sie beneidet Menschen mit klar umrissenen Hobbys. Sie kennt engagierte Bergsteiger, die ihre Kinder von klein auf mitgenommen und an die Höhenluft gewöhnt haben. Das Ergebnis sind Neunjährige, die ohne Murren im Morgengrauen aufbrechen und einen Dreitausender besteigen. Eine andere Freundin besucht mit ihrer Elfjährigen in der Festspielzeit Konzerte und Theateraufführungen. Die Ausnahme, zugegeben. Wenn Tom hingegen am Wochenende zu einem Spaziergang durch den Park aufruft, fangen ihre Kinder vor Wut an zu heulen. Und zwar vorher, nicht währenddessen, denn dann sterben sie ja beinahe am Seitenstechen.

Gedankenexperiment: Was würde ich selbst gern tun, fragt sich Tom. Wenn ich frei wählen könnte, ohne Rücksicht? Würde ich mit Georg einen Liebesurlaub auf den Kykladen antreten, wie früher? Würde sie nicht, denn sie hätte ein schlechtes Gewissen. Die Kinder irgendwo geparkt, und selbst am Strand liegen und die Tage zählen, bis man wieder das Kommando übernehmen kann, dem sich die Kinder hoffentlich nicht bereits durch allzu laxe Großeltern-Betreuung entwöhnt haben. Ist es denkbar, dass sie die Kinder für ihre Tagesstruktur mehr braucht als umgekehrt? Entspannen könnte sie, wenn überhaupt, nur allein, wenn sie wüsste, dass zumindest Georg zu Hause ist und alles seinen Gang geht. Und dann würde sie wahrscheinlich einen Sprachurlaub machen, in einem kleinen, heißen Dorf in abgedunkelten Räumen sitzen und Italienisch lernen, oder Griechisch. Und hätte also wieder einen geregelten Tagesablauf, Aufgaben, Leistungserwartungen an sich. Alle Studien über Arbeitslosigkeit zeigen, dass Nichtstun die Menschen verrückt macht. Aber was zum Teufel fängt man dann mit der verordneten

Ferienzeit an? Eben: Einen Hausmeisterurlaub buchen, der Kinder wegen. Die dicke Schwedin streckt ihr den Zeigefinger entgegen, paniert mit fettigen Croissantkrümeln, und lächelt sie einladend an. Sie trägt ein zitronengelbes Hemd in Zeltgröße, das ihr pink gebranntes Dekolleté umrahmt. Fröhliche Farben. Seit wann hat sie gute Laune? Tom möchte nicht schuld daran sein, dass sie wieder mürrisch wird und beschließt, den fremden Finger abzulecken. Obwohl ihr das ziemlich intim vorkommt.

Georg weckt sie, sie liegt auf der Badematte vor der Waschmaschine. Sie erklärt ihm, dass sie die Maschine abwarten und die Wäsche noch in den Trockner werfen muss, damit die Kinder morgen früh ihre Reisetasche fixfertig mitnehmen können. Georg sagt, dass das keiner von ihr erwarte, dass die verdammte Tasche auch erst am übernächsten Tag …

Willst du extra dort hinfahren, fragt Tom. Wenn es auch so geht?

Tom, sagt Georg, ich will, dass du jetzt ins Bett kommst. First things first.

Tom merkt, dass ihr Hals eng wird, sie weiß selbst nicht, warum. Ich will das loswerden, sagt sie, ich will diese Sachen sauber haben und eingepackt, und wenigstens eine Woche nicht daran denken müssen. Wenn angeblich wieder etwas fehlt, dann bin es doch ich, die sich kümmern muss, wenn diese blöde Kuh wieder meint, sie hat eine Hose oder ein T-Shirt zuwenig zurückbekommen …

Tom, sagt Georg, bitte komm jetzt ins Bett. Bitte.

Tom sagt, auf die zehn Minuten kommt es jetzt auch nicht mehr an. Und sie presst sich wie ein zorniges Kleinkind die Hände vors Gesicht, bis sie hört, dass Georg das Bad verlassen hat.

Am nächsten Morgen, beim Frühstück, klagt sie sich in Endlosschleifen dafür an, dass sie diesen späten Rückflug gebucht hat: Das hätte ich besser wissen müssen. Das dürfen wir nie wieder tun.

Georg erinnert sie daran, dass das von Anfang an klar war. Dass ihre Flüge so besonders günstig waren, weil auch andere nicht erst am Abend vor Schulbeginn zurückkehren wollten. Aber die Wasserrutschen waren doch toll, sagt Lenny mit vollem Mund, fahren wir da bald wieder hin?

Schau nach, was sie macht, bittet Tom, die damit zugibt, dass sie wie auf glühenden Kohlen auf Karos Erscheinen wartet. Nachdem sie sie geweckt hat, war sie schon dreimal im Kinderzimmer. Beim ersten Mal saß das Mädchen, nackt bis auf die Unterhose, auf dem Boden und zog sich einen Kniestrumpf an, beim zweiten Mal nestelte es mit dem anderen herum, beim dritten Mal saß es einfach nur da, während sich seine Miene auf bekannte Weise verfinsterte. Tom floh zurück in die Küche, um nicht der Auslöser des Wutanfalls zu sein.

Karo ist sehr stressempfindlich. Je mehr man versucht, sie anzutreiben, desto langsamer und bockiger wird sie. Am besten, man lässt ihr ihr eigenes Tempo, nur dass dieses nicht unbedingt mit den Beginnzeiten der Schule harmoniert.

Georg zerrt Karo am Arm in die Küche. Anders, als Tom erwartet hat, tobt sie nicht, sondern schaut schuldbewusst zu Boden. Sie trägt das rosa Blumenkleid, das Tom ihr für das Schulkonzert in zwei Wochen gekauft hat. In zehn Tagen, genauer gesagt. Wenn die Mutter vergisst, es nächste Woche zurückzugeben, haben sie kein Kleid. Deshalb also das ganze Theater. Das Kind will das schöne Kleid anziehen und weiß, dass es nicht darf.

In Tom widerstreiten die Gefühle. Der Mutter zeigen, was für schöne Sachen sie, die Stiefmutter, den Kindern kauft. Sachen, die die Kinder so sehr lieben, dass sie sie gar nicht mehr ausziehen wollen. Gleichzeitig die Angst, das Kleid nie wieder zu sehen. Es ist aus einer winzigen französischen Boutique. Es war ein Einzelstück, und selbst wenn es das nicht gewesen wäre – so verdreht ist nicht einmal sie, dass sie das Kleid noch mal kaufen würde, um den Patchwork-Wahnsinn auszutarieren.

Mit samtiger Stimme beginnt Tom ihre Ansprache. Wie sehr sie sich freue, dass Karo das wunderschöne Kleid so möge – es steht dir auch so gut, meine Süße. Aber dass sie doch selbst wisse, dass es extra für das Konzert … und so weiter.

Die Mama macht mir jedes Mal Stress, wenn ihr nicht in den Sachen zurückkommt, mit denen ihr hergekommen seid, unterbricht Georg. Also bitte zieh nach dem Frühstück an, was Tom dir rausgelegt hat.

Tom konzentriert sich auf Karos Hände. Wird sie eine Tasse schmeißen? Ist ein Messer in der Nähe? Doch Karo streicht nur ein Nutellabrot, hin und her, her und hin, mit diesem kindlichen Tick, es vollkommen gleichmäßig haben zu wollen, unmittelbar, bevor es von den Zähnen wieder zerrissen wird. Eine Träne fällt auf ihren Handrücken, aber kein Ton ist zu hören.

Eine Viertelstunde später sitzen Tom und Karo auf dem Boden des Kinderzimmers. Karo ist wieder in Unterwäsche, die Uhr tickt, Georg steht im Vorzimmer und wirft die Autoschlüssel von einer Hand in die andere. Auf das Kleid konnte verzichtet werden, aber der hübsche kleine Jeansminirock wird wortlos abgelehnt, mit vor Verzweiflung zitternder Unterlippe.

Tom knetet ratlos den Rock auf ihren Knien. Das solltest du wirklich anziehen, sagt sie, das ist der Rock, der zur Mama gehört. Da nimmt Karo ihn ihr aus der Hand und dreht ihn um. Tom braucht einen Moment, um zu begreifen. Eine kleine silberfarbene Öse unten am Saum, der unumstößliche Beweis, dass der Rock hierhergehört, und nicht zur Mama. Das Kind weiß nichts von diesen Markierungen, aber es weiß noch, dass es damit irgendwo hängengeblieben ist, an einem Strauch oder Zaun, und dass die Schmuckborte ein paar Zentimeter abgerissen ist.

Nie haben die Kinder etwas Sauberes an, wenn sie zu mir zurückkommen, *immer* sind die Sachen, die ich gekauft habe, zerrissen und kaputt.

Tom lacht und steht auf. Du hast vollkommen recht, Karo, sagt sie, das ist ja gar nicht der richtige! Sie erinnert sich an ihre Umtauschaktion vor der Abreise. Eine Woche Urlaub mit lauter Kleidungsstücken der feindlichen Gegenseite, das ist nur vergleichbar dem Stress eines Leibwächters, wenn Papst oder Präsident sich spontan entschließen, ein Bad in der Menge zu nehmen. Mit einem Griff hat sie die paar Sachen aus der Schublade geholt, schlägt Karo den zusammengefalteten Rock auf wie eine anpreisende Verkäuferin, dreht ihn hin und her, zeigt, dass er unversehrt ist, ösenfrei und sauber. Und dann geht alles schnell, das Kind zieht Rock und T-Shirt an, Tom packt in fliegender Eile die Reisetasche um, ohne Erklärungen abzugeben. An der Tür legt sie letzte Hand an die Kinder, Jonas bekommt zwei Bürstenstriche über den Kopf, Karo einen Kuss und eine Hand zum Abklatschen. Alles wieder einmal gut gegangen. Als sie die Kinder aus der Wohnung schiebt und ihnen nachsieht, wie sie das prächtige steinerne Treppenhaus hinunterspringen, verwandeln sich die Stiegen vor ihr in diese luftigen Gleise, auf denen die Achterbahnen ihrer Kindheit dahingerattert sind. Wie lustig verbogene Leitern auf Stelzen, in knalligen Bonbonfarben, zu denen Martin und sie die passenden Mützen trugen. Darauf, in einem Gefährt von unbekannter Belastbarkeit, rast sie dahin, eine zerzauste Comicfigur.

Raupen

*Tabakschwärmer-Raupen schaufeln sich ungewollt
selbst ihr Grab, wenn sie fressen. Stimuliert von den
oralen Verdauungssekreten der Raupe setzt die
Tabakpflanze Duftstoffe frei, die wiederum insekten-
fressende Räuber anlocken. Pech für die Raupen, denn
eigentlich sollen ihre Mundsekrete nur antibiotische
Wirkung haben.*

Nach dem Streit mit Katharina zog sich Konrad fast un-
verzüglich in den Keller zurück, um weiter an seiner Todesanzeige zu arbeiten. Diesmal war es besonders schwer
gewesen, sie zu vertreiben. Zwar war er zur alten Taktik
zurückgekehrt, gar nicht mehr zu reagieren, als Brems-
klotz in Person auf dem Treppenabsatz stehen und schau-
en, und keine weiteren Angriffsflächen bieten. Dass er
dabei aus allen Seelenfalten blutete, ignorierten sie ja be-
harrlich, Katharina ebenso wie Helena, mit der Katharina
garantiert bereits telefonierte. Er stand da auf dem Treppenabsatz, stumm und unsichtbar blutend, all seine Stärke und seine Liebe und sein Glaube an die Familie als Le-
benswerk liefen aus ihm heraus über die Marmorstufen,
und dass er sich nicht bewegte, keine Miene verzog und
vermeintlich gnadenlos war, wie sie ihm mehrfach vorge-
worfen hatten, alle beide, das lag einfach daran, dass die
kleinste Bewegung zum Zusammenbruch geführt hätte.

Versperr mir nicht den Weg, hatte sie gezischt, lass mich meiner Mutter wenigstens Adieu sagen, aber er stand und starrte, denn er konnte sich nicht bewegen, nicht zur Seite treten, hätte nicht ertragen, ihren Matronenkörper an seinem zu spüren, falls er sie vorbeigelassen hätte, also schob er sie mit seinem stieren Schauen rückwärts zur Tür hinaus.

Von oben kam kein Laut. Er verdächtigte Katharina, besonders laut zu sprechen, aber er hätte ihr sagen können, hätte seiner ahnungslosen, eiskalten, herrischen Tochter garantieren können, dass einiges immer noch funktionierte, diese innere Verbindung zwischen Grete und ihm jedenfalls. Grete hatte immer gewusst, wann sie ihn die Sache in die Hand nehmen lassen musste, zu ihrer beider Sicherheit.

Diesmal ist es genug, Papa, sagte Katharina schließlich, mit einer Stimme, die klang, als käme sie aus einem leeren Fass, damit kommst du nicht mehr durch. Aber dann ging sie doch, und als endlich die Tür ins Schloss fiel, blieb er noch ein paar Minuten so stehen, bis es ihm möglich wurde, hinunterzusteigen, sein Körper so fühllos und plump, als bewege er sich nur noch in Erinnerung an sein früheres Leben.

Unten, gleich hinter der Tür zu seinem Höhlenexil, hing das gerahmte Foto von Grete im gelben Kleid. Korčula in den frühen Siebzigern. Und wie sie da lachte. Er war nicht gesund gewesen damals. Den ersten Kreislaufzusammenbruch im Betrieb hatte er, wenn er sich recht erinnerte, kurz vor diesem Urlaub gehabt. Er ertrug die Streitereien der Kinder deshalb weniger denn je, dieses Kreischen und Heulen und die mit theatralischem Opferstolz vorgezeigten Biss- und Kratzwunden. Grete brachte die Mädchen vor ihm in Sicherheit, ihre Verachtung für ihn schon im Wegdrehen in süßliche Kumpelhaftigkeit verwandelnd. Sie schwamm mit ihnen weit hinaus, spielte Karten und Federball, schnitt ihnen abends das Fleisch klein und kühlte die Insektenstiche, aber nachts, wenn es endlich still und dunkel und ortlos war, fanden Konrad und sie trotzdem immer zueinander, Salzgeschmack überall und Sand in den Ritzen, und von heute aus gesehen konnten diese turbulenten frühen Jahre als pures Glück durchgehen.

Er würde das Bild abnehmen, wahrscheinlich, bald. Hier unten zumindest konnte er noch tun, was er wollte. Es kommt der Tag, wo die schönen Erinnerungen in so krassem Missverhältnis zur Gegenwart stehen, dass man sie lieber ganz loswerden will. Damals, in Jugoslawien, hatten sie einander auch schon fast zwei Jahrzehnte gekannt. Aber vom Tag ihres lebenshungrigen Nachkriegskennenlernens bis hin zu diesem weich offenen Korčula-Gesicht schien doch, was die Veränderungen betraf, kaum ein Wimpernschlag vergangen zu sein. Und dann fährt eines Tages der Sturm in den Baum und reißt alle Blätter auf einmal ab, lässt keines stehen, nicht das kleinste, goldene.

Wenn er das Bild abnähme, könnte er es gleich einpacken. Aber anders als bei den Dingen, die er schon zugeteilt hatte, wusste er nicht auf Anhieb, ob es in die Katharina- oder in die Helena-Kiste gehörte. Natürlich könnte man einen Abzug machen lassen, den Rahmen nachkaufen, es war ein ganz gewöhnlicher. Doch bliebe sichtbar, welches das Original war. Und das würde wieder zu Konflikten führen, wobei er nicht ermessen konnte, welches ihnen wertvoller erschiene, das angestaubte Bild oder das neue, oder jedem das jeweils andere, das sie nicht bekommen hatten. Letzteres wäre am wahrscheinlichsten.

In einem Moment größerer innerer Ruhe, in ein paar Tagen oder in einer Woche, würde er noch einmal über seine Idee nachdenken, einen Extrakarton für Joshua zu packen. Einen kleineren, quasi als Beiladung für Helenas Kiste. Wäre das angemessen oder boshaft? Würde das als besonders einfühlsam oder im Gegenteil als Anklage empfunden werden?

Aber – und da hätte man schon wieder zornig werden können über die tausend rücksichtsvollen Gedanken, die über sie zu machen sie ihn abgerichtet hatten – das zumindest war doch unbestreitbar: Von allen Enkelkindern hatte allein Joshua eine feste Verbindung mit Grete, von Anfang an, ausgerechnet er, dieser unberechenbare, halbkriminelle Bursche. Als Kleinkind hatte er sich nur von ihr beruhigen lassen, später jahrelang mit ihr Weihnachtskekse gebacken, Makronen, Zimtsterne, Gerbeaud-Schnitten. Und bis heute ging er, wenn er denn einmal kam, unbefangen zu ihr ins Zimmer, hielt ihre Hand, plauderte und lachte mit ihr, niemand wusste, worüber. Das Bild der Sommerschönheit im gelben Rautenkleid, das käme Joshe zu wie niemandem sonst.

Konrad setzte sich an den Schreibtisch und öffnete das linierte Schulheft. Zwar besaß er einen Computer und benutzte ihn mit der altersüblichen Mischung aus Stolz und Angst. Wenn alles klappte wie gewünscht, zog man daraus fast obszönes Selbstbewusstsein, fühlte sich dem Zeitgeist nur unwesentlich hinterher. Aber dann rächte sich das Ding postwendend, ließ die kleinen Symbole zum Draufklicken unauffindbar verschwinden, bedrohte einen mit Fehlermeldungen, veränderte sein Gesicht, kurzum, es benahm sich wie ein lebendiges, unverständliches und aggressives Wesen, beispielsweise eine Tochter in der Pubertät. Dann musste Katharina kommen, und ihr verhaltener Missmut, während sie mit der Maus hin- und herflitzte, machte ihn auch vor sich selbst zum letzten Idioten, der in der modernen Welt keine Existenzberechtigung hatte. *Auswerfen,* dachte er, ich als Hardware gehöre *sicher entfernt.*

Deshalb kam der Computer nicht in Frage. In diesem Fall war es wichtig, jeden Schritt vor sich zu sehen, die Entwürfe und Varianten, in seiner Handschrift, auf die er sich noch immer etwas einbildete. Mit dem Überschreiben eines Word-Dokuments wäre es nicht getan. Inzwischen hielt er es für möglich, dass er ein zweites Heft brauchen würde. Dass es mit einem gar nicht getan wäre. Auch für den Fall hatte er sich schon verziehen. Seit er mit dieser Arbeit beschäftigt war, verstand er, wie schwer es sein musste, Schriftsteller zu sein. Es gab so viele Möglichkeiten. Es gibt so viele Kombinationen. Je nachdem, wie man anfängt, bekommen die folgenden Textbausteine ein völlig anderes Gesicht. Jeden deutschen Satz kann man in so vielen Varianten schreiben. Sein Leben war erfüllt von Liebe und Sorge für seine Familie. Liebe und Sorge für seine Familie erfüllten sein Leben. Sorge und Liebe. Hieß es nicht, Liebe für, aber Sorge um? Seine Familie war das Zentrum seines Lebens, sein ganzer Stolz. In seiner Liebe zu ihr, zu wem, zur Familie …

Beratungsresistent, hatte Helena damals geflüstert und nicht gewusst, dass er auf dem anderen Apparat abgenommen hatte: Vollkommen beratungsresistent – dass es für fast alles Fachkräfte gibt, die es besser können, die damit Erfahrung haben, das will einfach nicht in seinen Diktatorenschädel hinein. Und Katharina sekundierte: Die Dienstleistungsgesellschaft nicht begriffen. Dabei gibt es Putzfrauen, Fensterreiniger und Essen auf Rädern, es gibt Seniorenheime, die Tagesgäste nehmen, wo er sie für zwei oder drei Nachmittage hinbringen könnte …

Er hatte da gestanden, im schmalen Gang vor Gretes Zimmer, und nicht gewagt, auf das rote Knöpfchen zu drücken. Vielleicht hätten sie einen Piep gehört und dann gewusst, dass er gelauscht hatte. Und so weh es auch tat, wie sie sprachen, so unbezwingbar war doch seine Gier, es bis ins Detail zu erfahren. Zu hören, wie gnadenlos sie waren, wie herzlos und kalt, wie alles, was er tat, worum er sich so bitterlich bemühte, von ihnen maximal falsch verstanden wurde. Endlich einmal waren sie sich einig, diese beiden, und gewannen damit eine ungeahnte Macht. Wie der Heilige Sebastian ließ er die Pfeile in sich eindringen, stand er wieder bis zum Knöchel in seinem Seelenblut, doch aufrecht, ohne zu wanken. Und wenn er eines bedauerte, dann nur, dass er nicht miterleben würde, wenn sie an seinem Grab bereuten.

Als das Gespräch vorbei war und er Helena unten in der Küche rumoren hörte, hatte er den Hörer vorsichtig zurück auf die Station gelegt. Er stupste Gretes angelehnte Tür ein paar Zentimeter auf. Sie saß in ihrem Sessel und schlief. Die Sonne schien auf sie und ihre pummeligen Kakteen. Sie lächelte im Schlaf. Sein altes Mädchen. Wenn er, ohne zu blinzeln und zu atmen, nur in ihr Gesicht starrte und wartete, bis alles rundum verschwamm, die traurigen weißen Pinsel um den Kopf und das modrige Delta, zu dem ihr Körper auseinandergelaufen war, dann vermeinte er nach einer Weile sie doch noch wiederzufinden, zumindest als Ahnung, so als wären Augen, Nase und Mund nur von bräunlichem, zerknittertem Papier bedeckt.

Die Bemerkung mit der Dienstleistungsgesellschaft, die er angeblich nicht verstand, verhakte sich auf eine

Weise in seinem Gedächtnis, die sich seine Töchter nicht hätten vorstellen können. Er konnte auf die Ratschläge mit Reinigungs- und Pflegekräften verzichten, da brauchte er sich Grete bloß anzuschauen, wie sie in ihrem Sessel schlief. Friedlich. Friedlich, verdammt noch mal. Wenn sie aufwachte, konnte es passieren, dass sie ihre Kakteen mit den Fingern streichelte, die im Sonnenlicht so märchenhaft aufblitzenden Härchen, sie gluckste und kicherte und verriet ihm, dass sie sie manchmal zwickten, ihre undankbaren grünen Mitbewohner. Aber nur Minuten später hatte sie bestürzt den Zeigefinger im Mund und überlegte, was ihr zugestoßen sein mochte.

Jede Deckung vor ihm hatte sie aufgegeben, das, wusste er, war der größte Vertrauensbeweis. Wahrscheinlich sogar: die Essenz von Liebe. Nichts funktioniert mehr, nur das Wissen um die Richtung, aus der die Hilfe kommt.

– Sag mir, Konrad, ich hab doch schon lange nicht mehr genäht?

Nur hier war sie sicher, auf diesen zwölf Quadratmetern. Manchmal wusste sie nicht mehr, in welcher Richtung das Bad lag. In einer der schlimmen Nächte fand er sie, wie sie stattdessen an der Schranktür rüttelte, die Augen riesengroß und panisch. Jemand ist drin, wimmerte sie, jemand hat sich eingesperrt und lässt mich einfach nicht rein.

Später, als er sie wieder sauber im Bett hatte, kam ein Fragment der wirren Angst zurück und verband sich auf unheimliche Weise mit Resten einer echten, alten. Er hielt ihre Hand, doch sie ließ sich schwer beruhigen, nicht, weil sie sich beschmutzt hatte – das war schon vergessen –, sondern weil sie überzeugt war, dass es Fiona gewesen sein musste. Ihre mittlere Tochter hatte sich im Bad eingesperrt, wie immer, wie früher, aber jetzt ist sie weg, wir haben sie schon wieder verpasst, wir haben sie schon so lange nicht mehr gesehen. Konrad sah auf ihre Hand hinunter, damit sie seine Tränen nicht bemerkte. Alles ist in Ordnung, und Fiona geht es gut, sagte er mit sonorer Stimme. Bis sie ihm irgendwann glaubte oder bis auch dieses halbe Wissen um die Katastrophe von jenem rücksichtslosen Schwamm gelöscht worden war, der in ihrem Kopf unablässig am Werk war.

Ein Seniorentreff, irgendein fremder Ort würde sie umbringen! Auch wenn es bloß für Stunden wäre. Sie hatte doch kein Zeitgefühl mehr. Bevor er sie im Sommer hinunter in den Garten brachte, bereitete er sie tagelang darauf vor. Er stand mit ihr am Fenster und erklärte ihr alles. Er ging mit ihr die Pflanzen und die Bäume durch. Er schlug immer wieder vor, dass sie den Garten besuchen und sich die Blumen aus der Nähe anschauen sollte. Anfangs lachte sie verschämt und zierte sich, aber nach ein paar Tagen, bei offenem Fenster und Vogelgesang, konnte es geschehen, dass sie behauptete, am Vortag schon alles besichtigt zu haben. Dann erst brachte er sie langsam hinunter, schau, dein Usambaraveilchen, schau, deine Orchideen, hier die Bilder unserer Kinder, schau, links Helena, also Ilka, rechts Kathi, und Fiona in der Mitte, und da vorn, du weißt es genau, ist die Terrassentür, Achtung, Stufe, da draußen setzen wir beide uns jetzt in Ruhe hin.

Und deshalb waren nicht nur Kaffeekränzchen im Altersheim vollkommen unmöglich, brutal und gewalttätig, vergleichbar einem Mordanschlag, auch eine fremde Reinigungskraft oder ein Fensterputzer konnten alles aus dem Lot bringen. Das aber verstanden die beiden patenten Kühe nicht, die seine Töchter waren. Und deshalb blieb ihm in letzter Zeit manchmal nichts anderes übrig, als sie hinauszuschweigen, als wären sie wieder unerträgliche zwölf. So schmiss er sie hinaus, auch wenn er dabei manchmal von seinen Gartengeräten, von Rechen, Schaufel, Spitzhacke tagträumte, mit denen er sie, tobender, tränenüberströmter Ritter, der er an seiner zarten Seeleninnenseite war, hinaus in die verdiente Kälte trieb.

Er operierte mit weiteren Rilke-Gedichten, obwohl er seinen Sinnspruch längst, eigentlich als erstes, festgelegt hatte. Er wusste seit Jahrzehnten, dass er denselben nehmen würde, den er und seine Geschwister ihrem Vater beigegeben hatten, obwohl, und das störte ihn zunehmend, gerade dieser inzwischen sehr in Mode gekommen war. Man sollte meinen, es gebe gerade bei Rilke genug Auswahl ... Je länger man über etwas nachdenkt, desto unsicherer wird man. Er erinnerte sich, von einer Studie gelesen zu haben, die ergeben hatte, dass Entscheidungen, die unter hohem Zeitdruck gefällt worden waren, später am wenigsten bereut wurden.

Inzwischen gab es Tage, da neigte er Strophen zu, die im speziellen Zusammenhang eher unverständlich, fast schrill waren. Und gefiel sich in der Vorstellung der irritierten Gesichter. Zum Beispiel: *Ein Winken, schon nicht mehr auf mich bezogen. Ein leise Weiterwinkendes – schon kaum Erklärbares mehr: vielleicht ein Pflaumenbaum, von dem ein Kuckuck hastig abgeflogen.*

Ihm gefiel der Pflaumenbaum, ihm gefiel der Kuckuck. Violett und Orange in seiner Phantasie, festliche Farben. Er war zwar nicht sicher, ob diese Vögel überhaupt in Pflaumenbäumen verkehrten, und natürlich nahm er den rotzigen Anteil wahr, der im Wort *abgeflogen* steckte. Wenn er bloß jemanden hätte, einen Fremden, Unbeteiligten, mit dem er sich beraten könnte! In eben diesem Zusammenhang fiel ihm das Wort *Dienstleistungsgesell-*

schaft wieder ein, und dessen Verführungspotential wollte ihn, einige erregte Tage lang, nicht mehr loslassen.

Es kam so weit, dass er im Internet die nächstgelegenen Beerdigungsinstitute heraussuchte. In einem zweiten, besonneneren Schritt googelte er solche am anderen Ende der Stadt, denn er wollte nicht erkannt werden. Gleichzeitig war er sich zu jeder Zeit bewusst, dass er diesen Ausflug, den er sich in allen Details ausmalte – die dicken Mappen mit den Text- und Schriftbeispielen, die Holzproben in verschiedenen Farben, Griffe aus Messing oder Chrom –, mit hoher Wahrscheinlichkeit nicht unternehmen würde. Nicht nur wegen der Frage, ob er Grete länger als die übliche Einkaufszeit allein lassen konnte. Aber auch wenn er annahm, dass solch ein Trauerberater in seinem Geschäftsfeld wirklich schon alles gesehen und gehört hatte, ja, dass seine Qualifikation gerade darin bestand, sich durch nichts aus der empathischen Ruhe bringen zu lassen – es wäre trotzdem er, Konrad, mit seinem bedürftigen Hundeblick und seinen peinigenden Gefühlen, der das Geschäftslokal beträte, um sich bei der eigenen Todesanzeige helfen zu lassen. Und das war das Hindernis. Er bekam sich selbst gedanklich nicht aus dem Weg.

Manchmal beklemmte ihn die Vorstellung, dass eine Art Grabplatte von außen die Treppe herunter und vor seine Tür rollte, so dass er hier unten eingeschlossen wurde. Oder dass er selbst, auf unklare Weise, anschwoll und den Raum nicht mehr verlassen konnte. Er hatte schon überlegt, ob er sein Büro auf den Speicher verlegen sollte. Dazu würde er fremde Hilfe benötigen, Möbelpacker, die alles hinauftransportierten, vielleicht einen Elektriker oder sogar jemanden, der das Dach dämmte. Das alles sprach nicht nur dagegen, es war zu viel, um es überhaupt weiterzudenken. Aber dort oben hätte er, am Schreibtisch sitzend, den Himmel gesehen, und nicht, wie hier, bloß einen Lüftungsschacht. Von dort hätte man im Notfall springen können.

Er drehte sich zu seinem Computer, öffnete sein Mailprogramm, klickte auf *Neue Nachricht*, adressierte sie an seine Töchter und schrieb in die Betreffzeile *Unsere letzten Gespräche*.

Liebe Kathi, liebe Ilka, ich nehme Eure gutgemeinten Ratschläge doch zu fast hundert Prozent an (s. Bauarbeiten). Lasst mir bitte die paar Prozent, wo ich anderer Meinung bin. Vielleicht ist es Euch möglich, in Betracht zu ziehen, dass niemand die Bedürfnisse Eurer Mutter besser kennt als ich. Und niemandem kann wichtiger sein, wie es ihr geht. Was Ihr auch über uns denken mögt: Vielleicht solltet Ihr wissen, dass wir immer noch, und gern, miteinander schlafen.
Euer Vater.

Wie von selbst huscht der Mauspfeil auf den Sendeknopf. Während er drückte, sah er ein Bild in der Art mittelalterlicher Stundenbücher vor sich, vielleicht eher eine höfische Tapete, viele feine Ranken und filigrane jugendliche Paare, die sich küssten, dazwischen Pflaumenbäume und Kuckucksvögel. Orange und lila, festliche Farben. Vielleicht hätte er das *und gern* streichen sollen. Aber was änderte das.

Er stand auf, stieg langsam hinauf in die Küche und nahm sich ein Ottakringer. Er lehnte an der Arbeitsfläche und trank aus der Flasche. Ein alter Mann, der am helllichten Tag allein und im Stehen trinkt. Verwitwet, obwohl sie noch da ist. Eines Tages würde er vergessen, sich zu rasieren, weil es im Grunde egal war – so wie sie vergessen würde, wer er überhaupt war, was aus ihrer Sicht mindestens so egal war, Hauptsache, das Essen kam.

Er holte aus der Speisekammer die Putzutensilien, die er am Vorabend hergerichtet hatte. Wie eine furchterregende Blumenneuzüchtung steckte ein Strauß nützlicher Dinge in einem roten Plastikkübel, Gummihandschuhe, der Staubwedel, ein Fensterputzer am Stiel mit Gummilippen- und Schwammseite, eine schmale Sprühflasche Glasreiniger von hygienischstem Aquamarinblau, dazu dieses Ding, das er erst mithilfe einer verständnisvollen Nachbarin als Zwischenraumputzer für die Heizkörper hatte identifizieren können. Er trug alles in den ersten Stock, dann machte er sich daran, Grete aus dem Mittagsschlaf zu wecken.

Wenn man sie gelassen hätte, wie sie wollte, wäre sie überhaupt nicht mehr aufgestanden. Sie lag im Bett und schlief, oder sie rekelte sich mit geschlossenen Augen, um auf diese Weise klarzumachen, dass sie sich nirgendwo so aufgehoben fühlte wie in ihrem Bett. Früher war es umgekehrt gewesen. Da schlichen sich an den Wochenenden Gretes Ermahnungszischlaute nur unterschwellig in sein Vormittagsdösen, und wenn er endlich aufstand, trug sie eine frisch gebügelte Bluse, hatte das Mittagessen im Ofen und lief aus dem Haus, um die Mädchen von allzeit hilfsbereiten Nachbarn abzuholen, denen Konrad unterstellte, dass sie erste Reihe fußfrei darauf lauerten, wie anderswo das bürgerliche Glück zuschanden ging.

Nach einer Weile konnte er Grete zum Aufstehen bewegen. Er brachte sie ins Bad und erinnerte sie daran, gleich auf die Toilette zu gehen. Er horchte vor der angelehnten Tür. Als sie die Spülung zog, ging er wieder hinein und machte ihr die Zahnbürste bereit. Als er mit den Kleidern, die sie zum Putzen anziehen sollte, zurückkam, betrachtete sie sie immer noch und tippte mit dem rechten Zeigefinger auf die Zahnpastaschlange.

Weiße Raupe, sagte sie und lächelte, ohne Haare, aber viele Beine.

Konrad führte ihr die Hand zum Mund, dann setzte er sich auf den Rand der Badewanne und erzählte ihr, während sie widerwillig mit dem Zähneputzen begann, die alte, hundertfach wiedergekäute Geschichte von Helena, die sich zum Kindergarteneintritt ein Kamel zum Kuscheln gewünscht hatte. Wie schwierig das gewesen war. Elefanten, Schildkröten und Affen, sogar Schweinchen und natürlich Bären in jeder Façon, alles gab es, nur keine Kamele. Schließlich hatten sie doch eines gefunden, klein und wenig attraktiv, mit einem bestickten Teppich auf dem Rücken. Von dem die kleine Helena, Ilka, sofort verlangt hatte, dass er abgeschnitten werde: Ich will das Kamel nackt!

Dieser Satz gehörte seit damals zu ihr. Stur waren sie alle drei, wie die Esel. Aber nur bei Ilka hatten früher alle, wenn sie wider jede Vernunft auf etwas beharrte, gerufen: Sie will das Kamel nackt!

Grete lächelte ihn verschwommen an. Wahrscheinlich hatte sie nicht zugehört. Sie schien seine Geschichten, die Erinnerungsversuche und Gesprächsangebote als freundliche Musikbegleitung zu nehmen. Denn dass nicht einmal dieser Satz mehr Resonanz bei ihr fand, das konnte er sich nicht vorstellen. Das war nicht möglich. Das hätte ihn, wenn er es für möglich gehalten hätte, zum Weinen gebracht. Nein, zum Schreien, zum Selbstmord. Deshalb konnte es nicht sein. Sie hatte einfach nicht zugehört. Sie hatte mit ihrer Zahnbürste zu tun. Er hegte den Verdacht, dass sie in letzter Zeit nur auf einer einzigen Stelle herumputzte, aber er verschob die Überprüfung auf später. Es zu überprüfen, hieße: Bald würde er ihr auch die Zähne putzen müssen, so wie er ihr jetzt schon das Klopapier in die Hand gab. Was als nächstes kam, war klar.

Wie beim letzten Mal wollte sie anfangs nicht auf die Leiter. Erst war sie freundlich, das kann ich, glaube ich, nicht mehr, das habe ich schon so lange nicht mehr gemacht. Als das nichts nützte, gab sie sich ängstlich, dabei war doch bekanntlich er der mit der Höhenangst. Sie wimmerte und jammerte, sie sei zu müde und zu schwach, er herrschte sie an, du bist gerade aufgestanden. Und als das alles nichts half, packte er sie am Ellbogen und drehte ein bisschen in die falsche Richtung, so hatte er sie beim letzten Mal auch hinaufgebracht.

Als sie oben war und sich festklammerte, reichte er ihr den Fensterputzer und den Glasreiniger. Und dann, mit einem geradezu sichtbaren Ruck, war ihre innere Tafel wieder leer, sie vergaß die Angst und das Widerstreben, alles, was gerade gewesen war. Wahrscheinlich war sie in solchen Momenten wieder jung, in einem viel wahrhaftigeren Sinn, als er es je könnte, selbst wenn er in die unwahrscheinliche Lage käme, sich vorübergehend wie dreißig oder vierzig oder fünfzig zu fühlen, oder wann immer das gewesen sein sollte, als das Leben noch etwas anderes zu sein schien als eine schiefe Ebene in einen schwarzen Tümpel hinein. Aber Grete auf der Leiter putzte los, als gäbe es, wie früher bei den Gartenschmuckwettbewerben, etwas Entzückendes zu gewinnen, sie freute sich und amüsierte sich darüber, dass die meisten Menschen das Fensterputzen hassten, nur sie, sie habe es immer von Herzen gemocht.

Weil man das Ergebnis sofort sieht, rief Konrad ihr von unten zu, und sie lachte und sagte, das wollte ich gerade sagen, woher weißt du das?

Du hast es schon tausend Mal gesagt, murmelte er und hielt die Leiter fest, die von Gretes Putzvergnügen vibrierte. Er hielt sich an dem eckigen Aluminium fest und spürte die Vibrationen. Sie erinnerten ihn an die elektrische Zahnbürste, die Grete lange für das Non-Plus-Ultra der Zahnpflege gehalten hatte. Er hatte sie vor einer Weile abgeschafft, es war, bei ihrem Zustand, überflüssig. Und die kleinen Aufsteckbürsten waren übertrieben teuer. Mit einem Mal schien ihm, die Leiter begänne stärker zu vibrieren, immer stärker, als ob sie auf geheimnisvolle Weise mit einem anspringenden großen Motor verbunden wäre, einem startenden Flugzeug. Als ob sie gleich abheben würde. Er wollte nach oben schauen, was Grete machte, ob sie mit einem sachfremden Unsinn begonnen hatte, aber sein Kopf sank nach unten, schwer und unerwünscht. Überscharf in den Blick bekam er seine Hände, direkt vor ihm. Der mittlere Knöchel trat weiß heraus. Er klammerte sich offenbar mit aller Kraft an die Leiter, obwohl er das nicht vorgehabt hatte und auch gar keinen Grund dafür sah.

Alle Welt hasst das Fensterputzen, hörte er Grete über sich trällern, hast du das schon gewusst? Aber ich, anders als die meisten Menschen, habe es immer gern gemacht, und weißt du, warum? Weißt du, warum? Jetzt rate mal!

Früher hatte er, vor Dienstreisen, sein Duschgel geduldig in kleinere Plastikfläschchen umgefüllt. Wie langsam das ging, wie zäh es durch die Öffnung floss, sich erst in Achten und Kringeln auf den Flaschengrund legte, bis diese Formen sich doch auflösten, unwillig, mit geradezu südländischer Trägheit. Mit der gleichen geleeartigen Verzögerung lief die Erkenntnis in ihn hinein, dass hier etwas nicht stimmte. Dass einiges nicht stimmte. Entweder gab es ein Erdbeben, oder er hatte einen Schlaganfall. Oder beides. Dazu in Wellen ein sehr, sehr hässlicher Geruch, der von oben, aus Gretes Richtung, kam. Hässlicher noch als Exkrementielles. Da sie weiter putzte und plauderte, wie es trotz des Nebels in seinem Kopf zu ihm durchdrang, konnte es keines der üblichen Missgeschicke sein. Es roch eher süßlich, wie tote, vergorene Maus, man musste dem auf den Grund gehen, bald, zwischen all dem mürben Fleisch danach suchen, womöglich Puder benutzen für Stellen, an die Luft und Wasser nicht mehr so recht hinkamen …

Und dann war da noch ein Geräusch, ein bekannter Ton, der dennoch falsch war, weil er nicht zur Situation passte. Er begann und hörte wieder auf, schrill und unregelmäßig. Dazu vibrierte, wie als Begleitung, die Leiter. Er klammerte sich daran. Da setzte die Panik als Orchester ein, fortissimo. Das andere Geräusch schnitt wie ein Obstmesserchen dazwischen, aber nun war es erkennbar nicht in seinem Kopf. Es kam von außerhalb, ein Geräusch von draußen, eine gute Nachricht aus der Welt. Ruhig atmen, sagte er sich. Nicht aus Angst die Luft anhalten. Es geht vorbei. Es muss.

Grete, bat er, aber es kam ihm kratzig und zu leise heraus.

Weil man es gleich sieht, rief sie von oben, das, das … Ende …, na, du weißt schon, das, was unten herauskommt, wie sagt man, dass die Fenster halt wieder sauber sind, weißt du, Konrad? Deshalb, weil man es gleich sieht. Deshalb gefällt es mir so. Verstehst du das? Konrad? Ich glaube, es läutet? Konrad? Kommt heute Besuch?

Noch bevor er wieder die Augen aufschlug, wusste er, dass es gut ausgegangen war. Er musste nicht sofort loskämpfen, sich seinen letzten, räudigen Fellen hinterherwerfen. Keine der Töchter war zurückgekommen und hatte durch puren Zufall immerwährende moralische Übermacht errungen. Und das war das Wichtigste. Wer immer es war, es war die gnädigere Lösung.

Nun roch es allerdings in seiner Nähe leicht nach Alkohol, und eine Männerstimme sang ein Kinderlied. Nicht klatschen, Oma, das mach ich für dich, vernahm Konrad, und die Kombination erfüllte ihn mit grenzenlosem Staunen. Mit den Händchen klapp-klapp-klapp, mit den Füßchen tapp-tapp-tapp.

Konrad fand sich, den Rücken an die Wand gelehnt, auf dem Teppichboden sitzen. Und sein Enkel Joshe lotste mit seinem Gesang Grete gerade von der Leiter herunter, einmal hin, einmal her, runtersteigen ist nicht schwer. Als sie den letzten Schritt hinunter auf festen Boden machte, begann Joshe zu klatschen, und Grete klatschte begeistert zurück. Wie übergeschnappte Kinder, wie japanische Politiker nach einer Entscheidung von nationaler Bedeutung standen sie einander gegenüber und applaudierten, sie umarmten sich nicht, sie begrüßten sich nicht, sie wunderten sich über nichts, sie waren in ihrer eigenen Welt. Konrad versuchte, den Überblick zurückzugewinnen: Der Fensterwischer steckte in der Abtropfhalterung, die am inneren Kübelrand befestigt war. Die aquamarinblaue Flasche stand zu Füßen der Leiter. Grete war trocken, oben und unten, und so heil, wie sie eben noch war. Nichts war umgekippt, verschüttet, in die Hose gegangen oder kaputt. Kein Erdbeben, kein Schlaganfall, das Leben ging einfach weiter.

Na, Opa, geht's wieder, fragte Joshe. Das hätte man ihn

selbst fragen sollen. Er sah besorgniserregend aus, blass und unrasiert, in nachlässiger Kleidung. Konrad tastete nach seiner Brille. Dennoch war Joshe die einzig denkbare Person, die in einer solchen Situation nicht Zeter und Mordio, nicht nach Arzt, Pflegern oder dem Sozialamt rief.

– Bestens, mein Junge, und dich schickt der Himmel.

Der nun gerade nicht, murmelte Joshe und setzte sich zu ihm auf den Fußboden. Er holte eine Zigarette aus der Brusttasche und steckte sie in den Mund. Konrad schnaufte, sagte aber nichts. Joshe nickte ihm zu und gab zu verstehen, dass er sie nicht anzünden würde.

– Hab gedacht, ich schau mal wieder bei euch vorbei.

– Warst du noch gar nicht bei deiner Mutter?

Joshe lachte unfroh. Du willst wissen, ob sie mich geschickt hat? Keine Sorge, Opa. Die redet seit Monaten nicht mehr mit mir.

Was ist passiert, fragte Konrad, der auf dem Teppichboden noch nie ein Gespräch geführt hatte, schon gar kein wichtiges.

– Das könnte ich dich auch fragen, und tu es nicht.

Ein typischer Schmetterball zurück. Dieses Kind war von klein auf blitzgescheit und auffassungsschnell gewesen, hatte aber all seine Talente am liebsten als Waffe eingesetzt. Immer auf den Kern von allem halten, jede schmerzhafte Wahrheit aussprechen, ohne Rücksicht auf Takt oder Konvention.

Tapp, tapp, tapp, fragte Grete und schaute besorgt auf sie herunter. Gedächtnis und Verstand haben letztlich wenig miteinander zu tun. Und wenn man den Verstand noch in Intellekt und emotionale Kompetenz unterteilt, war Grete im Grunde ganz die alte.

Tapp, tapp, tapp? Da ging dieses Lächeln über Joshes Gesicht, mit dem er als Kind alle bezauberte und jeden ihn betreffenden, vermeintlich endgültigen Beschluss in letzter Sekunde unwirksam gemacht hatte. Von diesem Lächeln wandte sich jemand wie Konrad lieber ab. Es war ihm geradezu peinlich. Die Offenheit, die Zärtlichkeit, die glühende Selbstaufgabe, die darin lagen, waren mehr, als man aushalten konnte. Wer die Welt so anlächelte, musste eine Schraube locker haben. Oder ein Schutzblech zu wenig über der Seele. Und das war wahrscheinlich das Problem dieses Jungen. Er war empfindlich, als wäre er das freigelegte Herz der Familie. Deshalb musste er offenbar toben, als trachte man ihm nach dem Leben, wenn man bloß seine Tischmanieren korrigierte. Als Kind hatte er, von Grete abgesehen, alle an den Rand ihrer Zurechnungsfähigkeit gebracht. Beinahe vom ersten Jahr an war er wie ein personifizierter Test für Gewaltbereitschaft gewesen. Eine Schlag-mich-doch-Provokation in Kindergestalt. Die paar Szenen, in denen er von Joshe zu null besiegt worden war, hatte Konrad tief in sich begraben, von Wut- und Schamgestrüpp bewachsen. Wie er Joshe einmal eine Straße entlang geschleift hatte, buchstäblich wie einen brüllenden nassen Sack. Wie ihm dabei der Gedanke vor Augen stand, dass er seinem Enkel gerade mindestens die Beine aufschürfte und das Handgelenk ausrenkte, und wie ihm das auf fast wollüstige Weise egal war. Dass er ihn einmal, und das war das Schlimmste, hochgehoben und über den Grill gehalten hatte. Als würde er ihn gleich darauf setzen, mit blankem Hintern zu den zischenden Würsten und Koteletts. Niemand sah es, sie kümmerten sich um seine Schwester Alina, der Joshe gerade irgendetwas angetan hatte. Und Joshe hörte auch nicht auf zu toben, als er die Wärme unter sich schon spüren musste. Dieses Kind hätte einen Folterknecht das Fürchten gelehrt.

Tapp, tapp, tapp, sang jetzt der erwachsene, beinahe noch rätselhaftere Joshe jener bizarren Gestalt zurück, die einmal ein schönes junges Mädchen und später eine kompetente Mutter, eine agile Großmutter gewesen war. Den Unterschied zu früher schien er nicht zu bemerken. Er rappelte sich auf, verteilte sein cremeweiches Lächeln im Raum, streckte beide Arme leidenschaftlich nach Grete aus, wie Konrad es seit Jahrzehnten nicht fertiggebracht hatte, nahm sie an den Händen und machte es noch einmal, das ganze Liedchen mitsamt dem albernen Klatschen und Trampeln, und Grete sang mit, tapste hierhin und dahin wie ein Tanzbär und machte kaum einen Fehler. So ging es wohl zu in den Betreuungseinrichtungen, basale Stimulation, es bereitete diesen Menschenhüllen zweifelsohne Spaß. Aber es mitanzusehen als jemand, der ihren Charme und ihre Schönheit gekannt hatte, ihre Liebe und ihre unverwechselbaren, stolzen Eigenschaften, das war doch etwas anderes. Dann lieber Fensterputzen um jeden Preis.

Konrad rollte sich seitlich auf die Knie und stand mühsam auf. Bleibst du zum Essen, fragte er über die Schulter, aber er bekam keine Antwort. Grete ließ Joshe raten, warum sie das Fensterputzen so mochte, da kommst du nicht drauf, sagte sie, mit einer Stimme wie ein verliebtes junges Ding. Joshe sagte, nein Oma, wirklich, das Geheimnis musst du mir jetzt unbedingt verraten, und Konrad wunderte sich, dass sie nach all dem Singen und Klatschen überhaupt noch eine gedankliche Verbindung zum Davor herstellen konnte. Emotionale Aufregungen wirkten normalerweise wie Lawinen in ihrem Kopf.

Später, in der Küche, standen alle drei einander ein Weilchen auf den Zehen. Grete wurde sofort von der üblichen Angst befallen, kochen zu müssen, und wiederholte in einem fort, sich leider nicht erinnern zu können, was geplant gewesen sei. Du musst dich um nichts kümmern, beschwichtigte Konrad, keine Sorge, ich mach das schon. Die alte Leier. Diese drei Sätze, auf die sein Leben zusammengeschnurrt war, wenn er sich nicht gerade bei Rilke entspannte.

Aber Joshe riss alles an sich. Leise pfeifend öffnete er ein paar Schranktüren, die Tür zur Speisekammer, den Kühlschrank. Dann verkündete er, dass Grete und er kochen würden, während der Opa sich von dem Schrecken und dem Schwächeanfall erholte.

Heute musst du dich um nichts kümmern, äffte Joshe ihn mit einer scharfen Lustigkeit nach und schob ihn rückwärts zur Tür hinaus, wir machen das schon. In Joshes Rücken lachte lauthals die Komplizin Grete, und Konrad stellte sich auf einmal vor, sie spiele das alles nur, sie könne aus der Rolle in Wirklichkeit aussteigen. Aber aus Bosheit hielt sie es meistens durch, als Rache für seine jahrzehntelangen Kränkungen. Er sagte noch, aber pass auf mit den Messern, und dass sie auf gar keinen Fall frisches Obst … Da schloss Joshe die Tür, ein paar Zentimeter vor seiner Nase.

Konrad stand da und schaute auf die künstliche Maserung. Direkt auf Augenhöhe war das Furnier heller, ein ewiges Andenken an Fiona. Mit sechzehn oder siebzehn hatte sie eines Nachts, vermutlich betrunken, ein Hakenkreuz auf die Tür gesprüht. Als er es entdeckte, hatte er Lust gehabt, sie zu Brei zu prügeln. Er hatte seine Kinder nie angerührt, allerdings war er diesbezüglich froh, keine Söhne zu haben. Damals hatte er sich vorgestellt, ein Jahr lang nicht mehr mit ihnen zu sprechen, mit keiner von ihnen, Grete eingeschlossen. Er wusste nicht mehr – er hatte es wahrscheinlich nie gewusst –, wer am Ende die

Schmiererei entfernt hatte, und mit welchem Mittel. In seinen Augen war es das falsche gewesen, denn es hatte das Furnier gebleicht. Ob es ein richtiges Mittel gegeben hätte? Damals hatte er unerbittlich gefordert, dass die Tür auf Fionas Kosten ausgewechselt werde. Grete hatte es ausgesessen. Als er zumindest mit ihr wieder sprach, tödlich verletzt, tonlos vor Enttäuschung, hatte sie eingewilligt, eine neue Tür zu bestellen. Aber sie hatte ihn, mit allen Anzeichen äußerster psychischer Erschöpfung, inständig gebeten, ein wenig Geduld zu haben. Und dann hatte sie ihn so lange an der Nase herumgeführt (Kostenvoranschläge, Lieferschwierigkeiten und die Frage, ob man nicht gleich alle Türen im Erdgeschoss wechseln sollte), bis er unumstößlich zum Familienterroristen geworden wäre, wenn er ein dreiviertel Jahr später, wegen eines winzigen Bleichflecks, immer noch auf einer neuen Tür beharrt hätte. Und inzwischen waren alle, ohne dass man je wieder darüber gesprochen hätte, glücklich, dass zumindest der Fleck noch da war.

Hinter der Tür war Grete, ohne ihn. In jenem Raum, der früher ihr Königreich gewesen war. Joshe wusste nicht genug über ihren Zustand, nichts über das Ausmaß der Erosion, auch wenn er immer noch seinen intuitiven Zugang zu ihr hatte. Sie würde versuchen, all die Nahrungsmittel blitzschnell in sich hineinzustopfen, die Konrad ihr voller Umsicht und Strenge vorenthielt, Obst, Schokolade, womöglich sogar Zucker pur, mit der bloßen Hand. Sie würde – es war schon geschehen – die Küchenhelfer aus Edelstahl von ihren Haken nehmen, sie durcheinanderwerfen und behandeln, als wären sie Spielzeug, um damit Musik zu machen oder etwas zu bauen. Konrad wischte die handlichen Helferlein einmal im Monat heiß ab, er wusste nicht in jedem Fall, wozu sie einst gedient hatten. Das aber war, im Vergleich dazu, was sie darüber noch wusste, eine Menge. Sie würde Joshe gegenüber eine Show abziehen, all die unverfänglichen, vernünftigen, in Wahrheit vollkommen nichtssagenden Sätze zusammenraffen, mit denen sie sich in der Öffentlichkeit, im Theater, im Konzert oder samstags auf dem Markt durchmogelte. Was für ein herrlicher Tag. Immer wieder schön, Sie zu sehen. Wir haben es doch wirklich gut, alle miteinander. Es könnte einem viel schlechter gehen. Man muss ja froh sein, dass man gesund ist. Und dass die Kinder gesund und glücklich sind. Was will man mehr.

Bei dem Satz mit den Kindern zuckte es manchmal in den Gesichtern der alten Freunde, aber die wussten ja, was mit ihr los war. Die anderen, die nichts wussten, auch nicht über Konrads und Gretes Kinder, ließen sich täuschen. Diese Art von Gesprächen ist nur als freundliches Geräusch gemeint, da hört keiner so genau hin. Auf diese Weise könnten Hundertschaften von Dementen gepflegt Konversation treiben, nickend, lächelnd, sich verbeugend. Eine Kamera ohne Ton würde unverfängliche Bilder liefern, doch die Inhalte, die nach einer halben Minute wieder von vorne begännen, dürften nicht zu hören sein, vorgestanzt, vorhersehbar wie sie waren: Wie geht es Ihnen? Was für ein herrlicher Tag. Schön, dass man sich wieder einmal trifft.

Ein einziges Mal hatte eine von Katharinas Freundinnen Grete dabei gemustert. Konrad war dabeigestanden, schweigend, als die Freundin sich nachher diskret vergewisserte und erklärte, dass sie diese Beschwichtigungsphrasen von ihrer Schwiegermutter kenne. Die können das gut, sagte sie und lachte, wenn das Gespräch doch zu lang und komplex wird, entschuldigt sich meine und geht aufs Klo.

Für Joshes Koch-Spaß mit der Oma würde natürlich Konrad büßen, wer sonst. Warum ihr keine Banane geben, wenn sie so gern eine mag? Wenn sie solche Lust auf Vanilleeis hat? Aber wenn sie falsch aß, bekam sie Durchfall. Dann würde sie nachts wieder an der Schranktür rütteln, und er, er müsste einen Kübel mit lauwarmem Seifenwasser bringen, bevor er sie überhaupt ins Bad führen konnte. Er würde knien und wischen, und sie würde weinen, vor Scham und Entsetzen. Er stand noch immer vor der Küchentür und schaute auf den hellen Fleck. Er musste einschreiten, er hätte einschreiten müssen. Indikativ, Irrealis, dazwischen eine Handvoll Zucker oder zwei grüne Äpfel mit Stumpf und Stiel. Er hörte Grete drinnen singen. Beratungsresistent, sagte Helenas Stimme. Dienstleistungsgesellschaft, sagte Katharina. Gefängniswärter, Tyrann, Nazi, Arschloch, sagte Fiona. Er drehte sich um und ging in den Keller.

Als er, zurückgelehnt in seinem lederbezogenen Direktorenstuhl, den ihm der Betrieb zum Abschied geschenkt hatte, mit trockenem, offenem Mund vom eigenen Schnarchen erwachte, lag direkt vor ihm eine fette Schwarze auf einem Billardtisch und wurde von einem Mann, dessen Kopf nicht im Bild war, von hinten penetriert. Der Ton war ausgeschaltet, seine eigene Hose geschlossen. Der dicke Hintern hob und senkte sich, der weiße Hintern davor, scheckig von Sommersprossen, stieß wie eine Maschine. Von oben kam ein Geruch nach Speck, Zwiebeln und Pilzen. Anders als manche seiner Freunde es von sich behaupteten, gelang es Konrad nie, so aufzuwachen, dass er glaubte, er sei viel jünger und alles wie früher, Grete gesund und fleißig, Fiona ein Alptraum, aber am Leben. Wie tief oder alkoholisch sein Schlaf auch gewesen sein mochte: Er wachte auf und war an seinem Platz. Im Grunde sind das alles lauter Gemeinheiten.

Er hörte jemanden die Treppe herunterlaufen. Das musste Joshe sein, denn Grete ging schlurfend und hätte schon auf dem Weg, wie ein verirrtes Geißlein, unablässig nach ihm gerufen. Seine Hand griff nach der Maus und verfehlte sie, schlimmer noch, er schubste sie mit der Handkante vom Tisch. Als er aufstehen und mit seinem Körper den Bildschirm verdecken wollte, war Joshe schon neben ihm. Die fließende Behändigkeit der Jugend. Sein Enkel bückte sich, holte die Maus unter dem Schreibtisch hervor und sagte: Probier mal rosaporn-dot-net. Ist, glaube ich, besser. Und das Essen ist fertig.

Grete saß schon und sah ihm im Blüschen entgegen, erwartungsvoll wie in ihrer frühen Verlobungszeit. Joshe hatte die alten Gläser und das gute Geschirr gedeckt, er hatte sogar die Stoffservietten gefunden. Konrad vermutete, dass sie inzwischen Stockflecken hatten.

So hatte der Tisch ausgesehen, als er befördert wurde, als die Mädchen Matura machten, als sie ihre Hochzeiten ankündigten, zumindest bei Ilka erinnerte er sich an etwas dergleichen. Wahrscheinlich waren sie auch nach Fionas Begräbnis so gesessen. Nach ein paar Jahren schleifen sich die Rituale in allen Familien ein. Zwischen Freude und Trauer wird nicht mehr unterschieden. Hüftsteife Menschen gießen Sekt in Bleikristallkelche, die einmal etwas Besonderes waren. Die Teppiche sind an den Rändern blank getreten. Wenn die Hüftsteifen sterben, gibt es einen Ruck, aber bald bohrt sich das gleiche Ritual an anderer Stelle in den Grund. Vielleicht nimmt man, verlegen kichernd, ein paar von diesen altmodischen Sektkelchen mit. In anderer Umgebung müssten sie ironischer wirken. Aber das vergeht, meine Lieben, das vergeht, und bald werdet ihr, den Erbstücken zuliebe, auch schon ein bisschen unbeweglicher.

Konrad setzte sich an seinen Platz und legte die Serviette auf den Schoß. Warum nicht genießen, was man für ihn gekocht hatte? Jemand hatte etwas für ihn getan. Ein warmes Essen auf dem Tisch, mit Liebe zubereitet. Jedenfalls mit Zuneigung. Und er durfte einfach zugreifen. Wenn es auch noch schmeckte, hätte es verdient, sein letztes Abendmahl zu werden. Ihm wurden die Augen feucht, er nahm einen großen Schluck Wein.

Grete wirkte vollkommen normal, eine nette alte Frau, die mal wieder zum Friseur musste. Sie blickte hin und her, ihre Augen sprühten Sterne. Joshe behandelte sie wie einen Ehrengast.

Das Essen war schärfer gewürzt, als sie es gewohnt waren, jedenfalls salziger, als gesund war. Konrad trank deshalb mehr; ihm schien, Grete auch. Joshe beantwortete alle Fragen nach Leben und Beruf so ausweichend, dass es an Verweigerung grenzte. Konrad gab die Rolle des Verhör-Spießers auf. Wenn er an diesem Abend etwas auf keinen Fall wollte, dann der verlängerte Arm seiner Töchter sein. Dabei war man sich wahrscheinlich ähnlicher, als man hoffte. Denn die Werte hatten sie bestimmt von ihm, genau wie er sie von seinem Vater hatte. Die Pubertätsrevolutionen sind nur Budenzauber, das eigentliche Erbe ist längst ins Knochenmark injiziert.

Er nahm sich vor, die Dinge laufen zu lassen. Man konnte auch schweigen und warten. Joshe erkundigte sich nach dem Umbau. Und da gelang es Konrad mit einem Mal, sich wie Grete zu benehmen, verwandelt, schöner als sonst. Er gab die Sache beinahe als seine eigene Idee aus. Wegen Gretes Stürzen über die dicken Schwellen. Damals, als sie das Haus kauften, hatten gerade diese

Schwellen so anheimelnd gewirkt. Welch gigantische Operation es nun war, sie zu entfernen, von den Kosten ganz zu schweigen. Die Schwellen waren mit den Türrahmen fest verbunden. Und sie hatten den Fliesenboden erst danach legen lassen. Jetzt bedeutete das: Alles aufstemmen, rausreißen, Betonauffüllungen. Die Fliesen flicken, an den Nahtstellen. Und das alles wegen ein paar Zentimetern Niveauunterschied. Die allerdings Grete das Leben kosten konnten. Das war so ein Satz seiner Töchter, und Konrad sprach ihn nicht aus, obwohl er ihn zum ersten Mal nicht für völlig übertrieben hielt.

Wäre es nicht einfacher, umzuziehen, fragte Joshe.

In eine Seniorenresidenz, fragte Konrad zurück, barrierefrei, mit antibakteriellen Anstrichen in den Gemeinschaftsräumen?

Wohin auch immer, sagte Joshe, der sich um den Sarkasmus nicht scherte.

Werde du erst einmal so alt, sagte Konrad, dann reden wir weiter.

Joshe lachte. Grete lachte auch.

Schmeckt es euch, fragte sie. Ich finde, ich habe heute wieder gut gekocht.

Konrad öffnete den Mund, Joshe machte eine Handbewegung. Wunderbar gekocht, Oma, wie immer, dafür bist du in der ganzen Familie berühmt.

In der ganzen Familie, wiederholte sie und schien nachzudenken. Rechts neben ihrem Ellbogen stand eines der Sektgläser. Man muss es wegstellen, dachte Konrad, sie wird es hinunterstoßen.

Joshe legte ihm nach, aus dem Schmortopf, der auf dem Tisch stand. So hatten sie es früher niemals gemacht, aber warum eigentlich auch noch eine Servierschüssel samt Deckel abwaschen? Die passten kaum in den Geschirrspüler, deshalb kamen sie seit langem nicht mehr zum Einsatz. Seit Grete sie vergessen hatte. Joshe stand auf und holte eine neue Flasche Wein. Konrad beugte sich nach vorn.

Was ist, fragte sie, habe ich etwas falsch gemacht?

Doch das Sektglas war nicht mehr da. Joshe musste es mit hinausgenommen haben.

So ging der Abend dahin. Konrad blieb schwer sitzen, an seinem Platz festgenagelt, die verschiedenen Gänge, ein Salat, ein Pilzgericht und ein Kompott mit Vanilleeis erschienen und verschwanden wieder. Sein Glas wurde niemals leer. Kerzen brannten. Grete schaute lebhaft von einem zum anderen, wie eine kleine alte Braut. Konrad war endlich vollkommen egal, was sie verstand. Er fühlte sich wohl. Er plauderte, erzählte und beschwerte sich: Wie ihn Katharina und Helena in diesen wahnsinnigen Umbau hineingeritten hatten – diese beiden Furien, du kennst sie ja – obwohl er ihnen inzwischen beinahe dankbar war.

Es ist nicht leicht, sich zu solch großen Veränderungen aufzuraffen, erklärte er, wenn man ohnehin alle Hände voll zu tun hat. Er zwinkerte Joshe zu und deutete verstohlen auf Grete. Joshe verstand ihn genau. Er bewunderte seinen Großvater. Nicht alle Männer seines Alters nahmen ihr Los so an wie Konrad.

Dass die Handwerker heutzutage in bar bezahlt werden mussten, war ein Skandal, auch darin stimmt ihm Joshe zu. Eigentlich eine Zumutung, polterte Konrad, so viel Bargeld im Haus zu haben! Vielleicht sind es doch Schwarzarbeiter, so genau hatte Katharina ihm das nicht erklärt.

Ich hoffe, du hast es nicht zwischen deinen Unterhosen, sagte Joshe.

Nein, da kommst du nie drauf, antwortete Konrad, hinter dem Schirm der Wandlampe da draußen, die einzige, die nicht geht.

Du hast Geld in die Lampe gesteckt, fragte Grete und lachte. Deshalb geht sie nicht!

Wenn wir nur so viel Geld hätten, dass wir es in alle Lampen stecken könnten, sagte Konrad und nickte, als Joshe mit dem Cognac kam.

Dann würden wir im Dunkeln leben, sagte Grete und lachte.

Würdest du im Dunkeln leben wollen, fragte Konrad, wenn wir dafür das viele Geld hätten?

Grete sah ihn ratlos an. Geld ist nicht alles, sagte sie schließlich, wir haben es doch wirklich gut, alle miteinander. Hauptsache, man ist gesund.

Als Joshe Grete ins Bett brachte, nahm Konrad noch einen großen Cognac. Die beiden alberten im Bad herum, dann war es eine Weile still. Konrad stellte sich vor, dass Joshe sich zu ihr gelegt hatte, zum Kuscheln, so wie es früher mit ihm als Kind gemacht worden war. Ein anstößiger Gedanke. Allerdings hatte Konrad das Kuscheln mit den Enkeln ebenfalls anstößig gefunden, seine beiden Töchter hatten sich geradezu darin überboten. Er hatte den Vorwurf darin gespürt. Aber mit ihm hatte auch niemand gekuschelt, er war das jüngste von fünf Kindern gewesen, und statt zu kuscheln, hatte man ihn beauftragt, das Sauerkraut zu stampfen, stunden- und tagelang.

Er war ja nie da gewesen, als die Mädchen klein waren. Es hatte Zeiten gegeben, da war er im Jahr nur an acht Wochenenden zu Hause gewesen. Hatte ihm Grete immer vorgerechnet, ein wiederkehrendes Thema ihrer bitteren Streits. Dass sie jahrelang im Grunde alleinstehend und alleinerziehend gewesen sei. Und er nur gekommen, um frische Hemden zu holen. Als sie auch das nicht mehr wusste, wollten die Töchter von sich aus damit anfangen. Damals hatte er die Hinausschweigetechnik entdeckt. Er hatte mit der Faust ein einziges Mal auf den Tisch geschlagen, aber nicht bloß ein bisschen. Mehr nicht, nur der Fausthieb, und auf die Tür gezeigt. Den Arm nicht mehr sinken lassen. Den Arm ausgestreckt gehalten, eisern, ohne zu zittern, bis sie verstanden hatten. Nichts mehr gesagt, allen Beschwichtigungen zum Trotz. Gesessen wie sein eigenes steinernes Monument. Unsichtbar geblutet aus allen Seelenfalten. Jemand hatte für ihren Lebensstil aufkommen müssen, oder? Für die Ausbildung und die Reisen, das Haus, den Garten, die Klavier- und die Tennisstunden, und als Ilka den Kredit brauchte, wer hatte denn da gebürgt? Grete hatte ja nie viel verlangt, obwohl sie sich eine Zeitlang für Maßkostüme und Perlen interessierte. Aber ein Kind, sagt man, ist so teuer wie ein Haus. Das Haus, das morgen früh aufgestemmt würde.

Als Joshe wieder hereinkam, weinte Konrad. Er wusste, er war betrunken, aber es war nicht nur das. Joshe verströmte sein cremeweiches Lächeln. Du willst auch ins Bett, oder, Opa?

Konrad brachte sich in eine stehende Position. Ich möchte dir etwas zeigen, mein Junge, sagte er und stapfte die Kellerstiege hinunter. Er nahm das Korčula-Bild von der Wand und drückte es Joshe gegen den Bauch. Es war staubig, aber das war egal.

Deine Oma, sagte er und rang um Fassung, erinnerst du dich, dass sie einmal so war?

Da war ich noch lange nicht geboren, sagte Joshe.

Du weißt doch, was ich meine, sagte Konrad, das hier, im Gegensatz zu ... Er deutete mit der Hand nach oben.

Sie vergisst, aber sie ist derselbe liebe Mensch, der sie immer war, sagte Joshe.

– Wie kann sie dieselbe sein, wenn sie bald nicht mehr weiß, wer wir sind?

Joshe schaute ihn an. Opa, ich glaube, du solltest mit ihr zum Augenarzt, sagte er schließlich, eines ihrer Augen wirkt wie blind. Ich hab ihr das andere kurz zugehalten, und mein Eindruck war …

Konrad hielt sich am Eck seines Schreibtischs fest. Du hast was, fragte er scharf, was erlaubst du dir …? Das kann nicht sein! Sie sieht sehr gut, ich muss das doch wissen.

Joshe zuckte die Schultern. Brauchst du noch etwas? Sonst mach ich die Küche und geh dann.

Konrad trat einen Schritt auf ihn zu und legte ihm die Hand auf die Schulter. Gefällt dir das Bild, fragte er.

Joshe hängte es wieder auf. Es ist ein sehr schönes Bild, sagte er, ich an deiner Stelle hätte sie auch geheiratet.

Aber umgekehrt nicht, fragte Konrad und hustete.

Ach Opa, sagte Joshe, woher soll ich das wissen?

Du wirst das Bild bekommen, sagte Konrad heiser, ich finde, du sollst es haben, niemand sonst.

Ich schau es mir sehr gern bei dir an, sagte Joshe, aber geh jetzt ins Bett.

Er erwachte Stunden später mit dem Gefühl, sehr weit weg gewesen zu sein, in einem verzweigten Tunnelsystem oder im entlegensten Raum eines Traumpalastes. Er tastete sich langsam zurück durch elegante und verwilderte Säle, gezogen von einem dunkelsilbrigen Band, das sich, als er ins Freie trat, in eine Stimme verwandelte. Grete stand in seinem Schlafzimmer, er saß sofort aufrecht. Sie war schon lange nicht mehr von selbst gekommen, er führte sie doch immer an der Hand von Zimmer zu Zimmer. Die trockenen weißen Pinsel standen unvorteilhaft um ihren Kopf, aber ihr Blick war klar und forschend. Ich wecke dich nicht gern, Konrad, sagte sie, aber es hat sich jemand im Bad eingeschlossen. Und es ist mir schon dringend.

Natürlich, sagte er und stand etwas mühsam auf. Anders, als er erwartet hatte, ging sie voran, und in die richtige Richtung. Sie versuchte, die Tür zum Bad zu öffnen. Als sie sich zu ihm umdrehte, war ihr Gesicht angstverzerrt. Konrad, flüsterte sie, ich muss jetzt wirklich …

Er drängte sich an ihr vorbei und rüttelte an der Tür. Sie ging nur einen Spaltbreit auf, offenbar war dahinter etwas umgefallen und hatte sich verklemmt. Er hatte keine Ahnung, was es sein konnte, die ersten Assoziationen waren bedrohlich, vermutlich traumbedingt. Er brauchte ein paar Sekunden, um zu entscheiden, was vordringlich war. Dann sagte er zu Grete, halt es zurück, nur noch einen Moment, zähl laut bis zehn, ich habe gleich eine Lösung.

Zähl, rief er über die Schulter, während er die Stiege hinunterstürmte, ich will dich hören.

Als sie bei acht war, fand er unten endlich den roten Kübel, weil er fast darüber fiel. Er kippte den Inhalt einfach auf den Boden und rannte zurück, achteinhalb, rief er, Mädchen, du schaffst das, ich bin fast da!

Sie machte gar kein Theater, als er sie erreichte, den Kübel an die Wand neben der Badezimmertür stellte, auf die Knie fiel und ihr den großen Baumwollschlüpfer herunterriss. Ihre bleichen Knie kamen ihm schon entgegen. Er kniete und hielt sie fest, damit sie nicht umfiel, in dieser instabilen Position. Das Nachthemd war gnädig wieder herabgesunken, es hing über ihre Beine und beschirmte das mehrtönige Geknatter, das sich darunter entlud, Platzregen, Sturmwinde und feuchte Explosionen. Ihr Körper bebte, von der Hüfte, an der er sie hielt, aufwärts. Doch als er hinaufsah, lachte sie. Das ist genau wie auf dem Campingplatz, seufzte sie schließlich, wo war denn das, damals, in diesem Wald ...

Jugoslawien, sagte er, obwohl er keine Ahnung hatte, was sie meinte.

Das stimmt nicht, widersprach sie, ich glaube, es war in Kärnten. Dieser riesige See, wo alle drei den Brechdurchfall, aber als dann Fiona ...

Mit einer ruckartigen Bewegung drehte sie sich Richtung Bad: Fiona?

Er verstärkte seinen Griff, sie versuchte, aufzustehen. Fiona, rief sie mit schriller Stimme, sie ist da drin, wir müssen ihr helfen!

Sie begann, um sich zu schlagen, Konrad rang mit ihr, doch schließlich fiel sie um, mitsamt dem Kübel, auf dem sie gesessen war. Er fuhr zurück, um so wenig wie möglich von dem abzubekommen, was ihn ohnehin den Rest der Nacht beschäftigen würde. Sie lag auf dem Boden und weinte, sie zupfte an ihrem Nachthemd und rieb unbehaglich die Beine aneinander. Er stand auf, stieg über sie hinweg und gab der Tür einen Tritt, dass ihm der Schmerz durch Knöchel und Knie fuhr. Drinnen splitterte etwas, nach einem weiteren Tritt mit dem anderen Fuß sprang die Tür auf. Es schien Gretes Rückenbürste gewesen zu sein, die sich zwischen Wanne und Tür verkeilt hatte. Es war nicht Fiona, die sich wahrlich oft genug in diesem Bad eingesperrt hatte, vor Jahrzehnten, aus Trotz, Tyrannei, oder weil sie betrunken war. Es war auch nicht Joshe, dem Konrad genausoviel zutraute wie seiner Tante, die er ja niemals kennengelernt hatte. Niemand lag da bewusstlos oder tot hinter der Badezimmertür, niemand,

Grete, hörst du, nur deine Rückenbürste mit dem extralangen Stiel.

Konrad öffnete die Wasserhähne in der Wanne und nahm vom Schrank die Rolle Spagat, die er für solche Zwecke bereithielt. Er band ein langes Stück an die Kugelkette, an der der Gummistöpsel hing. Er war stolz auf seine Voraussicht, allerdings entsprang sie der Erfahrung. So würde er nicht mehr ins Wasser greifen müssen, er konnte den Abfluss fern-öffnen, es konnte abrinnen, und den Rest würde er mit dem Duschkopf wegspülen. In eine volle Wanne mit viel Schaum bekäme er sie besser hinein als in die Dusche, denn das würde sie für ein Geschenk halten, einen kleinen Luxus, den er ihr bereitete. Dass es mitten in der Nacht war, wusste sie nicht mehr. Warum sich das Zeitgefühl als erstes, die Erinnerung an Melodien dagegen sehr spät verflüchtigte, hatte er noch nie verstanden. Ein Hirnforscher würde das wissen. Es gab ja Forscher für alles. Passend zur Dienstleistungsgesellschaft.

Sie würde in der Wanne liegen, die Gründe dafür verbargen sich unter dem dichten Schaum. Der Schaum, mit dem früher die Mädchen einander beworfen oder den sie ihren Badeenten als Häubchen aufgesetzt hatten.

Während sie in der Wanne läge, könnte er bei offener Tür draußen wischen, sie würden zwanglos plaudern, und vielleicht würde sie fragen, was er da eigentlich tat. Ich mache hier nur ein bisschen sauber, würde er sagen, und sie würde mit ihrer freundlichen Mädchenstimme sagen, es hört nie auf, stimmt's, Konrad, das haben wir immer gesagt, sobald man ein eigenes Haus hat, hört die Arbeit nie auf.

Er könnte dann antworten, aber du hast doch immer gern Fenster geputzt, Gretilein, nicht wahr. Und damit wäre die Platte neu aufgelegt, sie hätte ein Thema, und er wäre auch bald fertig mit seinen Aufräumarbeiten. Dan-Chlor überdeckt Gerüche übrigens unschlagbar gut, was heißt überdeckt, es schießt sie in Fetzen.

Grete ließ sich nicht beruhigen, nicht durch das warme Schaumbad, und nicht, als er sie in einem sauberen Nachthemd wieder im Bett hatte. Unten im Keller, im Raum neben Konrads Büro, drehte sich leise ächzend die Waschmaschine, im ersten Stock roch es nach Schwimm-bad, die Badewanne war möglicherweise noch nicht ganz sauber, aber deren Behandlung mit Scheuermilch hatte er auf den nächsten Vormittag verschoben. Das könnte gleich sie machen, unter seiner Anleitung die Wanne schrubben, denn ihm taten nach dieser Nachtaktion doch die Knie weh. Alles war also wieder in Ordnung, nur in Gretes Kopf hatte sich etwas an der falschen Stelle ver-hakt, und er wusste es nicht zu lösen. Sie weinte und wimmerte, sie fragte nach Fiona, und dann fing sie an, merkwürdige, böse Sachen zu sagen, du sagst mir nicht die Wahrheit, du hast mich schon früher angelogen, das weiß doch jeder, dass niemand so viel arbeitet, auch du nicht. Du bist nie da, du warst immer woanders, du glaubst, ich bin blöd oder vergesslich, du hast immer ge-glaubt, du kannst alles mit mir machen, aber jetzt ist Schluss.

Schlaf jetzt, sagte Konrad und zog die Bettdecke zu-recht, du bist durcheinander, wenn du schläfst, wird es dir morgen wieder gut gehen.

Aber sie hörte nicht auf. Sie machte schreckliche Ge-räusche, als hätte sie Wasser in der Lunge, sie versuchte zu sprechen, während es sie vor Weinen schüttelte. Der Rotz lief ihr aus der Nase. Konrad holte aus seinem Schlafzimmer die Box mit den Papiertüchern und putzte ihr die Nase ab. Sie drehte den Kopf hin und her, die Rotzspur über das Gesicht verteilend. Fiona, rief sie, Fiona, wo ist sie jetzt, du hast sie geschlagen, und dann ist sie weggerannt, du bist schuld, niemand anderer als du.

Konrad wollte sie ohrfeigen. Er sah auf die verknitterten bräunlichen Wangen, sie bebten wie Aspik, nichts an diesem Gesicht erinnerte mehr an früher. Man sollte nicht so alt werden, dass eine Haut noch lebte, die schon wie zerfallen aussah. Seine Handflächen brannten, und einen Moment glaubte er, er habe getan, was er nur gedacht hatte. Sie hielt sich beide Hände an die Wangen und starrte ihn erschrocken an. Hatte sie seine Gedanken gelesen? Wo ist Fiona, flüsterte sie, was hast du mit ihr gemacht.

Konrad stand auf. Ich habe gerade deine Scheiße aufgewischt, sagte er, erinnerst du dich wenigstens daran? Du hast in einen Kübel geschissen, weil du nicht mal mehr deine Bürste richtig aufhängen kannst, und dann bist du umgekippt, und jetzt plärrst du.

Er verließ das Zimmer, schloss die Tür hinter sich und ging hinunter. In der Küche nahm er sich ein Bier aus dem Kühlschrank. Draußen dämmerte es. Die ersten Tschilpe waren zu hören, akustische Goldpfeilchen, probeweise abgefeuert aus den Büschen und Stauden. Das Orchester stimmte noch die Instrumente. In einigen Minuten würde der unsichtbare Dirigent den Einsatz geben und das Konzert würde losbrausen, immer mit voller Kraft, ohne jedes menschliche Zögern. Denn selbst wenn die Eulen und Katzen letzte Nacht wieder ein paar von den Sängern erledigt hätten, würden die übrigen eben lauter singen. Man merkte nie einen Unterschied, selbst wenn man gut zuhörte, wie er.

Er ging mit dem Bier in den Keller. Er schloss die Lüftungsluken und zog die Rollos herunter, nachtblau mit gelben Elefanten, übriggeblieben von den Kindern. Er setzte sich bequem in seinen Direktorenstuhl und kehrte zu der dicken Schwarzen auf dem Billardtisch zurück. Ja, er wusste, was ein Verlaufsordner war, er war kein kompletter Idiot. Er schaltete diesmal auch den Ton an und stellte lauter, er wollte für eine Weile nichts anderes hören als das Keuchen, Stöhnen und Gurren. Der Hintern dieser Frau war riesig und so glatt wie aufgeblasen. Schwer vorzustellen, dass auch diese Haut einmal so zerlaufen würde wie Gretes. Außerdem hatte sie unglaubliche, zu einem armdicken Zopf gebundene Haare, an denen der Mann ihren Kopf manchmal zurückkriss. Konrad hätte sich gewünscht, dass er öfter und fester daran risse, im Rhythmus etwa mit seinen Stößen, oder zumindest jedes zweite Mal. Doch es war auch gut, sich das nur vorzustellen.

Als es um kurz nach sieben klingelte, hatte Konrad alle Entschlüsse gefasst. Möglich, dass er nach Bier roch, aber das war ihm egal. Er war auch nicht rasiert, aber das würde seine Glaubwürdigkeit sogar erhöhen. Auf dem Weg zur Tür frisierte er sich immerhin mit ein paar Strichen vor dem Flurspiegel.

Es waren drei, und sie trugen schon allerlei Gerätschaften in großen schwarzen Plastikwannen. Ein Lieferwagen stand geöffnet und mit eingeschalteter Warnblinkanlage auf dem Gehsteig. Darin noch mehr Geräte, Kabeltrommeln, Zementsäcke. Einer der Arbeiter, ein kleiner, dunkler Ausländer, hielt eine lange Rolle transparenter Abdeckfolie umklammert.

Konrad entschuldigte sich wortreich, aber bestimmt. Die schwere Krankheit seiner Frau mache es leider vollkommen unmöglich, mit den Arbeiten zu beginnen. Auf absehbare Zeit sei der Umbau nicht zu verwirklichen, möglicherweise habe er sich überhaupt erledigt. Man weiß ja gar nicht, wie lange sie noch lebt, sagte er. Wegen der entstandenen Kosten möge man sich mit seiner Tochter Katharina in Verbindung setzen, sie habe die Firma schließlich beauftragt. Die Arbeiter nickten und zogen ab. Sie wünschten nicht einmal gute Besserung, dazu waren sie zu stumpf.

Es war alles glatt gegangen. Es handelte sich immerhin um Dienstleister. Wenn man den Dienst nicht mehr brauchte, leisteten sie ihn nicht. Ebensowenig leisteten sie Widerstand, sie dienten, indem sie sich zurückzogen.

Konrad blieb noch einen Moment im Flur stehen. Dann ging er zur mittleren der drei Wandleuchten, hob vorsichtig den Schirm ab und sah nach. Das Geld, das er mit einem Gummi zur Rolle gebunden hatte, war weg. Er nickte. Wäre jemand dagewesen, hätte er behauptet, er habe es gewusst. Obwohl das nicht ganz stimmte.

Er schraubte die Glühbirne wieder fest. Dann konnte sie ja genausogut leuchten. Zurück im Keller, an seinem Computer, brauchte er eine Weile, bis er herausgefunden hatte, wie man ein Dokument quer bedruckt. Den schwarzen Rand zu machen, ging schon schneller. Als er das Dokument so vor sich sah, war er beinahe aufgeregt. Die Innenfläche in dem schwarzen Rahmen war reinweiß, sie wartete geduldig darauf, gestaltet zu werden. Das war nun doch besser als das Schulheft, es sah gleich so professionell aus, so nah am Ziel.

Er schob den Tabulator an den Anfang des rechten Drittels, schrieb *Wir alle fallen*, machte die drei Wörter erst fett, dann kursiv. Dann schrieb er weiter, und er bemühte sich, jeden Tippfehler sofort zu bemerken und zu korrigieren:

Wir alle fallen. Diese Hand da fällt.
Und sieh dir andre an: es ist in allen.
Und doch ist einer, welcher dieses Fallen
unendlich sanft in seinen Händen hält.

Das Telefon klingelte mehrmals, er blieb sitzen. Eine kurz danach eintreffende E-Mail von Helena, die sich, wahrscheinlich von Katharina angestiftet, nach dem Beginn der Bauarbeiten und dem Lärm erkundigte, beantwortete er nicht. Von den Orten, wo es die Billardtische und die aufgepumpten Frauen gab, konnte er sich nach den relativen Exzessen dieser Nacht nun eine Weile fernhalten. Später nickte er ein. Grete kam erst weit nach Mittag die Treppe herunter geschlurft. Hallo, rief sie schon von weitem wie ein verirrtes Geißlein, Konrad, hallo? Und als sie vor seinem Schreibtisch stand wie früher der Bürodiener Franzl, ein lieber blonder, minderbemittelter Junge, der sich auch vor Konrads leerem Direktorensessel verbeugte, da war wieder alles wie immer. Nicht wahr, Konrad, sagte sie, und mit den trockenen Haaren rund um das Gesicht sah sie aus wie eine verrückte weiße Sonne in einem Kinderbuch: Es geht uns doch gut? Wir haben es doch gut miteinander. Hauptsache, man ist gesund.

Igel

Immer wieder verfingen sich Igel in den Öffnungen
von McFlurry-Eisbechern, die achtlos weggeworfen
wurden. Die Tiere, die die Reste der Vanille-Eiskrem
ausschleckten, bekamen den Kopf nicht mehr aus dem
Plastikbehälter und verhungerten. Fünf Jahre kämpfte
besonders die britische »Gesellschaft zum Schutz
der Igel« gegen die tödlichen Fallen – endlich hatte
McDonald's ein Einsehen. Das Unternehmen hat den
Eisbecher neu gestaltet. Künftig werde die Öffnung
kleiner sein. Dann passe nur noch ein Löffel, aber
kein Igelkopf mehr hinein.

Micol, ein entzückend exaltiertes Wesen mit vielen Talenten, hatte es zu nicht mehr als einer wohlbestallten Ehe mit einem nach außen hin milden Mann gebracht. Sie war recht hübsch – wenn man den demonstrativ unfrisierten Typ mag – und blieb es tröstlich lange. Aber dass sie sonst so gar nichts aus sich gemacht hatte, scheint doch zu beweisen, dass sie zu feig gewesen war, ihre Klugheit und Musikalität dem Konkurrenzvergleich auszusetzen. Dabei stammte sie nicht aus einem vermögenden Elternhaus, wie man nun vielleicht denken würde, aus keinem dieser schwerreichen Milieus, die die völlig überflüssigen Berufsanstrengungen ihrer Kinder amüsiert als *Charakterstärke* belobigen. Was Micol allerdings reichlich besaß, war Ignoranz den meisten Zwängen gegenüber, vor allem den ökonomischen. Lange Zeit hätte man darauf gewettet, dass sie mit einem bettelarmen Genie egal welcher Sparte in ein feuchtes Pariser oder New Yorker Loch ziehen und dort ein paar unerträglich altkluge Kinder bekommen würde, um sie anschließend liebevoll und unkonzentriert verwildern zu lassen. Fraglich nur, wie lange sie das durchgehalten hätte.

Doch sie vermied es, sich festzulegen. Sie hielt sich alles offen, bis die Möglichkeiten von selbst wieder zu schwinden begannen. Mit Ende dreißig – und ihr kokett-unwilliger Seufzer stand monatelang um sie wie eine Aura – entschied sie sich zur Überraschung ihrer Künstlerfreunde für diesen Thomas von Oheimb, der meistens spöttisch lächelte und die Fortführung ihres unfokussierten Lebens garantierte: Mit ihm brauchte sie keinen ständigen Wohnsitz, sie konnte sich weiter von ihren Launen regieren lassen, Kurse geben und nehmen, reisen, geistreiche Essays schreiben, ausgefallene Instrumente lernen und abgelegene Sprachen. Aber auf diese ruhelose Weise schien sie den üblichen Verletzungen aus dem Weg gegangen zu sein, jenen Narben, die einen weiser und härter werden lassen. Und das machte sie dann, wenn sie sich unvermutet an den wehen innersten Stellen stieß, so unbeholfen und furios.

Zu der Zeit, in der diese Geschichte spielt, hätte sie eigentlich zufrieden sein können wie eine satte Katze. Sie hatte ihrer Freundin geholfen, ein Musikfestival zu begründen und dafür alle erreichbaren Beziehungen, vor allem die ihres Mannes, aktiviert. Sie hatte Sponsoren charmiert und Journalisten in Marsch gesetzt, sie hatte sogar eine Druckerei betreten und, innerlich amüsiert über den professionellen Gesichtsausdruck, der ihr dort gelang, den Andruck des Programmhefts überwacht. Das alles war einer Erwerbsarbeit so nahe gekommen wie lange nichts mehr. Natürlich hatte ihr das Ganze kaum Geld eingebracht – im Gegenteil schleppte sie ihren eigenen, das heißt, den von Thomas bezahlten Champagner zum Pressefrühstück –, aber eine wärmende Portion Selbstbestätigung. Wenn sie wirklich wollte, wenn es um etwas Sinnvolles ging, dann bekam sie durchaus etwas zustande. Wobei sie sich gleichzeitig schüttelte vor Grausen bei der Vorstellung, so etwas täglich zu machen, etwa als *Kulturmanagerin* Designer-Klinken zu putzen in einem lachsfarbenen Kostüm. Du wirst sehen, sagte sie zu ihrer Freundin, der mit Geld- und Organisationsfragen vollkommen überforderten, aber als Cellistin begnadeten Alida Horáčková: In spätestens vier Jahren seid ihr unter den Top Five der Nachwuchsfestivals – weltweit. Dass ein so ehrgeiziger Satz einem ängstlichen Protegé wie Alida fast wie eine Drohung klang, lag schon außerhalb ihres Einfühlungsvermögens.

Nach Abschluss dieses kräftezehrenden Großprojekts lag es nahe, Thomas mit ernsthaftem Urlaubsgebettel auf die Nerven zu fallen. Einerseits hatte er nie Zeit, was ihr meistens entgegenkam, denn sie verabscheute *Alltagsgeklebe.* Vor allem wollte sie unbeobachtet sein, wenn sie ihre schwarzen Tage hatte und nicht aus dem Bett kam, weil sie nachts so lange in verschiedenen Bars getrunken, geraucht und in dunklen Winkeln mit fremden Männern etwas getan hatte, woran sie sich zum Glück kaum mehr erinnern konnte.

Aber andererseits brauchte sie mit kindlicher Unbedingtheit die Garantie, dass ihr Mann ihr keinen noch so rücksichtslosen Wunsch abschlug, wenn es sich für sie nach einem Notfall anfühlte. Und daher ließ er eine Aufsichtsratssitzung verschieben und sich an der ligurischen Küste ein Hotel empfehlen, das den widersprüchlichen Erwartungen Micols zumindest nahe kam. Das perfekte Hotel durfte weder protzig noch absurd teuer sein, es sollte familiär, authentisch und dennoch luxuriös sein. Ein Geheimtipp eben. Modische Schnickschnacks der internationalen Innenarchitektenszene konnten ihr die Laune verhageln. Aber ebenso gab es Nächte, wo alles daran hing, dass man morgens um zwei umstandslos eine eiskalte Flasche Crémant bekam, Badewanne in Weinfassoptik hin oder her.

Nun saßen sie auf der oleandergesäumten Terrasse in der morgendlichen Balsamluft und unterhielten sich etwas angestrengt über eine hässliche Scheidung im Bekanntenkreis. Der Mann führte gegen seine Noch-Ehefrau einen Prozess, weil er behauptete, sie habe, um ihm zu schaden, Geschäftsunterlagen vernichtet. Micol war überzeugt, dass er das glatt erfunden hatte, um möglichst wenig Unterhalt zahlen zu müssen. Thomas wiederum wollte nicht glauben, dass man einen Richter derartig anlog.

Wie naiv du bist, sagte Micol, manchmal frage ich mich, wie du deine Firmen leiten kannst, ohne auf Schritt und Tritt übers Ohr gehauen zu werden.

Weil ich mich weigere, die Frauenquote zu erfüllen, sagte er und rückte einem Croissant mit dem Messer zu Leibe. Micol runzelte die Stirn.

Ich glaube, es war so, sagte sie schließlich: Er hat darüber sinniert, was er seiner Frau alles vorwerfen kann. *Wenn sie könnte, würde sie noch meine Akten vernichten*, hat er vor dem Einschlafen gedacht, und das am nächsten Morgen schon für eine Tatsache gehalten. Inzwischen glaubt er es fest und kann es ihr deshalb so überzeugend vorwerfen.

Das klingt mir zu einfach, antwortete Thomas, vielleicht hat er ja wirklich bestimmte Akten vermisst, und …

Du hast einfach keine Ahnung von Psychologie, sagte Micol.

– Und du von nichts anderem.

Micol warf ihm eine Kusshand zu: Wenn du mich nicht immer so schlecht behandeln würdest, hätte ich dich nicht geheiratet.

– Das könnte sich immer noch als Fehler erweisen.

Aber bevor sie darauf antworten konnte, fuhr direkt vor ihnen mit einem Knall ein Auto gegen die große Palme.

Der Aufruhr, der daraufhin entstand, wurde von fast allen Augen- oder Ohrenzeugen lustvoll zelebriert – obwohl oder vielmehr weil gar nichts Schlimmes geschehen war. Eine der jungen Kellnerinnen stieß tatsächlich einen Schrei aus, so geziert wie ihre Spitzenschürze. Jemand sprang auf, setzte sich aber wieder, nachdem er sich umgeblickt und in den Gesichtern der anderen zu wenig Beifall für sein engagiertes Aufspringen geerntet hatte. Am lustigsten fand Micol, dass Fenster geöffnet wurden und sich tatsächlich Gäste in Nachtwäsche herausbeugten. Ein junger Kellner sagte etwas auf Italienisch, und wer es hörte und verstand, lachte. Mehrere Hotelangestellte eilten hin, aber bevor sie das Auto erreicht hatten, stieg das Paar schon aus, der Mann, indem er das Fenster auf der Fahrerseite herunterließ und die Tür mit einer Armverrenkung von außen öffnete. Sein Hemd war so strahlend weiß wie seine Haare, was in gefälligem Kontrast zur Urlaubsbräune von Gesicht und Armen stand. Als erstes tätschelte er einem Angestellten die Schulter, so als müsste dieser beruhigt und getröstet werden. Seine Frau – ein kurzer dunkler Bob wie ein Ball ums Gesicht und patente

Bewegungen – neigte den Kopf, schien aber ebenfalls weder unglücklich noch erschrocken. Der Kofferraum wurde geöffnet und das Gepäck ausgeladen. Der Mann stieg wieder ein, setzte das Auto zurück und stellte es an den Rand des Vorplatzes. Dann betrachtete man den Schaden von vorne, der Mann streichelte ein paar Mal über die Motorhaube, außer Micol hatten sich alle anderen längst wieder ihren Eiern, Roastbeefscheiben oder ihrer Arbeit zugewandt.

Als das Grüppchen schließlich die Treppe heraufkam, Mann und Frau voran, die Angestellten mit dem Gepäck hinterher, stand Micol auf und applaudierte. Ihr Mann schaute von seiner Zeitung auf und spitzte den Mund, schlug dann aber auch zwei, drei Mal die gepflegten Hände gegeneinander. Die anderen Gäste fielen ein, und so prasselte ein Kurzapplaus auf die Neuankömmlinge nieder wie warmer Regen. Dazu einiges Gelächter. Der fremde Mann blieb stehen und verbeugte sich vor Micol, die aufmerksam den Lachfältchen-Strahlenkranz um seine Augen musterte. Und das hätte es um Himmels willen doch bleiben können, bloß ein heiter-ironischer Moment.

Aber natürlich hatten sie nach diesem Auftritt und Empfang ein gewisses Interesse aneinander gefasst. Sie trafen sich schon bald darauf im Garten, vermutlich zufällig, auch wenn winzigste Beobachtungen vom Balkon und von der Terrasse mitgeholfen haben mögen, vollkommen unbewusst natürlich.

Der Mann brachte Micol zum Lachen, als er ihr einbeinig hüpfend vorführte, wie sich seine ökologisch gebeizte Ledersandale vorhin so hinterhältig zwischen den Pedalen quergestellt hatte, dass er den Fuß zwar gerade noch herausbekommen, die Bremse aber nicht mehr rechtzeitig erwischt hatte.

Im selben Moment, als Micol zu lachen aufhörte, beendete er sein Herumgealbere. Er stellte den Fuß zurück auf die stabile Wiese. Sie wischte eine Lachträne weg. Sie sahen sich an, die Gesichter offen wie sonst nur in der Sekunde nach dem Aufwachen, mit freiem Blick auf die Seele.

Er stellte sich als Max vor. Freut mich, sagte sie und streckte ihm die Hand hin, und er holte Luft, richtete sich auf und zog die Schultern nach hinten und oben, bevor er ihr seine gab. Denn er war ein bisschen kleiner.

Sie schlug vor, ihn bis ans Ende des Gartens zu führen und ihm die Steinmauer zu zeigen, von der aus man das Meer sehen konnte. Sie hatte diesen Weg gleich am ersten Tag entdeckt, einen Zick-Zack-Parcours, der sich einfach nach Lücken zwischen den Sträuchern richtete.

In der Gartenarchitektur macht man sich so viele Gedanken, wie man die Menschen durch die Anlage leitet, plauderte sie dahin, und welche Blicke sich dadurch ergeben – das hier ist natürlich das schiere Gegenteil.

In Griechenland lässt man erst einen Esel auf den Berg steigen, dann legt man den Weg nach seiner Spur an, antwortete er.

Micol kicherte. Ich sehe, Sie verstehen mich, sagte sie, ich fühle mich oft wie ein Sondierungsesel.

– Was sondieren Sie denn?

– Ach. Vielleicht die Überlebensmöglichkeiten. Oder, was überhaupt dafür spricht, für das Überleben. Aber hören Sie mir gar nicht zu, ich rede Unsinn.

Sie setzten sich auf die Begrenzungsmauer, allerdings mit dem Rücken zum Meer und den Beinen nach innen, weil er gestand, Höhenangst zu haben. Sie blieben auch nicht lang, denn der Gesprächsstoff ging, nachdem ihnen die ersten Sätze zugeflogen waren, so plötzlich aus wie vorhin das Gelächter. Also schlenderten sie, angefüllt mit einer überraschenden Grundsympathie, die die Bäuche wärmte, wieder zurück und trennten sich energisch winkend.

Ein netter Mensch, sagte Micol, als sie sich über Thomas beugte und mit beiden Händen einen Großteil der Börsenkurse verdeckte, und du beschäftigst dich jetzt sofort mit mir, sonst schicke ich dich zurück in deine Konzernzentrale.

Ich hoffe bloß, du steigst mit ihm nicht ins Auto, sagte Thomas, was hältst du von einem Ausflug nach Ventimiglia?

Ich möchte viel lieber nach Sanremo, sagte Micol mit klagendem Kinderton, der ein Witz sein sollte, und Thomas antwortete: Ich auch, deshalb habe ich Ventimiglia vorgeschlagen.

Thomas und Micol waren ein auffallendes Paar. Intelligente Männer in konservativen Berufen können sich ja gar nicht teuer genug kleiden, ohne dennoch ein wenig trocken zu wirken, und ein Eierkopf wie jener von Thomas verstärkt diesen Eindruck noch – obwohl er zumindest ausreichend Haare hatte. Aber es peppt solche Männer auf, wenn sie keine geruchlosen Jungpuppen an der Seite haben, sondern eine wie Micol, eine Frau mit Stich. Es ziert sie jedenfalls in den Augen erfolgreicher Frauen, denen diese Männer beruflich inzwischen doch öfter begegnen. In den Augen ihrer männlichen Geschäftspartner, die entweder die im Fleiß ergrauten Mütter ihrer fast erwachsenen Kinder oder wechselnde Mannequins am Arm haben, macht es sie unberechenbar und fast bedrohlich.

Denn die Eigenwilligkeit einer solchen Frau (und Micols Eigenwilligkeiten uferten an schlechteren Tagen ins schier Verrückte aus) lässt natürlich Rückschlüsse zu, auf die Entschlossenheit und Durchsetzungsfähigkeit des Mannes.

Thomas wusste das. Er kannte Micols Wirkung und setzte sie nur sparsam ein. Sie litt zu sehr bei gesellschaftlichen Terminen, sie interessierte sich, wenn überhaupt, für die Themen der Männer und verabscheute die ihrer Frauen. Ein Tiefpunkt war, als er ihr bei einem Gartenfest den Gesprächspartner entführte, von dem sie sich gerade die Evolutionsmedizin erklären ließ. Sie beklagte sich noch wochenlang darüber, dass dessen Frau, mit der sie zurückblieb, ihr anschließend halbbetrunken gestand, gerade per Handy einen bodenlangen Chinchillamantel ersteigert zu haben – da drinnen, denken Sie nur, auf der Toilette, da kommt übrigens, wie passend, Händels Wassermusik vom Band.

Aber deshalb hatte Thomas sie nicht geheiratet: Weil sie imstande war, in einer Art bedrucktem Vorhang oder japanischem Schlafrock zu den Festspielen oder in die Oper zu gehen, oder weil sie sich mit koboldhaftem Lächeln vom Bundespräsidenten eine Marabufeder reichen ließ, die ihr aus der Frisur gefallen war. Thomas, das einzige Kind einer ehrgeizig-rationalen, früh verwitweten Hanseatin, hatte Micol geheiratet, weil er sie liebte. Selbst seine Mutter war von ihr auf eine betretene Art fasziniert gewesen. Doch starb sie bald an einem aggressiven Krebs, von Micol weit leidenschaftlicher betrauert als von ihm selbst.

Jedenfalls mochte Thomas sich selbst als Micols Beschützer am besten leiden, besser noch denn als Verhandlungsführer, Wirtschaftsstratege oder gefragter Berater der Politik. Er gefiel sich, wenn er sie durch die Stürme trug, die sie bedrohten. Und die sie leider meist selbst erzeugte.

Gerade schien wieder eine Weltschmerzphase aufzuziehen. Sie hatte den Essay eines Schriftstellers in der Handtasche, der die Überbevölkerung für eine Erfindung der reichen westlichen Eliten hielt, die aus Profitgier halb Afrika verhungern ließen. Nun forderte sie seine Meinung dazu ein. Unglaublich, wie schnell sie sich in Themen einlas, wie sie Zahlen und Argumentationslinien behielt. Jetzt ging es darum, sich von ihr nicht auf die Seite der Bösen stellen zu lassen, ihr nicht *paternalistisch* zu kommen, etwa gar mit seiner Berufserfahrung als Manager. Wie fast jeder seiner Kollegen war er überzeugt, nach halbwegs ethischen Prinzipien zu handeln. Es ging darum, sie ernst zu nehmen und ihr so diskret wie möglich ein paar Argumente zu liefern, warum die Welt nicht ganz so hoffnungslos und verkommen war, wie dieser idealistische Essayist behauptete.

Er hätte lieber einen Aperitif getrunken, in einem Café mit Blick auf die Altstadt. Er hätte ihr lieber etwas gekauft, gern etwas Teures. Am Anfang ihrer Beziehung, als er das Unbegreifliche an ihr noch nicht so gut kannte, hatte er ihr vorgeschlagen, in einer der Stiftungen zu arbeiten, in deren Vorstand er saß. Er hätte ihr eine eigene Stiftung gegründet, ein Hilfswerk, Hunger, Aids, geschlagene Frauen, weiß der Teufel, nach Belieben. Aber solche Vorschläge tat sie als *Beschäftigungstherapie für Ehefrauen* ab. Andere Menschen mit solchen Berufen, die nicht primär Ehefrauen waren, hatten, so argumentierte sie, andere Gründe dafür, das sollte heißen: bessere. Heißt das, hatte Thomas damals sardonisch gefragt, dass du nicht arbeiten kannst, weil du bisher nicht gearbeitet hast?

In gewisser Weise ja, hatte sie gesagt und war beunruhigenderweise in Tränen ausgebrochen: Ich bin eine Hochstaplerin.

Doch das stimmte natürlich nicht. Sie hatte, bevor sie ihn heiratete, ja immer etwas gemacht, manchmal waren richtig gute Jobs darunter gewesen. Ein brauchbarer Lebenslauf hätte sich dennoch nicht verfassen lassen. Ihrer gab überdeutlich bekannt: Diese Frau ist sprunghaft, sie langweilt sich schnell, sie ist unzuverlässig, und sobald sie ein bisschen Geld hat, leistet sie sich sofort Urlaub vom Kapitalismus, zugunsten langer Selbstfindungsphasen.

Und jetzt eben wieder: Aufgeregtes Privatgelehrtentum. Nach drei sonnigen, lukullischen Tagen an der Riviera überfallsartiges Leiden an der Klimakatastrophe und dem Hunger der Welt. Thomas suchte in seinem Kopf ein paar verstreute Beispiele zusammen, um sie zu einer überzeugenden Rede zu verknüpfen, die wenigstens seinem Mindestanspruch an solche Diskussionen genügte: Nicht alles über einen apokalyptischen Kamm scheren. In diesem Fall: Es hängt auch eminent von den einzelnen Ländern ab, ihrer Geschichte, ihrer Religion, ihrer Bevölkerung, und dem Grad ihrer Neigung, sich ständig untereinander zu massakrieren. Im schlimmstmöglichen Fall kommt dann noch hinzu, was Micol *einen typischen Schweinepriesterkonzern* nennt, verdealt teures Gensaatgut, verweigert Medikamente oder stellt Kredite fällig, und das gibt so einem schlimmstmöglichen Land dann den Rest: Babys mit aufgetriebenen Bäuchen, aidsdurchseuchte Generationen, vermummte Kinder mit Gewehren auf LKW-Ladeflächen, alles, was man so kennt, wenn man sich im Geiste Ingeborg Bachmanns immer noch die TV-Journale zumutet. Aber man muss doch sehen, dass andere Länder sich aus vergleichbaren Ausgangspositionen erstaunlich weit aus der Misere …

Da packte Micol seine Hand, zog ihn in eine Seitengasse und in eine winzige, leere Bar hinein, in deren einzigem Fenster eine staubige Stones-Zunge aus Neon blinkte. An der Art, mit der sie den Barhocker erklomm, erkannte Thomas den Stimmungsumschwung. Sie verlangte Champagner und gab sich ohne Murren mit der Flasche Vino Frizzante zufrieden, die der überforderte Jüngling über den Tresen schob. Er hatte einen langen, von Thomas genau registrierten Blick auf ihre Beine geworfen, die Schottenkaro-Strümpfe entlang bis zum fransigen Rocksaum weit oben. Nun nahm sie einen tiefen Schluck, wischte sich mit dem Handrücken die Oberlippe ab, als säße sie im Bierzelt, grinste und sagte, das war aber wirklich lustig, mit diesem Palmenbruchpiloten.

Den traf sie zwei Tage später in der Apotheke von Bordighera wieder. Thomas hatte nach Mailand fahren müssen, aber sie hatte sich geweigert, mitzukommen. Vielleicht hallte der Welthungeressay noch nach und stand einem Besuch in dieser Kathedrale des Konsums entgegen, aber es ist wahrscheinlicher, dass sie, um sich nicht vom Biedersinn beständiger ehelicher Gemeinschaft bedrängt zu fühlen, ein, zwei Nächte allein sein wollte, um die üblichen manischen Schluchten zu durchwandern: Trinkend, singend, Haschisch rauchend, ihre Kleidungsstücke in wechselnden, zunehmend unmöglichen Kombinationen anprobierend, sich einen blutrot verlaufenden Mund schminkend, sich mit dem Handy im Badezimmerspiegel fotografierend und danach bis ins Morgengrauen im Internet nach teuren, lebensechten Babypuppen suchend.

Hallo, sagte Max, könnte es sein, dass die Überlebensgründe heute weniger sonnig sind als zuletzt?

Micol schob sich langsam die Sonnenbrille in die Haare, um ihm ihre Verblüffung zu zeigen. Sie liebte es, von anderen Menschen überrascht zu werden, hatte aber oft genug den Eindruck, es käme fast gar nicht mehr vor. Auch dieser Gedanke nahm ihr manchmal alle Kraft.

Hinter der Brille sah etwas Besorgniserregendes hervor, eine Art vergrämtes Kapuzineräffchen. Max fragte, ob etwas geschehen sei. Ob sie krank sei. Doch da lachte sie und sagte, bestimmt nicht mehr als sonst.

Sie verlangte Alka Seltzer, die große Packung. Sie bat die Apothekerin, ihr ein Glas Wasser zu geben, und warf gleich drei Sprudeltabletten hinein.

Bitte retten Sie mich, sagte Max, meine Frau hat sich den Magen verdorben, und ich kann nur Englisch.

Mit Vergnügen, antwortete sie, trank ihr Alka Seltzer auf ex und stürzte sich in die Arbeit. Sie spielte, sie sei eine investigative Journalistin, die jede Einzelheit der Krankheit von Max' Frau wissen musste, um sie der Apothekerin zu erklären. Letzte Nacht um ein Uhr morgens, Übelkeit, Erbrechen, Durchfälle im Halbstundentakt. Der Grund letztlich rätselhaft, die beiden hatten genau das Gleiche gegessen – an dieser Stelle warf sie ihm einen langen, prüfenden Blick zu.

Man muss anerkennen, dass Micol für solche Szenen Begabung besaß. Das Stück, das sie gab, war lustig, es war an den richtigen Stellen dramatisch, es war charmant und ein kleines bisschen schrill. Die Sache hätte nicht banaler sein können, ein Darminfekt, ein Ausländer, eine verrückte Nudel und drei Umstehende, aber letztere hatten bereits das Gefühl, sie würden zu Hause etwas zu erzählen haben. In Wahrheit war es eine Probe. Micol hielt Max'

Blick fest, sie prüfte, ob er sich befremdet oder bloßgestellt fühlte. Auf Zehenspitzen tänzelte sie in die Nähe der Grenze, als sie ihn fragte, ob es seine arme Frau jedes Mal bis ins Bad geschafft oder ob sie sich auf dem Weg dahin übergeben habe. So geht es mir, gestand sie leichthin, ich habe schon weiß Gott wohin gekotzt, aber Max blieb ruhig und amüsiert. Er schien perfekt im Gleichgewicht mit sich und der Welt, und was sie ihm, kokett und exhibitionistisch, von sich andeutete, brachte ihn keinen Millimeter aus der Balance. Und dabei hängte sie sich doch mit ihrem ganzen hypnotischen Gewicht an seinen Lachfältchen-Strahlenkranz und wollte mehr, mehr, mehr davon.

Da gingen sie nun, unsere beiden, unpassend vergnügt angesichts einer Situation, die durch den braunen Papierbeutel voller Medikamente zwar hinlänglich beschrieben, von ihnen aber vorübergehend nicht zur Kenntnis genommen wurde. An der menschlichen Natur gibt es viel Erstaunliches, aber besonders bemerkenswert ist, wie schnell sie manchmal von einem Augenblick auf den nächsten genau das Unentbehrliche gefunden zu haben vermeint, das sie davor niemals vermisst hat.

Was Max betraf, war ihm schon früher aufgefallen, dass er desto mehr Glück bei den Frauen hatte, je älter er wurde, das heißt, je weiter er sich von jenem Alter entfernte, in dem man aus solchem Glück überhaupt noch Profit hätte schlagen können. Zumindest, ohne sich lächerlich zu machen. Oder sich dem rachsüchtigen Schicksal gegenüber als undankbar zu erweisen. In den letzten zehn Jahren hatte er mit dem stilvollen Revitalisieren alter Häuser so viel Geld verdient, dass er es manchmal selbst nicht glauben konnte. Nun waren die sechzig überschritten, er freute sich bereits über zwei Enkelkinder, das dritte war im Ofen, er fühlte sich mit seiner zweiten Frau, die nicht die Großmutter seiner, sondern anderer hinreißender Enkel war, seit über fünfzehn Jahren richtig glücklich. Dass ihn in letzter Zeit immer wieder fremde Frauen auf irritierende Weise anstrahlten, schrieb er dem Umstand zu, dass er nach so vielen Jahrzehnten mit sich und überhaupt allem im Reinen war, der brutale Vater endlich tot, und mit seiner Jugendliebe, der Mutter seiner prachtvollen Kinder, endlich Waffenstillstand, Gott weiß, warum erst jetzt. Zahllose weitere Gründe hätte er für seinen inneren Frieden, der sich offenbar so anziehend nach außen mitteilte, nennen können, zum Beispiel, dass er aus der Überwindung alter Ängste eine Menge Selbstbewusstsein gezogen hatte, indem er sich doch noch selbständig gemacht, indem er doch noch ein Haus gekauft hatte, alles das, wofür er drei Viertel seines Lebens zu feige gewesen war. Im Gegensatz zur allgemeinen Ansicht fand er es überhaupt nicht schade, erst sehr spät bei sich selbst angekommen zu sein, denn er hoffte, dass das Glück gerade deshalb anhalten und er von weiteren Unruhephasen und Fluchtreflexen verschont bleiben würde.

Wovon er aber gar nichts wusste, war, dass er gealtert war wie guter Wein. Brauchbare Männer wissen sowieso nie über sich selbst, dass sie gut aussehen, und wenn sie Anlass haben, es zu vermuten, dann schon durch entsprechende Hinweise in der Jugend. Aber dass einer, der sein Leben lang ein netter, aber insgesamt unauffälliger Kerl gewesen ist, auf einmal für einen Schauspieler oder Playboy gehalten wird, dessen Namen einem bloß gerade nicht einfällt, kommt selten vor. Die Menschen, die immer wieder hinschauen, weil sie hoffen, auf den Namen zu kommen, fragen in den seltensten Fällen direkt. Und wahrscheinlich gibt es keine größere Anziehungskraft als

Ahnungslosigkeit über die eigene Wirkung – so groß, weil mit dem Willen nicht erreichbar. Max war so schön wie ein schlohweißer Narziss vor der Entdeckung des Teichs. Und Micol? Sie war nach Minuten überzeugt davon, unter dem weißen Hemd und der vermutlich tief gebräunten, weiß beflaumten Brust ein goldenes Herz durchschimmern zu sehen. Klar, dass Max ein anderer Typ Mann war, herzlicher, direkter, viel weniger intellektuell. Ein romantischer Retter von alten Häusern, im Gegensatz zu einem spöttischen Finanzjongleur? Sie hatte sich immer zu Thomas' Talent zu verbalem Fechten hingezogen gefühlt, denn dies schien ihr die richtige Distanz zu ihr selbst zu garantieren. Aber nun schlugen sie die poetischen Formulierungen dieses Fremden in den Bann. Als er ihr erzählte, dass er das erste Haus, jenes, mit dem alles anfing, noch allein renoviert hatte, und wie er für die alten Fensterrahmen und -läden eine fast vergessene, taubenblaue Lasur gefunden hatte, die seither in der Gegend, wo er wohnte, wieder zum Standard geworden war, als er ihr gestand, dass seiner Meinung nach jedes Haus eine Seele habe und man oft sogar sagen könne, ob es eine weibliche oder männliche sei – da fand sie ihre Herzensbewegung so köstlich wie beängstigend. Was er wohl zu dem Welthungeressay gesagt hätte? Sie ahnte, dass sie Wahrheiten von ihm nur in einem viel kleineren Maßstab erwarten durfte. Aber im Moment war ihr auch eine kleine, haltbare viel wert. Dass Häuser also Seelen hatten. Und er war jemand, der etwas mit seinen Händen schuf. Sie konnte bloß Zigaretten drehen.

Als sie zurück im Hotel waren, bat sie ihn, seiner Frau die allerbesten Genesungswünsche auszurichten. Sobald sie wieder auf den Beinen sei, würde Micol sich freuen, mit den beiden Abend zu essen. Sie ließ den Witz, der sich beim Stichwort Essen anbot, voller Selbstbeherrschung aus. Die Schräglage, in die sie durch dieses Gespräch geraten war, bewirkte, dass sie zurück nach ihrer Damenrolle tastete.

Mein Mann, fügte sie hinzu, kommt morgen aus Mailand zurück – vielleicht geht es Ihrer Frau bis dahin schon gut genug? Ich werde jedenfalls einen Tisch reservieren.

Damit drehte sie sich um und ging in Richtung ihres Zimmers davon. Max sah ihr nach. Ein überdrehter Paradiesvogel, dachte er, dem man das wahrscheinlich nur einmal sagen müsste, dann käme ein nägelbeißendes Mädchen hervor.

Am späten Nachmittag trug Micol eine Piccoloflasche Crémant auf den Balkon und setzte sich mit dem festen Vorsatz, die Ruhe und die Aussicht mindestens eine halbe Stunde lang geduldig zu genießen. Als sie ein Kind war, hatte ihr Vater in der Sommerfrische gesagt: Tief einatmen, ich habe auch für die gute Luft bezahlt.

Doch bald klopfte es, und ihr wurde ein handgeschriebener Brief gebracht. Nachdem sie ihn gelesen hatte, starrte sie eine Weile mit zusammengekniffenen Augen aufs Meer. In Wirklichkeit sah sie nach innen und drängte mit aller Macht den Schlag, den ihr die Nachricht versetzen wollte, so weit zurück, dass sie handlungsfähig blieb. Den Impuls, sofort eine größere Flasche und Zigaretten zu holen, kämpfte sie nieder. Sie hielt die Finger vors Gesicht und überzeugte sich, dass sie nicht zitterten. Schock, Trauer, Empörung. Hochverrat. Endlich rief sie die Rezeption an und bestellte einen Mietwagen. In der folgenden halben Stunde beobachtete sie sich beim Starkbleiben und dachte an ihren letzten Schnitt in den Finger, der zuerst einfach weiß gewesen war, bevor nach ein paar Sekunden das Blut kam.

Als sie mit schnellen Schritten über die Terrasse ging, sah sie Max und seine grünspitznasige Frau an einem Tisch sitzen, vor einem Brettspiel. Was immer es war, und selbst, wenn es Go gewesen wäre, das als komplexer galt als Schach – Micol schüttelte sich innerlich. Man durfte nicht so viel zusammen sein, dass man nicht mehr anders konnte, als miteinander Brettspiele zu spielen. Und wenn man es tat, dann nicht öffentlich. Sie wusste nicht, woher sie solche Überzeugungen nahm, aber sie war sicher, dass es besser war, sie zu beherzigen.

Umso enthusiastischer winkte sie den beiden im Vorübergehen zu. Sie rief sogar noch gute Besserung über ihre weißseidene Schulter. Ein vorbildlich gealterter Häuslebauer, der ungeschickt Auto fährt und außerhalb des Ehebetts Spiele spielt … Was war nur in sie gefahren? Sie musste sofort zu Thomas, in welchem Anzug und Konferenzraum auch immer er gerade steckte. Er würde einen Zaubertrick kennen, mit dem er ihre Verzweiflung verschwinden lassen, oder einen Zauberhut haben, in den er sie zurückstopfen konnte. Oder er würde ihr recht geben in ihrer Enttäuschung und ihr raten, Alida sofort zu ersetzen. Er würde wissen, wie man sie bestrafte, so, dass Alida nur rätseln konnte, ob es sich überhaupt um eine Bestrafung handelte. Kühl, bitter, souverän. Oder er würde noch etwas Drittes erfinden, zu ihrer, Micols, Genesung, eine Aufgabe, eine Weltreise, ein idyllisches altes Haus, das sie kaufen, zum Hotel oder zum Kulturzentrum umbauen konnte – vielleicht ein Auftrag für Max? Das sie jedenfalls in der nächsten Zeit ablenken würde von diesem Tritt in die Eingeweide, den ihre beste Freundin ihr soeben versetzt hatte.

Sie hatte mit dem Verkehr ebensoviel Glück wie mit ihrem Schutzengel, den sie bei dieser Fahrt wieder einmal bis an die Grenze der Taktlosigkeit herausforderte. Eigentlich hatte sie Thomas versprochen, nicht mehr zu fahren, denn er war der Meinung, sie leide am Steuer an Realitätsverlust. Auch am Steuer, wie er bei diesen Gelegenheiten anmerkte. Aber Thomas hatte recht, sie fuhr genau wie die Motorradfahrer in den Spielhallen, so als wären die Straße und die Autos vor ihr nur ein schlechtgepixeltes Filmchen, während man sich auf dem gefederten Standfahrzeug aerodynamisch in die Kurven legte. Sie konnte sich hundertmal sagen, dass das vor ihr echte Autos mit echten, verletztlichen Menschen darin waren, genauso echt wie sie selbst – Kopf und Körper glaubten das nicht, und dementsprechend fuhr sie.

Sie schaffte die Strecke in weniger als vier Stunden. Sie hatte Thomas noch immer nicht Bescheid gesagt. Erst jetzt rührte sich ein winzigschlechtes Gewissen. Seine Beschäftigungen waren so unverschiebbar und seriös. Sie brachten all das Geld ein, das er für sie ausgeben konnte. Andererseits, und das hielt sie sich zugute, hätte er sich ohne sie längst zu Tode gelangweilt. In einem verspiegelten Büroturm zwischen London und Tokyo hätte man in einer Ecke seine mumifizierte Leiche gefunden, makellos im Anzug mit einer nicht von Micol ausgesuchten und daher langweiligen Krawatte, und wer ihn aufzuheben versuchte, dem wäre er zu karamellfarbenem Staub zerfallen, in der Farbe seines Haares, und dieser Staub oder Sand hätte auf der schiefergrauen Auslegeware die erklärenden, anklagenden Worte *noia gigantesca* gebildet, vielleicht auch in einer anderen Sprache.

Während Micol ihrer Rettung in eigener Sache entgegenraste, war Thomas dem obligatorischen Puffbesuch nach erfolgreichem Geschäftsabschluss wieder einmal nicht entgangen. Nicht, dass er grundsätzliche Einwände hätte, diese Dinge waren so normal wie geschäftliche Mittagessen. Hier störte ihn tatsächlich die zeitliche Nähe zu seinem Urlaub mit Micol, ja, so bürgerlich war er trotz allem. Andere Geschichten, Geliebte, Affären, hatte er nie gehabt, auf diesem Gebiet war er ehrgeizlos. Die exklusiven Feiern nach großen Abschlüssen nahm er hin, man konnte sie nicht ablehnen, und gelegentlich wurden daraus lustige Abende, was nicht unbedingt an den Damen lag, sondern an der plötzlichen Gelöstheit mancher Geschäftspartner. Einmal hatte jemand eine Dartscheibe mitgebracht, und der Abend endete mit ausgelassenem, nur teilweise bekleidetem Pfeileschießen. Ein andermal hatte ein kleiner amerikanischer Jude zu später Stunde Rossini-Arien gesungen, am Klavier begleitet von seinem koreanischstämmigen Prokuristen. Und die Damen jeder Hautfarbe lauschten und gaben vor, sich die Augenwinkel zu tupfen.

Aber diesmal in Mailand war der Deal nicht so verlaufen, wie Thomas erwartet hatte. Die südamerikanischen Investoren hatten weniger hart verhandelt als üblich, und seine italienischen Geschäftspartner schienen davon kaum überrascht, nicht einmal sonderlich erfreut über den unerwartet günstigen Abschluss. Thomas blieb mit dem ärgerlichen Gefühl zurück, als einzige Partei nicht zu wissen, was gespielt wurde. Er vermutete, dass man ihm und der Bank, die er vertrat, Nebenabsprachen verheimlichte. Seine beiden Mitarbeiter, vorgestern erst aus Frankfurt eingeflogen, hatten ihm und einander ebenfalls Blicke zugeworfen. Und nun musste er mit einem Haufen CEOs und ihren Finanzberatern in das *Oro Blu*, zu Champagner, Fisch- und Vorspeisenspezialitäten, die die Beilage bildeten zum geschmackvoll entkleideten Menschenfleisch. Während die beiden Jungs sich eine Trattoria suchen und ungestört mit Barolo volllaufen lassen durften.

Er versuchte, sich die Gruppenbelustigung damit schönzureden, dass er zumindest ein paar angenehme Stunden haben und im besten Fall sogar Hinweise darauf erhalten würde, was tagsüber wirklich abgelaufen, wer über welchen Tisch gezogen worden war, welche Steuern man wo einzusparen und welche Entgegenkommen man sich von wem erhoffte, indem man mehr zahlte als notwendig.

Aber der Abend kam aus der Rinne, in der schon der Tag verlaufen war, nicht mehr heraus. Sogar das Wetter war klebrig und neblig. Thomas fand den Champagner schal, das Essen langweilig, die Frauen, wenn man sie sich genauer ansah, billiger als an einem solchen Ort üblich. Es lag an den Augen. Der Blick durfte niemals leer oder unintelligent wirken; distanziert, kokett, aber nichts, was auch nur in die Richtung von benommen, ängstlich oder zugedröhnt ging. Und dann geschah noch etwas, von dem er gelegentlich gehört, was er bisher aber noch nie selbst erlebt hatte: Einer der schwerreichen Südamerikaner legte ein Verhalten an den Tag, das Tierpsychologen als aggressiven Anspruch auf die Rudelführerschaft bezeichnet hätten. Da die Gattung Mensch die genetisch programmierten Verhaltensmuster schon vor ein paar tausend Jahren überwunden hat, artet so etwas gern aus – das passende Verb, übrigens. Der Vorsitzende Sánchez also begehrte seine Triebnatur vor aller Augen auszuleben, kleinere Gewalttaten und Erniedrigungen zwischen den Silberplatten voller rosébeiniger Garnelen inklusive. Wem da nicht widersprochen wird, dem wird nie mehr widersprochen. Und genau das wollte Sánchez demonstrieren. Pech für alle, die sich in seiner Nähe befanden, Pech für seine Mitarbeiter und Geschäftspartner, die dieser Gehorsamkeits- und Loyalitätsprüfung unterzogen wurden. Sie mussten noch lauter lachen als er, mussten die ihnen von ihm hingeschobenen Frauen auf die gleiche Weise oder noch bizarrer behandeln, um nicht durch viele Karrierestockwerke ins Nichts gestürzt zu werden. Dass bei solchen Orgien derartige Mengen an Alkohol im Spiel sind, hat keineswegs den Grund, dass sich die Beteiligten im äußerst seltenen Anklagefall auf verminderte Zurechnungsfähigkeit herausreden wollen. Der Alkohol ist auch nicht per se der Auslöser der Entgleisungen, sondern das Anästhetikum, das sich die Getriebenen, Untergebenen und Unterlegenen zuführen, um durchzuhalten, was zu verhindern oder zu verweigern sie als Nüchterne zu feige gewesen sind.

Thomas stand auf, nahm eine offene Flasche, packte eine junge Mulattin am Handgelenk und spritzte im Vorübergehen Sánchez, der mit heruntergelassenen Hosen in einem Gewirr von Armen und Beinen herumzüngelte, eine Fontäne Champagner über den Kopf. Ihre Blicke trafen sich. Thomas bot dröhnendes Gelächter an. Sánchez meckerte zurück, für den Moment blieb ihm nichts anderes übrig. Daraufhin hob Thomas die Flasche hoch, wie um auf ihn anzustoßen, setzte sie danach an den Mund, nahm einen tiefen Schluck, der sie symbolisch miteinander verband, in Geschäft, Spaß und Spiel, klatschte seinem Mädchen auf den Hintern und zog es hinaus. Er ließ sich in einem der Zimmer einen blasen, gab dem Mädchen zwei Scheine und schlug vor, noch eine halbe Stunde gemeinsam hier drin zu bleiben. You bet, sagte sie. Er nickte, dann sah er sich auf dem Smartphone die Börsenkurse an. Als er die Zeit für gekommen hielt, verließ er den Club, und der Lärm, der aus dem Salone drang, bekräftigte, dass ihn dort niemand vermisste.

Im Hotel teilte ihm der Rezeptionist mit undurchdringlichem Gesichtsausdruck mit, dass seine Frau eingetroffen und schon auf dem Zimmer sei.

Ich erwarte niemanden, erwiderte Thomas abwehrend, der an einen von Sánchez hinterhergesandten Pfeil dachte, worauf sich der Rezeptionist zu der Aussage durchrang, dass die Dame einen Ausweis vorgelegt habe, der denselben Namen zeigte wie der des geschätzten Gastes.

Thomas seufzte. Können Sie mir ein sauberes Hemd besorgen, fragte er, und der Hotelangestellte, wieder auf sicherem Boden, antwortete erleichtert: Selbstverständlich.

Grauenvolles Hemd, sagte Micol erwartungsgemäß und ruinierte es mit ihrem farbenprächtigen, von Tränen in Bewegung gesetzten Make-up innerhalb weniger Minuten. Anfangs hoffte Thomas noch, einen winzigen Rest dieses Abends oder der vor ihnen liegenden Nacht retten zu können, etwa als er auf Micols zwischendurch geäußerte Frage, wie eigentlich er den Abend verbracht habe, *in dem in Mailand weltberühmten Edelpuff Oro Blu* zur Antwort gab. Nur für einen Moment lachte sie so begeistert auf, wie sie es immer tat, wenn er etwas sagte, womit sie nicht gerechnet hatte. Ihr Auftrag an ihn lautete ja allzeit: Überrasch mich, sei niemals kitschig, lieber zu grob, bring mich zum Lachen und zum Staunen, und gib mir vor allem, bei aller Chevalerie, niemals nach.

Umso weniger verstand er, warum das, abgesehen von dem müden Puff-Witz, nicht funktionierte. Ihm war unbegreiflich, was so schlimm daran sein sollte, dass Alida schwanger war von dem Komponisten, mit dem sie doch beinahe schon länger zusammen war als sie beide. Andere

Frauen freuen sich für ihre Freundinnen, freuen sich auf Babys, die sie sich ausleihen und zurückgeben können, sobald sie zu stinken oder zu plärren beginnen, ich würde sagen, du kaufst einfach einen Berg teurer Babywäsche und …

Doch sie starrte ihn an wie Lady Macbeth. Als er sie bat, ihm vernünftig zu erklären, worum es eigentlich ging, stammelte sie erst etwas davon, dass er sie doch verstehen müsse, gerade er, und kam dann nach einigem Schluchzen auf das Musikfestival, das plangemäß auf mehrere Jahre, ganze Kraft, Vereinbarungen, Ausfall, nur mit Alidas Namen, all das von ihr in Bewegung gesetzte Geld, Gesichtsverlust et cetera. Sie rief den Roomservice an und verlangte Zigaretten. Man teilte ihr mit, dass sie sich in einem Nichtraucherzimmer befand. Sie schmetterte den Hörer auf die Gabel und fragte ihn, ob er nicht etwas machen könne, sie brauche jetzt eine Zigarette und eine Flasche Gin, sofort.

Thomas versprach, etwas zu machen, wenn sie statt Gin Crémant oder Champagner akzeptierte.

Erzieh mich nicht, heulte sie, ich hab dir von Anfang an gesagt, wenn du das versuchst, geht alles kaputt.

Er fuhr also noch einmal zur Rezeption hinunter und ließ das Zimmer mithilfe seiner goldenen Kreditkarte in ein Raucherzimmer umwandeln. Die Flasche und die Zigaretten brachte er selbst hinauf, um dem Roomservice genau jene Attraktion vorzuenthalten, die allein einen Nachtdienst erst lohnend machte. Der Rezeptionist zog in rührender Verkennung der Lage aus einem Blumenarrangement in der Lobby eine Rose und legte sie ihm komplizenhaft aufs Tablett. Beim Hinauffahren fragte sich Thomas, ob ihm das alles nicht doch zu viel würde, auch wenn es in diesem Ausmaß höchstens einmal im Jahr vorkam.

Er kannte die Antwort, die er einem Freund jederzeit gegeben hätte: Sobald man sich die Frage stellt, ist es schon zu viel.

Erst war sie dankbar und rollte sich, nachdem sie drei Zigaretten hintereinander geraucht hatte, für eine Weile in seinen Armen zusammen. Doch als sie wieder mit Alidas skandalösem Verrat anfing und er ihr weiterhin nicht zustimmen wollte, ging alles von vorne los, bis sie wie ein Kind mitten im Wutanfall auf dem Sofa seiner Suite einschlief. Und das einzige, was sie am nächsten Vormittag auf der spektakulär schönen Fahrt zurück an die Küste, versteckt hinter ihrer riesigen schwarzen Sonnenbrille, sagte, war, dass sie irgendein Ehepaar aus dem Hotel zum Abendessen eingeladen habe, ja, heute Abend, und ja, das muss sein, da musst auch du jetzt einfach mal durch.

Er wäre lieber allein mit ihr in eines der umliegenden Haubenlokale gefahren und hätte die Anstrengung endloser Verhandlungstage unter Wachteleiern, gegrilltem Fisch und ihrem Spott über sein unerträgliches Leben begraben. In Gottes Namen hätte man dieses Ehepaar, das sie sich in den Tagen seiner Abwesenheit angelacht hatte, ins Auto laden und zu den Hauben und Sternen entführen können. Doch nein, sie wollte Hausfrau spielen oder Hotelchefin, sie wollte es gemütlich und rustikal, mit Kerzen auf der Hotelterrasse. Die kratzfeste Kompetenz, die sie sofort nach der Rückkehr an den Tag legte, war mindestens so beunruhigend wie die Alida-Baby-Krise. Sie stolzierte in die Küche, legte mit dem Koch eine Speisenfolge fest und befürchtete erst später, dass sie damit ihre Gäste befremdete. Was ihr wie Gastfreundlichkeit erschienen war, das Bemühen, sogar ein Hotelabendessen zu personalisieren, wirkte in deren Augen womöglich aufdringlich oder neureich.

Max' Frau, aus gutbürgerlichem Haus mit strenger Erziehung, verbarg Anflüge von Eifersucht hinter großzügiger Ironie. Sie bemerkte seit einer Weile die Blicke anderer Frauen auf Max, wusste, dass er damit nichts zu tun hatte, und traute ihm dennoch nicht ganz. Als sie ihn vor siebzehn Jahren, ungefähr in dem Alter, in dem Micol jetzt war, kennenlernte, hatte er sehr viel weniger gestrahlt. Die Scheidung von der Jugendliebe lag zwar schon Jahre zurück, aber eine ungesunde Reihe von On-Off-Beziehungen, flankiert von Auseinandersetzungen mit seinem jüngsten Sohn, mit dem er damals in einer Männer-WG zusammenwohnte, hatten seinen goldenen Schein getrübt. Dazu die nagende berufliche Unzufriedenheit, die den Sex Appeal ohnehin anfrisst wie Rost. Erika hatte ihn gepflückt, weil sie nicht nur über die nötige Entschlossenheit, sondern auch über das Startkapital für seinen Neuanfang verfügte. Sie wusste, dass ihn das zu nichts verpflichtete. Doch er liebte sie herzlich auf seine geradlinige Art, er baute ihr Setzkästen und Miniaturmöbel, die ihn tiefer rührten als sie, und zweifellos war er jeden Tag aufs Neue dankbar, wie selbstverständlich sie miteinander lebten, ohne Spielchen, ohne versteckte Vorwürfe und das Zickengetue, mit dem sich launische Frauen interessant machten, und die offenbar die Spezialität seiner schwarzäugigen Jugendliebe gewesen waren.

Im Gegenzug für ihre innere und äußere Ordnung, an der sie hart arbeitete, hätte Erika von Max gern eine Brise seiner einnehmenden Luftigkeit gehabt. In ihm steckte ein Stück Hippie, obwohl er nie einer gewesen war. Sein Blick auf die Welt und auf andere Menschen war warm und illusionslos. Er schien vieles zu sehen und alles zu verzeihen, nun, sagen wir, das meiste. Ein Sonntagskind, hätte man gedacht, dabei war er an einem Dienstag geboren. Dass irgendwo, an sehr verborgenem Ort, auch ein Max steckte, der einer Angebeteten Gedichte geschrieben und ihr die Haare mit Kamillentee gewaschen hätte, ahnte sie. Auch, dass der richtige Zeitpunkt, diese elegische Max-Möglichkeit zum Blühen zu bringen, wohl schon Jahrzehnte vorbei war. Das kehrte nicht wieder. Ihr Max stand mit beiden Beinen auf dem Boden, auch wenn es anderen, zum Beispiel dieser Frau im Fransen-Minirock, so scheinen mochte, als schwebte er durchs Leben wie die Künstler.

Der Beginn des Abendessens verlief angenehm und völlig reibungslos. In einer überbreiten Mittelschicht wie der heutigen können, anders als früher, die meisten gesellschaftlichen Unterschiede fast unmerklich austariert werden. Der eine, zum Beispiel Thomas von Oheimb, stellt dann etwa ein selten gebrauchtes biographisches Detail seiner Kenntnis unterer Schichten aus (*als ich als Schüler einen Ferienjob bei der Post hatte*), die andere, Max' Erika, flicht eine ebenso abgelegene Verbindung zu höheren Kreisen ein (*meine Cousine hat in die Familie dieses Bleistiftgrafen eingeheiratet, aber leider nicht den mit der Burg*).

Doch gerade deshalb, weil diese beiden alles vorführten, was sie in ihren klar definierten Kinderstuben als Schwänzelsprache gelernt hatten, wurde ex negativo eine gewisse biographische Verwandtschaft zwischen den beiden anderen sichtbar. Sie waren Promenadenmischungen, sie kamen vom Rand – italienische Juden, nach dem Krieg in Deutschland gestrandet – sowie von unten: Max hatte sieben Geschwister, der jähzornige Vater war Werkzeugmacher gewesen. Thomas wusste, dass Micol, wenn es ihr zu gespreizt wurde, gern etwas wie den Welthunger oder die Frage nach der Elternschaft Homosexueller zur Detonation auf Damasttischdecken brachte. Aber da diese Veranstaltung ihre Idee gewesen war, benahm sie sich zahm. Fast ergeben fragte sie Erika über die Söhne, Töchter und Enkelkinder aus, die sich durch die Heirat der beiden akkumuliert und von Anfang an so himmlisch verstanden hatten.

Bis sie nach dem Hummersüppchen die Augenbrauen zu einem Nasenwurzelsturm zusammenzog und über die Brüstung der Terrasse eine Gruppe Kinder ins Visier nahm. Am Ende des Gartens, in der Nähe jener krummen Steinmauer zum Meer, hatten diese Kinder, teilweise mit Stöcken bewaffnet, offenbar etwas Lustiges entdeckt, aber ihr Vergnügen daran klang nicht rein, sondern in den Zwischentönen nach Lust an Qual und Mord. Ein paar Minuten später sprang Micol auf, die Serviette fiel zu Boden, Erika griff noch rechtzeitig nach einer kippenden Cassis-Flöte, und dann sahen die drei Übriggebliebenen Micols langen, energischen Beinen hinterher.

Thomas hob entschuldigend die Schultern, Erika lächelte und ließ einen Moment lang ein Florett sehen, so zart wie ein Rasiermesserchen: Sie haben keine Kinder?

Die Antwort ist zum Glück undramatisch, parierte Thomas ebenso elegant: Wir wollten keine.

Max hörte nicht zu. Sein Blick folgte Micol, die durch den Garten lief, die Kinder erreichte, einem den Stock entriss, ihn fortschleuderte, auf die Knie niederfiel und bis auf die obere Hälfte ihres Kopfes verschwand. Die Kinder zerstreuten sich. Dann richtete Micol sich wieder auf und kam zurückgelaufen, es schien, als wollte sie ihm schon aus der Ferne Zeichen geben. Max stand auf und ging ihr entgegen. Die anderen beiden taten, als wäre es ihnen egal. Mit dem Glück der Tüchtigen fanden sie innerhalb von Minuten ein Thema, über das sie sich nicht nur auf gleichem Niveau unterhalten konnten, sondern von dem ihre Partner überdies nicht das Geringste verstanden hätten. Etwas, das nur ihnen beiden gehörte. Dass es so etwas überhaupt gab! Es kam ihnen wie ein Volltreffer vor. Es ging um polnische Kohle, Steinkohle, Braunkohle, Koks. Thomas hatte sich während seines Wirtschaftsstudiums mit den historischen Handelsbeschränkungen und Embargos im Kalten Krieg beschäftigt, und Erikas Vater, obwohl politisch anders gepolt, hatte einen österreichischen Kommunisten als Kompagnon gehabt, der gerade auf diesem Gebiet mithilfe von Vorkriegs-Seilschaften die flauschigsten Gewinne erzielte. Diese Firma hatte die Tochter später übernommen; Erika war eine Geschäftsfrau, die bestens wusste, was eine Bilanz ist.

Thomas ließ sich die Weinkarte bringen und reichte sie ihr über den Tisch. Wählen Sie doch bitte einen Wein, den Sie gern mögen, sagte er, meine Frau interessiert sich meistens nur für Perlendes. Erika lächelte, nickte und ließ sich Zeit, bis sie sich schließlich für einen französischen Weißburgunder entschied, der in Italien viel teurer war als vergleichbare einheimische Weine. Ich habe mich mit den italienischen Weinen nie anfreunden können, bemerkte sie leichthin, mein Mann dagegen würde sogar Korbflaschen kaufen. Und dann vertieften sie sich wieder in Termin- und Gegengeschäfte, in Zollnachteile und Standortvorteile, sie entwickelten spaßeshalber gemeinsame Geschäftsideen, in dem Wissen, dass sie unverwundbar waren, solange sie dieses Gespräch aufrechterhielten. Und solange man hoffen durfte, dass der Unsinn, der sich währenddessen im mediterranen Dorngebüsch abspielte, vorbei sein würde, bevor die Hauptspeise kam.

Max lief auf Micol zu, sie hatte, ihm entgegenschauend, das Zeitlupengefühl. Er strahlte ihr aus dem Lachfältchenkranz entgegen, bis er sah, dass sie weinte. Da das alles zumindest theoretisch unter den Augen ihrer soupierenden Gatten geschah, fielen sie einander nicht in die Arme. Wer weiß, ob sie es sonst getan hätten. Micol packte ihn am Handgelenk, drehte sich um und zog ihn hinter sich her. Haben Sie ein Taschenmesser oder so etwas, fragte sie, während sie den Rotz hochzog, natürlich, versicherte er, ein Schweizer Messer wie jeder Handwerker.

Der Igel hatte sich weit unter einen stachligen Busch zurückgezogen, aber vor Aufregung schnaufte er so laut, dass sie ihn schnell fanden. Micol musste das Folterwerkzeug, den Stock der Kinder, zu Hilfe nehmen, um den Igel vorsichtig herauszustupsen. Sein Kopf steckte in einem Plastikeisbecher, und Micol war fast hysterisch, weil sie befürchtete, dass er erstickte. Wegen seines kapitalistischen Kopfschmucks konnte das Tier sich nicht mehr einrollen, und trotz der Stacheln sah es aus, als ob es vor Herzklopfen bebte. Er erstickt nicht, behauptete Max wider besseren Wissens, durch die Öffnung, in der er steckt, kommt bestimmt noch genug Luft hinein.

Bitte retten Sie ihn, schluchzte Micol, die mit zerrissenen Strümpfen vor dem Igel kniete und ihn mit zwei Fingern am Becher festhielt, holen Sie ihn bitte da heraus.

Sie zog ihn langsam unter dem Busch hervor. Vier kleine Füßchen, erstaunlich grazil im Vergleich zu dem birnenförmigen Stachelkörper, scharrten aufgeregt im sandigen Boden. Es wollte weg, nur weg, das arme Tier, in eine gnädige Abgeschiedenheit, wo es niemand blindlings an Kopf und Hals zog. Max prüfte seine Messer und entschied sich für die Nagelschere. Er hatte vor, zuerst den Boden des Bechers herauszuschneiden und dann weiter nach hinten zu gehen, spiralförmig, wie man einen Apfel schält. Aber dann fiel ihm auf, dass man den Becher genausogut einfach abziehen konnte, durch vorsichtiges Zusammendrücken des Deckels, der fest um den Kopf des Igels saß.

Mein Gott, rief Micol, wie blöd ich war! Nun trug der Igel nur noch die Halskrause aus weißem Plastik und sah beinahe aus wie Königin Elisabeth I. Auf den gelassenen, uralten Blick der Knopfaugen, der in seltsamem Widerspruch zu den hektischen Bewegungen der zarten Füßchen stand, waren sie beide nicht gefasst gewesen. Man muss allerdings sagen, dass Igel über recht wenig Mimik verfügen. Als Max sich daran machen wollte, den Deckel von der Seite her aufzuschneiden, schlug Micol vor, das Tier damit erst noch ins Hotel zu bringen.

Im Paradies der Speisereste wirst du dich erst einmal stärken, sagte sie versonnen, hielt ihn an seinem Halsband aber weiter so ungerührt fest wie eine OP-Schwester.

Dann brauchen wir einen Eimer oder sowas, sagte Max, vielleicht leihen sie mir in der Küche einen Topf.

Micol war Max so unendlich dankbar – Thomas von Oheimbs Verhalten in einer solchen Situation ist auch wirklich kaum vorstellbar. Einen Zeigefinger der anderen Hand hatte sie unter den Igel geschoben, zwischen Vorder- und Hinterbeinchen.

Er ist da unten ganz weich, flüsterte sie mit Tränen in den Augen, gar nicht stachlig.

Auf bestürzende Weise sah sie jung und unrettbar aus.

Max ließ sich von der Hocke auf die Knie fallen, beugte sich vor, legte ihr die Hand fest in den Nacken und küsste sie auf die nasse Wange.

Alles wird gut, sagte er.

Sie nickte und lehnte für einen Moment die Stirn an sein Kinn. Der Igel zwischen ihnen scharrte. Er begriff nicht, dass ihm hier geholfen wurde, aber, wenn man genau darüber nachdenkt, wollen auch die meisten Menschen noch in letzter Minute vom lebensrettenden Operationstisch springen und flüchten.

Max rappelte sich auf. Er klopfte sich den Sand von der Hose und machte sich auf den Rückweg. Mit ein wenig Glück war auf der Terrasse, bei ihren parlierenden Partnern, noch nicht serviert. Vielleicht würde es Max gelingen, den Hauptgang noch ein wenig aufzuhalten. Dann könnten sie gleichzeitig essen, sie vier wieder im gepflegten Gespräch, der Igel laut schmatzend in einer Obstkiste hinter der Küchentür.

Als die beiden endlich zum Tisch zurückkamen, sahen ihnen Thomas und Erika unentzifferbar entgegen.

Ihre Frau hat einen Igel gerettet, der sonst einem amerikanischen Fastfood-Konzern zum Opfer gefallen wäre, sagte Max, während er für Micol den Stuhl zurückzog.

Entschuldigung, murmelte Micol, ich hoffe, ihr habt euch nicht gelangweilt.

Überhaupt nicht, versicherten die beiden wie aus einem Mund, sahen einander an und lachten. Im Gegenteil, Liebes, sagte Erika, nachdem sie ihr etwas zu schrilles Kichern so schnell in den Mund zurückgeholt hatte wie ein Frosch seine klebrige Lassozunge. Sie legte Micol sogar kurz die Hand auf den Unterarm.

In diesem Moment erschienen die Kellner und brachten den Fisch, das Fleisch und die Platten mit dem gegrillten Gemüse. Sie räumten die Brottellerchen ab, zogen die Tischdecken gerade, schabten mit Silberlinealen die Krümel vom Tisch. Sie servierten die leeren Aperitif-Gläser ab und schenkten Wein und Wasser nach.

Die Sonne verfärbte sich langsam, auf ihrem wehmütigen Abstieg in Richtung Horizont.

Micols Augen waren so klar wie frisch geputzt, sie lächelte und nickte, sie strahlte ihren Mann und Erika an und zwinkerte Max zwischendurch verschwörerisch zu. Sie beschrieb sehr anschaulich die winzigen schwarzen Igelfüßchen mit den fünf Zehen: Dass man die beiden kleinsten Zehen erst kaum sehe, weil sie halb unter die Sohle geklemmt seien. Über Proportionen sprach sie verträumt, wie jemand, der laut dachte: Dass man erst meine, die Füßchen seien für den Körper viel zu klein. Aber wenn man einen Igel aus Knetmasse machte und ihn danach zum Menschen in die Länge zöge, die Fußgröße gleichbleibend, dann würde es vermutlich wieder stimmen.

Sie hat immer so praktisch-schräge Vergleiche, sagte Thomas.

Bewundernswert, sagte Erika und schien es ernst zu meinen.

Alles rastete wieder ein in seinen normalen Gang. Aber dennoch hat Micol in den folgenden Jahren, wenn ihre Selbstbeschäftigungstherapien ziellos und ihre Tage qualvoll leer wurden, gelegentlich fest daran glauben wollen, es sei dieser Max mit den praktischen Händen, der ihr so sehr fehle. Der den Igel mit einem Griff von der Blindheit befreit hatte. Der Mann mit dem goldenen Herzen, das man durch das blütenweiße Hemd schlagen und scheinen sah.

Schafe

Einst war Wolle ein begehrter Rohstoff. Heute hat
die europäische Wolle im Vergleich zu den feineren
asiatischen und australischen Wollen nur noch geringe
Bedeutung. Wer Schafe hält, dem ist die Wolle zum
lästigen Übel geworden, denn die Schur kostet Geld.
So entstand das Nolana-Haarschaf, es verliert seine
Wolle von selbst. »Nolana« ist eine lateinische Wort-
kreation und bedeutet wörtlich »keine Wolle«. Im
Frühling verlieren die Schafe die Wolle flockenweise,
die Flocken werden in die Weide eingetreten, wo sie
als natürlicher Dünger dienen. Drei Kriterien liegen
dieser Zucht zugrunde: Hoher Fleischertrag, gute
Gesundheit und eine hundertprozentige Entwollung.

Heute haben sie wieder Gemüse gegrillt. Als ich mein
Fenster öffnete, hörte ich sie gedämpft sprechen. Ich bin
noch nicht sicher, ob man hier die Gesellschaft der anderen sucht oder besser für sich bleibt. Was genau von den
anderen individuell, was von den Organisatoren allge-
mein gewünscht ist. Wahrscheinlich gehört das zu den
Dingen, die herauszufinden bereits Teil des Projekts sind.
Das zumindest sind meine ersten Vermutungen.

Ich will niemandem auf die Nerven fallen, aber ebensowenig als Einzelgänger erscheinen. Dass sie dort drüben
zusammensaßen und grillten, bedeutete ja vermutlich,

dass sie nicht mehr arbeiteten. Also ging ich hinaus, zur Tarnung mit meiner Salatschüssel und einem kleinen Messer, als wäre ich bloß auf dem Weg zu den Gemeinschaftsbeeten. Gegrillt wird immer im übernächsten Garten. Direkt neben mir wohnt eine zarte Frau mit einem Gesicht wie aus Porzellan, das Alter nicht zu schätzen. Auf den ersten Blick sah sie blutjung aus, aber ihr ganzer Habitus, ihre vorsichtigen Bewegungen und Gebärden drücken ein so hohes Bewusstsein für die eigene Verletzlichkeit aus, wie es jungen Menschen gewöhnlich nicht eignet. Diese Frau, deren Namen ich mir noch nicht gemerkt habe, ist kurz nach unser aller Ankunft erkrankt. Das immerhin hat sich herumgesprochen. Sie sei sehr krank, wolle aber auf keinen Fall zurück. Nun liegt sie offenbar bei heruntergelassenen Jalousien in ihrem Bungalow und versucht zu gesunden. Dass sich seit Tagen nichts rührt, dass sich weder die Stellung der Jalousien verändert noch abends Licht durch die Ritzen zu sehen ist, beunruhigt mich inzwischen ein wenig. Aber ich bin gewiss auch hier, um meine Potentiale an Gelassenheit zu vergrößern. Vielleicht ist diese porzellanblasse Frau nicht zufällig meine Nachbarin.

Die kleine Gruppe, die im Garten grillte, war sehr freundlich, als ich vorbeikam. Alle trugen luftige Kleidung in Beige oder Hellgrau, und man hat mich fast sofort auf ein Glas eingeladen. Der Weißwein stand ungekühlt auf dem Tisch, aber ich ermahnte mich, daraus keine negativen Schlüsse zu ziehen. Vielleicht sind sie in der Mehrheit Rotweintrinker.

Der Bewohner des übernächsten Bungalows ist Julius P.; die Namen der anderen, seiner zahlreichen, einander ähnelnden Verwandten und Assistenten, habe ich gleich wieder vergessen. Julius trägt die pastellgrünen Haare zu einem gepflegten Pferdeschwanz gebunden – ich gestehe, dass ich den Namen der Haarfarbe von ihm selbst erfahren habe, mir erschien es erst wie ein Weißblond mit Stich – und ist von mittelgroßer Statur. Das Auffallendste an ihm sind seine großen hellen Augen, wie von innen erleuchtet. Da er einen im Gespräch meist unverwandt ansieht, entsteht in Verbindung mit der extraterrestrischen Haarfarbe der Eindruck einer hypnotisierenden Libelle.

An dieser Stelle würde mich Frau Doktor Biasini bestimmt ermahnen. Meine gesucht originellen Beschreibungen seien, so sagt sie, letztlich Distanzierungsversuche. Ich hinge anderen Menschen Formulierungen um wie Kostüme und weigerte mich fortan, hinter meine eigenen Labels zu sehen. Ich glaube, dass sie in diesem Punkt zu streng mit mir ist. Mir ist durchaus klar, dass Julius vermutlich eine größere Rolle spielt, hier, in der Kolonie, und dass der Ausdruck Libelle dafür nicht ausreichen wird. Ich gebe nur meinen ersten Eindruck wieder. Und Frau Doktor Biasini werde ich lange Zeit nicht sehen.

Die Gemüsepäckchen auf dem Grill waren aufwendig gefüllt. In jeder Alufolie befanden sich vier oder fünf verschiedene Arten Gemüse, Tomaten, Auberginen, Zucchini, Paprika und Fenchel zusammen mit Kräutern, Knoblauch und einer Zitronenscheibe, außerdem gab es Alukartoffeln, die direkt in der Glut schmorten. Ich nahm etwas Brot und Oliven, lehnte aber alles weitere mit der Behauptung ab, bereits gegessen zu haben. Mir schien, die Gesellschaft habe so hungrig auf den Zeitpunkt des Garwerdens ihrer Päckchen gewartet, dass ich niemandem etwas wegessen wollte. Eine einzige andere Person prägte sich mir neben Julius ein; eine Frau, die sich als seine Assistentin vorstellte. Obwohl sie eine auffällig beherrschte Körperhaltung hat – exzessives Yoga, vermute ich –, rauchte und trank sie Wein wie ich. Als ich das warme Essen höflich dankend ablehnte, sagte sie vage: Wir haben auch irgendwo noch Fleisch.

Dieser Satz ist mir deshalb in Erinnerung geblieben, weil ich annahm, sie wollte vielleicht selber gegrilltes Fleisch, da sie schon rauchte und trank. Doch das war nur ein weiterer von vielen Fehlschlüssen, seit ich hier bin.

Die meisten – es waren insgesamt fünf oder sechs, dazu ein paar Kinder – schienen erst vor kurzem angereist zu sein. Während sie alle ihre dampfenden Gemüsepäckchen öffneten, erzählte Julius maliziös und zum Vergnügen der anderen von der Pauken-und-Trompeten-Niederlage einer gewissen Frau von Morgen. Diese Anuschka, so viel verstand ich, sei seit Jahrzehnten daran gewöhnt, alles zu bekommen, wonach es sie verlange, weil sie sich geradezu mafiöse Strukturen geschaffen habe. Old boys network, sagte Julius als Erklärung in meine Richtung, und alle lachten hysterisch auf. Es handelte sich eindeutig um einen Witz, dessen tiefere Bedeutungsschichten ich gar nicht verstehen konnte. Julius schnitt sich ein Stück Aubergine in so winzige Stückchen, als wollte er damit ein Vögelchen füttern und sagte: Natürlich auch eine Duzfreundin von Ringelmann.

Das ist besonders bitter, sagte jemand.

Sie hätte halt vom Ross steigen und sich bewerben sollen, sagte Julius, offiziell hätten sie nicht an ihr vorbei gekonnt. Aber eine Anuschka von Morgen bewirbt sich natürlich nirgends, sie erwartet, dass sie gebeten wird.

Hast du dich denn beworben, fragte ein junges Mädchen mit slawischem Akzent. Die anderen schauten es entgeistert an.

Natürlich nicht, sagte Julius nach einer Kunstpause: Aber an den richtigen Stellen war bekannt, dass ich will.

Und deshalb ist jetzt die Frau Anuschka von gestern, witzelte ich probeweise und lächelte in Richtung des südosteuropäischen Mädchens.

Julius sah selbstzufrieden drein wie eine Schlange auf sonnenwarmem Fels, aber das Mädchen duckte das gerötete Gesicht hinter eine kleine Skulptur aufragenden Aluminiums.

Gestern Nachmittag habe ich die Nachbarin von links näher kennengelernt, ein umgänglicher Typ aus dem süddeutschen Raum. Umwerfende Figur, wenn man gerade Sinn für so etwas hätte. Sie trägt zu abgewetzten Jeans orthopädisch bedenkliche High-Heels, ist davon abgesehen aber tiefenentspannt. Sie hat mir gleich ein Bier angeboten, ich muss mir für die reziproken Gelegenheiten schleunigst Vorräte anlegen. Was wohl die Porzellandame trinkt, falls sie je wieder gesund wird? Da scheint es noch immer keine Veränderung zu geben, die Jalousien unten, und kein Laut dringt heraus. Ich schätze sie als Grüntee-Trinkerin ein, falls das nicht auch noch zu stark ist. Wahrscheinlich wäre Verbene das Getränk der Wahl.

Von dieser freundlichen linken Nachbarin, sie heißt Franca, habe ich erfahren, dass die Kranke Schauspielerin ist, eine berühmte noch dazu. Einen bangen Moment lang schien mir, ich hätte mich auf den Aufenthalt hier fahrlässig wenig vorbereitet.

Franca ist Chemikerin. Aber keine Sorge, sagte sie, ich bin derzeit mehr theoretisch unterwegs.

Anders als bei Julius vor ein paar Tagen gab ich mir die Blöße, nachzufragen. Ihre Freundlichkeit veränderte sich deshalb keine Spur.

Ich meine nur, ich mache hier neben dir keine Versuche, sagte sie grinsend, du musst nicht befürchten, dass es stinkt oder knallt.

So weit war ich mit meinen Befürchtungen noch gar nicht, gab ich zu.

Wahrscheinlich sollte ich nicht zu oft zu erkennen geben, wie langsam ich noch bin.

Meinst du, man sollte sie fragen, ob sie etwas braucht, fragte ich und machte eine Geste in Richtung Bungalow rechts.

Wahrscheinlich wartet sie nur darauf, sagte Franca etwas von oben herab, und schlingt dann sofort ihre klebrigen Fäden um einen.

Ich sah sie fragend an.

Man hört, sie weiß sehr gut, für ihren Vorteil zu sorgen, antwortete sie und blies sich ihre brünetten Stirnfransen aus dem Gesicht, aber wenn du dir Gedanken machst, ruf sie doch an.

Sie hob die Bierflasche, nickte mir zu und wollte sich zum Gehen wenden. Doch da weiteten sich ihre Augen. Ich merke so etwas immer sofort. Ich habe, seit meiner Krise umso mehr, höchst ungern etwas Unbekanntes im Rücken. Aber sie sah mir beschwörend in die Augen, hielt mich mit ihrem Blick geradezu fest und machte eine winzige Bewegung mit dem Kinn, die offenbar bedeuten sollte: Nicht.

Im nächsten Moment hatte sie sich gefangen und strahlte mich an, als hätte ich gerade etwas unfassbar

Geistreiches gesagt. Und nun erst wandte sie sich überdeutlich von mir ab. Ich war frei, dasselbe zu tun. Hinter
mir stand, sphärisch lächelnd, Direktor Ringelmann mit
der Katze auf dem Arm.

Guten Tag, guten Tag, sang er, man lernt einander kennen? Das ist schön. Das freut mich. So soll es sein. Ich
hoffe, Sie fühlen sich wohl?

Wir grüßten, dankten und bejahten.

Genießen Sie die Zeit, sagte Ringelmann, seien Sie
stolz auf die Auszeichnung. Das ganze Land schaut auf
Sie. Sie alle werden zweifellos Großes leisten. Wenn Sie
Fragen oder Wünsche haben, kommen Sie jederzeit vorbei. Meine Mitarbeiter und ich stehen Ihnen Tag und
Nacht zur Verfügung. Denken Sie immer daran: Wir sind
nur Ihretwegen da.

Mit diesen Worten ging er gemessenen Schritts von
dannen, dabei ununterbrochen den Kopf der Katze krau-
lend. Der schien es nicht sehr angenehm zu sein. Dann
blieb er noch einmal stehen, wandte sich um, und sein
Gesicht war plötzlich zu einer Fratze verzogen. Er musterte uns durchdringend.

Aber lassen Sie sich niemals, ich sage niemals, wenn
Ihnen Ihr Leben lieb ist … Er knurrte: Lassen Sie sich
niemals einfallen, diese Katze zu füttern!

Franca verstand schneller als ich und ließ ein Damen-
lachen verperlen. Direktor Ringelmann starrte mich an
wie ein wildes Tier, das das seidige Ohr des zu verschlin-
genden Häschens schon blutgierig zwischen den Zähnen
hat. Er streckte den Zeigefinger aus, zielte mit hackenden
Bewegungen auf mich und krümmte sich vor Lachen. Die
Katze nutzte den Moment, um von seinem Arm zu springen und zu verschwinden.

Ringelmanns Bauch bebte. Verzeihen Sie, keuchte er,

nichts für ungut, mein Lieber, für meine blöden Witze bin ich berühmt, oder besser gesagt, für meine blöden Witze bin ich *auch* berühmt.

Und damit war er fürs erste verschwunden.

Ich habe die kranke Schauspielerin angerufen. Weil ich trotz all der vielversprechenden Biasini-Pillen noch immer schlecht und zuwenig schlafe, habe ich eines frühen Morgens ein Lebenszeichen vernommen. Ich saß schon mit einer Tasse Kaffee auf den Stufen, die von meiner Küche hinunter in den hinteren Garten führen, und beobachtete die energischen Bemühungen eines Buntspechts. Und da hörte ich sie nebenan duschen. Nachdem das Wasser verstummt war, gab ich ihr noch zehn Minuten – bis dahin wäre sie angezogen oder würde zumindest noch nicht wieder eingeschlafen sein.

Sie hat eine klare, sympathische Stimme mit norddeutscher Artikulation, viel entschiedener als das, was ich von unserer einzigen Begegnung am Ankunftstag in Erinnerung hatte. Und sie war von meinem Anruf nicht im mindesten überrascht. Sie sagte, sie brauche nichts, sie werde von den Jungs in der Verwaltung liebevoll betreut, es sei aber entzückend, dass ich mir darüber Gedanken mache. Niemand sei bisher auf die Idee gekommen, sie anzurufen, ich meine, das Areal voll von hochbegabten Menschen, und alle wissen, dass ich krank bin … das werde ich mir merken, wahrlich, da seien Sie mal sicher, da haben Sie etwas gut bei mir.

Wenn Sie Hilfe gebraucht hätten, wäre auch mein Anruf reichlich spät erfolgt, sagte ich beschämt, geht es Ihnen denn inzwischen besser?

Besser, sagte sie, viel besser, aber noch nicht gut genug, um mich vor die Tür zu wagen. Nun, ich kann auch drin bleiben, das ändert nichts an meinem Beitrag für die Gemeinschaft. Aber sagen Sie, wie gefällt es Ihnen? Haben Sie schon Bekanntschaften gemacht?

Ich habe ja noch nicht viel zu erzählen, und meine ersten Beobachtungen behalte ich lieber für mich. Also sprach ich über die Einkaufsmöglichkeiten in der Umgebung, nannte zwei Restaurants, in denen ich gegessen hatte, und ließ das Gespräch verträpfeln wie jemand, der sich höflich rückwärts, in Richtung Ausgang bewegt. Wenn Sie doch einmal etwas brauchen, … sagte ich.

Es folgte eine Pause, wie ein Knacken in der Leitung, dann kam ihre Stimme wieder, aber anders als zuvor. Setzen Sie nicht zu sehr auf diesen Julius, sagte sie mit dieser fremden Stimme. Gehen Sie ruhig hin und essen Sie ihm sein Gemüse weg, aber setzen Sie nicht auf ihn. Das ist mein Rat.

Ich verstehe nicht …, begann ich, aber da legte sie auf.

Eine einzige sichere Aussage lässt sich inzwischen treffen: Zu den unbeschwertesten Menschen der Kolonie gehört ein kleiner Junge namens Samuel. Ich beobachtete ihn eines Nachmittags, als er versuchte, mit Ringelmanns eingebildeter Katze Freundschaft zu schließen. Die Katze lag auf der Seite im Gras, den Kopf halb angehoben, die Lider halb geöffnet, eine laszive Hollywood-Schönheit, die noch nicht entschieden hat, ob sie verführt werden oder um Hilfe schreien will. Der Junge legte sich im Abstand von einem Meter dazu, die Lage der Katze nachahmend, Arme und Beine in ihre Richtung gestreckt. Er miaute zärtlich und rutschte langsam näher. Er wollte sie streicheln, traute sich aber nicht. Das spricht für gesunde Intuition.

Ich ging näher, setzte mich ins Gras und sagte, gut, dass du vorsichtig mit ihr bist.

Die Katze sprang auf alle viere, schüttelte sich, reckte den Schwanz in die Höhe wie ein geringeltes Ausrufezeichen, kam zu mir und drückte sich lüstern an mein Knie. Dabei warf sie dem enttäuschten Jungen noch einen Halbmast-Blick zu. Wie die meisten Katzen ist sie ein Charakterschwein.

Der Junge setzte sich ebenfalls auf, machte aber keine Anstalten, zu mir zu kommen und etwa mit mir gemeinsam die Katze zu streicheln. Auch das konnte ich nur bewundern.

Wie heißt du, fragte er mich. Als ich es ihm sagte, folgerte er: Du bist der Psychologe. Meine Mutter hat gesagt, den werden wir alle noch brauchen.

Ich lachte und sagte, du bestimmt nicht.

Ich erfuhr von ihm, dass die Mutter Kunsthistorikerin, der Vater Zeithistoriker sei. Derzeit arbeiteten sie an einem gemeinsamen Projekt, aber, so habe seine Mutter erst letztens gesagt, das sei wahrscheinlich keine gute Idee.

Er machte eine Pause und fügte, etwas beschämt, hinzu: Meine Mutter sagt, ich soll Fremden nicht immer gleich alles erzählen.

Ich versprach ihm, ich würde es für mich behalten. Und da antwortete er: Ich glaube, darum geht es nicht.

Ein erstaunliches Kind, acht Jahre alt, fast neun, wie er anfügte. Er kündigte an, mich zu seinem Geburtstagsfest einzuladen. Er besucht mich seither öfter. Dadurch habe ich auch seine Mutter besser kennengelernt. Sie kam einmal, ziemlich aufgeregt, angelaufen, grüßte mich nur flüchtig und fragte den Kleinen streng, ob er vor dem Haupthaus Zitronen gepflückt habe. Samuel, der mir schon öfter Zitronen und Grapefruits gebracht hat, bestritt das vehement. Ich weiß, beharrte er, die vor der Verwaltung darf man nicht nehmen, nur die hinten, im Gebüsch.

Das ist kein Gebüsch, das ist der kleine Wald hinter unseren Bungalows, korrigierte die Mutter.

Nur dort darf man sie pflücken, wiederholte Samuel, das habe ich auch Herrn Ringelmann erklärt.

Du hast was, fragte seine Mutter entgeistert. Ich muss sagen, auch mich überraschte diese Wendung.

Ja, sagte Samuel, ich hab ihn einmal vor dem Haupthaus getroffen, mit einer Zitrone in der Hand. Ich hab ihm gesagt, dass man die dort nicht pflücken darf. Er hat gesagt, die ist heruntergefallen, deshalb hat er sie aufgehoben. Vielleicht war es die Katze. Ich hab ihm gesagt, er muss das seiner Katze besser erklären, dass man das nicht darf. Er hat gesagt, das macht er.

Samuels Mutter und ich sahen uns an und lachten. Das Kind sieht ihr ähnlich, allerdings in anderen Farben. Er ist blond und hellhäutig, sie hat zwar blaue Augen, ist sonst aber ein dunkler Typ, Haare, Augenbrauen, Hauttönung. Zu ihr fällt einem das Wort intensiv ein, wobei schwer zu sagen ist, ob sich diese Intensität eher in die positive oder negative Richtung entlädt. Heftige Empathie und kühler Hochmut, Lebenslust und Verzweiflung, sie scheint aus Gegensätzen zusammengeklebt. Die Fältchen um die Augen stehen ihr gut, sie ist eine hübsche Frau, wenngleich auf eine viel zurückhaltendere Weise als Franca. Aber vielleicht sieht man sich an letzterer nach einer Weile auch satt. Wenn Franca ein Mann wäre, müsste man sie einen Sunnyboy nennen, dachte ich vor kurzem. Da habe ich mit ihr in der Abenddämmerung wieder ein Bier getrunken. Erst beklagte sie sich ein wenig: An vergleichbaren Orten, an denen sie selbst gewesen sei oder deren Programme sie etwas besser kenne, gebe es entweder sehr viel genauere Richtlinien für die spartenübergreifende Arbeit und demgemäß eine Menge mehr Input. Oder aber, im Gegenteil, die Bewohner hätten viel mehr Freiheit. Die Mischung hier sei schon speziell, einerseits wollten sie etwas von uns, aber dann auch wieder nicht so richtig.

Was wollen sie eigentlich genau, deiner Meinung nach, fragte ich mit einem untadelig neutralen Gesichtsausdruck.

Doch für jemanden wie sie war der Versuch natürlich trotzdem viel zu primitiv. Sie grinste und blies sich den Pony aus den Augen. Was können wir kleinen Menschlein schon ahnen, deklamierte sie mit drolligem Ausdruck, oder gar wissen über den großen Plan. Dann stand sie auf und streckte sich. Nicht jammern, arbeiten, Frankie, feuerte sie sich selbst an, nickte mir zu und ging zurück in ihr Häuschen.

Ich kann weiterhin nicht einschätzen, ob die Porträtskizzen der Menschen, denen ich begegne, ein richtiger Ansatz sind für die Leistung, die man hier von mir erwartet. Oder ob das im Gegenteil viel zu naheliegend ist und mir am Ende den Hals brechen wird.

Neuerdings beginnt es sich in der Kolonie vielfältig zu regen. Beppo und Bosco aus der Verwaltung teilten mit, dass die Renovierungsarbeiten am Gartenpavillon abgeschlossen sind und wir dort zu den Bürozeiten Kaffee und Tee trinken sowie die aktuellen Zeitungen lesen können. Das habe ich sogleich ausprobiert: Der achteckige Pavillon ist mit Ledersesseln eingerichtet, die bodentiefen Rundbogenfenster mit Streben in Altsilberoptik gestatten Ausblicke in den Park. Wegen der Klimatisierung kann man sie nicht öffnen. Der Raum schien mir etwas klein. Außer mir war allerdings niemand da, und gewiss hat die Verwaltung Erfahrung damit, wieviele Kolonisten durchschnittlich einen Gemeinschaftsraum dieser Art nutzen.

Baldassare, der Sekretär von Direktor Ringelmann, erinnert per Mail an die beiden Vormittage nächste Woche, wo wir uns und unsere Arbeit vorstellen sollen. Diesen Termin habe ich bisher erfolgreich verdrängt. Schließlich gibt es verschiedene Möglichkeiten dessen, was ich über mich sagen könnte. Ich habe durchaus Erfolge vorzuweisen, vor allem in meiner Arbeit mit Flüchtlingen. Auch die Supervisionsgruppen mit japanischen Therapeuten, die mit Tsunami-Überlebenden gearbeitet haben, sind normalerweise etwas, das auch Fachfremde interessiert. Aber hier?

Dass ich zusammengebrochen bin und unter welchen Umständen, geht als Thema für eine solche Veranstaltung natürlich zu weit. Obwohl es mein Leben der letzten Monate bestimmt hat. Und auch wenn ich annehme, dass genau solche Grenzüberschreitungen die Gruppe vorwärts bringen könnten, habe ich keine Lust, derjenige zu sein, der anfängt. Vielleicht zu einem späteren Zeitpunkt. Denjenigen, der mit so etwas anfängt, vergisst man nie, egal, wieviel die anderen nachlegen. Allerdings wird sich meine Schwachstelle vielleicht nicht für immer verbergen lassen. Oder sie wissen es ohnehin längst, Ringelmann und seine Leute, meine ich.

Ich habe mir daher vorgenommen, etwas zu tun, was für solche Anlässe typisch, für mich selbst aber äußerst untypisch ist: Ich werde mit einem Haufen gewagter Zuspitzungen die neuesten Erkenntnisse meiner Zunft sowohl rühmen als auch problematisieren. Diese Leute hier sind alles andere als Spezialisten, wahrscheinlich überhaupt nur grob orientiert über das, was die Psychologie derzeit umtreibt. Aber sie können denken. Ich werde also ein knackiges Impulsreferat abliefern und versuchen, damit möglichst viel Diskussion und Widerspruch zu erregen. Sobald die anderen mitreden, fühle ich mich sicher. Dann funktioniert der analytische Apparat einwandfrei. Nur wenn ich selbst länger spreche, fühle ich mich wie ein tönender Stein, wie ein Pathos schwitzender Klumpen, der sich nicht verständlich machen kann. Ob das je wieder gut wird? Bin ich deshalb hier?

Allerdings lenkt uns derzeit die Ankunft des Dichters vom Lampenfieber ab. Er konnte ja, aufgrund verschiedener, jahrelang vorab fixierter Verpflichtungen, nicht zum offiziellen Beginn anreisen. Aber jetzt ist er da, unübersehbar. Ich bin ihm vorher noch nie persönlich begegnet, aber es ist erstaunlich, wie gut man ihn schon aus den Medien zu kennen glaubt. Die charakteristische Silhouette, das struppig-silbrige Gesamtkunstwerk aus Bart und Haaren, die unglaubliche Stimme, all diese Register, die er ziehen kann, von sonor über schrill bis herbstgolden, von Whiskey Sour bis dreckigem Fistel. Die sanften Lagen laufen einem wie warmer Honig ins Ohr. Er wandert, die Hände hinter dem Rücken verschränkt, stundenlang durch den weitläufigen Park, halblaut deklamierend. Samuel hat mir erzählt, dass der Dichter ihm, wenn sie sich treffen, immer einen neuen Reim macht. Er bittet das Kind um zwei oder drei Worte, dann denkt er kurz nach und macht ein Stegreifgedicht. Samuel merkt sich die Gedichte leider nicht, nur die Worte, die er ausgesucht hat. Für den Jungen ist diese Kunst unendlich staunenswert, und er hält alle Wortkombinationen für ungefähr gleich schwer. Auch in diesem Punkt ist die Ansicht des Kindes wahrscheinlich viel weiser, als man denkt. Hemd und Schrank habe er ihm einmal vorgeschlagen, und auch da sei das Gedicht fast sofort herausgekommen. Und es reime sich immer. Samuel sagte, der alte Dichter ist mein Freund. *Auch* mein Freund, fügte er hinzu, weil er mich nicht kränken wollte.

Ich bin erst einmal mit ihm zusammengetroffen. Ich streunte in der Welt außerhalb der Mauern herum und wunderte mich, wie ungerührt sie ihren Gang geht, angesichts der drohenden Katastrophe. Ich kaufte Obst in der Markthalle, untersuchte das ungeheure Sortiment der dunklen, kühlen, bis an die Decke vollgeräumten chinesischen Allzweckläden, plauderte mit einem politisierten Friseur über die Banken- und Flüchtlingskrise und fotografierte viele dieser altmodischen Gegensprechanlagen aus Messing, die zu bedeuten scheinen, dass die Italiener viel weniger oft umziehen als die Deutschen. Schließlich kehrte ich in die schlauchförmige Bar ein, die schon in den allerersten tastenden Tagen mein Anker geworden war. Hinten an der schmalen Rückwand thronte der Dichter, enigmatisch wie Gottvater. Dort, wo er saß, sah er alle, und alle sahen ihn. Die Stimmung in der Bar schien anders als sonst, bedeutsamer. So ein raumfüllendes Charisma hat man oder nicht. Er winkte mich zu sich. Nachher war ich verblüfft, wie blitzartig meine Zurückhaltung, ja Skepsis geschmolzen war. Er ist nicht sarkastisch, wie ich erwartet hatte, sondern einnehmend und warm. Geschliffen geistreich in fast jeder Äußerung, das ja, aber nicht auf die auftrumpfende Art. Ich fühlte mich beschützt und verstanden. Man könnte auch sagen, er hat mich eingewickelt, ohne dass ich zu sagen wüsste, wie. Nach einer solchen Begegnung frage ich mich, ob es eine natürliche Großartigkeit gibt, die selbst einen Skeptiker wie mich vertrauen lässt. Eine angeborene Gabe. Oder ob solche Wirkungen immer inszeniert sind.

In diesen paar Minuten beim Kaffee hat jedenfalls er mehr über mich erfahren als umgekehrt. Immerhin habe ich ihn einmal zum Lachen gebracht. Gerade als ich aufstand und gehen wollte, fragte er mich: Und, wie finden Sie nun das Ganze? Ehrliche Antwort!

Ich antwortete freimütig: Ich habe nicht geahnt, dass ich mich Adam und Eva jemals so nahe fühlen würde. Die Last, zu der das Paradies einem wird – die Freiheit würgend, die Schönheit zum Gefängnis. Das ist wahrlich eine eindrucksvolle Erfahrung.

Gut gesagt, rief mir der Dichter nach, wunderbar gesagt. Ich gratuliere.

Zwei der Kollegen haben sich schon vor Beginn der Präsentationsrunden deutlich in Szene gesetzt, so als befürchteten sie, bei diesem Termin allein nicht zu genügen. Das Verbale ist gewiss nicht jedermanns Stärke, aber dass sich gerade dieser mundflinke Julius vordrängen musste? An zwei Stellen im Park standen eines Morgens riesige Skulpturen. Das Prinzip seiner Arbeiten ist ja bekannt. Sie bestehen zum Großteil aus Nähnadeln, wobei es ihm ebenso sehr um die Zwischenräume geht. Die Nadeln sind Stoff und Begrenzung des Stoffs gleichzeitig, verantwortlich für alles, für Muster, Lücken und Strukturen. Das perfekt blasen- und kratzerfreie Transparentmaterial, das er zu ihrer Verbindung benutzt, ist wirklich fast unsichtbar. Erst wenn man nah herantritt, bemerkt man, dass die Nadeln nicht einfach in der Luft schweben. Aber diesen Effekt sollen die Skulpturen natürlich haben, Magnetfelder, Vogelschwärme, kosmische Konstellationen.

Als ich zusammen mit dem kleinen Samuel vor dem Gebilde stand, das den Titel *Giove avariato* trägt, bemerkten wir, dass es Füße aus Kakteen hat. Julius und seine Mitarbeiter hatten ein paar der armdicken Kakteen geschlachtet, die überall wachsen und bald blühen sollen. Diese hier würden nicht mehr blühen. Aus ihnen war eine statisch bewunderungswürdige, fragil aussehende, aber offenbar stabile Konstruktion geworden, die dem Rest des Kunstwerks als Podest diente. Allerdings verblüffte mich die pleonastische Verbindung von Kakteen und Nadeln, nein, ich sollte wohl zugeben: sie ärgerte mich.

Doch Samuel gefiel gerade das. Die echten Kakteen tragen die falschen, sagte er anerkennend, und dieser Satz klang mir noch lange nach. Ich vermied, ihn darauf aufmerksam zu machen, dass diese Skulptur nicht haltbar war. Anders als alles, was Julius bisher gemacht hatte, würde die Halterung über kurz oder lang verfaulen, zusammenbrechen, die Skulptur in Brocken voller Nähnadeln zerfallen. Ich hoffe innig, dass es nicht das ist, was er uns damit sagen will.

Der andere Vorprescher ist jener junge Mann, der in der Reihe vor mir wohnt und vormittags in seinem Garten Kopfstand macht. In letzter Zeit ist er dabei nur noch in Badehose. Er hat uns allen eine Flut von Ansichtskarten in die Briefkästen gesteckt, ich habe acht verschiedene, Samuels Eltern noch mehr. Franca sagt, sie habe zwölf. Es sind Bilder von allen möglichen Sehenswürdigkeiten, unter auffälliger Aussparung der italienischen. Die Akropolis ist darunter, das Riesenrad und der Eiffelturm, Mont-Saint-Michel, die Kleine Meerjungfrau, das Manneken Pis und ein österreichisches Salzbergwerk. Landschaftsaufnahmen aus Afrika und Australien sind ebenso dabei wie moderne Architektur. Es handelt sich um jeweils ein Bild, also nicht um diese unterteilten All-in-one-Karten. Alle sind mit der Hand beschriftet und stellen vertrackte Fragen: Ist Perfektion wichtig? Warum bist du hier? Ist es unmodern, an Gott zu glauben? Ist Treue überholt? Heißt Schreiben sich auflösen? Nimmst du Anteil am Zustand der Welt nach deinem Tod? Ist der Staat wichtiger als die Familie? War Marx ein Genie? Sind Analysten Verbrecher? Ist Ringelmanns Katze ein Animagus? Wird die Welt bald untergehen? Lügen die Auguren?

Und derlei mehr. Heute haben mich Samuel und seine Mutter auf ein Eis eingeladen. Dabei kamen wir auf diese Postkarten zu sprechen. Jenna möchte sie nach verschiedenen Kriterien ordnen und versuchen, eine versteckte Bedeutung zu finden. Es war für die Jahreszeit schon relativ heiß, als wir vom Eisessen zurückkamen. Ich bot ihr einen Aperitivo an, sie schickte Samuel, um seinen Vater und alle Postkarten zu holen. Ich läutete Franca heraus, sie schien verschlafen, war aber gleich bereit, mitzumachen. Wir schoben unsere Gartentische zusammen und häuften die Karten darauf. Wir sortierten sie erst nach Empfängern, dann nach dem Anfangsbuchstaben des Landes, schließlich nach jenem des Bildmotivs, was nicht in allen Fällen möglich war. Jennas Mann führte die Listen. Aber es war sie, die die Sache ernst nahm, sie wollte etwas finden, zwischendurch mit einem verzweifelten Ehrgeiz, der beinahe Beschützerinstinkte in mir weckte. Mein Verdacht ist: Sie versucht etwas anderes zu lösen, deshalb ist sie so auf Entschlüsselung aus. Mittendrin lief Samuel weg und schleppte auch noch Julius und dessen Postkarten an. Der Mann mit dem pastellgrünen Pferdeschwanz trug diesmal nichts Graues oder Beiges, sondern einfach Jeans und ein T-Shirt vom *Hard Rock Café*. Er riecht immer nach teurem Parfum. Auf die beiden riesigen Skulpturen angesprochen, sagte er nur achselzuckend, seiner Meinung nach habe sich im Park unbedingt etwas verändern müssen: Hallo? Wir sind jetzt alle seit Wochen da, und man bemerkt es gar nicht?

Und selbst wenn jemand seinen *Giove avariato* schände – an dem im Übrigen mehrere hochqualifizierte Mitarbeiter wochenlang gearbeitet hätten – sei ihm das lieber, als weiterhin diesen Stillstand zu ertragen.

Mein Telefon läutete, es war die Kranke von nebenan. Sie klang amüsiert und sagte, sie habe uns ihre Postkarten vor die Hintertür gelegt; wir sollten ihr aber bitte nicht böse sein, dass sie nicht persönlich erscheine. Ich möge Jenna überdies ausrichten, dass auch alle Mitarbeiter der Verwaltung Postkarten bekommen hätten, vermutlich sogar Ringelmann selbst. Und falls mein Angebot, ihr aus dem Supermarkt etwas zu besorgen, noch stehe, würde sie sich bei Gelegenheit über eine Flasche Gin freuen, Marke egal, bloß nicht der billigste.

So saßen wir zusammen unter dem blausamtigen Spätnachmittagshimmel, die grünen Papageien kreischten, die Palmen scharrten ab und zu mit ihren Blattfingern in der Luft. Fast fühlte es sich an wie Ferien. Jennas Mann ist liebenswürdig und intelligent, auch wenn er gelegentlich in eine Art Witzelstarrkrampf gerät und mit dem Kalauern kaum aufhören kann. Sie schaut ihn dann an, als sähe sie ihn zum ersten Mal, sibyllinisch forschend, die Unerbittlichkeit bloß hinter einem Mauervorsprung verborgen. Julius hingegen war im Vergleich dazu, wie ich ihn bisher erlebt hatte, geradezu entspannt, als hätten Ambition und Ehrgeiz ihn ausnahmsweise aus den Klauen gelassen. Er lud uns alle für einen der nächsten Abende zum Grillen ein, ich hoffe bloß, es gibt mehr als Gemüse.

Wir Erwachsenen hatten das Postkartenrätsel längst aufgegeben und waren ins freie Plaudern übergegangen, da sortierte Sammy auf einmal die Karten intuitiv nach Farben, von hell (eine Dünenaufnahme) bis dunkel (ein berühmtes modernes Opernhaus bei Nacht). Und plötzlich sah es so aus, als könnte sich tatsächlich eine Art Bild ergeben, wenn man nur weit genug davon wegginge. Als ob die Postkarten Pixel wären. Sammys Vater schaute sich das anerkennend an und sagte: Wie bei einem Puzzle. Aber solange man nicht weiß, wie lang der Rand ist …

Jenna war begeistert. Wenn wir wüssten, wieviele es insgesamt sind, bleiben nur wenige Möglichkeiten, rief sie: Ein Quadrat oder ein Rechteck … vielleicht sollten wir es zuerst mit dem Goldenen Schnitt probieren?

Ich holte noch eine Flasche Prosecco. Solange wir nicht genug empirisches Material haben, werden wir es nicht lösen, sagte ich, in meiner Küchentür stehend, auf die vergnügte Gesellschaft hinabschauend.

Die Präsentationsrunden sind vorbei, zwei in jeder Hinsicht aufschlussreiche Vormittage. Die einzelnen Vorträge möchte ich später beschreiben, wenn ich mir ein genaueres Bild der Arbeiten machen konnte. Wenn ich einen Bogen ziehen kann vom Versprechen zur Einlösung, von der Ankündigung zum Ergebnis. Wobei uns Direktor Ringelmann eindringlich versichert hat, dass kein Ergebnis auch ein Ergebnis sei.

Denn, sagte er in seiner kurzen, humorigen Begrüßungsrede: Wahrscheinlich haben Sie sich viel vorgenommen für Ihre Zeit bei uns. Vielleicht schaffen Sie vieles davon, oder Sie machen etwas ganz anderes als geplant. Vielleicht schaffen Sie gar nichts! Aber vergessen Sie nicht: Auch wenn Sie am Ende von hier fortgehen mit dem Gefühl, nicht gemacht zu haben, was Sie eigentlich wollten, ist es vielleicht gerade der Umweg, mit dem Sie etwas beigetragen haben. Vielleicht ist das, was Ihnen nicht gelingt, genau das, was uns von Ihnen hier als das Wertvollste bleiben wird.

Das war am ersten Vormittag, bevor der alte Dichter, sozusagen außer Konkurrenz, mit seiner Lesung eröffnete. Er las seine Klassiker, am Ende auch Neues, anrührend lichte, kleine Gedichte unter dem Zyklustitel *Für Samuel*. Samuel war in der Schule und konnte es nicht hören, aber er hätte sich bestimmt gefreut. Der Dichter erwähnte nicht, wie sie entstanden waren – das fand ich angenehm uneitel. Vielleicht geschah es aus Selbstschutz. Hätte einer wie Julius seine Fähigkeit zum Stegreifdichten nicht sogleich auf die Probe stellen wollen? Als er mit dem Lesen fertig war, legte er seine Zettel auf den Tisch, blickte auf und sagte: Mein Name ist Carl Hovland, und ich schreibe. Noch Fragen?

Verena, die blasse, etwas instabil wirkende Videokünstlerin, mit der gemeinsam ich anfangs an den Mülltonnen das hiesige Trennsystem zu begreifen versucht habe, gab sich befremdet. Etwas ruppig fragte sie ihn, ob er zumindest verraten möge, warum er der Poesie den Vorzug vor der Prosa gebe? Oder ob diese Frage zu persönlich sei?

Einige grinsten, am breitesten Ringelmann, von dem ich bis dahin den Eindruck hatte, dass er aufsteigende Unruhe – seine eigene und die der anderen – mit Grinsen und jovialem Gepoltere bekämpft. Aber am selben Vormittag würde dem noch etwas Neues hinzugefügt werden.

Der alte Dichter schaute Verena an, vier, fünf Sekunden lang. Im Vergleich zu den Frauen, die er in jüngeren Jahren gekannt hat – von seinen Liebesgeschichten steht ja bereits einiges in den Literaturgeschichtsbüchern –, muss sie ihm vorkommen wie ein androgyner Kobold. Schließlich antwortete er: Eigentlich nur, weil ich es besser kann.

Nach diesem ersten Höhepunkt ging es erwartbar weiter, originelle Präsentationen mit nicht gar so viel dahinter, brave mit umso mehr dahinter, Mischformen. Viel Vorschuss-Sympathie aller gegenüber allen, natürlich auch einiges an intellektuellem Geplänkel, wo es selten um die Sache geht, mehr um ideologische Standortbestimmung. Ich nenne das bei mir: Geweihschau.

Aber der zweite Vormittag, bevor wir alle zum gemeinsamen Mittagessen gingen, endete denkwürdig.

Die Präsentationen hielten wir im Schatten ab, es waren gegen Mittag bereits an die dreißig Grad. Wir saßen unter alten Bäumen an zwei langen Holztischen, die an einer besonders schönen Stelle des Parks aufgestellt worden waren. Der jeweils Vortragende stand oder saß davor, wie es ihm beliebte.

Die Blattläuse hatten schon davor manchmal gestört. Ich wische deshalb jeden Morgen meine Gartenmöbel mit heißem Wasser ab. Inzwischen habe ich die Möbel umgestellt, so dass sie nicht mehr direkt unter den Robinien stehen. Aber weder am ersten Präsentations-Vormittag noch am Beginn des zweiten gab es ein Problem. Falls jemandem eine Blattlaus in sein Glas oder die Kaffeetasse gefallen sein mochte, habe ich es nicht bemerkt. Dass Menschen sich über die Unterarme oder mit den Handflächen über die Tischplatte streichen, ist normal. Meistens sind es grundlose Bewegungen, die nicht mehr bedeuten als Konzentration oder Nervosität. Aber dann, während des vorletzten oder letzten Vortrags, begannen die Blattläuse in Massen von den Bäumen zu fallen, wie

Regen. In wenigen Minuten waren Menschen und Tische übersät. Blattläuse haben die unangenehme Eigenschaft, sofort zu klebrigem Brei zu zerplatzen, wenn man sie berührt. Die hübschen Jungs aus der Verwaltung, Bosco, Beppo, Bruno, Baldassare und wie sie alle heißen (Franca hat sie die *B-Liga* genannt), die bei gemeinschaftlichen Zusammenkünften immer merkwürdig starre Mienen zur Schau tragen, als absolvierten sie unter Aufbietung letzter Kräfte eine Fleißaufgabe, wischten mit gerümpften Näschen an sich herum. Auch meine Kollegen waren abgelenkt, grinsten einander zu, hielten die Hände über ihre Getränke, putzten sich die Brillen. Manche sahen nach oben, als ließe sich da eine Erklärung finden. Etliche grüne Halsbandsittiche lugten zurück, einem auf putzige Weise das Profil zuwendend, da sie die Augen ja seitlich am Kopf haben.

Aber nach ein paar Minuten Irritation beruhigte sich die Szene auf sehr eindrucksvolle Weise. Denn Ringelmanns Verhalten wurde stilbildend. Er saß da, als gäbe es die Flut der Blattläuse nicht. Seine Körperhaltung schien auszudrücken, dass es sie nicht zu geben habe. Dass er mit seinem gewichtigen Sein dagegen protestiere und der Rest letztlich eine Sache des Willens sei. Er zeigte sich nicht einfach ungerührt – nein, es war bedeutender, kunstvoller. Wenn er schon davor ein Beispiel höchster Konzentration abgegeben, den Vorträgen und der Dichterlesung teilweise mit geschlossenen Augen gelauscht hatte, so ballte er sich jetzt zusammen, als könnte er sein spezifisches Gewicht willentlich um ein Vielfaches erhöhen. Er saß nicht nur da, er war hier eingeschlagen wie eine Kanonenkugel, streng und vorbildlich, dabei gleichzeitig so sensitiv auf Senden und Empfangen gestellt, dass man es beinahe surren hörte. Ohne auch nur den Kopf zu drehen, hätte er jeden nennen können, der weiteralberte. So eine wort- und bewegungslose Demonstration von Autorität habe ich noch nie zuvor erlebt. Asiatische Religionsführer wären dazu nicht imstande, abgesehen davon, dass ihre Macht nicht auf Unterwerfung gründet. Ringelmann ruhte in sich wie ein Brocken Osmium. Die Blattläuse regneten von den Bäumen. Sie klebten auf seinen winzigen funkelnden Brillengläsern und auf den Schultern seines Anzugs aus feinster mittelblauer Seidenmischung. Sie verfingen sich in den Härchen auf seinen gebräunten Handrücken, und ich bildete mir ein, sogar zwei, drei schwarze Pünktchen auf seiner fleischigen Unterlippe zu sehen. Doch er regte sich nicht, er hörte zu, er nahm auf, er nahm auf sich, er erwies dem Sprecher seinen Respekt. Und so taten wir alle es ihm für die verbleibende halbe Stunde nach, wir hörten auf zu wischen, uns zu schütteln und von einer Pobacke auf die andere zu rutschen. Aber natürlich gelang es uns nicht annähernd so wie ihm. Die meisten, die ich beobachten konnte, sahen dabei ziemlich gequält aus.

***

Die Krise ist ausgebrochen, und ich bin darüber fast erleichtert. Bisher war es wie zögerliches Herumstaksen in einem kalten Meer, erst bis zum Knöchel, dann bis zum Knie. Die vermeintlich schonende Methode verlängert bekanntlich die Qual. Aber damit ist es jetzt vorbei, wir Koloniebewohner sind alle drin und strampeln, jeder auf seine Weise.

Der Anruf kam gegen Mitternacht. Meine unsichtbare Nachbarin bat mich, zu Julius zu gehen, in die Küche, wie sie mehrmals betonte, sagen Sie allen, dass sie in der Küche bleiben sollen. Und rufen Sie mich von dort gleich wieder an.

In Julius' Küche war die Versammlung, von den Kindern abgesehen, bereits vollzählig. Sören, der scheue Postkartenmann, trug etwas, das aussah wie ein seidener Kimono, Jenna rauchte und sah angespannt aus, die Videokünstlerin und ihr Freund wirkten ein wenig betrunken. Franca gab sich demonstrativ unbesorgt und begrüßte mich mit einem Küsschen. Hovland saß mit einer Tasse Tee in der Ecke und murmelte vor sich hin. Ich bat um Julius' Telefon, rief die Porzellandame zurück und legte den Hörer mit eingeschaltetem Lautsprecher auf den Tisch.

Wegen Julius' zahlreichen anwesenden Assistenten gab es erst eine kurze Diskussion darüber, wie eng der Kreis der Eingeweihten sein sollte. Familie und Lebensgefährten ja, Assistenten nein? Doch da alle aus dem einzigen Grund hier sind, uns, die ausgewählten Koloniebewohner, zu unterstützen, bei unserer Arbeit ebenso wie emotional und atmosphärisch, haben wir diese Frage schnell im liberalen Sinn gelöst. Verena hielt sich an ihrer Bierflasche fest und fragte mit schleppender Stimme, ob wir darüberhinaus noch mehr Unterstützung holen sollten, Freunde und Kollegen mit besonderen Fähigkeiten? Wie früher der Telefonjoker? So viele, bis mindestens die Anzahl der Gästebetten, die die Verwaltung zur Verfügung stellen könne, ausgeschöpft sei?

Ich habe mir vorgenommen, eine maximal uninvolvierte Position einzunehmen. Ich möchte, so gut es geht, nur der Berichterstatter sein. Ein reichlich beschädigter Berichterstatter, das gebe ich zu. Aber ich bemühe mich. *Mi sto sforzando.* Ob es mir gelingt, werden unsere Nachfolger beurteilen müssen. Wenn es überhaupt Nachfolger geben wird, denn selbst darüber gehen die Meinungen auseinander.

So viel zumindest steht fest: Die klare Mehrheit der Koloniebewohner ist verunsichert bis empört darüber, dass Ringelmann uns die genaue Aufgabenstellung nicht endlich aufdeckt beziehungsweise Hinweise gibt, ob wir vielleicht schon auf dem richtigen Weg sind.

Auf welchem Weg denn, verdammt, stieß an dieser Stelle Jenna hervor, wir haben bis jetzt doch noch gar nichts geschafft!

Du und dein Sohn habt euch so sehr um diese Postkarten-Geschichte verdient gemacht, versuchte Franca sie zu trösten, neben deiner vielen eigenen Arbeit …

Er könnte uns einfach sagen, wie er es gemeint hat, erwiderte Jenna heftig und zeigte auf den jungen Mann im Kimono, der in seinem Garten jeden Vormittag Kopfstand macht.

Sören erschrak. Er ist sehr schüchtern, spricht fast nie, ich begegne ihm manchmal, wenn er aus den Gemeinschaftsgärten Tomaten und Pfirsiche holt. Gertrude, die Lebensgefährtin der Architektin aus Nummer 14 – ich habe die beiden Damen bisher nicht erwähnt, da sie reizend, gepflegt und unauffällig sind, aber womöglich sind gerade sie die wichtigsten? –, hat mir gegenüber einmal die Vermutung geäußert, er ernähre sich ausschließlich davon, um, wie die Asketen zu allen Zeiten der Geschichte, ein höheres geistiges Reflexionsniveau zu erreichen.

Das werde ich nicht tun, sagte Sören nun leise, aber bestimmt: Sonst war ja meine ganze Arbeit umsonst.

Meine Arbeit, deine Arbeit, zischte Jenna.

Aber dass es eine Aufgabe gibt, die wir gemeinsam lösen müssen, davon sind bis auf Hovland alle überzeugt.

Wobei die Anschauungen über die Art und Bedeutung der Aufgabe sehr differieren.

Hovland hingegen ist der herkömmlichen Ansicht, dass das Jahr in der Kolonie dieselbe Bedeutung habe wie seit Jahrzehnten: Eine Belohnung für Ältere, die in ihrem Bereich Besonderes erreicht hätten, sowie ein Ansporn für Jüngere, denen damit die Anerkennung ihres großen Talents ausgesprochen werde. Die Blicke, die er erntete, beschrieb er, während er seinen langen Bart mit den Fingern kämmte, selbst am treffendsten: Jetzt denkt ihr, ich bin ein alter Sack, der gar nichts kapiert – und das stimmt ja auch. Trotzdem weigere ich mich, in diese apokalyptische Hysterie zu verfallen.

Jennas Ehemann fragte: Lesen Sie die Zeitungen?

– Natürlich tue ich das! Aber ich bin etwas älter als Sie und habe schon andere globale Krisen gesehen!

Gertrude, höchstens fünfzehn Jahre jünger als Hovland, sagte kokett: Wahrscheinlich ist er da, weil er so alt ist.

Alice, ihre Frau, sagte: Bleibt die Frage, ob er uns irritieren oder trösten soll.

Die Stimme meiner kranken Nachbarin ertönte aus dem Mobilteil des Telefons: Das bringt uns nicht weiter. Mizzica, sag ihnen, was du gehört hast!

Verena zeigte dem Hörer den Mittelfinger und nahm einen weiteren Schluck Bier. Julius' kroatische Helferin berichtete mit leiser Stimme, dass sie im Haupthaus irrtümlich die falsche Toilette benutzt – die Aufschriften unterscheiden sich nur in einem einzigen Buchstaben – und von der Herrenkabine aus Beppo und Bruno belauscht habe, als sie einander am Urinal Bemerkungen über Ringelmanns zunehmend schlechte Laune zuflüsterten, über die man sich nicht wundern müsste, da zumindest die Spanier und Amerikaner schon viel weiter seien. Der entscheidende Satz, den Mizzica gehört haben wollte, lautete: Unsere sind nicht schnell genug.

Da beugte sich Franca über den Tisch, dass man ihr gut in den appetitlichen Ausschnitt sehen konnte, griff sich den Telefonhörer und fragte hinein: Sie glauben doch nicht, dass die B-Liga eingeweiht ist?

Die Stimme der Schauspielerin antwortete: Das sollten wir zumindest diskutieren.

Franca sagte: Ich würde Sie übrigens gern mal wieder sehen, ich bin da altmodisch. Wenn Sie nicht mehr krank sind, können wir uns dann bei Ihnen treffen?

Julius hob anerkennend beide Daumen.

Die Stimme sagte: Bedaure. Die Situation ist nicht ideal, das gebe ich zu. Aber bei mir geht aus bestimmten taktischen Gründen die Katze ein und aus.

Die meisten nickten, als genüge ihnen das als Begründung. Nur Hovland verzog das Gesicht, in einer Mischung aus Schmerz und unterdrücktem Lachen.

Mit seiner merkwürdig hohen Stimme, die anzeigte, wie ungern er vor mehreren spricht, sagte Sören plötzlich: Die B-Liga kann nicht eingeweiht sein! Manche davon sind Pass-Italiener! Die Aktion wird von Berlin aus geleitet! Alles andere ist undenkbar!

Daraufhin redeten alle durcheinander, auf dem Tisch schnarrte die Stimme der Schauspielerin aus dem Hörer, und es ist unmöglich, hier nachträglich Ordnung zu schaffen. Die Vorschläge reichten von offenem Kampf (gemeinsamer Termin bei Ringelmann, um ihn, unter Androhung von andernfalls erfolgender kollektiver Abreise, zur Herausgabe der Aufgabe zu zwingen) zum Gegenteil davon, nämlich taktischem Gleichmut geradezu asiatischen Ausmaßes: Wir tun einfach gar nichts, wir erstarren wie die Eidechse, auf die der Schatten des Vogels fällt. Wir arbeiten unbeirrt weiter an unseren Projekten, so, wie es offiziell vereinbart war. Wir nutzen den Ort und die geschenkte Zeit, wir freuen uns, wir sind dem Staate dankbar und versuchen dabei, die drohende Katastrophe so verantwortungsvoll wie gerade noch möglich zu ignorieren, weil ja auch bisher alle Krisen im letzten Moment gelöst worden sind, und zwar von jemand anderem als uns. Falls aber alle Annahmen stimmen, falls wir wirklich zu langsam sind oder sogar Gefahr laufen, zu versagen, müssten sie doch bald intervenieren, uns einen Hinweis geben, was sie von uns wollen. Diese fast unangreifbare Extremposition stammte von Hovland.

Einige von denen, die im Gegensatz zu dem alten Dichter an die Existenz der Aufgabe und deren Dringlichkeit glauben, glauben ebenso fest daran, dass alle Hilfestellungen von außen verklausuliert sein müssten, um ein Gelingen überhaupt möglich zu machen. Die Blattläuse könnten eine solche Intervention gewesen sein. Wer weiß, ob wir das Zitronenpflückverbot hinnehmen sollten. Verena schlug vor, die Tore zu öffnen und die Obdachlosen und Flüchtlinge vom Bahnhof Ostiense herein auf die Wiesen zu holen und für sie zu kochen. Und so weiter. Daher war der Plan, Ringelmann zu konfrontieren, fast sofort wieder vom Tisch. Hovlands Vorschlag dagegen fand durchaus einige Zustimmung. Als sein Unterstützer musste man sich allerdings unbehaglich fragen, ob nicht gerade er der Teufel war, der einen in Versuchung führte, in all der eigenen Faul- und Feigheit.

Da ich versprochen habe, bis morgen Vormittag eine Liste mit den wichtigsten Fragen zu erstellen, breche ich an dieser Stelle ab. Es ist inzwischen fast fünf Uhr mor gens, und ich konnte dem erstklassigen Grappa, der zuletzt auf den Tisch kam, genausowenig widerstehen wie die meisten anderen.

Liste:

1) Ist die Aufgabe zu lösen, indem jeder weiterhin in seinem Fachgebiet arbeitet? Oder sollten wir vielmehr unsere individuellen Projekte sausen lassen und nach der sinnvollsten Kombination unserer Talente suchen? Empfiehlt sich gar eine Mischung beider Vorgehensweisen? (derzeit unbeantwortbar – alle drei Varianten müssen weiterverfolgt und regelmäßig evaluiert werden)

2) Handelt es sich »nur« um einen internationalen Begabten-Wettbewerb, in dem wir für die Ehre Deutschlands kämpfen, oder, angesichts der Weltlage, um einen von höchster Stelle angeordneten Versuch, mithilfe von Wissenschaft und Kunst das Steuer noch einmal herumzureißen? Das heißt, sind die Spanier und Amerikaner, die Franzosen, Briten, Rumänen, Polen und Schweizer in ihren jeweiligen Kolonien, woran auch immer sie gerade arbeiten mögen, unsere Partner oder unsere Gegner? (Status wie 1)

3) Weitgehende Einigkeit besteht darüber, dass echte Lösungen nur fernab ausgetretener Pfade zu finden sein werden. Nicht zufällig haben wir Künstler, Natur- und Geisteswissenschaftler unter uns, und keine Währungs-, Terrorismus- oder Migrationsexperten. Wir konzentrieren uns auf

unsere Fähigkeiten und Interessen, behalten die globalen Fragestellungen aber im Hinterkopf.

Die Medien kündigen die größte Hitzewelle seit Jahren an. Es kursieren alle möglichen Warnungen und Informationsblätter. In unseren Postfächern haben wir eines Tages Beutel mit mineralischen Salzen gefunden, zum Einrühren ins Trinkwasser. *Einmal täglich, mit sommerlichen Grüßen, Ringelmann.* Gelegentlich hat er solche Anfälle von herzlicher, geradezu intimer Fürsorge, die mich einerseits bewegen, die andererseits darauf verweisen, dass er sonst fast vollkommen abwesend ist. Ein Mann mit Katze als Schattenriss am Horizont, von seinen Mitarbeitern abgeschirmt und womöglich sogar vor uns verleugnet. Wobei sich meine Kollegen selten um einen Termin bei ihm bemühen, von Julius abgesehen, der aufgrund der Größe seiner Skulpturen und der Anzahl seiner Mitarbeiter regelmäßig die Unterstützung der Verwaltung braucht.

Befürchtet werden längere Stromausfälle wegen des übermäßigen Einsatzes von Klimageräten in der ganzen Stadt. Baldassare empfiehlt per Rundmail, sich zwischen zehn und neunzehn Uhr nicht länger als ein paar Minuten der Sonne auszusetzen, die Fensterläden geschlossen zu halten und zwischen Mitternacht und fünf Uhr morgens zu lüften.

Obwohl es naheläge, ist bisher noch niemand in den Urlaub gefahren. Jeder, den man fragt, winkt ab und sagt, mal sehen. Auch ich bin neugierig, es ist, wie auf seinen ersten Hurrikan zu warten, auf ein gefährliches Naturschauspiel, das man noch nicht kennt.

Samuel hat schon schulfrei. Er schläft gern lange, sitzt dann im Schatten und liest, mit einem aufmerksamen, fast staunenden Gesichtsausdruck, der mich an eigene

Feriensommer erinnert, an die unendlichen Flächen aus Zeit, Zikadenschnarren, Kopfwelten. Von der Katze hält er sich fern. Sonst sieht man draußen kaum jemanden.

Gegen Mitternacht gibt es oft spontane Versammlungen in verschiedenen Gärten. Man erfährt immer davon, durch Gelächter, das von einem seltenen Lüftchen durch die dichte, dunkle Hitze getragen wird, oder von vorbeihuschenden Gestalten, die Flaschen oder Stühle tragen. Wir sitzen beisammen, in dem einen Garten oder in dem anderen, irgendwann in jedem einmal, immer viele Flaschen auf dem Tisch. Eine Zeitlang tranken wir einen Malvasia aus Latium, dann wieder einen Rotwein, der Civitella hieß. Endgültig wurde zu einem friulanischen Sauvignon gewechselt. Auch in dieser Hinsicht verstehen wir uns längst blind.

Franca besitzt große, bunte Flaschen Mückenspray, mit denen sie jeden, der sich kratzt, großzügig einsprüht. Jenna raucht wieder regelmäßig und wirkt oft verschlossen. Sie sitzt da, die Beine übereinandergeschlagen, die Augenbrauen über der Nasenwurzel zusammengezogen und denkt nach. Ich wünsche ihr wirklich, dass sie ihr Postkartenrätsel lösen kann. Das heißt, ich hoffe, dass dieser gemüseplündernde Kopfständler überhaupt eins darin versteckt hat. Ich traue ihr allerdings auch zu, ein Muster zu finden, das gar nicht beabsichtigt war. Ich traue ihr zu, eine Lösung zu erfinden.

Die Damen Gertrude und Alice wiederum haben einen herrlich trockenen Humor, fast britisch. Sie werden immer vergnügter, je heißer es wird. Sie sind schnell beschickert, und dann siezen sie einander.

Wenn dieser Drink nicht zu Ihrer gegenwärtigen Stimmung passt, mache ich Ihnen liebend gern einen anderen, sagt beispielsweise Gertrude zu Alice.

Und Alice hebt ihr Glas, schwenkt es nachdenklich und antwortet: Meine Liebe, der Drink darf nur bleiben, um schnell die Kehle hinunterzulaufen.

Ihre großformatigen Sonnenhüte setzen die beiden auch abends nicht ab, aus Gründen der Coiffure, wie letztens zu erfahren war: Da drunter sei alles unrettbar zusammengeklatscht. Solche Sätze und Gesten neben Verena, der mageren Videokünstlerin mit dem Nasenbrillanten und der buckligen Haltung, die Bierflasche wie festgewachsen an der kalbfleischweißen Hand – das ist schon eine einzigartige Gesellschaft.

Ich fühle mich den anderen inzwischen innig verbunden, obwohl ich genug über Dependenz in Gruppen weiß. Dennoch, es ist wie eine Familie, nur dass man sich jederzeit ohne Begründung zurückziehen kann. Bis jetzt haben sie mich noch nie enttäuscht. Einige mag ich besonders gern, mit anderen habe ich weniger Kontakt, aber zusammen ergeben sie eine Art Netz, das mich besser hält als Doktor Biasinis Tabletten. Vielleicht ist eine solche Kolonie in Wahrheit die perfekte Lebensform? Besser auf jeden Fall als Ehe oder Kleinfamilie. Und im Unterschied zum Dorf sind wir hier natürlich handverlesen. Sehr verschieden in unseren Talenten und Arbeitsgebieten, aber von vergleichbar hohem Bildungsniveau. Auch das hilft, Reibereien auszuhalten.

Der einzige, der immer noch die Rede auf die Aufgabe und ihre mögliche Lösung bringt, ist Julius. Ständig hat er etwas gehört oder eine neue These, hat mit einem B-Ligisten über etwas Alltägliches gesprochen und meint, Andeutungen empfangen zu haben. Er fixiert einen mit diesen von hinten beleuchteten Libellenaugen und gestikuliert auf faszinierende Weise, nicht stoßweise wie die Italiener, sondern mit harmonisch gerundeten, weit ausgreifenden Bewegungen, filigran, aber gebieterisch, ein anmutiger Diktator. Gelegentlich wird er laut und predigerhaft, denn er merkt, dass man ihn und sein Thema zu meiden beginnt. Gleichzeitig scheint mir, dass die anderen fast eilfertig ein Minimalinteresse heucheln, weil sie verhindern wollen, dass er unseren Mangel an Engagement offen anspricht. Damit er uns bloß nicht fragt, wo eigentlich unser Ehrgeiz geblieben ist, unser Wille zur kreativen Leistung. Unser Wille zum Sieg?! Das wollen wir nicht hören, nicht jetzt, in dieser Hitze, da bin ich mir ziemlich sicher.

Mich hat er letztens mit der Information überfallen, dass Direktor Ringelmann die Überprüfung der Stromleitungen für die ganze Anlage persönlich überwacht habe. Als ich nicht gleich reagierte, gab er sich überrascht. Seit wann interessiert er sich denn für so etwas, fragte er suggestiv, das ist doch merkwürdig! Das sieht übrigens auch deine Nachbarin so!

Welche Nachbarin, fragte ich verwirrt. Nicht ich, sagte Franca von ihrem Platz schräg gegenüber. Sie trug eine Art halbtransparentes, bodenlanges Tropenkleid mit langen Ärmeln gegen die Mücken, unter der sich ihre Formen äußerst elegant abzeichneten. Sie lachte ein bisschen abfällig: Das sieht die so, die man nie sieht.

Du telefonierst mit der Schauspielerin, fragte ich Julius verblüfft. Bisher war ich davon ausgegangen, dass ich ihre einzige Verbindung zur Welt sei, von minderrangigen B-Ligisten abgesehen, die ihre Einkäufe und Apothekengänge erledigen. Ich schalt mich innerlich für diese Anmaßung. Aber da sie inzwischen alle drei Tage neuen Gin braucht, nahm ich an, sie lege Wert auf nur einen Vertrauten.

Ab und zu, sagte Julius ausweichend. Jedenfalls, setzte er neu an, wenn Ringelmann einen Vormittag lang bei vierzig Grad hinter zwei Elektromonteuren durch die Anlage stapft, dann bedeutet das doch etwas!

Vielleicht nur, dass unsere Stromversorgung jetzt besonders anfällig ist und er zeigen will, dass er sich kümmert, schlug Franca vor. Sie ist wirklich flink im Kopf, ihre Synapsen sind schneller als die anderer Menschen. Deshalb hat sie manchmal wenig Geduld.

Was bedeutet es denn deiner Meinung nach, fragte Jenna und drehte sich mit dem ganzen Körper zu Julius herum, ihr Gesicht im Dunklen wie eine blasse Muschel.

Ich fragte mich plötzlich, ob sie ihn je zuvor so angeschaut hatte, so ungeschützt und fordernd. Ob ich hier eine subtile Reserviertheit, vielleicht gar den Beginn einer Feindschaft, übersehen haben könnte.

Jennas Frage war genau die richtige. Denn niemand schien zu wissen, worauf er hinauswollte.

Aber Julius weigerte sich, zu antworten.

Ich beobachte und ziehe meine Schlüsse, sagte er gereizt, wenn ihr das auch tun würdet, kämen wir schneller voran.

Franca, diese daueramüsierte Sphinx, schlug vor, per geheimem Brainstorming festzustellen, was Ringelmanns Interesse für Elektrizität bedeuten könnte. Sie riss Papierservietten in Stücke und bat die Gastgeberinnen Gertrude und Alice, ein paar Stifte zu bringen. Ich stellte zur Sicherheit die Schnapsflasche, die ich dabeihatte, mitten auf den Tisch.

Noch einmal für alle, sagte Franca, sorgfältig artikulierend wie eine Lehrerin, während sie die gelben Papierstückchen verteilte: Die Frage lautet, warum kümmert sich Ringelmann persönlich um die Überprüfung der Stromleitungen? Ihr könnt einzelne Worte schreiben oder Sätze.

Verena, die benommen auf dem Schoß ihres Freundes saß, fragte: Kann ich auch schreiben, ich weiß nicht?

Die ersten begannen mit der Arbeit, die Stifte wurden weitergereicht, einige schnitten Grimassen, andere schüttelten den Kopf, doch die meisten taten, als wäre es das Normalste der Welt, halbbetrunken um Mitternacht bei dreißig Grad auf einem italienischen Landgut eine absurde Frage schriftlich auf Serviettenfetzen zu beantworten. Franca sammelte die Antworten ein und las sie vor. Die kreativeren reichten von *war früher selbst Elektroingenieur, ist als Kontrollfreak bekannt* und *hat Ärger im Ministerium und darf sich keinen Fehler mehr leisten* über *Anschlagsdrohung/Sabotageakt befürchtet – evtl. konkurrierende Kolonien!* bis hin zu *will sich Überblick über die Infrastruktur verschaffen, um sie im Notfall selbst außer Kraft setzen zu können.*

Und wer hat was geschrieben, fragte ich, das Schweigen nach dieser letzten Antwort brechend.

Das würde unser Chronist gern wissen, sagte Franca, lachte, ballte die Stimmzettel zu einer Kugel zusammen und warf sie mit Schwung in die Glut von Alices und Gertrudes kleinem Grill, wo sie aufflammte und zu Asche zerfiel.

Die Hitze hat sich festgesetzt, ist in uns eingesunken als hintertriebene Macht. Erst schleicht sie sich unmerklich an, so dass der Ungeschulte sie nicht ernst nimmt. Er glaubt ihr nicht, dass sie wirklich vorhaben könnte, ihn umzubringen, zumindest, ihn verrückt zu machen. In Zeitlupe streckt sie ihre Finger aus, beginnt einen langsam zu würgen, und sobald man es merkt, ist es schon unerträglich.

Die Italiener sind viel früher von den Straßen verschwunden, sie kaufen frühmorgens oder spätabends ein und bleiben den Rest des Tages versteckt, hinter den geschlossenen Fensterläden oder in ihren dunklen, klimatisierten Arbeitsstätten. Nur die Fremden aus dem Norden laufen noch eine Weile ahnungslos herum und freuen sich wie Kinder über den endlosen Sommer. Man kann heute ans Meer fahren oder morgen, man kann sich gleich in die Sonne legen oder erst später, denn die Monitore in der U-Bahn zeigen seit Wochen die gleiche Wetterkarte, für die man kein Italienisch braucht: Das ganze Land voller gelber, stacheliger Sonnen, die nach einer Weile wirken wie Einschusslöcher.

Schlafen wäre den Versuch wert nur zwischen Mitternacht und fünf Uhr morgens. Da aber die Nachtstunden die einzige Zeit sind, wo man sich etwas lebendiger fühlt, die dumpfe Klammer um den Kopf vorübergehend gelockert, verzichtet man. Auch das höhlt aus. Aber die Stunden, die bis zwei oder drei Uhr morgens unvernünftig verfeiert werden, erfüllen die Funktion der Henkersmahlzeit, des trotzigen, letzten Vergnügens.

Mit meinen Tabletten könnte ich es mir leichter machen. Aber ich habe damit aufgehört, ohne dass ich genau sagen könnte, warum. Vielleicht, weil ich hoffe, Kopf und Körper durch äußerste Übermüdung in den alten Rhythmus zu zwingen. Diesen Selbstversuch tue ich mir an, weil auch die anderen in einer Ausnahmesituation sind und vermutlich wenig zustande bringen. Die Kolonie voll von verlangsamten, übermüdeten oder, im Gegenteil, überwach nervösen Gestalten – wahrscheinlich möchte ich solidarisch sein. Zwei Frauen, die für Julius arbeiten, tragen nachts ihre wimmernden Kinder durch den Park. Denn selbst die Kleinsten schlafen schlecht, auch wegen der Tigermücken-Attacken, unter denen sie besonders leiden.

Ich stehe inzwischen um halb sechs auf und mache mich eine halbe Stunde später bei geöffneten Türen und Fenstern an die Arbeit. Die vierundzwanzig Grad des frühen Morgens fühlen sich kühl an, beinahe kalt. Gegen neun Uhr (achtundzwanzigeinhalb Grad) schließe und verdunkle ich alles bis auf kleine Lüftungsschlitze. Als wäre Winter, setze ich die Arbeit unter dem Licht der Schreibtischlampe fort, deren zusätzliche Wärme ich ungehalten auf den Fingern spüre. Neben dem Computer steht der Ventilator, alles lose Papier ist mit Gläsern oder Steinen beschwert. Ich arbeite noch drei Stunden, bis zwölf, halb eins. Dieses Gefühl, dass es mit einem Mal nicht mehr geht, ist mir neu. Normalerweise pausiere ich mit dem Arbeiten, weil ich müde bin, oder Hunger habe, oder Lust bekomme, mir zehn Minuten lang die Beine zu vertreten. Hier bin ich konzentriert und kreativ mitten im Satz oder im Gedanken, aber im nächsten Moment schnappt mein Gehirn ab. Ich erkläre mir das so: Der Körper kämpft so lange gegen die Hitze und die Luftfeuchtigkeit, wirft alle Reserven in die Schlacht, damit der Kopf weiterarbeiten kann. Wenn er aber aufgeben muss, dann von einem Augenblick auf den anderen. Die Buchstaben verschwimmen vor den Augen, ich denke kein anderes Wort mehr als *heiß*, ich stehe auf, wanke in die Küche, nehme eine Flasche Wasser aus dem Kühlschrank und lege mich im dunklen Schlafzimmer aufs Bett. Meistens gelingt es mir noch, den Ventilator mitzunehmen und so hinzustellen, dass er mir den Bauch kühlt. Verena hat letztens gesagt, man sei hier an seinen Ventilator gekettet wie ein Kranker an den Ständer mit der Infusionsflasche. Und so verdämmere ich die Stunden, dösend, lesend, die müden Finger gelangweilt am Schwanz. Manchmal habe ich mich keuchend am Ende eines halb besinnungslosen

Wutanfalls wiedergefunden, wenn nämlich eine oder mehrere Tigermücken mir sogar in diese Kammer dumpfen Leidens gefolgt waren, habe mich wiedergefunden nach einem Veitstanz durch das Zimmer, aufs Bett und davon wieder herunter springend, mit der vom Schlag schmerzenden Hand an der Wand, unter der sich endlich der schwarz-blutige Fleck befand.

Der Strom fällt derzeit mehrmals täglich aus. Auch wenn ich gerade nicht auf dem Bett liege und höre, wie der Ventilator mit einem bedauernden Knacken stehen bleibt, weiß ich Bescheid, weil in der Umgebung die Alarmanlagen zu heulen beginnen. Offenbar werden sie bei Stromausfällen grundsätzlich ausgelöst und danach mit eigenem, netzunabhängigem Strom weiterbetrieben. Das war mir vorher nicht klar, ist aber logisch. Der Einbrecher unterbricht die Stromzufuhr und wird gerade deshalb entdeckt.

Vielleicht ist es typisch für mich, dass ich nach den ersten zwei, drei Alarmen begonnen habe, eine Statistik zu führen. Wochentag, Uhrzeit und Dauer, alles wird notiert. Das gibt mir den Halt, den man in diesen Tagen braucht. Neben dem Bett bewahre ich Notizzettel und Stifte auf, um im Delirium Sudans nicht aufstehen zu müssen. Trotzdem denke ich jeden Tag bedauernd an die ersten paar, die ich versäumt habe, und frage mich, ob vielleicht irgendwo da draußen, in den abendsonnengelben Neubauten, die die Kolonie jenseits der Außenmauer überragen, ein alter Mann wohnt, der das jeden Sommer aus Interesse und Langeweile macht und der mir die fehlenden Stromausfälle ergänzen könnte. Wahrscheinlich gibt es ihn, aber ich weiß nicht, wie ich ihn finden könnte. Das Nachdenken darüber wird beinahe zur fixen Idee.

Einen großen, bunten, schlecht übersetzten und über die Nachbarschaft verteilten Zettel, der danach fragt, ob jemand die Stromausfälle notiert hat, könnte man womöglich als Kunstaktion ausgeben. Ich stelle mir vor, wie ich auf dem Stadtplan einen Kreis ziehe, um das Gebiet, in dem ich meinen Aufruf aufhängen möchte. Aber es wäre natürlich so: mein Signore, der mit der chromfarbenen Pilotenbrille aus den Achtzigerjahren, dem dünnen, über die gebräunte Glatze gekämmten Haar und dem beigen Hemd, wohnt im ersten Haus außerhalb der Demarkationslinie. Trotz größten Aufwands verpassen wir einander.

Verena hat per E-Mail zu einem Treffen eingeladen, um vierzehn Uhr, also zur heißesten Zeit. In einem für sie untypischen, beinahe flehenden Ton bat sie darum, dass alle pünktlich kämen und unbedingt die eigenen Ventilatoren mitbrächten. Franca, die von Berufs wegen sehr praktisch ist, schrieb in ihrer Antwort an alle, dass wohl auch Verteilerkabel gebraucht würden.

Als wir da standen, schweißglänzend und erschöpfungsbleich unter der Sonnenbräune, in kurzen Hosen oder flatterigen Sommerkleidchen, jeder mit einem Ventilator unter dem einen und einer Wasserflasche unter dem anderen Arm, war das Gelächter groß. Lacht, rief Gertrude, die offenbar eingeweiht war, lacht, so viel ihr könnt, denn nachher müssen wir schweigen. Verenas Kamera war schon installiert, in einer Ecke hoch oben im Raum, wie zur Überwachung. Sören, Julius und Verenas Freund bauten mit den Kabeln und Verteilerdosen einen Kreis aus Ventilatoren auf, es sah hübsch aus, eine brav schnurrende Familie aus weißen und schwarzen Gitterköpfen, großen und kleinen, optisch viel ansprechender als ein deutscher Windkraftpark. Außerhalb des Windkreises wurden Kissen und Decken gelegt. Doch wir setzten uns innerhalb des Kreises auf den blanken Boden. Verena öffnete die großen Flügeltüren ihres Ateliers und schaute auf die Uhr.

Nicht sprechen, nicht lachen, ermahnte Jenna Samuel, der aufmerksam zwischen ihr und mir saß: Aber du kannst jederzeit etwas trinken.

Alice und Gertrude holten aus ihren Handtaschen batteriebetriebene Handventilatoren, die aussahen wie Vibratoren mit Flügelchen, und hielten sie sich unter die Nasen. Einige lachten noch einmal, nur das Kind sah sie verwundert an. Franca verteilte Fächer an die Frauen, auch Hovland nahm einen. Niemand hat ihn je gefragt, ob es sich bei dieser Hitze womöglich lohnen würde, den Bart kürzer zu schneiden, der ihm ja Hals und Brust wärmt. Manche Männer haben allerdings gute Gründe für solche Bärte, etwa eine zu klein geratene untere Gesichtshälfte, Typ Spitzmaus.

Und dann trafen sie ein, die B-Ligisten aus der Verwaltung, Beppo, Bruno, Bosco und wie sie alle heißen, in dem zögernd-schlendernden Stil, in dem sie sich uns immer nähern, gut angezogen und frisiert, denn sie verwalten uns angenehm unter geräuscharmen Klimaanlagen, sie müssen nicht bei zweiunddreißig Grad und fünfundneunzig Prozent Luftfeuchtigkeit kreativ sein wie wir. Einer von den hübschen, jungen trug sogar einen Seidenschal, ich vermute, er hat sich im Luftzug erkältet. Verena bat sie herein, lud sie ein, auf den Kissen und Decken Platz zu nehmen, und fragte nach Ringelmann.

Der Herr Direktor bedauert, aber er hat einen Auswärtstermin, sagte Baldassare mit seiner metallischen Stimme, die so gekonnt auf der Schneide zwischen Zuvorkommenheit und Impertinenz balanciert: Aber dafür sind wir vollzählig gekommen.

Verena stutzte und schien einen Moment zu überlegen, ob sie protestieren sollte. Dann schloss sie die Türen und kehrte an ihren Platz zurück. Und so saßen wir da, schweigend und fächelnd, die Ventilatoren bliesen uns gnädig an und verringerten die Temperatur um gefühlte fünf Grad. Die B-Liga dagegen musste außerhalb auf Chintz, Plüsch und Wolle sitzen, was im Vergleich zu einem Steinboden eine Qual sein kann. Aber sie fügte sich in ihr Schicksal. Nach einer Weile angespannten Wartens, ob es einen Ausbruch von Aggression geben würde, drifteten meine Gedanken wie von selbst zu dem Mann in dem gelben Hochhaus, der bestimmt alle Stromausfälle der letzten zehn Jahre notiert hat. Der, wenn er einen Computer hätte – in meiner Vorstellung hat er keinen –, diese Daten zu Kurven und Diagrammen ordnen könnte, zu geometrischen Formen der Anarchie, des Mangels und infrastrukturellen Versagens. Mir träumte, im kühlen Keller eines Ministeriums die Verbrechensstatistik der Stadt mit den Jahreszeiten und Temperaturen vergleichen zu können, Morde im Sommer, Morde im Winter, Morde während eines langen Stromausfalls. Andere Gewaltverbrechen, Raubüberfälle, Vergewaltigungen. Möglicherweise auch Suizide. Mir selbst wäre es ja überhaupt erst möglich, tätlich zu werden, nachdem es kühler geworden wäre, aber ich bin eben nicht hier aufgewachsen.

Ich weiß nicht, wieviel Zeit verging. Ich saß da, spürte die relative Kühle des Steinbodens und dachte daran, dass die Erde einen glühenden, flüssigen Kern hat. Plötzlich ist man dankbar für die Existenz der Polkappen. Dann piepte die Kamera, klatschte Verena in die Hände, stand auf und rief: Danke schön, das wars. Die B-Ligisten, deren Haare und Gesichter nass und deren Hemden und Anzüge vom Hocken auf den Kissen knittrig geworden waren, kamen auf die Beine, brachten sich ein wenig in Ordnung, wünschten tonlos einen schönen Tag und zogen so geordnet ab, wie sie gekommen waren. Ein paar von uns standen an der Tür und sahen ihnen nach. Auch wenn ich es in diesem Moment nicht sagen wollte, so bin ich doch überzeugt, dass Bruno, Bosco, Baldassare, Beppo, Benedetto, Belcore, Bianco und Basileo uns von nun an hassen werden. Schließlich brach Franca das Schweigen, indem sie nach draußen ins üppige Grün wies und sagte: Außerdem finde ich, sie sollten endlich mal die Zikaden abstellen.

Ich habe lange unterbrochen; es ist zu viel geschehen. Nun muss ich mich auf meine lückenhaften Erinnerungen und die hoffentlich verlässlicheren jener Kolonialisten verlassen, die noch bereit sind, an diesen Aufzeichnungen mitzuwirken.

Ich weiß nicht einmal mehr, was genau den Ausschlag für die Besetzung des Gartenpavillons gegeben hat, außer der Hitze, natürlich, der Zermürbung, der nervlichen Anspannung, die sich wirklich niemand vorstellen kann, der nicht wochenlang das eigene Hirn bei den Ohren herausrinnen gespürt hat.

Mir selbst wuchern in der Erinnerung all diese Hitze-Nächte zu einer einzigen langen zusammen. Die beiden Kleinkinder schrien jede Nacht mehrere Stunden lang, ihre Mütter, wie ergebene Gespenster, trugen sie durch den Park, wiegten sie und summten. Sie bemühten sich um größtmöglichen Abstand zu uns, damit wir nicht gestört würden, aber das haltlose Weinen ihrer Kinder wurde von überall herangetragen. Sie waren unsere Dämonen und unsere Priester, diese Babys; sie quälten uns so sehr, wie sie unserer Qual den angemessenen Ausdruck gaben. Manchmal schien mir, die Kinder begännen zu schreien, sobald die Zikaden verstummten. Sobald es zu dunkel war für die Mücken. Sie weinten, weil sie darauf aufmerksam machen wollten, dass es immer so sein sollte, kühler, nur um diesen winzigen Hauch, der die Hitze von der Hölle trennt. Dass sie nur leben und also weinen konnten, wenn die Temperatur unter dreißig Grad gefallen und die Sonne, dieser Mörder, für ein paar Stunden verschwunden war.

Manchmal flammten weltbewegende Ideen auf, die wir eine Weile heftig diskutierten, bis die Diskussion erstarb und die Ideen für immer vergessen wurden. Über Tagespolitik sprachen wir selten, es lohnte nicht. Mit dem Rest der an die Nachrichten angeschlossenen Menschheit waren wir grosso modo einer Meinung, dass die Katastrophe nicht mehr aufzuhalten sei.

Was die Kunst und ihre Erscheinungsformen betraf, waren wir großzügig geworden. Wir befanden uns längst jenseits der Geweihschauen. Manchmal versuchten wir zu singen, aber meistens scheiterte es an den unvereinbaren Stimmlagen und Repertoires. Ich dachte an die wechselwarmen Tiere, an Schlangen und Frösche, die immer langsamer werden, je kälter es wird. Und dass es mit den Menschen umgekehrt ist.

Warum lassen sie uns nicht in der Verwaltung schlafen, flüsterte eine der Kleinkindmütter, der es gelungen war, ihr Baby zu beruhigen. Sie saß im Schneidersitz im Gras und wiegte das schlafende Kind.

Warum geben sie uns nicht ihre Büros, wenn sie Feierabend machen, ein Schichtbetrieb in Aria condizionata, wie in den alten Zeiten der Bettgänger. Wir würden nichts verstellen, sie würden gar nichts bemerken, kein zusätzliches Taschentuch läge in ihren Papierkörben, keine Computermaus stände anders als zuvor. Alles wie unberührt, sogar abgestaubt. Wenn wir nur acht oder zehn oder zwölf Stunden in der Hitze sein müssten anstatt vierundzwanzig, dann wäre doch alles leichter, oder? Ein paar kühle Stunden unter ihren Schreibtischen schlafen …

Das südosteuropäische Mädchen setzte sich neben sie und legte ihr den Arm um die Schultern.

Ich glaube, damals kippte die Stimmung. Der Punkt war erreicht, wo der unbedingte Wille entstand, die Verhältnisse umzukehren. Sie zu verjagen, die uns doch nur verwalteten, die unsere Visitenkarten druckten, uns täglich viele Einladungen weiterleiteten und uns unfreundlich ansahen, weil wir telefonisch noch immer kein Taxi bestellen konnten. Die Aufgabe, so glaubten plötzlich viele von uns, könnte nur mithilfe ihrer Privilegien gelöst werden, unter Bedingungen, die das Denken wieder erlaubten. Eine neue Zeit beginnt mit der Revolution. Wir mussten uns befreien, uns abkühlen, uns in den Stand versetzen, produktiv arbeiten zu können. Das Verrückte war, dass wir gar nicht wussten, ob die Spanier und die Amerikaner, die Briten und die Franzosen Klimaanlagen hatten. Aber wir hielten für undenkbar, dass man sie so leiden ließ wie uns. Unser Fehler war – das erkannten wir mit einem Mal –, dass wir zu brav gewesen waren, uns zu willig unterworfen hatten. Das hatte uns langsam gemacht, unsere Kreativität verklebt. Hierüber herrschte Einigkeit, auch wenn einige Banalitäten geäußert wurden, etwa, dass die Deutschen eben gerne leiden und daraus wiederum die falschen Schlüsse ziehen.

Nun wollten wir uns nehmen, was uns zustand. Uns selbst helfen, wenn sie schon keine Gnade zeigten. Rückwirkend betrachtet ist mir klar, dass jeder andere Motive hatte, aber das ist in dem Moment, in dem es kippt, egal. Die am meisten Angst vor Ringelmann und seiner

B-Liga hatten, litten am meisten unter der Hitze. Die, auf die Ringelmann weniger Eindruck machte, oder die ihn sogar, wie Hovland, als *putzigen König Ohneland* bezeichneten, fanden Gefallen am Aufstand an sich. So einfach war das.

Und so kam eins zum anderen: Jemand wusste, dass der Schlüssel zum Gartenpavillon manchmal vom letzten B, der abends nach Hause ging, in den Briefkasten des Portiers geworfen wurde. Jenna wiederum hat so dünne Arme, dass man sie oft dabei beobachten konnte, wie sie ihre eigene Post herausfischte, ohne das Türchen zu öffnen, mit einer lustigen Bewegung des Oberkörpers, um die Hand, trotz des widerspenstigen Ellbogens, ganz nach unten zu bringen. Also marschierte ein Grüppchen los. Als es mit dem Schlüssel wiederkam, brach Jubel aus.

Wir zogen zum Pavillon, schalteten erst die Tischlämpchen und dann die Klimaanlage ein. Als sie fügsam zu arbeiten anfing und die ersten Bahnen Kälte auf uns herunterwehten, hätten wir ihr, der eckigen, eierschalenfarbenen Dame mit ihren auf- und abklappenden Lippen, wohl applaudiert, wenn nicht auf die Kleinkinder Rücksicht zu nehmen gewesen wäre. In einer Ecke lagen sie wie Engel auf einer Decke und schliefen endlich, die dicken weißen Schenkelchen von Mückenstichen getupft.

Einige kuschelten sich in die Clubsessel, legten die Köpfe auf die wulstigen Lederlehnen und schlossen die Augen. Andere saßen auf dem Boden und hielten die Gesichter nach oben in den kühlen Luftstrom, so wie sie es vor zwei Monaten noch mit der Sonne getan hätten. Flaschen mit Wein und Wasser kreisten, es wurde stiller. Mit Zustimmung aller schaltete Julius das Gebläse herunter. Darüber, dass wir die Nacht hier verbringen würden, schlafend oder Wache haltend, herrschte Einverständnis. Die erste Klimaanlage hatten wir erobert, die nächsten Schritte würden sich am Morgen wie von selbst ergeben.

Aber als wir erwachten, stellten wir fest, dass wir eingeschlossen waren.

Alles zu durchsuchen, ging schnell, Handtaschen, Hosentaschen, den Fußboden unter den Sitzmöbeln. Niemand wusste, wer den Schlüssel zuletzt gehabt hatte, niemand hatte von innen zugesperrt, warum auch. Keiner fehlte, also konnte auch keiner von außen zugesperrt haben. Es war ein Rätsel.

Gegen halb acht erschien der Portier auf der Wiese, starrte in unsere Richtung, kam aber nicht näher. Wir winkten, er ging wieder weg, und wir waren uneins, ob er uns gesehen hatte. Ich schlug vor, meine Nachbarin anzurufen, die Hilfe organisieren konnte, auch wenn sie selbst wohl nicht einmal in dieser Situation ihren Bungalow verlassen würde. Doch sie hob nicht ab, obwohl ich ihre Durchwahl immer wieder wählte. Zum ersten Mal war sie nicht erreichbar. Das war der Moment, in dem mir die Situation unheimlich wurde.

Es war Franca, die schließlich in der Verwaltung anrief. Mit einem hochnäsigen, sich Nachfragen verbittenden Ton erklärte sie, dass offenbar ein Witzbold sämtliche Kolonialisten, ihre Familien und Assistenten im Gartenpavillon eingesperrt habe. Wie lange wir schon da waren und warum, erwähnte sie nicht. Sie bitte jedenfalls, dass sofort jemand herüberkomme und uns aufschließe. Das ist nicht euer Ernst, sagte sie, nachdem sie eine Weile zugehört hatte: Dann müsst ihr eben den Schlüsseldienst rufen!

Offenbar gab es nur einen Schlüssel, der zweite hing

am Bund von Direktor Ringelmann. Und der war auf unbestimmte Zeit im Ausland.

Verenas Freund und ein paar von Julius' Assistenten beratschlagten, noch im Spaß, welches Fenster man am besten womit einschlagen könnte. Aber die altsilberfarbenen Streben waren enger beisammen, als dass sich selbst Samuel hätte hindurchzwängen können. Der Fluch der eleganten Butzenscheiben. Die schöne Glastür wiederum, gefasst von einem eisernen Rahmen im Landhausstil, war aus Verbund-Sicherheitsglas, wie Franca feststellte.

Man fragt sich ja, wofür der Aufwand, murmelte sie, nachdem sie uns erklärt hatte, dass man dieses Glas möglicherweise mit einem dagegenfahrenden Auto zerstören könnte, aber mit nichts sonst, nicht einmal mit einer Axt oder Schusswaffe.

Das fanden wir immer noch lustig, denn wir waren überzeugt, dass sie uns bald herausholen würden. Unser ehrgeiziger Plan, die klimatisierten Räume in der Verwaltung zu besetzen, zerfiel in dieser hilflosen Lage allerdings zu Staub. Immerhin befanden wir uns weiterhin im Kühlen. Und deshalb waren derzeit die kleinen Luxusgüter, nach denen wir uns sehnten, eine Dusche, ein Frühstück und frische Windeln für die ruhigen, verwundert dreinblickenden Babys.

In den folgenden Stunden rief Franca noch mehrmals in der Verwaltung an. Sie musste es immer länger läuten lassen, um einen widerstrebenden B-Ligisten an den Apparat zu bekommen. Ein ums andere Mal bestätigte man ihr, dass ein Schlüsseldienst verständigt sei. Auf mein Drängen fragte sie außerdem nach, ob mit der Kollegin in Bungalow 11 alles in Ordnung sei. Wir haben darüber keine Informationen, beschied ihr Beppo oder Bosco oder Belcore.

Was ist das für eine merkwürdige Formulierung, fragte ich alarmiert, aber Franca wies auf das Telefon und antwortete, du kannst dich gern selbst mit denen herumschlagen. Stattdessen versuchte ich weiterhin, sie selbst zu erreichen, die gar nicht so zerbrechliche Cosima mit der schneewittchenweißen Haut.

Jenna hatte mit Samuel und ein paar anderen eine Ecke freigeräumt und begonnen, die Postkarten auszulegen, die sie in zwei dicken, mit Gummi zusammengebundenen Päckchen immer in ihrer Handtasche trug. Sie hatte inzwischen von allen Karten bekommen, mehr als dreihundert Stück. Nun wollte sie ein neues System ausprobieren: Sie legte von dunkel nach hell, beginnend mit der linken oberen Ecke, legte den Rand rundherum, machte dann aber oben rechts mit der zweiten, auffüllenden Reihe weiter. Ich glaube, es springt, sagte sie zu denen, die ihr halfen: Die dritte Reihe von innen beginnt dann rechts unten, und so weiter.

Aber wenn du falsch angefangen hast, fragte jemand. Dann muss man nur anders draufschauen, sagte sie mit einem siegessicheren Lächeln.

Sören würdigte diese Bemühungen keines Blicks. Er hatte die Nespresso-Kapseln durchgezählt und mitgeteilt, dass abzüglich der Kinder und Alice und Gertrud, die keinen Kaffee tranken, für jeden noch zwei vorhanden seien, Rest zwei.

Einen für den Befreier, einen für unseren Psychologen, schlug Hovland vor, der könnte hier noch gut zu tun bekommen.

Dabei war ich es, der nervös wurde. Ich rutschte langsam in eine fiebrige Aufregung hinein, ohne genau zu verstehen, warum. Denn ich neige nicht zu Klaustrophobie. Der Strom war zweimal kurz ausgefallen, aber dank Lüftungsklappen in den Toiletten würden wir kein Sauerstoffproblem bekommen.

Mein professionelles Lächeln funktionierte noch, trotzdem ging ich immer wieder in den Waschraum und hielt mein Gesicht unter das kalte Wasser.

Franca studierte die Zeitungen vom Vortag. Alice hatte ein Notizbuch dabei und zeichnete, Gertrude löste ein Kreuzworträtsel. Abgesehen von mir war Julius am unruhigsten. Eine seiner Assistentinnen, ich glaube, es war die schüchterne Mizzica, hatte in ihrer Handtasche ein paar Schachteln Nähnadeln und ein faustgroßes Stück Knete gefunden. Er hatte die Knete zu einer dicken viereckigen Platte ausgewalzt, in die er die Nadeln trieb wie ein gehetzter Akupunkteur. Eine Formation nach der anderen gesteckt, Rosen, Labyrinthe, einmal eine akkurate, wunderschön dreidimensionale Acht, dann wieder alles abgeräumt und von vorne begonnen. Er schien dabei nicht zu denken beziehungsweise dachte er an etwas anderes, während er die Nadeln steckte wie eine Maschine. Man hätte fragen wollen, ob er manchmal Darts spielte, aber seine Laune machte das unmöglich.

Gegen die Stechuhr, murmelte Hovland, oder mit der Stechuhr?

Julius sah wütend auf und wollte etwas sagen. Doch griff er stattdessen zum Telefon und hieb drei Ziffern in die Tasten. Es war still geworden, ich bilde mir ein, ich hörte das Tuten. Dann gingen draußen die Sirenen wieder an, das Tuten brach ab, und Julius knallte den Hörer auf die Gabel.

Die beiden Mütter tuschelten. Es wirkte, als gebe eine der anderen widerstrebend ihre letzte Windel. Wir alle warteten auf Julius' Ausbruch, nur in der Ecke schoben Jenna und Samuel weiter die Postkarten herum. Als die

Klimaanlage mit einem Piep wieder ansprang, wählte er sofort von neuem und beschimpfte jenen B-Ligisten, der das Pech hatte, abzuheben. Er kündigte an, sich im Ministerium zu beschweren, er könne der Verwaltung bloß wünschen, dass Direktor Ringelmann persönlich von diesem Skandal informiert worden sei. Warum man nicht längst die Gärtner geholt habe, um die Tür aufzubrechen, und so weiter und so fort. Ich hatte große Mühe, nicht loszulachen. Ich kramte unaufhörlich in meinen Hosentaschen, dabei wusste ich genau, dass ich kein Diazepam dabeihatte.

Am Nachmittag fiel der Strom für länger als eine Stunde aus. Eine der Mütter fragte, ob wir nicht mit einem Handy die Feuerwehr oder die Polizei rufen könnten.

Während des Stromausfalls brechen die Handynetze fast sofort wegen Überlastung zusammen, erklärte Franca der jungen Frau.

Sie schlug vor, darüber abzustimmen, wann wir versuchen sollten, von uns aus Hilfe zu holen, vorausgesetzt, die Netze funktionierten.

Spätestens, wenn sie zu Feierabend das Gelände verlassen, sagte jemand mit einer Kopfbewegung in Richtung Verwaltung.

Ich würde vorschlagen, eine ganze Weile davor, rief Julius, der mit einem Mal aussah, als würde er in Tränen ausbrechen.

Daraufhin hoben fast alle ohne weitere Aufforderung die Hand, nur Sören machte schon seit einer Weile in einer Ecke Kopfstand, mit dem Gesicht zur Wand.

In Ordnung, sagte Franca, und alles Kokette war von ihr abgefallen: Sobald ich wieder Empfang habe, versuche ich es.

Jenna schritt immer noch um ihr Postkartenbild herum. Sie schien nichts anderes wahrzunehmen, sie war in ihrem Rätsel eingeschlossen, im falschen Leben oder in einem zu großen Traum.

Ich beobachtete Julius und nahm mir fest vor, dazwischenzutreten, falls er versuchen sollte, ihr Puzzle zu zerstören. Aber wahrscheinlich würde ich den Mut wieder nicht haben. Die Situation ähnelte jener anderen, deretwegen mein Leben so außer Kontrolle geraten war. Man verhindert Gewalttaten nicht, indem man die Täter angreift, sondern indem man sie ablenkt und die Opfer vorsichtig aus der Gefahrenzone lotst.

Ich behielt ihn im Blick und spürte seinen Zorn schwellen. Genau wie damals konnte ich die Wut geradezu sehen, eine sich ausbreitende, hellrote, pudrige Wolke. Aber das hier war nur Julius. Ich kannte ihn gut, auch wenn ich andere Kolonialisten lieber mochte. Ich hatte unzählige Male mit ihm getrunken, geplaudert und diskutiert. Das hier war kein aufgeputschter Fremder, der der kleinen Vietnamesin direkt neben mir plötzlich ein Messer über die Kehle zog.

Mama, da ist ein Buchstabe, rief Samuel. Wo, rief Jenna, wo, Sammy, was siehst du? Ein paar der anderen blickten auf. Jenna strahlte und drückte das Kind an sich. Sie neigte den Kopf nach links, dann nach rechts und dachte nach. Dann kniete sie sich mitten hinein und drehte jede einzelne Karte um neunzig Grad, von Quer- auf Hochformat. Sie arbeitete fieberhaft, die Zungenspitze sah bei einem Mundwinkel heraus.

Gertrude wandte sich an Sören, na, was meinst du, hat sie es endlich geschafft?

Mit seiner hässlichen hohen Stimme antwortete er: Ich habe nie gesagt, dass es eine Lösung gibt.

Hovland fing zu lachen an und wies nach draußen: Seht mal, die Sobieska mit dem Entsatzheer reitet heran!

Aus der Richtung des Verwaltungsgebäudes, das hinter der tropischen Vegetation verborgen lag, näherte sich ein feierlicher Zug. Und nun klopfte mein Herz hart, in meinen Ohren rauschte es, ich hätte mich setzen müssen, konnte mich aber nicht mehr bewegen. Selbst das Atmen fiel mir schwer. Ich konnte ihnen nur entgegen starren wie dem Jüngsten Gericht. Da ich wenige Minuten später kollabiert bin, weiß ich nicht genau, ob meine folgenden Eindrücke akkurat oder schon von meinem versagenden Kreislauf beeinflusst waren: Voran schritt meine Nachbarin Cosima, auf dem Arm die rotgetigerte Katze, die sich von Cosimas bodenlangem Kleid aus weißer Spitze geschmackvoll absetzte. Hinter ihr in Formation alle Mitarbeiter, in ihren dunkelblauen und beigen Anzügen. Im Kontrast sahen sie noch gebräunter und männlicher, noch professioneller und militärischer aus. Ein südländisches Heer folgt seiner neuen, nordischen Königin. Sie kamen quer über die große Wiese, so, wie die Halsbandsittiche oft darüber fliegen: In der Ordnung eines V mit einem leicht verkürzten Balken. Oder sollte man sagen, in der Form eines Bumerangs?

In Jennas Ecke wurde applaudiert und gejubelt. Sie schien eine Nachricht in den Pixeln gefunden zu haben, auch wenn nicht alle Buchstaben zweifelsfrei zu erkennen waren. Das ist magisch, hörte ich Verena sagen, wirklich magisch, woher hast du das bloß gewusst?

Ich sehe es nicht, hörte ich Julius' Haupt-Assistentin quengeln, jene, die zwar raucht und trinkt, aber wie alle anderen in seinem Einflussbereich strikte Vegetarierin ist: Von mir aus, mit viel Phantasie das T, aber hier ist kein einziges A, ihr habt doch alle schon Halluzinationen!

Von da an geht alles in meinem Kopf durcheinander. Dass die Lösung *Et in arcadia ego* heißen sollte, dass Jenna auf einen Couchtisch stieg und das Puzzle fotografierte, weil sie meinte, mit mehr Abstand sei es besser zu erkennen. Dass fast gleichzeitig der Zug vor dem Pavillon zum Halten kam, dass meine wunderschöne Cosima in diesem elfenhaften Brautkleid versuchte, durch das dicke Glas zu uns zu sprechen. Dass es mehrerer Anläufe bedurfte, dass schließlich einige die Ohren an die Scheiben pressten, während sie von draußen zu rufen begann, zu rufen und zu zeigen. Dass irgendwann alle verstanden hatten, was sie sagte, nur ich nicht, weil es in meinem Kopf rauschte, als stände ich unter einem Wasserfall. Sie zeigte durch das Glas auf mich, alle schauten mich an, es war so laut und bedrohlich, ihr Finger wie eine Waffe, vielleicht war es aber auch still und sie hätte mich gern wieder zärtlich berührt: Er hat den Schlüssel, durchsucht ihn! Da bin ich ohnmächtig geworden, und es soll Samuel gewesen sein, dieser glänzende Beobachter, der den Schlüssel sofort aus meinem Socken zog.

Ich war lange krank; inzwischen ist es Herbst geworden. Seit unsere Länder fern im Osten Krieg führen, hat sich die Lage in Europa entspannt. Natürlich betet man für die Soldaten, aber bis jetzt sind die Verluste sogar noch geringer als zuvor versprochen. Unsere Zeit hier läuft langsam ab. Die meisten Partner sind abgereist, auch Jennas Mann und, zu meinem Bedauern, mein kleiner Freund Samuel. Julius hat alle seine Assistenten nach Hause geschickt. Er arbeitet, wie ich höre, an neuen Skulpturen, die viel kleiner, dafür aus robusterem Material sind.

Cosima füllt ihre Aufgabe anders aus, besser als Ringelmann. Beppo, Bosco, Baldassare und die anderen lächeln.

Gelegentlich sieht man sie mit einem geöffneten Kragenknopf. Cosima geht bei jedem Wetter durch die Kolonie und kümmert sich um uns. Sie trägt die schnurrende Katze auf dem Arm und erkundigt sich nach unserer Arbeit, sie ermuntert uns zu Fragen, Wünschen, Beschwerden, sie lockt alle unsere Bedürfnisse aus uns heraus. Sie hat uns versichert, dass in Deutschland neue hochkarätige Fachjurys die Arbeit bereits aufgenommen hätten. Der nächste Jahrgang dürfe uns gegenüber nicht abfallen. Wir haben ein Niveau zu halten, sagt sie und lächelt stolz dabei. Sie ist überzeugt, dass es hier immer weitergehen wird, als unumstößliche, bedeutende Tradition. Von der Rettung der Welt ist nicht mehr die Rede, nur von den bestmöglichen Bedingungen für uns, die ausgewählten Künstler und Denker der Nation.

Einmal in der Woche, jeden Dienstag, sind wir bei ihr in der Dienstvilla zum Abendessen geladen. Eine Zusage wird nicht erwartet, jeder kann kommen oder nicht, aber man bemüht sich doch, den Termin einzuhalten. Beim letzten Mal geschah es, dass wir Kolonialisten für einen Moment im Salone zusammenstanden, nur wir allein, Franca, Jenna, Sören, Hovland, Julius, Alice, Verena und ich, während Cosima und ihre Mitarbeiter mit dem Grill beschäftigt waren. Sogar die Katze war außer Hörweite. Draußen grillten sie Gemüse in Alufolie, aber es gab auch exquisite Förmchen mit Fisch, Meeresfrüchten, Knoblauch und frischen Kräutern.

Bei dieser Gelegenheit haben wir vereinbart, Stillschweigen zu bewahren. Wir haben uns darüber verständigt, meine Aufzeichnungen an einem sicheren Ort zu verwahren, möglicherweise in der Bibliothek, die ohnehin kaum jemand benutzt. Sie werden dort unter einem anderen Namen und Titel liegen. Damit wollen wir sicherstellen, dass die nächsten Jahrgänge nicht beeinflusst werden. Die es ja, obwohl wir es kaum fassen können, zweifellos geben wird, so wie sich die Erde auch nach diesem Jahr weiterdreht, obwohl sie ununterbrochen schmutziger, voller und gewalttätiger wird. Aber falls wie bisher ein Jahrgang stur auf den anderen folgt, ohne dass die Erschütterungen, die wir hier erlebt haben, eine Folge haben, dann gibt es gar keine Beeinflussung. Und keine Wirkung. Es hat nie eine gegeben. Dann ist jeder Jahrgang eine Insel, wie ein Jahr mit seinen Jahreszeiten, wie jede verdammte Menschen-Generation. Alles beginnt immer wieder neu und bleibt doch gleich. Der einzige Unterschied, das, was daran überhaupt interessant ist, liegt in den Details. Aber genau diese Details, die individuellen Dramen und ihre Folgen vorauszusehen, ist Jahr für Jahr, Generation für Generation, unmöglich.

Opossum

*Ein 55-jähriger Amerikaner hat an einer Schnellstraße
im US-Bundesstaat Pennsylvania versucht, ein totes
Opossum wiederzubeleben. Mehrere Autofahrer sahen,
wie der Mann vor dem Tier niederkniete und es mit
Gesten beschwor. Er soll sogar versucht haben, die
Beutelratte mit einer Mund-zu-Mund-Beatmung ins
Leben zurückzuholen. Das Tier war allerdings schon
geraume Zeit tot. Gegen den verhinderten Lebens-
retter ermittelt die Polizei nun wegen Trunkenheit
in der Öffentlichkeit.*

Bis zur Stadtgrenze hatte er gar nichts gedacht.

Angestrengtes Nicht-Denken, das trifft es besser. Einen
Deckel auf seine Gedanken gelegt, glatt und glänzend,
vermutlich Chrom, die naheliegende Küchenassoziation,
denn in die Küchen haben wir unsere Repräsentationsan-
strengungen verlegt.

Ein Chromdeckel also, in dem sich Himmel und Sonne
und Wolken spiegeln, und vielleicht ein bisschen von seinem Gesicht. Ein Teil vom Kinn. Unter dem Deckel das
ganze giftige Gebräu. Es war noch heiß und schäumte. Er
aber hatte einen weiten Heimweg vor sich und musste
sich konzentrieren. Deshalb der Deckel. Wie schwer er
war, wie fugenlos er schloss. Wie perfekt seine Oberfläche
im Licht lag. Unzerkratzt und wertvoll, wertig, wie man

neuerdings sagte. Als die ersten Felder auftauchten, kam ihm Isolde dazwischen. Wie sie am Morgen vor seiner Abreise aus der Dusche gekommen war, mit erhobenen Armen. Fünf Tage war das her, ihm schien es viel länger.

Wenn ich die Arme hebe, sehen meine Brüste noch ganz gut aus, hatte sie gesagt, und er musste wieder lächeln. Isolde, die unverändert mager war und sehnig, alles an ihr in verschiedenen, ihn ans Herz rührenden Brauntönen. Von den Haaren, dem schwarzen Schopf, einmal abgesehen. Aber sonst alle Schattierungen von Braun, mit einem Schuss Olivgrün, Haut, Brustwarzen, Lippen. Er hatte ihr zugesehen, wie sie eine seiner alten Unterhosen anzog und einen Kittel über all das Bräunliche fallen ließ, wie sie den Schopf auftürmte und mit Holzkämmen feststeckte. Er konnte nicht zeichnen, aber es hätte ihn interessiert, ob er, mithilfe eines Profi-Zeichners, diese Bewegungen des Schopfauftürmens in ihre Einzelteile hätte zerlegen können, Schritt für Schritt, für ein Daumenkino. Er glaubte nicht. Er hatte es hunderte Male gesehen, tausende, weit über sechstausend Mal, selbst wenn er es nur einmal am Tag und auch nicht an jedem einzelnen gesehen haben sollte. Und trotzdem. Dieses schnelle Drehen und Schieben und Wickeln und Umschlagen mit einer Hand, mit der anderen festhalten, und dann stecken – es war wie ein Film, der zu schnell lief und alles verwischte. Wenn er diese Bewegung des Haareaufsteckens für eine Inszenierung bräuchte, könnte er sie weder beschreiben noch vormachen. Diese aufs Merkwürdigste spezialisierten Frauen. Er müsste Isolde holen, damit sie es der Schauspielerin vormachte. Aber Isoldes Haaraufsteckerei auf der Bühne, das wäre zu privat. Das gehörte ihm. Der es so genau kannte und nicht wusste, wie es ging.

Als er sein Gepäck im Auto hatte, war er noch einmal

zu ihr gegangen. Sie stand vor dem Fries aus Sandstein, ihre erste Arbeit für eine Kirche. Erst zog er sie am Ohr, dann küsste er sie dahinter. Sie roch nach Seife und Kaffee.

Bis nächste Woche, sagte er.

Sie nickte, scheinbar von ihrem Stein in Anspruch genommen. Aber als er an der Tür war, rief sie seinen Namen. Er blieb stehen und drehte sich um. Sie schaute nicht her. Ich kann nicht für den Rest meines Lebens die Arme oben halten, sagte sie zum Fries.

Sei nicht kindisch, hatte er geantwortet und war gegangen.

Bisher hatte er keine Zeit gehabt, darüber nachzudenken. Als es ihm nun einfiel, bestürzte es ihn. Wo kam das auf einmal her? Immer hatte sie gewirkt, als stünde sie jenseits aller Schönheitsanstrengungen, aller Alterungsängste, all dieser kleingeistigen Paniken und Eitelkeiten, mit denen die meisten ihrer Freunde inzwischen zu tun hatten.

Isolde, dieser unerschütterliche Freigeist. Wenn sie nur wüsste, wie angewiesen er auf sie war. Sie musste es wissen, er hatte es ihr oft genug gesagt. Sie lachte immer nur. Es war ihr egal, oder sie begriff es nicht. Sie hatte ihre Gründe, mit ihm zusammen zu sein. Aber er, er wäre wie einbeinig ohne sie, vollkommen aus der Balance. Ja, er, der so selbstsicher auftrat, den alle Welt für willensstark und turbokreativ hielt. Das sinnenfrohe Alphatier. Er allein wusste, dass er alles, was er konnte, erst in ihrer Nähe entwickelt hatte, quasi ihr zu Ehren, obwohl sie es kaum wahrnahm. Vor ihr mochte es Ansätze gegeben haben. Aber dass er in der Lage gewesen war, seine Talente zu bündeln, war ihr zu verdanken, ihrer schieren Anwesenheit. Sie war sein Weißabgleich. Inzwischen fragte er sie nur noch selten um Rat. Ihr unfehlbarer Geschmack war ihm ins Blut übergegangen. Die ungefähre Richtung war dabei immer die gleiche: Die drastische Variante wählen, und bloß niemals ans Publikum denken. Gar, ob es *mitkommt*. Es muss nämlich. Wenn er Isolde fragte, entschied sie sich immer für die ungewöhnlichste Lösung, und wenn er keine ungewöhnliche anzubieten hatte, dachte sie sich eine für ihn aus. Schmeiß es weg, wenn es lau ist. Schmeiß es weg, wenn ein Zeigefinger herausragt. Indem er auf sie hörte, blieb er künstlerisch bei sich. So hatte er über die Jahre alles gelernt, nur nicht, ohne sie zu leben. Er hatte angenommen, sie im Gegensatz könnte das problemlos. Bevor er kam, hatte es in Isoldes Leben reichlich Trennungen gegeben, und die wenigsten davon hatte sie gewollt.

Aber rundheraus gefragt hatte er nie. Das wäre eine unmögliche Frage gewesen. Vielleicht hätte es ihm auch nur ein befremdetes Kopfschütteln eingetragen, wie am Anfang, als sich, fast zeitgleich zu seiner Faszination und Verliebtheit, eine Eifersucht auf ihre gesamte Vergangenheit entwickeln wollte. Sie hatte das nicht zugelassen. Erst hatte sie den Kopf geschüttelt, einmal sogar *dummer Bub* zu ihm gesagt. Aber er drängte sie, mehr preiszugeben, er wollte sich laben an den Kadavern ihrer vergangenen Lieben, sie dazu bringen, diejenigen zu verurteilen, die sie verlassen hatten, er wollte von ihr die Waffen an die Hand, mit denen er diese unzulänglichen Vollidioten, diese Isolde-Schänder, noch retrospektiv hinrichten konnte. Sie verweigerte sie ihm, die Kadaver und die Waffen. Das entsprach nicht ihrer Art von Liebesbeglaubigung. Sie war doch bei ihm, das musste genügen. Schließlich trieb er es zu weit, als er sich kritisch über ihren Sohn äußerte, der sich ein paar Monate, nachdem Isolde und er zusammengekommen waren, ein Internat in Kanada ausgesucht hatte. Und nicht mehr zurückkam. Nicht in den Ferien, nicht zu ihrer Hochzeit. Da hatte sie mit ihrer tiefen Stimme *quäl mich nicht* geflüstert und sich am nächsten Tag bei der Arbeit den Knöchel gebrochen. Kurz darauf verschwand sie für ein paar Tage. Wie sich später herausstellte, mit irgendeinem Mann. Wenn sie wollte, schien sie damals an jeder Ecke einen zu finden, einen Fremden, der mit ihr auf und davonging, und sei es nur für ein paar Tage, und der sie vermutlich auf den Armen trug, weil sie ein Gipsbein hatte.

Damit war die Grenze erreicht. Er hatte das gelernt wie ein Tier, das mit der weichen Schnauze an den Strom stößt. Dass er mit ihr leben musste ohne diese negative Abgrenzung von anderen, verflossenen, dass er sie sonst vertreiben würde.

Natürlich hatte er aufbegehrt gegen seine Abhängigkeit. Nach ein paar Jahren, als sie von selbst angeflogen kamen, hatte er sich Frauen genommen, erst hier eine und da, dann in wilder, ausgelassener Serie. Es war nur Sex. Er hatte keine Schuldgefühle, er hatte keine Beziehungen, er vögelte, wie andere Sport betreiben, nicht regelmäßig, aber entschlossen. Er probierte sie aus, die neuen Möglichkeiten, die mit dem Erfolg kamen. Aber alles, was er tat, tat er so diskret, dass Isolde es nicht merkte, dass es ihr niemals zu Ohren kam. Wenn er von einer Reise, wenn er von einer beliebigen Frau nach Hause kam und Isolde, die sein Kommen spürte, im Garten wartete, um ihm die aufgeblühten Stockrosen zu zeigen: Dann war er glücklich.

Mit einem Piep leuchtete die kleine orangene Zapfsäule auf. Er fluchte. Er hatte vergessen zu tanken. Das zeigte, in welchem Zustand er war, Gedankentopfdeckel hin oder her. Womöglich hatte er sich zu sehr darauf konzentriert, die Sache nicht hochkommen zu lassen, sie zu verschieben auf später. So hatte er zwar heil die Berge erreicht, in halbwegs gemäßigten Gefühlsgefilden. Aber das Tanken vergessen. Er fuhr diese Strecke wie im Schlaf, er wusste, wie wenig Tankstellen es gab. Er musste entweder sofort umkehren, zurückfahren zur letzten, die zwanzig Kilometer hinter ihm lag, oder darauf vertrauen, dass er oben auf der Grimbarter Höhe jemandem ein paar Liter abkaufen konnte. Am besten dem Wirten. Kanister und Schlauch hatte er im Kofferraum. Es würde sich schon einer finden. Damit käme er bequem auf der anderen Seite hinunter, bis sich die Tankstellen wieder dicht reihten. Es widerstrebte ihm nicht nur, umzudrehen und vierzig Kilometer umsonst gefahren zu sein, nein, er brachte es gar nicht fertig. Selbst das kürzeste Stück würde sich anfühlen, wie dahin zurückzufahren, woher er gerade mit solcher Mühe gekommen war. Und dann müsste er nach dem Tanken strenggenommen noch einmal wenden. Wenn das eine Wenden so schwerfällt, könnte das andere bereits unmöglich geworden sein.

Er zündete sich eine Zigarette an und öffnete das Fenster einen Spalt. Die Dämmerung fiel ins Tal wie ein Vorhang. Der Grimbarter Wirt würde ihm helfen, sie mochten einander. Ein skurriler Kerl, hässlich und faszinierend. Ein Gesicht wie aus verschiedenen Materialien zusammengesetzt, Leder, Leinen, Plastikfolie. Damit hätte er auch Schauspieler werden können. Solche Typen fehlten, seit bereits den Säuglingen die Ohren gerichtet wurden.

Wenn der Wirt nicht genug Benzin hätte, würde sich ein anderer finden, je später die Nacht, desto mehr trudelten ein. Und er, er würde den Grimbarter Wirt wieder ins Gebet nehmen, warum er verdammt noch mal nicht endlich dafür sorgte, dass man ihm zu seiner Gaststätte eine Tankstelle hinbaute. Da würden sich viele freuen. Das würde die Lücke schließen.

Am besten gleich da oben übernachten. Sich den Abend mit ein paar Schnäpsen vernebeln, ungewaschen in kariertes Bettzeug fallen, und am Morgen die Tankstelle anrufen und sich Benzin heraufbringen lassen. Ein fürstliches Trinkgeld geben, aber bloß kein Autogramm.

Er versuchte, sich zu orientieren. Wie weit war es noch? Sein Tanksymbol hatte gerade zum zweiten Mal gepiept. Damit war es entschieden. Er würde es zu keiner Tankstelle mehr schaffen. Er hatte sich den Rückweg verbaut. Durch entschlossenes Vorangehen, wie im Krieg.

Der Wald zu beiden Seiten der Straße sog das Restlicht auf wie ein stachliger Schwamm. Doch das Himmelsband zwischen den Wipfeln leuchtete noch mittelblau. Oben war es Abend, an der Seite tiefe Nacht. Die Kurven wurden enger, seine Hand blieb auf dem Schalthebel liegen wie manchmal auf Isoldes Bein. Man brauchte nicht mehr als den dritten Gang. In den Rhythmus der Kurven kommen, mit dem Schalten und Bremsen atmen. Es gibt für vieles den richtigen Atem-Rhythmus, nicht nur für Sex und Yoga.

Es gibt für alles die richtige Zeit. Eine Zeit zum Umarmen und eine Zeit, die Umarmung zu lösen. Buch Kohelet. Der Kopf eine Zitatensammlung und Assoziationsmaschine, vollgestopft und trotzdem dehnbar wie der Bauch einer schwangeren Frau. Nein, das nicht! Lieber: Der Wald steht schwarz und schweiget. Er wandte sich angestrengt der Frage zu, wann er das letzte Auto gesehen hatte. Diesen Berg konnte man nur mit einer bestimmten Durchschnittsgeschwindigkeit hinauffahren. Er kannte den Berg. Er konnte fast so ökonomisch bremsen und beschleunigen wie die Einheimischen.

Plötzlich flammten hinter ihm Scheinwerfer auf. Na also, da war er ja, der Kollege, der ebenfalls noch hinauf auf den Pass wollte. Herzlich willkommen.

Der schien es eilig zu haben, so knapp, wie der auffuhr. Die nächste Überholgelegenheit kam erst kurz vor dem Grimbarter Wirt, nach vier oder fünf weiteren Kehren. Er könnte an die Seite fahren und ihn vorbeilassen. Aber das wäre übertrieben. Das war eine Bergstraße, keine Autobahn. Ein bisschen Geduld, wir wollen alle hinauf, und, wie gesagt, sehr viel schneller kann man hier ohnehin nicht fahren. Wenn man nicht aus der Kurve fliegen will.

Jetzt blinkte ihn der doch glatt an, mit dem Abblendlicht. Was war mit dem los? So ein Testosteronritter wahrscheinlich, mit einem Sportwagen. Die Einheimischen fuhren nicht so aggressiv, sie wussten, dass es sinnlos war. Die Wiederholung einer langwierigen Sache erzeugt automatisch Geduld. Der Berg war der Berg, und meistens waren Unerfahrene unterwegs, oder man hing hinter einem Lastwagen fest.

Das Auto hinter ihm war nicht gut zu erkennen, es rutschte kurvenbedingt aus dem Rückspiegel, rein und raus. Das unduldsame Aufblenden allerdings war bestens zu sehen, zurückgeworfen von den schwarzen Waldwänden. Jetzt fuhr er wieder knapp auf und scherte sogar ein wenig nach links aus. Schaut, ob es geht. Natürlich nicht, die Kurve ist ja schon da, bremsen, runterschalten, lenken, Gas. Hinter ihm das Quietschen von Gummi auf Asphalt. Es war beinahe unheimlich. Fuhr da ein Verrückter? Ein Lebensmüder?

Dann kam die einzige längere Gerade. Er setzte zur Sicherheit den rechten Blinker, wie ein hilfsbereiter Lastwagenfahrer oder eine zaghafte Frau. Bitte sehr, der Weg ist frei. Dann bremste er vorsichtig. Der andere Wagen war so schnell vorbei, dass man kaum mehr erkennen konnte als einen etwas flachgedrückten doppelten Auspuff. Wie ein dicker, glänzender Schwanz, ein Doppelschwanz. Er bildete sich ein, ein Aufröhren des Motors gehört zu haben, das Röhren des brünftigen Siegers. Die Rücklichter waren weg. Er atmete durch. In ein paar Minuten würde die Abzweigung kommen, der Waldweg hinauf zu dem abgewirtschafteten Kasten und seinem verrückten Wirt. Aber die Köchin konnte was. Ob sie die Frau des Wirten war, hatte er bisher nicht herausfinden können. Der Wirt sah nicht so aus, als habe oder brauche oder ertrage er eine Frau. Dann allerdings müsste man sich Sorgen machen, dass die Köchin mit ihrem unbestreitbaren Talent bald etwas Besseres fand als diese Einschicht.

Einmal war er in der Jagdsaison dagewesen. Die Jäger gingen ein und aus, Hunde bellten, der Wacholderschnaps floss in Strömen, manche kippten ihn schon morgens in den Kaffee, im Hof, unter einem Vordach, konnte man einen Metzger das Messer schwingen sehen, die Küchenhilfen rannten mit blutigen Schüsseln hin und her, die Köchin kniete, die Hände voll weißer Kreide, vor der Menü-Tafel am Eingang und scheiterte am Wort *Wildschweinmedaillons*. Aus den Kofferräumen auf dem Parkplatz ragten Tierläufe. Dionysische Szenen. Über den Tälern der Nebel wie eine warme graue Decke. Man sah von oben darauf, als wäre man in einem ekstatischen Jäger-Olymp. Als er Isolde davon erzählte, sprühte in ihren Augen ein dunkles Vergnügen. Bei einem der nächsten Male wollte sie unbedingt mitkommen. So war sie, keine Vegetarierin, schon gar nicht im Geiste.

Er wäre beinahe gegen den Balken gefahren. Er bremste scharf und kam nur knapp davor zum Stehen. Er hatte nicht gewusst, dass es hier einen Balken gab, schwarz in der Dunkelheit, bis auf ein paar winzige Reflektorpunkte. Daneben, quer über dem großen, von einer Biermarke gesponserten Schild, das das Gasthaus ankündigte, ein mit Paketband befestigter, handgeschriebener Papierstreifen: *Geschlossen.*

Er stieg aus und zündete sich noch eine an. Der Balken war ein geschälter Baumstamm, am einen Ende mit einer daumendicken Vertikalschraube auf einem Pfosten befestigt. Das andere Ende lag in einer Y-förmigen Astgabel. So primitiv wie auftrumpfend. Als hätte ein Riese gesagt: Pass auf, wenn ich nicht will, dass du hier durchfährst, reiß' ich einfach ein paar von den Bäumen aus und bastel' eine Absperrung draus. Sind ja genug davon da.

Er setzte das Auto ein paar Meter zurück und öffnete die Schranke. Seitlich im Dunkelheitsgebüsch fand sein voraustastender Fuß das Gegenlager, den zweiten Astgabel-Pfosten. Er legte das Baumstammende hinein und fuhr die letzten zweihundert Meter bis zum Gasthaus. Die Außenbeleuchtung war abgeschaltet, aber in der Stube brannte Licht. Auf dem Parkplatz standen mehrere Autos, der Lieferwagen des Wirten, zwei Kleinlaster und ein dunkler Audi TT. Als er vorbeiging, legte er die Hand auf die Kühlerhaube. Sie war noch warm.

Die Tür ging auf, der Wirt brüllte heraus, es sei geschlossen, verdammt noch mal.

Reg dich ab, Hansi, sagte er, ich brauch deine Hilfe. Der Wirt kam in der Dunkelheit vorsichtig näher. Als er ihn erkannte, grinste er, was sein so unharmonisches Gesicht meistens etwas symmetrischer machte. Heute blieb es schief.

Du, wir haben wirklich zu, setzte Hansi an, wir müssen auch einmal …

Ein Bier, ein Wurstbrot und ein paar Liter Benzin, unterbrach er, aber auf jeden Fall das Benzin, sonst wirst' mich eh nicht mehr los.

Von der Tür her fragte eine Männerstimme: Probleme, Hansi?

Der Wirt drehte sich um.

– Nein, nein, nur der Charly Reincke, der Regisseur, weißt eh, ein Stammgast, dem ist das Benzin ausgegangen.

Beeilung, befahl die Stimme, und die Tür schlug zu.

Ihm fiel die korrekte Vorstellung auf. Bisher hatte der Grimbarter Wirt nur durch abfällige Bemerkungen erkennen lassen, dass er von seiner sogenannten Prominenz überhaupt Kenntnis hatte. Einmal hatte ihn eine Frau angesprochen – *Sagen Sie, sind Sie nicht …* – und der Wirt hatte durch den Gastraum gebrüllt: Der geht zum Scheißen auch aufs Klo wie jeder andere!

Das war heroben der übliche Umgangston. Nun musste er einen Moment warten, bis ihn der Wirt hereinwinkte. Am Stammtisch saßen drei Männer vor dem Bier, ein gut gekleideter künstlicher Glatzkopf, zu dem der Audi passte wie ein Hund zu seinem Herrn, und der auch ein anderes Vorurteil bestätigte – Männer, die sich bei beginnendem Haarausfall vorauseilend alles abrasieren, polieren ihre Schädel danach offenbar regelmäßig mit Nussöl. Daneben zwei andere von eindeutig niedrigerem Rang. Der eine erinnerte ihn vage an den bosnischen Pfuscher, der Isolde und ihm das Dach gedeckt hatte, der andere konnte alles sein, Rumäne, Sizilianer. Die Nussglatze musterte ihn unfreundlich.

Die Köchin kam aus der Küche geschlapft. Sie faszinierte ihn seit jeher, ihre die Begrenzungen des Körpers

irgendwie überschwappende Leiblichkeit, wie eine Weinflasche mit Haarriss, aus der nichts rinnt, sondern nur
dunstet, aber mit beinahe noch mehr Effekt. Die tierhaf-
te Anziehung, die von ihr ausging, versuchte sie hinter
einem Unmaß an Schlamperei zu verbergen. Andererseits
wäre ihre Wirkung in sauberer, modischer Kleidung womöglich erstorben. Es war nie vorgekommen, dass sich
ein Gast ihr gegenüber etwas erlaubte; doch die Blicke der
anderen hatte er beobachtet, wie Saugnäpfe.

Sie grüßte, sah ihn aber nicht an, und stellte schon sein
belegtes Brot hin, mit Fächergurke, Tomate und Petersi-
liensträußchen. Der Wirt brachte das Bier. Er trank mit
großen Schlucken und bestellte ein zweites, noch bevor
er zu essen begann. Es war still. Nach einer Weile wollte
er eine Bemerkung machen, von wegen Gästen erster und
zweiter Ordnung, oder wer man eigentlich sein musste,
um auch bei geschlossener Wirtschaft hereingelassen zu
werden, da gab es im Vorraum einen Tumult. Erstickte
Rufe, Kinderweinen, die Tür zum Gastraum flog auf, ein
kleines Kind rannte hysterisch schreiend herein, wie auf
der Flucht. Dahinter kam eine grauhaarige Frau, die sich
geradezu über das Kind warf. Sie packte es und legte es
sich über die Schulter, es wehrte sich strampelnd und
wurde noch schriller, einer der Adlaten baute sich vor den
beiden auf, als ob ein Kind durch Drohgebärden zum
Schweigen gebracht werden könnte. Der Glatzkopf machte eine Handbewegung. Der Bosnier trieb Frau und Kind
hinaus. Der Lärm blieb weiterhin erstaunlich, wie ein
elektrisch aufgeladener Metallbogen, der einem über die
Nerven streicht. Er dachte sie sich als Gewirr weißer
Saiten, die aus dem Schädel in den Körper hinein gespannt waren, bis in seine Fingerspitzen. Dort überall, vor
allem aber im Nacken und zwischen den Ohren fiedelte

dieses winzige Kind herum, doch mit jeder Tür, die zwischen ihm und der Gaststube geschlossen wurde, nahm der Schmerz ab.

Verwandtschaft der Köchin, stellte der Glatzkopf fest, bevor jemand etwas sagen konnte. Der hässliche Wirt hantierte hinter der Schank herum, als hätte er damit gar nichts zu tun.

Trotz der dunklen Haare und Augen und wegen ihrer weißhäutig schwellenden Formen hatte er die Köchin bisher für eine Einheimische gehalten. Aber gut, vielleicht hatte sie einen unterbegabten Bruder oder Onkel hier heroben, der sich nicht anders zu helfen gewusst, einen Acker verkauft und mit dem Erlös eine Frau aus einem Katalog bestellt hatte. Und das war dann das Ergebnis – vielleicht würden in Zukunft zäh-zarte Asiaten das Heu auf diesen steilen Hängen einbringen. Gar keine schlechte Idee.

Und, müssen Sie heute noch weit, fragte ihn der Glatzkopf.

Beinahe hätte er gelacht. Ich wollte eigentlich ein Zimmer nehmen, sagte er, bloß um der Reaktion willen, ich sitze schon seit Stunden im Auto.

Der Wirt starrte mit zusammengekniffenen Augen von der Schank herüber, als erwarte er die Antwort von jemand anderem. Das geht nicht, sagte Hansi schließlich, ich hab dir schon gesagt, wir haben wirklich zu und außerdem …

Außerdem renoviert er, fiel ihm der Glatzkopf ins Wort und deutete auf den Mann an seinem Tisch, ich hab ihm die Hackler heraufgebracht.

Der Glatzkopf grinste wie über einen besonders guten Witz. Der zweite Untertan kam zurück und setzte sich.

Er stand auf, ging zur Schank und verlangte die Rechnung. Das wird ja nicht wiederzuerkennen sein, Hansi, neckte er, während der Wirt zwei doppelte Schnäpse einschenkte, wenn hier einmal Farbe draufkommt, brauch ich eine Sonnenbrille.

Aber Hansi war nicht in Stimmung. Nur ein bissel tapezieren, und die Klos herrichten, murmelte er, wo er ihm normalerweise mindestens ein *geh scheißen, du privilegierter Kulturbolschewist* hingeschleudert hätte.

Als sie anstießen, fragte er nach dem Benzin.

Schon drin, sagte der Wirt, hat der Milo gleich gemacht, und deutete mit dem Kopf zum bosnischen Pfuscher, der wieder unbewegt am Tisch saß und sein Bierglas betrachtete wie eine komplizierte Angelegenheit.

Und ich hab geglaubt, der hat das schreiende Kind erwürgt, gab er zurück, weil ihm nichts Besseres einfiel, um in dieser unklaren Atmosphäre herumzustochern. Vom Tisch her kam ein Lachgebell.

Nicht schlecht, rief der Glatzkopf, wirklich nicht schlecht, Sie haben kreative Einfälle, kein Wunder bei Ihrem Beruf.

Der Grimbarter Wirt schenkte Schnaps nach: *One for the road.*

Sie stießen wieder an. Er wollte wissen, wieviel er schuldig sei, für das Benzin. Hansi hob die Schultern und sagte, er verkaufe kein Benzin. Er widersprach. Das habe er doch nicht zum ersten Mal gemacht. Wenn der Wirt sich endlich eine Zapfsäule installieren lasse, dann würde das auch den Umsatz heben. Und jetzt, wo er sogar investiere, müsse ihm doch daran gelegen sein, das Geld schnell wieder hereinzuholen, man nennt das Rentabilität, du schiacher Urmugl …

Plötzlich stand der Glatzkopf an der Tür und hielt sie auf.

Eine sternklare Nacht, dröhnte er, aber ich fürchte, das wird nicht so bleiben.

Der Wirt kam hinter der Schank hervor und stapfte hinaus, gerade, dass er keinen roten Regenschirm für den unerwünschten Gast schwenkte. Von hinten sah es aus, als würde er ein bisschen hinken. Ob Hansi naturhässlich war oder durch einen Unfall entstellt, darüber hatte er schon früher nachgedacht. Faszinierend, dass es nicht zu entscheiden war. Es gab keine sichtbaren Narben, wie bei Franck Ribéry, aber dass einer so auf die Welt kam, war dennoch schwer zu glauben. Vielleicht hatte ihm als Kind, als die Knochen noch weich waren, ein Betrunkener die Faust ins Gesicht gesetzt. Oder es war ein Unfall. Vom Traktor gefallen oder in eine Schlucht, oder ein Schwertkampf mit splitternden Eiszapfen. Was den Kindern in diesen schwarzen Bergen eben passierte.

Als sie vor seinem Auto standen, gaben sie sich die Hand. Er fragte nach dem Ende der Umbauarbeiten.

Schwer zu sagen, sagte der Wirt.

– Aber im Oktober, zur Jagdsaison?

– Aber ja, dann natürlich.

Er winkte noch zum Autofenster hinaus. Im Rückspiegel war der Wirt nicht mehr zu sehen, nur schwarze Nacht. Den Balken ließ er offen stehen.

Der Schnaps breitete sich wohlig in ihm aus. Zentimeterweise schien er vorzudringen wie ein Anästhetikum, vom Bauch in die Gliedmaßen, in Zehen und Fingerspitzen und Ohrläppchen, und schließlich ins Hirn. Vielleicht fand er doch noch ein Zimmer, oder er schlief eine Runde im Auto. Vielleicht gleich hier oben im Wald? Na, lieber erst ein paar Kilometer fahren und sich sammeln.

Was für eine Gesellschaft. Als warteten sie auf die letzte Fähre. Die Köchin verlor langsam ihren prickelnden Fettrand, bald würde sie nur eine schlampige Vettel sein. Dazu Arbeiter, die erst am späten Abend eintreffen, und der dubiose Glatzkopf. Wahrscheinlich besaß seine Frau einen Mops. Dem Glatzkopf hätte man etwas sagen sollen, über verantwortungsvolles Fahren im Gebirge. Dass man in der Kurve nicht bremsen darf. Nur Ahnungslose bremsen in der Kurve, Sonntagsfahrer, Stadteier. Vor der Kurve runterschalten, die Motorbremse einsetzen lassen, nach dem Scheitelpunkt wieder leicht aufs Gas, das stabilisiert zusätzlich. So macht man das. Aber wer weiß, ob es wirklich der gewesen ist. Er hatte nicht nachgeschaut, ob der Audi einen doppelten Auspuff hatte. Und wenn schon.

Er stellte sich vor, wie es den Audi aus der Kurve trug, mitten in das schimmernde Nachtblau hinein. Er sah ihn fliegen, aber nicht fallen. Es war kein bedrohliches, sondern ein friedliches, stilles Bild. Das Auto drehte sich zwischen den Gipfeln langsam in der Luft, nicht wie ein Grillhuhn am Spieß, sondern wie ein Frisbee, um eine vertikale Achse. Aus dem Frisbee wurde der chromblitzende Topfdeckel. Er versuchte, ihn wieder zurückzuzwingen, aber er war vom Schnaps geschwächt. Der Alkohol macht die Tore auf, weicht die Begrenzungen auf, die Haltungen. Nichts schließt mehr richtig, es zieht, gibt nach, verformt sich wie Billigplastik über Wasserdampf. Meistens will man das ja, man trinkt genau deswegen, um die Erstarrungen loszuwerden, um die Rüstung zu sprengen, um für ein paar Stunden herauszukommen und sich nackt und lachend im Schnee zu wälzen. Um die Schamverstecke zu lüften, mehr noch, um sie der Welt zu präsentieren, als wären sie wahrlich das Bedeutendste, was man hat. Aber manchmal trinkt man nur aus Gewohnheit und bemerkt zu spät, dass es ein Fehler war. Die Mauern schlagen um, und alle kreisförmig nach innen.

Wie Heidi ihn angesehen hatte, als er ging.

Man kann auch durch Nichtstun ein Arschloch sein.

Durch Nichts-Entscheiden, Nichts-Gestehen, Nichts-Versprechen. So viele Jahre hatte er sich sicher gefühlt, vollkommen im Reinen mit seinem Leben, ein Glückskind, dem nicht alles, aber das meiste gelang. Das tun konnte, was ihm Spaß machte. Das für sein größtes Geschick hielt, sich nicht mehr verletzen zu lassen, das beinahe vergessen hatte, was das eigentlich sind, Verletzungen. Wo etwas schwierig wurde, unerfreulich, krampfig, da brach er ab, da ging er blitzschnell weg. Das konnte er sich nämlich inzwischen leisten, Verzicht ohne Bedauern. Ihm ging es sowieso nur noch um die Frage, ob er etwas Neues entdeckte. Dabei war ihm offensichtlich entgangen, dass er immer öfter zu ihr gefahren war. Dass er sich nicht losreißen konnte, wie sonst immer, nach ein paar Malen. Eine Bäckerin mit kreativen Kuchen. Nein, ein Mädchen, das ein kleines Geschäft renovierte, so hatte er sie kennengelernt, eines Wochenendes, an dem er zwischen zwei Probeblöcken ausnahmsweise in der Stadt geblieben war. An einem heiteren Vormittag. Sie trug einen Blaumann und schob eine Schubkarre voll Schutt. So etwas hätte auch Isolde tun können, dieses Anpacken, es selbst machen, unzimperlich wie die Trümmerfrauen.

Isolde.

Bisher hatte er sich jeden Vergleich verboten. Niemand durfte mit ihr verglichen werden. Niemals. Ein Vergleich, das hätte bedeutet, dass das eine mit dem anderen zu tun hatte. Darauf Einfluss nehmen könnte. Aber Isolde war eine Insel. Eine Festung auf einem hohen Berg. Seine Festung. Vergleiche verboten.

Es war ihm gelungen, fast zwei Jahre lang.

Aber vielleicht musste es sein. Warum nicht gleich heute? Musste er nicht endlich den Mut haben, sich alles anzuschauen, das Ähnliche und die Unterschiede, um wenigstens zu verstehen, wie es dazu gekommen war? Wenn er schon nicht verstand, was es bedeutete. Bedeuten würde, in Zukunft. Denn loswerden würde er das so schnell nicht. Selbst wenn Heidi tat, was sie angekündigt hatte. Und wenn sie es nicht tat, erst recht nicht. Dann würde er zurückkommen müssen, und auch wollen, regelmäßig, obwohl sie gedroht hatte, wenn er jetzt ginge, lasse er ihr keine andere Wahl.

Also mal los, gleich hier, in diesem gottverdammten Wald, der kein Ende nahm. Auch der Berg nahm kein Ende. Eine Kurve nach der anderen, und niemand hier draußen außer ihm. Manchmal half es ja, sich an einen anderen zu hängen, der einem die Kurven ausleuchtete. Aber da war keiner. Er würde noch Stunden in diesem Auto sitzen. Er wollte Pause machen, er brauchte eine Pause, aber einfach an den Straßenrand zu fahren, ohne Zuflucht, ohne Dach und Licht und Bier und einen festen Tisch, das zögerte er hinaus. Erst hinunter, erst unten ankommen, aus dem Wald heraus.

Natürlich war sie jünger als Isolde, aber darum war es ihm nie gegangen. Sie war einfach zufällig jünger, als er sie traf. Sie war, wie sie war. Andere waren älter gewesen. Darum ging es nicht. Erst dachte er gar nicht, dass sie eine wäre, mit der er schlafen würde, sie war lustig und schlagfertig wie eine kleine Schwester, sie war offen und klar, und sie hatte keine Ahnung, wer er war. Unbeschwert war sie, hier war endlich ein richtiges Wort. Ohne Beschwerden, ohne Gewichte. Hell, schwebend. Mädchenhaft, und trotzdem mütterlich, dabei hatte ihn doch immer das Dunkle und Kühle so sehr fasziniert. An Isolde gebunden. Isoldes Unzuverlässiges. Dass sie jederzeit flüchten konnte, wie damals, als er unüberlegterweise gesagt hatte, *dein Sohn ist doch komplett verrückt, genau wie sein Vater*. Von da an hatte er daran geglaubt, dass sie jederzeit flüchten konnte. Aber sie war gar nicht mehr geflüchtet, seit damals nie mehr. Vielleicht nur ein Missverständnis? Eine Konstruktion, die ihn bei ihr hielt? Wobei im Grunde egal war, ob es seine oder ihre Konstruktion war. Vielleicht hatten sie sie beide zusammen gemacht, im wortlosen Einverständnis, so wie alles andere, den Garten, das Haus, das Bett unter dem Dachfenster, die künstlerischen Glaubenssätze. So wie sie zusammen die zerzauste Angorakatze im Tierheim ausgesucht hatten, die bald so fett geworden war, und die zartgliedrige gestreifte davor, die unter ein Auto gekommen war.

Er hatte sich Kinder gewünscht. Er hatte ehrlich und ernsthaft Kinder gewollt, nicht nur, wie Isolde ihm unterstellte, weil er ihr Leiden am Verschwinden ihres Sohnes nicht ertrug. Er hatte sich aus eigenen Gründen Kinder gewünscht, weil es Isolde war, weil sie die Richtige war, weil er Kinder kennenlernen wollte, die von ihnen beiden abstammten, olivbraun und temperamentvoll, rotblond und zurückhaltend, die Eigenschaften quer gemischt. Sie hatte sich erst lange geweigert, dann war es irgendwann zu spät. Dazwischen gab es ein, zwei Fehlschläge, sie hatte es, fast fröhlich, auf ihr Alter geschoben. Darauf, dass ihr Körper schon vergessen habe, wie es war, schwanger zu sein. Damals, in den ersten Jahren, hatte er ihren abwesenden Sohn heimlich gehasst. Weil er gerade durch seine Abwesenheit immer da war, wie ein Geist. Er hatte ihn verdächtigt, absichtlich einen so großen Schmerz erzeugt zu haben, dass weitere Kinder, also weitere Schmerzen, für Isolde unvorstellbar wurden. Sich durch Verschwinden zum König gekrönt. Dieser schwarzäugige Knabe, der ihn angesehen hatte wie einen Konkurrenten, bevor er mit infamer Zuvorkommenheit das Feld räumte. Doch wenn er ehrlich war, hatte sein Wunsch nicht angehalten. Seine Karriere war angesprungen, er war immer öfter unterwegs, er liebte das Leben, das ihn ununterbrochen mit den aufregendsten Dingen beschäftigt hielt, und schleichend war ihm die Vorstellung, zu all dem auch noch Kinder zu haben, verloren gegangen.

Dagegen Heidi, mit ihrem vielteiligen Spritzbesteck für die Tortenverzierungen, und den weichen, gleichzeitig festen Stellen an den Hüften. Eigentlich überall. Wenn sie schwitzte, roch sie nach Zitrone, und sie schwitzte so leicht, wie sie lachte. In jenem ersten Sommer hatte er ihr geholfen, das Ladenlokal in cremigen Farben zu streichen, sie hatte ihn in einem Kahn über den See gerudert und nachts, wenn sie Hunger bekamen, Berge von Knoblauch-Topinky gemacht. Und dabei hatte sie nie gemerkt, dass er, trotz des schafartigen Glücksgrinsens, das sein Gesicht in ihrer Gegenwart überzog wie ein Krampf, in Wahrheit doch ein vollkommen anderer war, kälter und härter.

Er hätte es wissen müssen. Da waren immer Kinder im Laden, denen sie Streusel über das Schlagobers streute und Goldflocken in die Limonade, denen sie glasierte Kirschen an Holzstäbchen schenkte, wenn sie hingefallen waren und weinten.

So ein glänzend-rotes Kirschenkunstwerk hätte er haben sollen, für den brüllenden Mini-Vietkong auf der Grimbarter Höhe. Das hätte den bestimmt eher beruhigt, als wie ein Sack über die Schulter geworfen und hinausgeschleppt zu werden.

Er spürte sein Herz zweimal hart schlagen, wie ein entschlossenes Pochen an der Tür. Ein spätes Erschrecken. Hatte er etwas übersehen? War da etwas im Gange gewesen? Etwas Kriminelles? Die grauhaarige Frau konnte nicht die Mutter des Kindes gewesen sein. War der Wirt nur genervt gewesen? Oder vielmehr eingeschüchtert? Der polierte Glatzkopf bloß ein Naturarschloch, oder doch bedrohlich? Die Untertanen typische Helfershelfer, die für Geld alles tun, auch Flüchtlingsfrauen, die im Laderaum erstickt sind, in abgelegene Schluchten werfen?

Dann hätten sie ihn doch gar nicht hereingelassen! Er in einer solchen Situation hätte zugesperrt und getan, als wäre niemand da.

Aber hatten sie nicht genau das getan?

Der Balken war ja herunten gewesen! Dass überhaupt einer vorfuhr, trotz Balkens, trotz »Geschlossen«-Schilds, musste überraschend gewesen sein. Da lässt man den Eindringling doch lieber herein und präsentiert ihm eine harmlose Szene. Waren die Biere nicht voll gewesen, als er eintrat? Wie gerade erst hingestellt? Die harmlose Szene, zerstört von dem metallisch schreienden Kind. Wie der eine aufgesprungen war – wegen eines Kindes. Das tun doch nur Menschen unter Hochspannung.

Auf was für Gedanken man kommt, mitten in der Nacht. In Versuchen wurde festgestellt, dass Menschen, denen man den Schlaf entzieht, schon nach zwei durchwachten Nächten psychotisch werden. Wer führt eigentlich solche Versuche durch? Wo ist so etwas erlaubt?

Die Kurven wurden weiter, der vierte Gang kam wieder in Frage. Die Umrisse wurden schärfer. Er konnte einzelne Bäume unterscheiden, die einheitliche Baumwand neben der Straße löste sich in grobe Flecken auf. Grobe Flecken. Er hatte Heidi nie zuvor weinen gesehen. Staunen hatte er sie sehen, dann war sie am hübschesten. Sie hatte oft über ihn gestaunt, was er sagte, was er tat, wie er es mit ihr tat. Lachen, staunen, das stand ihr. Weinen stand ihr nicht. Es machte alles banal, so abgeschmackt wie die türkise Wand hinter der Kuchentheke. Mit einer Schmuckborte in Schulterhöhe. Er hatte ihr die Schablone gehalten, alles noch als skurrilen Ausflug in eine fremde Welt angesehen, wie er sie ja manchmal unternahm, selig, spielerisch, und so leichtfüßig wieder davon wie einer dieser promisken griechischen Götter. Sie hatte gestrichen, natürlich auch über seine Finger, türkise Fingerspitzen, damit hatte er ihr überallhin Punkte gemacht, auf den Hintern und ins Dekolleté. Diese Wandfarbe war gar nicht so leicht abzukriegen gewesen, nachdem man ihr einmal erlaubt hatte, einzutrocknen. Heidi wollte Terpentin nehmen, er hatte es verboten, doch kein Terpentin auf den Busen, auf die zarte marmorierte Haut!

Er war nicht weggekommen, nicht rechtzeitig weggekommen. Er war immer wieder hingefahren zu ihr. Er wollte sich das nicht vorwerfen müssen. Es war, bis auf das letzte, jedes Mal schön gewesen. Und wenn er endlich einmal ehrlich war, hatte er es doch mitgenommen in sein restliches Leben, wie eine verborgene Stelle im Futter, wo die Goldmünze eingenäht ist, spürbar nur für einen selbst. Eingeredet hatte er sich das Gegenteil: Dass es vielleicht Bedeutung hatte, aber keinen Einfluss, keinen Berührungspunkt, nicht einmal, vor allem nicht in ihm. Isolde residierte in goldgewirkten Gewändern auf der Burg, sorgsam erbaut in Jahrzehnten. Und Heidi war auf eine Weise unverbindlich, die er für naiv oder wahnsinnig weise gehalten hatte, die jedenfalls maximal entgegenkommend war. Sie hatte nichts verlangt und nichts gefragt, nie. Und jetzt das.

Und nur wegen dieses rotzsprühenden Asiatenkindes war er mit einem Mal versucht, alles für genau andersherum zu halten: Den Grimbarter Wirt für einen Kinderpornoproduzenten oder mindestens den Handlanger einer internationalen Schlepperbande. Isolde für eine Unabhängigkeitsdarstellerin, die ihre Rolle so brillant spielte, dass ein Bindungsängstlicher wie er, der nie hatte eingefangen werden wollen, seinerseits sofort das Lasso um sie schlang. Und Heidi für das Genrebild der abgefeimten Geliebten, die so lange keinen Druck ausübte, die so lange ihr Lachen, ihren Körper, eine kleine besonnte Kuhle ihres ungebundenen Mädchenlebens bereitstellte, bis sie das Druckmittel in die Hand bekam, also, in den Bauch. Ein Plastikröhrchen mit zwei Farbfenstern, drohend erhoben wie einen Zauberstab, mit dem sie ihn festschmieden wollte, dazu tropische Tränengüsse, um den Vorsatz zu verschleiern.

Am liebsten hätte er selbst geheult. Aussichtslose Situation. So etwas gab es selten, rein formal betrachtet. Wie immer man es drehte, es endete im Desaster. Er konnte die Szene nur einfrieren und den Vorhang fallen lassen. Heidis grifffeste Weichstellen, die schwellen würden oder nicht, Heidi selbst, die spießig und gewöhnlich werden würde oder nicht. Isolde, sein vermeintlich unabhängiges Heimathafengenie, nackt in seinen Boxershorts und mit erhobenen Armen, weil sie auf einmal bemerkt hatte, dass sie alt wurde oder es sogar schon war.

Abstoßend, wie leid er sich tat, angesichts solcher Frauen. Denn natürlich stimmte die Geschichte verkehrt herum auch nicht. Sie stimmte sogar noch weniger als die alte Version. An der er so lange treulich gehangen war. An der er jedenfalls nicht gezweifelt hatte. Solange alles läuft wie geschmiert, tut man das nicht. Dabei sollte man gerade dann zweifeln, weil: wie geschmiert ist gar nicht menschlich.

Sein Vaterwerdenwollen war doch lange vorbei, eine Lebensphase, an die man sich ungläubig erinnert wie an andere vergangene Zeiten, lange Haare, kurze Haare, lange Kragen, keine Kragen, die einen kriegen Kinder und sind für ein paar Jahre verschwunden, die anderen verpassen es und heulen darüber, wenn sie sehr besoffen sind. Aber jetzt haut ihm die da eine Option wie einen Eispickel ins Hirn, hinterrücks, und das, was man sich so ungefähr als den Rest seines Lebens vorgestellt hat, sieht plötzlich anders aus. Die eigene Zukunft in der Hand einer kleinen Bäckerin. Er war sofort geflüchtet, weil er gewusst hatte, wie verführerisch das binnen Minuten werden würde. Was es jetzt natürlich trotzdem wurde. Ein paar Tage hätte er bestimmt Zeit, seine Entscheidung umzukehren. Und damit ihre.

Er hätte einen weiteren Schnaps gebraucht, um sein müdes Hirn zu entnebeln. Darauf verstanden sie sich in dieser Gegend, das Gift so schmecken zu lassen, dass es einem hinunterlief wie Samt und Seide. Wie sonst sollten sie es aushalten, da oben, in einer Kathedrale von Naturschauspielen, aber so einsam, dass die Menschen sich in den Heuschobern erhängten? Die Frauen gehen in den Fluss, die Männer hängen sich im Stadel auf, das hatte ihm der Grimbarter Wirt erklärt.

Ist eine einschüchternd schöne Natur je für etwas anderes gut als für mondäne Besucher? Die Einheimischen, von Mut- und Talentmangel angekettet, fragt ja keiner. Die lassen sich stumm zu den Einmaligkeiten ihrer Natur gratulieren, weil sie sonst gar nichts hätten, worum man sie beneidet. Natürlich war auch er in Weltekel-Momenten geneigt, dies für das wahre Leben zu halten.

Wo man nicht wegkonnte, wo man in einem kreatürlichen Sinn mit den Gegebenheiten umgehen musste. Nicht wie er und all die anderen Erfahrungstouristen, die probierten und verglichen und von überall so bequem abreisten, dass sie nicht wussten, wo sie eigentlich sein wollten.

Wie ein Souvenir hatte er manchmal Schnaps mitgenommen von heroben, in wiederverschließbaren Bierflaschen. Einmal sogar in einem Marmeladeglas. Dabei verkaufte der Grimbarter natürlich gar keinen Schnaps, genausowenig wie Benzin, der Hund. Aber Geld nahm er doch dafür.

Das erste Dorf tauchte seitlich auf, stockdunkel. Endlich eine Umrisslinie, die wieder von Menschenhand stammte. Der Berg lag hinter ihm, er hatte das Schlimmste geschafft. Bald würde die Tankstelle kommen. Soviel er wusste, stand sie mit EC-Karte rund um die Uhr zur Verfügung.

Hinter ihm blendeten Scheinwerfer auf, warfen ihre Lichtbahnen über ihn hinweg. Er zuckte zusammen. Derselbe oder ein anderer Raser? Die Straße war schmal, aber schnurgerade, und wieder zog das andere Auto so schnell davon, dass er nichts Rechtes erkennen konnte. Aber das wollte er jetzt wissen. Ob das der Glatzkopf war. Er trat aufs Gas und bemerkte, wie langsam er geworden war. Fast eingeschlafen war er, als Fahrer. Das ließ sich ändern. Die Scheinwerfer des anderen waren weit vorne, wischten an Baumstämmen, Feldern, Seitenreflektoren vorbei. Aber es gelang ihm, aufzuholen. Er trat das Gaspedal durch. Er kam auf die Idee, den anderen seinerseits anzublinken mit dem Fernlicht. Rhythmisch, ta-taa-ta-taa-ta-taa. Vielleicht würde der vorne langsamer oder hielt sogar an. Dann würde er etwas erfinden, falls es nicht der Glatzkopf war. Feuerblitze aus dem Auspuff, vermeintlich Radkappe verloren, irgendetwas.

Und wenn er es doch war, ja, dann …! Für diese Möglichkeit musste er nicht überlegen. Da verließ er sich auf sein Gespür. Hatte er immer wieder erlebt. Dass er Dinge sagte, von denen er vorher nichts gewusst hatte, die ihn überraschten und meistens besser waren als alles, was man sich vornehmen oder vorstellen konnte. Eben: In der Wirklichkeit. Man muss hineingehen, um sie adäquat zu bewältigen, sich aussetzen, dem Schmerz und der Peinlichkeit, man kann das schlecht trockenüben. Eines der Probleme am Theater, vor allem mit jungen Schauspielern.

Da raste er nun die Landstraße entlang, hinter einem anderen Auto her. Es war verrückt, das wusste er, aber es fühlte sich gut an, ausgelassen. Der andere war ein heller Punkt weit vorne, doch er wollte ihn einholen. Er wollte ihn zumindest nicht verlieren. Er hatte so viel verloren, durch seine Flucht vor Heidi gestern mittag. Zum Ausgleich würde er den Glatzkopf jagen.

Dessen Bremslichter leuchteten auf, lange, intensiv. Hatte sein beharrliches Anblinken, trotz der Entfernung, zu einer Reaktion geführt? Dass so ein Mensch doch in den Rückspiegel sah … Er bremste ebenfalls. Er näherte sich langsam. Dreihundert Meter, zweihundert. Der stand da einfach, da vorne. Jetzt würde er gleich aussteigen. Oder würde er sitzenbleiben und abwarten? Mitten in der Nacht war man vermutlich vorsichtiger. Da verlöschten die Bremslichter, weißes Rücklicht flammte auf, der Wagen setzte ein Stück zurück, beschrieb eine kleine Ausweichbewegung auf die Gegenfahrbahn, dann quietschten die Reifen auf dem Asphalt, so heftig war der aufs Gas gestiegen. Wie die Leute Auto fahren. Wie Männer mit künstlicher, nussölpolierter Glatze Sportwagen fahren! Keine Ahnung von Kurven, aber Imponiergehabe via Lärmerzeugung.

Und warum war er eigentlich stehengeblieben? Um ihn herankommen zu lassen? Um ihm zu zeigen, dass er keine Chance hatte, wie Kinder, die Kleinere beim Fangenspielen necken? Fang mich doch, du Eierloch.

Da lag etwas auf der Straße.

Sein Herz klopfte wieder hart an.

Da lag doch etwas auf der Straße.

Etwas Großes. Etwas Dunkles. Er hielt sofort an, in unentschlossenem Abstand. Panisches Gedankenkarussell. Weiterfahren, oder Polizei, selbst in Verdacht geraten, definitiv zu viel getrunken, um mit der Polizei, ist doch lächerlich, weiterfahren, man müsste das gar nicht gesehen, und wenn es ein Mensch, es sieht nicht aus wie ein Mensch, Tier auch schlimm genug, in dieser Größe. Er legte den ersten Gang ein und tastete nach dem Telefon. Er fuhr das letzte Stück, bis an die Stelle heran. Licht anlassen, aussteigen. Er schloss die Fahrertür und ging nach vorne. Er sah sich beim Tapfersein zu. Luft holen. Er würde sich das anschauen. Es hat ja keinen Sinn, davonzurennen. Auch wenn es bestimmt nicht schön ist.

Es war ein Reh, ein großes Reh oder ein Rehbock, was verstand er schon davon. Er glaubte, es gab Arten, da hatten auch die Weibchen Hörner. Eher Hörnchen, wie dieses hier. Ein Weibchen mit Hörnchen. Was immer es war, es war nicht tot. Ein Bein schlug auf und ab. Er fluchte. Polizei anrufen. Eine mürrische Stimme am Ohr, er sagte, was zu sagen war. Natürlich blieb er da. Er holte aus dem Kofferraum die Taschenlampe, er fand sie sofort. Er stellte sein Warndreieck auf, er schaltete die Warnblinkanlage ein. Was war er doch für ein braver Mann. Ein verlässlicher Bürger. Er leuchtete dem Tier kurz ins Gesicht. Es versuchte, ihm den Kopf zuzudrehen. Und da geschah es, dass er auf die Knie ging, aus Erschöpfung, und weil ihn der Anblick rührte.

Er kniete sich so hin, dass sie einander gut ansehen konnten, dass es für das Tier hoffentlich halbwegs bequem war. Es hatte große, schöne Augen, wie Glaskugeln. Es wollte etwas sagen. Es war noch jung, es wollte noch nicht sterben. Es hatte von einer Wiese auf die andere laufen wollen, von einem Wald in den anderen. Man muss den Wald manchmal wechseln, man muss sich frei fühlen, selbst wenn man es nicht ist. Man braucht Abwechslung. Wildwechsel. Ich habe die Tageszeit sorgfältig beachtet, ich habe gewusst, dies war eine gute Zeit, um hinüberzugehen. Ich habe versucht, es richtig zu machen. Ich habe das schon früher gemacht. Aber diesmal ist es schiefgegangen. Das kommt leider vor. Jetzt liege ich da und trete mit dem guten Bein in die Luft.

Am Maul hatte es ein wenig weißen Schaum. Er fand das nicht abstoßend. Aufsteigende Todesnebel. Er klopfte dem Tier vorsichtig auf die Flanke. Es fletschte die Zähne, aber es versuchte nicht einmal, zu beißen. Dann wurde es ruhiger und hörte auf zu treten. Stattdessen riss es die Augen auf, als erblickte es schon die himmlischen Scharen. Er starrte auf das Leben in diesen Augen, denn die Seele war unverkennbar noch darin. Tränen wurden noch produziert, die Augen glitzerten und bewegten sich, sie waren zu diesem unerklärlichen Wunder, einen anderen Blick zu finden und zu halten, immer noch imstande.

Haie

Am Karfreitag brach vor dem »Haus des Meeres«
ein Brand aus. Die Flammen schlugen bis zwanzig
Meter hoch. In drei Metern Höhe befindet sich die
Entlüftungsanlage für das Haibecken. Ein Ventilator
und PVC-Leitungen verschmorten. »Es dürften
giftige Dämpfe ins Becken gelangt sein«, klagt der
Zoologische Leiter, »kurz darauf begannen die Haie
zu torkeln.« Er zögerte nicht, zog eine Taucheraus-
rüstung an und kletterte ins Becken. Mit Sauerstoff-
flaschen wurden die Tiere unter Wasser beatmet.
Dennoch kam für vier Haie von insgesamt zehn
jede Hilfe zu spät.

Gibt es solche Zufälle? Damals, als die Probleme in Claras
Klasse anfingen, diskutierte man gerade überall, ob die
Nationalität von Kriminellen verschwiegen werden sollte
oder nicht. Ob die Nennung der Herkunftsländer in der
Presse rassistisch sei oder ob im Gegenteil dadurch andere, friedliche Ausländergruppen vor permanenter Ver-
dächtigung geschützt würden. Nora beteiligte sich kaum
an diesen Debatten. Sie saß da, trank den guten, kalten
Weißwein und beobachtete ihre Freunde und Bekannten
dabei, wie sie einer nach dem anderen die Fassung verloren. Alkohol macht aggressiv, aber das Thema regte auch
die auf, die fast gar nicht mehr tranken, vor allem die

Frauen. Wirklich nur ein halbes Glas, baten sie, mit diesem neoprüden Handzeichen, wo zwischen Daumen und Zeigefinger nur so viel Platz bleibt wie für einen Abschminkwattebausch.

Gustav wollte wissen, wer von ihnen einen Tamilen von einem Araber, einen Perser von einem Pakistani unterscheiden könne, Hand aufs Herz. Denn natürlich bediene die mediale Markierung nur die Vorurteile. Der Neger dealt, der Rumäne stiehlt, und die jungen Türken, die in unseren Schulen nie richtig lesen gelernt haben, stechen einander gegenseitig ab. Als ob wir eingeborenen Hellhäutigen keine Verbrechen begehen!

Nur in einem anderen Maßstab, murmelte Maria, in einem Maßstab, der viel besser zu uns passt. Jemand wie Uli Hoeneß ...

Aber Gustav, schrie Lydia, das ist doch überhaupt nicht der Punkt, und Nora betrachtete die roten Flecken auf Lydias sonst so seidigem, sommersprossigem Hals, wenn es wirklich nur irgendwelche libanesischen Clans sind, dann ist mir doch lieber, man sagt *die Libanesen* als *die Ausländer*. Das ist nicht nur die Wahrheit, sondern vor allem fair, allen anderen gegenüber!

Werden schon auch ein paar andere dabei sein, sagte der neue Freund von Ela.

Angeblich sind diese Libanesen ja in Wirklichkeit syrische Kurden, bemerkte Gerhard.

Ela rollte die Augen und sagte, ich kotze gleich.

Warum reden wir nicht über die Wirtschaftskriminellen und Steuerhinterzieher, insistierte Maria, anstatt über Milieus, die von uns genausowenig wollen wie wir von ihnen ...

Aber das allgemeine Sicherheitsempfinden, warf jemand ein.

Scheiß auf das allgemeine Sicherheitsempfinden, murmelte Nora.

Das wurde doch noch nie von Fakten bestimmt, sondern immer nur von der Bild-Zeitung, rief Maria.

Reg dich nicht auf, beschwichtigte Lydias Mann, man wusste gar nicht, wen eigentlich, wir sind hier doch unter uns.

Unter uns wird's auch immer rechter, sagte Gustav, stand abrupt auf und wandte sich zum Gehen. Nora stand ebenfalls auf.

– Ich hol deinen Mantel.

Kerstin nickte ihr dankbar zu. Sie war am anderen Tischende eingeklemmt und wollte als Gastgeberin den Raum offenbar nicht verlassen, um sich, wenn nötig, zwischen die Parteien werfen zu können.

Würdest du ohnehin nicht tun, dachte Nora, nur unbedingt dabeigewesen willst du sein, falls doch einmal eine Faust fliegt. Sie begleitete Gustav zur Tür und bekam als Belohnung einen dieser interessanten, leicht elektrischen Küsse, die etwas zu nah am Mund landen.

Warum hast du eigentlich nichts dazu gesagt, fragte er.

– Weil ich sie schlagen würde.

– Wen genau?

Sie schüttelte den Kopf und hob die Hände.

Na, hoffentlich nicht mich, sagte er und zog die Tür hinter sich zu. Nora starrte auf die weißen Holzkassetten und versuchte, wie früher als Kind, dahinter den Menschen zu sehen, wie er sich bewegte, wie es aussah, wenn er die Stiege hinunterging, jetzt weht Gustavs kurzer Mantel ein bisschen um die Kurve, und jetzt – ist er weg. Sie zählte die Sekunden, bis man unten das Eingangstor ins Schloss fallen hörte. Siebzehneinhalb. Als sie sich umdrehte, stand Paul am anderen Ende des Flurs. War er also doch eifersüchtig?

Willst du gehen, fragte er. Aber nein, antwortete sie fröhlich, ich hol noch eine neue Flasche.

Was für ein furchtbarer Abend, sagte später Kerstin, als sie zusammen den Geschirrspüler einräumten, mir scheint, in letzter Zeit kann man sich auf überhaupt nichts mehr einigen.

Findest du, sagte Nora, ich bin eigentlich froh, wenn es ausnahmsweise um etwas geht.

Claras erster Schultag war von barocker Spätsommerpracht gewesen. Die Luft aus Samt, das Licht weich, die Kontraste trotzdem klar, und die Blätter noch so durchdringend grün, als dürften sie für immer bleiben.

Und die Menschen lächelten, Junge und Alte, auch Unbeteiligte, die vorbeigingen und sich vermutlich an die Einschulung der eigenen Kinder erinnerten, wenn nicht gar an ihre eigene. Die Familien, die zu den vielen Schulen im Bezirk zogen, sahen festlicher aus als sonst. Frisierter, mehr weiße Blusen und Sakkos, in dieser sonst so unverblümten Stadt. Kinderwagen mit Geschwisterbabys und Gebrechliche, die man stützte oder schob. Generationenbilder, sogar solche mit stolzen vier Stammbaumstufen. Insgesamt war es vertrackter als früher, die Mütter von den Großmüttern zu unterscheiden, die Väter von den Großvätern. Nur bei den Türken war es oft so, dass einer, der wie ein Bruder aussah, in Wahrheit doch der Vater war. Aber alle, alle strahlten und schienen ein bisschen gerührt. Nora empfand es als einen Morgen voller Einigkeit und völkerverbindender Harmonie.

Sie hatten niemanden eingeladen, sie kamen bloß zu dritt. Ihre kleine Tigerfamilie, fest zusammengeschmiedet in der Fremde. Noras Vater war alt und hätte fliegen müssen, und Paul hatte zu seinen Eltern keinen engen Kontakt. Nora hätte gern ihre Geschwister dabeigehabt, aber das wären, mit Partnern und Kindern, wieder mehr gewesen, als dem Anlass gemäß schien. Auswählen wollte sie nicht, auch nicht würfeln, wie Paul vorgeschlagen hatte. Und bei ihr zu Hause maß man dem ersten Schultag nicht dieselbe Bedeutung zu wie hier, in dieser großen Stadt, die in so unglaublich viele Minderheiten zerfallen schien.

Als die Kinder aus dem zweiten Jahrgang verlegen die Bühne betraten, sich an den Händen fassten und das Lied *Alle Kinder lernen lesen* sangen, schossen Nora Tränen in die Augen. Sie senkte das Kinn und ließ die Haare ins Gesicht fallen. Sie wusste nicht, warum sie weinte, und nicht, warum sie sich dafür schämte, vor Paul genauso wie vor sich selbst. Das war doch bloß ein Kinderchor, mit reichlich falschen Tönen dazwischen. Und trotzdem. Ein unbekannter Schmerz drang tief in sie ein. Dort vorn saß ihre Clara, gerade noch ein vergnügtes Baby, jetzt großäugig und ernst, mit ihrer Schultüte. Sie würde lesen lernen, schreiben und rechnen, und später, wie die Erde entstanden war. Und dann wäre auch der Tag nicht mehr weit, die geliebten eigenen Eltern einer ersten kritischen Betrachtung zu unterziehen.

Am Buffet, das die Eltern der Zweitklässler vorbereitet hatten, war Nora aufgekratzter als sonst. Sie stellte sich vor, schüttelte Hände, half beim Kaffeeverteilen, sie lachte und scherzte und bedankte sich. Was für eine nette Schule, was für ein bezauberndes Fest. Ja, auch sie bemerkte die paar übergewichtigen Unterschichtenkinder in Turnschuhen, deren Sohlen bei jedem Schritt aufleuchteten, und die dunkelverschleierten Frauen, die Paul später erwähnte, weil sie sich angeblich abgesondert hätten. Aber vor allem sah sie das Verbindende, sah aufgeschlossene Eltern wie sich selbst, die ihren Kindern die Welt zeigen wollten, wie sie wirklich war.

Selbstverständlich hatten Paul und sie keine Privatschulen besichtigt. Sie hatten Clara damals auch einfach in dem Kindergarten angemeldet, der ihrer Wohnung am nächsten lag, und sie spotteten über jene Verbissenen, die der perfekten Lösung nachjagten. Einige Bekannte kutschierten ihre Kinder täglich kilometerweit durch die Stadt – Paul liebte es, Nora die verschwendete Lebenszeit dieser Leute vorzurechnen, eineinhalb Stunden am Tag, das sind siebeneinhalb Stunden die Woche, macht dreißig im Monat, also pro Monat fast eine Arbeitswoche. Und alles nur, weil sie an Montessori glauben oder an die lebenswichtige Bedeutung einer Zweitsprache vom Vorschulalter an. Von einer Bekannten ging das Gerücht, sie habe, sogar noch bevor ihr Kind in einen bestimmten Kindergarten aufgenommen worden sei, an den Tanz- und Malgruppen der Eltern teilgenommen. Nora glaubte diese Geschichte nicht, aber als boshafter Kommentar zum Optimierungsirrsinn war sie gut erfunden.

Während sich die Erwachsenen bei Kaffee und Kuchen bekannt machten, verbrachten die Kinder die erste Stunde mit den Lehrern in den Klassenräumen. Als sie zurückkamen, schritten sie in Zweierreihen einher, die Schultaschen auf den Rücken. Stolz auf ihre erste Lektion als Abgerichtete, dachte Nora. Applaus brandete auf. Viele Eltern schauten nicht direkt auf ihre Kinder, sondern auf die Bildschirme, die sie zwischen sich und den unvergesslichen Moment hielten. Nora entdeckte Clara weiter hinten, die Lider gesenkt und mit hochroten Wangen. Sie ging Hand in Hand mit einem außergewöhnlich hübschen Jungen, der als einziger Hemd und Jackett trug.

Schau, sie hat den kleinen Prinzen erwischt, flüsterte Nora, aber Paul runzelte die Stirn. Du liebe Zeit, dachte sie, was wird denn werden, wenn sie mit dem ersten Freund nach Hause kommt?

Als der Zug zum Stehen kam und die Lehrerin die Kinder verabschiedete, riss Clara sich gleich los und rannte zu ihnen. Nora ging in die Knie und umarmte sie.

– War's schön, Süße?

Clara schüttelte den Kopf und versteckte das Gesicht an Noras Schulter.

Warum nicht, fragte Paul.

Nora sagte, das alles ist neu und aufregend, du wirst dich schnell daran gewöhnen. Ganz bestimmt.

Jetzt lass sie doch antworten, sagte Paul.

Clara schüttelte heftig den Kopf.

Siehst du, sagte Nora.

Keiner von beiden hatte daran gedacht, einen Tisch zu bestellen. Als sie das Gartenlokal erreichten, war alles besetzt oder reserviert, und die überforderte Kellnerin reagierte auf eine Weise, die mehr als *Nein* meinte, nämlich *Was glaubt ihr denn*. Nora erwartete beinahe, dass sie empfehlen würde, gleich für nächstes Jahr zu reservieren. Paul schlug allen Ernstes vor, einen der freien Tische von drinnen zu holen und bot sich als Träger an. Das darf ich nicht, sagte die Frau, und Paul fragte: Wer verbietet es Ihnen? Nora zog ihn am Ärmel, komm, versuchen wir es woanders. Clara protestierte, ich will aber Chicken Wings!

Du siehst doch, dass alles voll ist, sagte Nora, und Clara stampfte und rief: Du hast es mir aber versprochen! Nora stand da, und ihre Arme wurden wieder so schwer, wie Pflöcke, die in den Boden wollten. Ruhig und selbstbeherrscht, auf diese provozierende Art, von der er nie etwas wissen wollte, verlangte Paul den Geschäftsführer.

Der ist gerade los, noch Salat holen, schnappte die Frau, aber wenn Sie wirklich so lange auf ihn warten wollen … Nora machte ein paar schwerfällige Schritte in den Gastgarten hinein und sah sich um. Da kam Clara von hinten gerannt und presste sich, Gesicht voran, gegen Noras Hüfte und Oberschenkel. Nora hätte sich ihre Tochter manchmal frecher gewünscht, mutiger, aber sie fürchtete, dass sie selbst kein geeignetes Vorbild abgab. Auch in vielen anderen Kleinigkeiten schien das Kind eher nach ihr als nach Paul zu geraten. Zum Glück liebte Paul an Clara absolut alles, auch das, was er an Nora manchmal kaum mehr ertrug.

Direkt vor ihnen tauchte der bildhübsche Junge auf, mit dem Clara aus der Klasse gekommen war. Bei uns ist noch Platz, sagte er. Er drehte sich um und zeigte auf eine lange Tafel, an der auch ein paar Frauen mit Kopftuch saßen. Ein Mann stand auf und winkte.

Das ist sehr nett, sagte Nora, vielen Dank, aber ich glaube …

Nora, rief Paul hinter ihr, komm, wir gehen.

Die Kellnerin änderte ihren Ton: Mister Malam lädt Sie an seinen Tisch ein, sehen Sie doch, da.

Wir kennen *Mister Malam* aber gar nicht, gab Paul zurück.

Nora stand da und wusste nicht weiter. Clara drückte sich noch immer an ihre Seite und atmete schnell.

Clara, was soll das eigentlich, fragte Nora und versuchte, die heiße Tochterklette von sich abzuziehen.

Sie will mich nicht heiraten, erklärte der Junge. Clara

stöhnte und bohrte ihre Nase noch fester gegen Noras Hüftknochen.

Nora lachte. So etwas soll man auch nicht überstürzen, sagte sie.

Ich bin Frederic, sagte der Junge und gab Nora die Hand, aber wie lange dauert es, bis es sich nicht mehr überstürzt?

Und dann war da auf einmal auch Mister Malam. Er packte Frederic am Ohr, zwirbelte es nach hinten, dass er erschrocken quietschte, und fragte: Redet mein Sohn schon wieder zu viel?

Dann schüttelte er Paul und Nora die Hand, lud sie an seinen Tisch ein, auch seine Frau würde sich freuen, und Nora lauschte bestimmten Frequenzen in seiner Stimme nach, tiefen Schmirgelpapiertönen, die so schön und ungewöhnlich waren, dass es eigentlich verboten gehörte.

Auf keinen Fall, sagte Paul, und Nora beeilte sich zu versichern, dass das wirklich unglaublich nett sei, vielen Dank, wir wissen das absolut zu schätzen, aber bei so einer Familienfeier, da bleibt man doch gern unter sich, nicht wahr, also ich meine, wir würden uns da komisch vorkommen, wenn wir Sie … bitte verstehen Sie doch … Sie sah Paul an.

Paul sagte, mir bleibt trotzdem unbegreiflich, warum man nicht einfach einen Tisch von drinnen holen kann.

Mister Malam musterte ihn, einen ausgiebigen Moment lang, beinahe genießerisch. Er lächelte. Dann rief er die Kellnerin. Sie nickte und eilte, einen Tisch nach draußen zu tragen. Paul wollte nach, um ihr zu helfen, wie er es schon pseudodemokratisch angekündigt hatte. Aber Malam hielt ihn zurück, indem er ihn kurz an der Schulter berührte, beinahe nur mit der Spitze seines durchgestreckten Mittelfingers.

– Dafür wird sie bezahlt.

– Von Ihnen?

Malam schloss einen Moment die Augen. Ich sehe den Giftpfeil, aber ich lasse ihn vorbeifliegen, übersetzte Nora es sich. Dass das Lokal wirklich ihm gehören könnte, kam ihr damals gar nicht in den Sinn. Sie dachte, Paul wollte andeuten, er lasse gegen Geld überall die Puppen tanzen.

Und dann erschienen zwei Männer mit einem Tisch, gefolgt von der Kellnerin. Deren Miene war nun vollendet professionell. Mit einem ironischen Hauch Zuvorkommenheit trug sie Tischwäsche, Gläser, Besteck und den kleinen Blumenschmuck auf einem Tablett vor sich her, als handle es sich um die Kronjuwelen.

Wohin, fragten die Kellner Mister Malam. Lächelnd deutete er auf Paul. Und Paul überlegte nicht lange und ließ den Tisch in die erste Reihe stellen, vorne am Park, wo die Kellner den weitesten Weg und sie den schönsten Blick hätten. Da thronten sie dann mehr, als sie saßen, Clara bekam ihre Chicken Wings und hatte bald Ketchup-Flecken auf dem neuen Kleid, und Nora war sich das ganze Essen lang undeutlich bewusst, wie sehr sie aus der Reihe fielen, an diesem Tisch und auf Stühlen, die höher und aus Holz waren und die Symmetrie im Garten störten. *Alle Kinder lernen lesen, Indianer und Chinesen, selbst am Nordpol lesen alle Eskimos, hallo Kinder, jetzt geht's los,* surrte es in ihrem Kopf.

Anfangs weinte Clara fast jeden Morgen, weil sie nicht in die Schule wollte, und Nora fragte sich später, wie lange Paul und sie das noch durchgehalten hätten. Am Freitagabend, nachdem das von der ersten Woche völlig überdrehte Kind endlich eingeschlafen war, hatte Paul die Frage gestellt, ob sie mit dieser Schule *die richtige Wahl* getroffen hätten. Nora wiederholte, was die Lehrerin gesagt hatte: der Schulbeginn sei für die Sechsjährigen immens anstrengend, eine ungeheure Anpassungsleistung. Und in welcher Schule, fragte sie, wäre das anders gewesen?

– In einer privaten, mit kleineren Klassen?

Nora schüttelte den Kopf. Wir waren uns doch immer darin einig … Ja, unterbrach Paul, ich weiß schon, aber plötzlich denke ich, wir haben doch nur dieses eine Kind.

Nora sah überrascht auf. Er wich ihrem Blick aus.

Doch diese Phase ging vorbei. Clara fand Freunde, lernte Gedichte und präsentierte zu Hause ihre ersten Buchstabenreihen. Alles kam so, wie es die Lehrer vorausgesagt hatten. Das befestigte Noras Überzeugung, dass sie ihren Beruf schon verstanden. Mit Mitgefühl und heimlichem Stolz beobachtete sie vor der Schule andere Mütter, die ihre heulenden Kinder gleichzeitig zu beruhigen und von sich weg in Richtung Eingang zu schubsen versuchten, während Clara mit wehenden Zöpfen ihrer neuen Freundin Marieke entgegenlief.

Und Nora, die damit wenig Erfahrung hatte, wurde stürmisch in die Bekanntschaft mit deren Mutter hineingerissen. Diese üppige Rotblonde mit Schneewittchenhaut lachte so herzhaft, wie sie fluchte. Lydia redete zu viel, hatte apodiktische Meinungen und eine irritierende Interventionslust, aber ihre Entschlossenheit gab Nora Halt, einen anderen, festeren als Paul. Vielleicht hatten sie sich doch zu sehr abgekapselt. Man konnte schließlich nicht immer nur arbeiten oder exklusiv das Kind animieren.

Als Lydia sie zum ersten Elternabend abholte, feuerte sie ihre Witzsalven schon zur offenen Wohnungstür herein. Paul, der sie noch nicht kannte, wirkte befremdet.

Da fiel Nora Mister Malam ein. Das violette Muttermal auf seinem Wangenknochen, und dieser Schleifpapierton in der Stimme …

Lernt ihr beiden euch doch endlich mal kennen, sagte sie und behauptete, sie müsse noch schnell etwas Frisches anziehen. Zurück im Schlafzimmer schlüpfte sie in die Seidenbluse und schminkte sich die Lippen.

So schön zum Elternabend, musste Paul sie natürlich necken. Woraufhin sie sagte, sie habe die praktische Spielplatzmontur aus Jeans, T-Shirt und Turnschuhen, diese Uniform freiberuflicher Mütter, so was von satt.

Doch von Malam keine Spur. Man hätte ihn sich, ehrlich gesagt, auch schwer auf diesen Kinderstühlen vorstellen können, auf denen Eltern aus aller Herren Länder Platz nahmen, hochgestimmt, überengagiert, demonstrativ witzig, demonstrativ kritisch, widerwillig, gelangweilt, stumm. Die Lehrerin dagegen blieb stehen, oder sie lehnte an ihrem Erwachsenentisch, während sie alle da hockten wie auf dem Topf, die Knie bei den Ohren.

Erst nachher, als Lydia und sie noch mit ein paar Mittelstands-Eltern auf ein Bier gingen, erfuhr sie, dass die blasse Französin Frederics Mutter gewesen sein sollte. Sie hatte sich als *Marguerite* vorgestellt, danach aber kein Wort mehr gesagt.

Eines Tages kam Clara mit einer kaputten Schultasche nach Hause, einer der Trägerriemen war glatt durchgeschnitten. Nora ärgerte sich zuerst nur über den Schaden. Es war so schwer gewesen, die richtige Tasche zu finden! Sie war damals über die martialischen Comicfiguren in Neonfarben genauso erschrocken wie über die Preise. Diskretere Designs waren teurer, denn für die verzweifelten Reste an Individualismus wurde man geschröpft. Der einzige Ranzen, der Nora wirklich gefallen hatte, aus schlichtem dunkelgrünen Leder, wäre einer seelischen Misshandlung ihrer Tochter gleichgekommen. So sehr zum Außenseiter durfte man sie nicht machen, das war ihr schon klar. Außerdem war er zu schwer, man musste an die im Wachstum befindliche Wirbelsäule denken. Aber womöglich hätte dieser grüne einer Scherenattacke standgehalten, als einziges Modell, wer weiß.

Paul bastelte ein bisschen herum und schaffte es, die Teile so zusammenzutackern, dass die Tasche vorläufig weiterverwendet werden konnte. Doch als Nora sie so sah, verwundet und verbunden, wie mit einem Gipsbein oder einer Augenbinde, empfand sie die Tat als bösartig, schlimmer als bloß einen Schülerstreich. Wer machte denn so etwas? Wer zerschnitt einem kleinen Mädchen die Schultasche?

Auch die Federtasche von Lydias Tochter Marieke war zerstört worden, die meisten der Gummischlaufen, in denen die Buntstifte steckten, durchgeschnitten. Lydia hatte gehört, dass noch andere Kinder betroffen seien.

Verabreden wir uns mit ein paar Eltern, schlug Lydia vor, jagen wir Edward mit den Scherenhänden! Aber Nora fand das nicht lustig. Und sie fand es nicht richtig, zufällige Untergruppen mit Eltern zu bilden, nur weil sie so ähnlich waren wie sie, weiß, gebildet, deutschsprachig … Deutschsprachig, du, hänselte Lydia, die regelmäßig behauptete, bestimmte Wendungen aus Noras Heimat noch nie, aber im Leben nicht, gehört zu haben. Das muss ich mir merken, rief Lydia dann immer ein kleines bisschen zu laut. Aber sie merkte sie sich nie. Und außerdem, sagte Lydia, bilde ich keine Weißengruppe, sondern eine Opfergruppe, ist das denn Zufall, deiner Meinung nach, dass nur unsere Kinder –

Das wissen wir doch gar nicht, strenggenommen, sagte Nora und ärgerte sich über ihren versöhnlichen Plural. Ihr passte das alles nicht, sie musste nachdenken. Sie wollte nicht hysterisch sein, aber auch nicht sorglos. Wegen Lydias Reaktion, wegen ihrer offenkundigen Lust am Skandal schrieb Nora dann nur eine E-Mail an die Klassenlehrerin und bekam eine höfliche Antwort, vielen Dank für den Bericht, man werde der Sache nachgehen. Darauf ließ sie es beruhen. Es war bestimmt nur ein Scherz gewesen, dachte sie nach einer Weile, oder sogar ein Versehen, irgendwo schämte sich bitterlich ein Kind, das mit seiner neuen feuerroten Schere nur ein bisschen herumprobiert hatte.

Kurz vor Beginn der Sommerferien erzählte Clara wie nebenbei, dass Frederic ins Krankenhaus gebracht worden sei, weil ihn ein anderes Kind ins Bein geschnitten habe: Alles war voll Blut, Mama, Frau Boldewyn musste den Hausmeister holen, und der kam mit einem Eimer und einem großen Schwamm und hat dann alles weggemacht. Mit Seife, auch.

Nora war erschrocken und erleichtert zugleich, denn gelegentlich hatte sie sich vorgestellt, dass es Frederic gewesen sei, der Claras Schultasche zerschnitten habe. Weil Clara ihn noch immer nicht heiraten wollte. Manchmal hatte Nora sich nach Frederic erkundigt, er wirkt so nett, so ein herziger kleiner Junge, aber Clara schüttelte jedes Mal heftig den Kopf und verzog wie angeekelt das Gesicht. So war sie sonst nicht, noch nicht, musste man wohl sagen.

– Und wer war das, wer hat Frederic mit der Schere so verletzt?

– Das sagt er nicht.

– Das sagt er nicht? Warum nicht?

– Das sagt er auch nicht.

– Aber hat es denn keiner gesehen, um Gottes willen? War niemand dabei?

Nein, sagte Clara, schon nicht mehr bei der Sache, niemand hat es gesehen. Wir sind vom Schulhof gekommen, und da war Frederic …

– In der Klasse?

– Ja, in der Klasse, der hat so geblutet, und dann hat Frau Boldewyn den Arzt angerufen, und dann hat der Hausmeister kommen müssen. Mit dem Schwamm.

Im Sommer besuchten sie wieder Noras Freunde, die ein altes Bauernhaus gekauft hatten. Wenn man aus dem Schatten der Obstbäume trat, war die Hitze dick wie Watte. Hier war der Sommer noch, wie es sich gehörte. Nora blieb unter den Bäumen, so lange sie konnte, sie bezog ihren Platz gleich in der Früh, mit Büchern, Zeitungen und den Malbüchern für Clara. Wenn sie dran war, Getränke zu holen, rannte sie mit großen Sprüngen über die gleißende Wiese wie durch ein verbotenes Gebiet. Vermisste sie die alte Heimat? Wenn man sie fragte, verneinte sie das. Sie brauche nur manches davon, behauptete sie, die alten Freunde, das Essen, einen bestimmten Muskat Ottonel von einem kleinen Weinbauern in der Nähe. Und jeden Sommer dieses Haus hier, das sie selbst gern besessen hätte, obwohl Paul und sie sich nicht als Hausbesitzer eigneten.

In diesem Jahr mischten sich die Besucher auf ungewohnte Weise, alte Freunde von früher mit neuen, von da und von dort, manche mit Kindern, manche mit Hunden. Sogar Gustav hatte sich für ein paar Tage angekündigt, und es kam ein Wochenende, wo man es beinahe ein kleines Fest nennen konnte.

In der Abenddämmerung, als die verschwitzten Kinder in den Betten waren, unterhielt sich Nora mit zwei Frauen über die verschiedenen Schulsysteme. Dass da, wo Paul und sie jetzt wohnten, die öffentlichen Grundschulen nach Wohnort zugewiesen wurden. Menschen zogen also um, wenn ihnen die Schule nicht passte, oder meldeten sich bei Freunden an, was inzwischen streng überprüft wurde.

Die es sich leisten können, warf Gustav ein.

– Ich will damit bloß sagen, was manche auf sich nehmen, weil sie bestimmte Vorstellungen von der Schule …

– Nein, Nora, das sind nicht *manche*, es sind gerade die, auf die es ankommt. Die Reicheren. Die Gebildeteren. Die damit ein System zerstören, das erfunden wurde, um genau diese Ghettoisierung …

– Aber es funktioniert ja nicht, dieses System! Da, wo wir früher gewohnt haben, gibt es eine Grundschule mit achtzig Prozent Türken, da lernen die Lehrer schon Türkisch …

Da wäre ich auch umgezogen, sagte eine der fremden Frauen verständnisvoll.

Nora schnappte nach Luft. Nein, Moment, wir sind gar nicht deswegen, das war viel früher, Clara war gerade erst drei …

Gustav lachte.

Hör auf zu lachen, rief Nora, du weißt doch, wie es war!

Ich lache, so viel ich will, sagte Gustav.

Nora sprang auf. Man schaute sie an.

Gustav hatte eine Augenbraue hochgezogen. Normalerweise brachte sie das zum Lachen. Sie begann, den Tisch abzuräumen. Dann schleppte sie das Tablett durch den dunklen Garten.

Als sie nach einer Weile wiederkam, hatte sich die Szene verändert. Franziska, der schönen alten Sängerin, liefen Tränen über die Wangen. Die Frauen versuchten, sie zu trösten und die Männer erregten sich über die Gesetzlosigkeit, die in Italien, ihrer Meinung nach, seit so vielen Jahrhunderten herrschte. Es stecke einfach in den Menschen drin, sagten sie, die seien nichts anderes gewohnt.

Nora mochte Franziska gern, deren weiße Haare wie eine flaumige Wolke um ihren Kopf standen. Wenn Franziska Anekdoten über berühmte Kollegen erzählte, hauchte sie sie so ehrfürchtig hin, dass nie etwas davon hängenblieb. Doch nun war sie in großer Not; in dem italienischen Dorf, in dem sie seit langem lebte, hatte der Ortsmafioso ein Auge auf ihr Land geworfen – der traumhafte Ausblick, vielleicht für ein Hotel. Seit sie, noch geschmeichelt, abgelehnt hatte, zu verkaufen, hatte sie Prozesse am Hals, etwa um ihr Wegerecht, ob sie also mit dem Auto bis vor ihr Haus fahren durfte oder es Kilometer vorher in einem Waldstück abstellen musste. In erster Instanz hatte sie verloren, die Richter, wahrscheinlich sogar ihr eigener Rechtsanwalt gekauft, bestochen, unter Druck gesetzt, und als jemand aus dieser gemütlichen Runde ausrief, das gibt es doch nicht, das ist doch Europa und nicht, was weiß ich, Kolumbien, da hatte das zarte alte Mädchen zu weinen begonnen.

Nora kam mit solchen Geschichten schlecht zurecht. Ein Teil von ihr wies sie glatterdings zurück, glaubte an Übertreibungen, an Verzerrungen aus Selbstmitleid, an taktisches Ungeschick, und gab es nicht Leute, die sich so schlecht verteidigten, dass sie sich immer tiefer ins Unglück hineinritten? Aber der andere Teil war das Gegenteil davon, so kampfeslustig und kohlhaasisch, dass sie die Sache am liebsten an sich gerissen hätte, Öffentlichkeit organisiert, Wirbel geschlagen, alle Leute angerufen, die sie kannte, die helfen konnten und es ihr zuliebe auch müssten. Dieser glühende Teil wusste genau, dass die mittlere Nora die Energie für all das, für das dringend Nötige, nicht aufbringen würde, und kreidete es ihr gnadenlos an.

Es ist überall so, wisperte die Sängerin und tupfte sich die Augenwinkel. Sie erzählte von Anwälten, die vorgaben, mit allen Mitteln zu kämpfen, und dann verstrichen Fristen, weil ein Praktikant den Brief angeblich nicht rechtzeitig zur Post gebracht hatte. Sie erzählte von Journalisten, die von einem Tag auf den nächsten vom Lokalreporter zum Sportchef befördert wurden. Sie erzählte von einem Bauern, der sich als einziger gewehrt hatte, bis er unter eine seiner Maschinen gekommen war.

Ist er tot, fragte Nora. Nein, tot ist er nicht, antwortete sie und machte einen grauenvollen kleinen Twist mit dem Mundwinkel.

Ich kann das nicht hören, stieß eine der Frauen hervor, die sich vorher für die verschiedenen Schulsysteme interessiert hatten, ich kann so etwas genausowenig hören wie die Berichte über Mädchenhandel und Zwangsprostitution, es macht mich so verzweifelt und hilflos.

Obwohl es Nora genauso ging, musste sie Gustav einen Blick zuwerfen. Er sah starr und rätselhaft zurück.

Wir leben im Paradies, seufzte die andere, wir leben im Paradies und sind nicht einmal dankbar dafür.

Da fing die Sängerin an zu lachen. Es kam unerwartet und dauerte nicht lang. Sie lachte und riss den Kopf nach hinten, man sah Gold im Mund, und, als das Kinn wieder herunterkam, die manierlichen Falten, in die ihr Hals sich legte.

Sie hob die Hände vor den Mund. Die Italiener sagen immer, wie könnt ihr bloß denken, dass es bei euch keine

Mafia gibt? Die machen es nur anders, unauffälliger ...
Sie senkte den Kopf und hielt still. Nora stand auf, ging zu
ihr hin und umarmte sie. Das tut mir so leid, sagte sie, das
ist so furchtbar, ich weiß gar nicht, was ich sagen soll. Der
weiße Flaum nickte dankbar, und Nora hatte das Gefühl,
sie umarme ein Vögelchen, das überraschenderweise
nach einem herben Körperpuder roch.

Am anderen Ende des Tisches gedämpfte Gespräche.
Man wechselte das Thema nicht einfach abrupt, aber es
wäre grob gewesen, noch weiter in den Details von Franziskas piemontesischem Landhausdrama herumzustochern. Also würde gleich das Gesellschaftsspiel *Ich habe ja
gelesen – ich habe ja gehört* losgehen. Jeder hatte immer
etwas beizusteuern.

Die Welt war so unübersichtlich geworden und der
durchschnittliche Mensch so unerträglich privat in seinen Sorgen. Nora wusste, dass sie ungerecht war. Man
musste ja froh sein, wenn die Leute noch Zeitungen lasen
und sich, wenigstens am Abendessenstisch, für etwas ein-
setzten, pro und contra, wenn sie sich etwas gemerkt hatten und einen Standpunkt verfochten. Aber sie ertappte
sich dabei, dass sie nur noch glaubte, was sie selbst gelesen hatte, von Journalisten, denen sie vertraute. Dass sie
sogar ihren Freunden misstraute, selbst wenn sie ihre
Quellen nannten. Wenn es eine größere Debatte gab und
Noras bevorzugte Autoren widerlegt wurden, war sie verwirrt. Sie wollte darüber nicht allzu genau nachdenken.
Nicht darüber, woher sie und die anderen eigentlich den
schwankenden Grund bezogen, auf dem sie energisch ihr
Weltbild bauten.

Doch an diesem Abend kam es anders. Einer der fremden Männer, die Nora bisher kaum beachtet hatte, weil
sie jungenhaft blond waren und so kompetent ihre Kinder

wickelten, war Rechtsanwalt, der andere arbeitete in Brüssel bei der EU. Beide hatten Einblick in Korruptionsfälle und organisierte Kriminalität. Wenn Menschen aus ihrem Berufsalltag plauderten, konnte Nora nicht widerstehen, da schlug ihre habituelle Ungläubigkeit ins Gegenteil um.

Was die beiden erzählten, war zwar haarsträubend, aber trotzdem beruhigender als die Geschichte der Sängerin. Vor Noras innerem Auge entstanden gigantische Feuchtgebiete, die wie Öl schillerten und von entschlossenen Menschen trockengelegt wurden, von den Rändern her in Richtung Mitte. Die böse Flüssigkeit rann zwar gleich anderswohin, doch die Helden gaben niemals auf. Wie vom Flugzeug aus schaute Nora auf Landschaften, die dem Meer abgerungen wurden – sie dachte an die Holländer, wie stolz sie waren auf ihr künstliches Land, welchen Respekt sie hatten vor dem mächtigen Meer. Der Straßenkehrer im Kinderbuch fiel ihr ein, der Momo erklärte, dass man nie an die große schmutzige Stadt denken durfte, sondern immer nur an das Stückchen Straße direkt vor einem. Es gab Kräfte und Gegenkräfte. Die sinistre Seite wurde beobachtet und bekämpft, in einem größeren, grundsätzlicheren, in einem politischen und internationalen Stil. Nichts geschah im gänzlich Unsichtbaren, gerade das Böse kam immer ans Licht. Und dann unternahm jemand etwas dagegen. Auch wenn eine einzelne alte Sängerin vielleicht trotzdem ihr Häuschen verlor.

Leider, sagte einer der beiden Experten gerade in Franziskas Richtung, ist die Durchsetzung des Rechts oft eine Frage des Geldes. Wenn Sie rein ökonomisch in der Lage wären, die Rechtsmittel auszuschöpfen, müssten Sie am Ende gewinnen, vorausgesetzt, Sie sind nicht schon beim Kauf Ihres Grundstücks einem Betrüger aufgesessen.

Aber es gibt doch noch etwas anderes, jenseits des Gerichtssaals, protestierte eine ihrer Ehefrauen. Diese Drohungen und Einschüchterungen, der Bauer, der unter seine Maschine gekommen ist – da kann ich hundert Mal vor Gericht gewinnen und muss doch meine Sachen packen …

Franziska nickte, das ebenmäßige Gesicht ein bisschen schief vor Erschöpfung.

Es ist genau wie mit den Arisierungen, sagte Nora plötzlich laut, und alle schauten sie an. Sie wurde rot. Ich meine nur … ich dachte gerade an die wilden Arisierungen, wo sich jeder einfach geholt hat, was er wollte, weil die Zeiten eben so waren, im Gegensatz zu den vom Staat geplanten Konfiszierungsprogrammen, die … wie soll ich sagen, ich glaube, das Wilde, Individuelle, das an den Rändern, ist vielleicht noch schwerer unter Kontrolle zu bringen – sie lachte unsicher – wie der Name schon sagt.

Es ist genau andersherum, widersprach Gustav. Eine große Organisation, die alles ihren Zielen unterordnet und über Kapital verfügt, über Handlanger und niedere Chargen, die sie bei Bedarf opfert – so eine Organisation ist viel schwerer zu bekämpfen als ein einzelner Brutalo, auch wenn er viel Geld hat und mächtige Freunde.

Nora fiel nicht ein, was sie antworten könnte. Sie dachte daran, dass Gustav Biologe war, denn ihr schien, er denke von den Termiten her. Im Gegensatz zu einem einzelnen, tollwütigen Raubtier. Sie sah sie krabbeln, so durcheinander und scheinbar ungeordnet, in Wahrheit aber einem präzisen Plan gehorchend, Arbeitsteiligkeit, so hieß das doch. Sie krabbelten auf die spiegelnden Bürotürme zu, in die Aufzüge hinein, und dort drinnen in den Stahlkabinen, während sie nach oben rasten, richteten sie sich auf und verließen sie dann, aufs Neue un-

unterscheidbar geworden, in Anzug und Krawatte. Und niemand ahnte, zu welcher Gruppe sie gehörten, zu den Bösen oder zu den Guten, gewiss gab es Überläufer und Doppelagenten. Der menschliche Faktor veränderte alles. Aber es war zu spät, das zu sagen, und vielleicht war ihr Arisierungsvergleich ja verunglückt.

Mit einem Mal waren die jungen Juristen uneins, und die anderen hörten gespannt zu. Nora gelang es langsam, sie besser zu unterscheiden. Zwar wirkten sie beide so frisch und transparent wie die smaragdfarbenen Duschgels, die oft von Männern wie ihnen beworben wurden. Doch war der Rechtsanwalt ein bisschen schwermütiger, der EU-Beamte frecher und möglicherweise eitler. Nun ging es um orientalische Familienclans, die europäische Großstädte kontrollierten, genau wie in den Zwanzigerjahren die Italiener in den USA.

Libanesen, fragte Nora, die vermutlich Kurden aus Syrien sind?

Genau, sagten sie und sahen sie anerkennend an. Dann ging es weiter. Für die unterste Ebene, etwa den Rauschgifthandel, würden die jüngsten Familienmitglieder eingesetzt, beinahe noch Kinder. Die Papiere alle gefälscht, sie seien in Wahrheit älter. Die Frage war, wie man darauf reagieren sollte, durch eine Verschärfung des Jugendstrafrechts, oder mit mehr Durchgriffsrechten für die Jugendämter, was dann auch für alle anderen Fälle verbindlich wäre … Sie sprachen durcheinander. Andere mischten sich ein, mit Zwischenrufen, mit Erregung. Nora nahm einen großen Schluck Weißwein.

Malam.

Der Name tönte heraus wie ein Pfiff.

Natürlich hatte auch Paul ihn gehört und fragte nach. Verschiedene Vornamen fielen, verschiedene Städte. Ein wichtiger, uralter Malam endlich, nach jahrelanger Ermittlungsarbeit, hinter Gittern, aber die junge Generation inzwischen fast gefährlicher, mit weniger Ehrenkodex gegenüber dem Staat. Parallelgesellschaften, sagte der unbeschwertere Blonde, und der Schwermütigere widersprach, das sei Medienhysterie, er finde den Ausdruck *Malamafia* gar nicht schlecht, sie arbeiteten in den klassischen Strukturen, auch wenn sich die Geschäftsfelder stark verändert hätten.

Nora bewunderte den Mann. Wie er die Mafia als Naturerscheinung ansehen konnte und nicht als Beleidigung moralischer Übereinkünfte. Oder als nackte Bedrohung, beinahe schon so nah wie der Gartenzaun.

Unsere Clara geht mit einem kleinen Malam in die Klasse, sagte Paul so prononciert, als übte man hier das Lippenlesen. Alle wandten sich ihm zu.

Paul, bitte, versuchte Nora abzuwiegeln.

Der Vater heißt mit Vornamen Sharif, sagte Paul und sah sich herausfordernd um.

– Woher weißt du das?

– Von der Telefonliste, die neulich verteilt wurde. Du hast die letzten Elternabende ja großzügig mir überlassen.

– War er dort?

– Natürlich nicht, er schickt seine verhungerte Baronesse. Wie gesagt, nur von der Liste …

– Aber warum hast du dir seinen Vornamen gemerkt?

Sharif Malam, wiederholte der Rechtsanwalt und schmeckte dem Wort nach wie einem guten Schluck Wein.

Der ist interessant, bestätigte der andere. Von dem weiß niemand, ob er dazugehört oder nicht. Seine Anwälte sprechen von exzessiver Sippenhaft, aber es gibt Journalisten, die halten das für eine besonders geschickte Camouflage. Oder einen internen Machtkampf ... Ihr solltet das Kind einmal zum Spielen einladen!

Nur über meine Leiche, sagte Paul.

Da würde ich, glaube ich, auch lieber Abstand halten, sagte eine der Ehefrauen.

Das kann doch eine Namensgleichheit sein, rief Nora, jetzt veranstaltet hier keine Hexenjagd, wir reden von einem sechsjährigen Kind und seinem Vater, den keiner von uns kennt und der vielleicht nur zufällig ...

Ach was, Hexenjagd, widersprach die andere Frau, jetzt übertreib mal nicht. Mag deine Tochter denn den kleinen Malam?

Sie hasst ihn, rief Paul.

– Na, dann ist doch alles in Ordnung.

An einem kühlen Herbsttag war Nora zu früh dran und setzte sich als einziger Gast in einen dieser stahlblitzenden Edelitaliener. Die Tische für den Mittag wurden erst gedeckt, die Trüffelnudeln und fangfrischen Fische schwungvoll an die Kreidetafel geschrieben. Sie saß direkt hinter der Glasscheibe, genoss den Luxus einer gestärkten Stoffserviette und den Blick nach draußen. Vereinzelt schon Mützen auf den Köpfen. Die Frauen im Stadtzentrum trugen immer auffälligere Schuhe als anderswo.

Als ihr Milchkaffee gebracht wurde, betrat ein Mann das Lokal. Er blickte sich um. Es gab keine Möglichkeit, sich zu verstecken. Also tat sie nicht einmal so, als hätte sie Mister Malam nicht bemerkt, sondern lächelte ihm entgegen. Er erkannte sie, kam zu ihr und bat, Platz nehmen zu dürfen.

Er hatte gepflegte Hände, die er mit gespreizten Fingern auf den Tisch legte, auf die weiße Tischwäsche. Er roch angenehm, nicht zu stark, nach einem Rasierwasser.

Die Hände auf dem Tisch sagten, hier bin ich, und ich habe nichts zu verbergen. Er trug keine Ringe. Nichts an ihm war halbseiden oder aufdringlich. Am äußeren Rand seiner Pupillen glitzerten hellgrüne Punkte. Er sah sie unverwandt an, und sie brauchte ein paar Sekunden, bis sie sich vom Klang seiner Stimme losreißen und auf seine Worte konzentrieren konnte.

Es ging um Frederic, um Frederics Probleme in der Schule. Er sei vom ersten Schultag an ein Außenseiter gewesen, nichts, womit seine Frau und er jemals gerechnet hätten. Niemand spiele mit ihm, niemand wolle neben ihm sitzen, das Kind sei unglücklich und reagiere entsprechend aggressiv. Ja, Frederic habe geschlagen und getreten, das bezweifle er nicht, obwohl doch jeder vom eigenen Kind nur das Beste annehme.

Nora lächelte und sagte, dass sie von solchen Schwierigkeiten noch gar nichts gehört habe. Sie dachte, das würde ihn beruhigen, aber das Gegenteil war der Fall. Er stieß hervor, dass sich eine Verschwörung gebildet habe, von einigen Eltern in Allianz mit der Lehrerin Boldewyn. Sie wollten ihn loswerden, Frederic mitsamt seiner Familie, nicht mehr und nicht weniger, und das möglichst ohne Aufsehen. Indem sie hintenherum intrigierten und alles, was passierte, Frederic in die Schuhe schoben. Aber das werde er nicht zulassen!

Verschwörung, wandte Nora ein, sei doch bestimmt ein zu starkes Wort.

Entschuldigen Sie mein Deutsch, sagte Malam, dessen Deutsch exzellent war, Sie haben bestimmt recht, manchmal ermesse ich nicht die Nuancen. Aber ich versichere Ihnen: Frederic wird zum Sündenbock gemacht, ich weiß nicht, warum, ich frage Sie, als Muslim, als Ausländer?

Nora schüttelte den Kopf. Was sie dachte, konnte sie nicht sagen. Sie konnte ja nicht einmal sagen, dass die Malams für eine solche Schule vielleicht einfach zu wohlhabend waren, zu sichtbar reich. Sie sagte stattdessen, dass die Kinder natürlich genaue Vorstellungen von cool und uncool, von sympathisch und unsympathisch hätten, die sich übrigens oft krass von denen ihrer Eltern unterschieden. Aber gerade an einer so gemischten Schule spielten Hautfarbe und Religion längst nicht mehr dieselbe Rolle wie früher. Sie habe manchmal den Eindruck, dass ihre Tochter alles nehme, wie es komme, Vornamen, von denen man als Erwachsener nicht wisse, ob sie zu Jungen oder Mädchen gehörten, Gebräuche und fremdartige Speisen, die ja inzwischen von den Lehrern sogar als Unterrichtsstoff ...

Aber wenn die Eltern ihre Kinder aufhetzen, unterbrach Malam sie mit leiser, scharfer Stimme. Wenn es welche gibt, die ihren Kindern sagen, Frederics Vater ist ein Terrorist?

Ein was, rief Nora und wusste nicht, was sie mehr schockierte, dass jemand so etwas wirklich getan haben könnte oder dass Malam verbittert genug war, es zu unterstellen.

Er sah sie noch einen Moment an, zärtlich, wütend, unerforschlich. Dann murmelte er, dass Frederic ihre Tochter so gern habe ... Bitte verzeihen Sie, dass ich Ihre Zeit gestohlen habe, aber ich mache mir Sorgen, er ist doch noch ein Kind.

Er stand auf.

Nora sprang ebenfalls auf. Mister Malam, wie kann ich Ihnen ... aber er schüttelte nur den Kopf, berührte mit dem Zeigefinger seine Lippen, damit sie still sei, berührte sie mit demselben Finger am Oberarm – tröstend, schien ihr – und ging. An der Tür schnalzte er mit der Zunge, der Kellner nickte, und Nora durfte ihren Kaffee nicht bezahlen, obwohl sie verzweifelt versuchte, darauf zu bestehen.

Nora holte ihre Tochter regelmäßiger vom Hort ab und ermutigte Paul, länger im Büro zu bleiben. Als es wieder wärmer wurde, ging sie mit Clara zum großen Spielplatz und setzte sich dazu. Sie brachte Kuchen mit. Sie verhielt sich Lydia gegenüber reservierter, die unter vier Augen mal gegen *herausgekehrten Migrationsvordergrund*, mal gegen *promovierte Helikoptermütter* stichelte. Nichts davon traf auf die Familie Malam zu.

Andere Kampagnen beschäftigten die Eltern; man musste sagen, vor allem die Frauen. Zwei Mütter, eine Russin und eine Hiesige, Beamtin in leitender Position, hatten sich dem Ziel verschrieben, dass die Kinder mehr Hausaufgaben bekamen. Die Drohung von Unterforderung, die zu Aggressionen und Schulfrust führe, wurde gezückt wie ein Schwert. Einmal kratzte sich Lydia erst eine provozierende Weile lang an der Innenseite des Oberschenkels, wozu sie ihren Rock auf komplizierte Weise bauschte, bis sie anmerkte, dass auch überforderte Kinder aggressiv werden könnten. Vielleicht komme das sogar häufiger vor? Die Leidenschaften schienen zur Zeit wieder in Richtung Elitenförderung zu schwappen, weg vom Dogma *Alle-mitnehmen-niemanden-zurücklassen*. Deshalb fand Nora Lydias Direktheit durchaus gewagt. Aber die Rädelsführerin – *Wir müssen unsere Kinder auf die Leistungsgesellschaft vorbereiten* – zuckte tatsächlich zurück und murmelte, ich mein' ja nur.

Eine andere Mutter litt unter quälenden Ängsten vor Legionellen in den Wasserleitungen. Sie schrieb mehrere Briefe an Schulleitung und Eltern, doch Nora gelang es einfach nicht, sie ernst zu nehmen, weil diese Frau nicht einmal die Groß- und Kleinschreibung beherrschte. Schließlich begann jene Mutter, Unterschriften zu sammeln, um eine Gesamtprüfung des Wassersystems in beiden Gebäuden und der neu gebauten Mensa zu erzwingen. Einige, die sich darauf einließen, schlugen vor, lieber gleich Geld für die Wasserprüfung zu sammeln. Das rief bei anderen Widerspruch hervor. Die Gegner argumentierten, dass bald alles von den Eltern extra bezahlt werden und die Bildungsverwaltung doch zumindest die Sicherheit ihrer Gebäude gewährleisten müsse. Wo kämen wir denn da hin.

Was ist in Wasser, fragte eine türkische Mutter ängstlich, die zwar gut Deutsch sprach, aber das Wort Legionellen nicht kannte. Sie dachte dabei offenbar an Krieg. Sie war ständig besorgt, etwas zu versäumen oder nicht genug zu verstehen, obwohl sich alle hingebungsvoll um sie und ihre Zwillinge kümmerten. Diese säkulare, kopftuchfreie Familie mit dem hart arbeitenden Handwerker-Vater galt als Musterbeispiel aufrichtigen Bemühens, fähig zur echten Integration. Bei allen Schulbuffets pries man ihr Couscous.

Außerdem: Ein kleiner Leon, der mit einem kleinen Ömer befreundet war, bat darum, mit seinem Freund in die Moschee gehen zu dürfen. Während sie sich Noras Kuchen von den Fingern leckte, fragte Leons Mutter vertraulich, ob sie, Nora, glaube, dass es sich hier um einen dieser Anwerbeversuche handeln könnte, von denen man gelegentlich lese. Salafisten und so.

Nein, das glaube ich nicht, sagte Nora. Und wenn du es deinem Sohn verbietest, machst du es gerade interessant. Ja, das habe ich mir auch schon gedacht, gab die andere zu und lachte. Kaum hat man Kinder, scheint das ganze Leben aus Zwickmühlen zu bestehen. Da fand Nora die Leon-Mutter gar nicht mehr so übel.

Aber nichts zu Frederic. Keine Klagen, keine Verschwörung. Man sah ihn nie. Er besuchte den Hort nicht, denn er wurde von einem schüchternen Aupair-Mädchen direkt nach der Schule abgeholt. Eine Mutter glaubte, dass er auf eine französische Schule wechseln, eine andere, dass er die Klasse wiederholen würde, weil er nicht richtig mitkam.

Nora begegnete ihm nur ein einziges Mal. Sie musste vormittags in die Schule, weil Clara Fieber bekommen hatte. Er drückte sich vor der Tür des Sekretariats herum, in dem das Erste-Hilfe-Bett stand. Als er Nora sah, zog er sein Hemd mit einem Ruck vorne aus dem Hosenbund und wickelte die Hände von innen hinein.

Emilia hat sie so geärgert, dass sie krank geworden ist, sagte er statt einer Begrüßung.

Die Naivität, mit der er alles, was ihm in den Sinn kam, herausließ, mutete Nora plötzlich seltsam an, beinahe wie eine Entwicklungsstörung. Kinder in diesem Alter hatten doch längst Geheimnisse, sie schämten sich für so viele unverständliche Dinge. Sie hatten begriffen, dass ihnen verschiedene Rollen nützen konnten, je nach Gesprächspartner. Obwohl sie sich Sorgen um Clara machte, blieb sie einen Moment stehen.

– Wie geht es dir denn so, Frederic?

Er schaute sie nur an.

– Dich ärgern die Kinder auch manchmal, nicht wahr?

Ja, sagte er, am meisten Clara.

Da bemerkte Nora in seinem kindlichen Gesicht eine Ähnlichkeit mit dem Vater, sie blitzte auf und verschwand wieder. Etwas Schlaues und Verletztes, das sich nicht erwischen lassen wollte. Ich werde mit ihr sprechen, versprach Nora, wenn sie wieder gesund ist.

Und dann war es plötzlich da, von allen Seiten, in aller Munde, mit aller Macht. Lasst uns bei den Fakten bleiben, bat Nora immer wieder, während sie Kuchen und Apfelschnitze an drängelnde Kinder verteilte, während sie Clara ein Pflaster aufs Knie klebte oder Marieke den Zopf neu flocht. Aber es schien, als gäbe es keine Fakten, nicht ein einziges Detail, das ihrer Nachfrage standhielt. Die Mütter saßen, aßen, lasen oder sprangen zum Trösten oder Telefonieren auf, dazwischen luden sie Gerüchte so selbstbewusst ab wie schwer erarbeitete Fakten. Manche Frauen verstummten mitten im Satz, wenn ihre Kinder sich näherten, was diese nur aufmerksamer machte.

Ein Problemkind, ein kratzendes, beißendes, tobendes Problemkind. Gegenstände auf die Lehrerin geworfen. Eine Erzieherin geschlagen. Nicht mehr unter Kontrolle zu bekommen. Völlig durchgedreht. Hochaggressiv. Und die Ehe der Eltern – naja, man hört so einiges.

Frau Boldewyn schickt ihn fast jeden Tag vor die Tür, sagte Clara, als sie herausgefunden hatte, worum es ging. Sie lächelte dabei zufrieden. Wir sollen Bescheid sagen, wenn er uns wieder ärgert, assistierte Marieke.

Ein Tierquäler, sagte Lydia, sag bloß, das hast du noch nicht gehört?

Als Nora nach Details fragte, kam nur heraus, dass er Leons Hund einen Stein nachgeworfen haben sollte. Unklar, ob es jemand beobachtet hatte. Leon hatte es behauptet.

Wo dieses Kind auftaucht, gibt es Ärger, stellte Lydia fest und zog die rostbraunen Augenbrauen hoch.

Nur ein paar Tage später hieß es schon, die Kinder hätten Angst vor ihm. Eine Mutter behauptete, ihr Sohn habe verlangt, wegen Frederic die Schule zu wechseln. Das sei doch erschütternd. Nora wollte einwerfen, dass die Möglichkeit, die Schule zu wechseln, nichts sei, was Kinder so einfach parat hatten. Das muss dein Kind doch irgendwo gehört haben, wollte sie sagen, aber sie wusste, dass es womöglich zu aggressiv herausgekommen wäre: Wenn das nicht besser wird, müssen wir eben die Schule wechseln! Könnte es sein, dass du selbst das mal gesagt hast?

Frederic hat zugegeben, alles zerschnitten zu haben, sagte eine andere, das hat letztens jemand erzählt!

Dann hat er sich vermutlich auch selbst ins Bein geschnitten, fragte Nora sarkastisch. Schon möglich, sagte die Frau, wühlte in ihrem Rucksack nach dem klingelnden Handy und wedelte entschuldigend mit der Hand.

Lydia sagte, für eine solche Belastung ist unsere gute Frau Boldewyn leider nicht ausgebildet.

Nora sagte, dann sollten wir eine bessere Lehrerin verlangen, wenn sie nicht einmal so etwas …

Was ist wahrscheinlicher, fragte Lydia und grinste.

Was für ein Spiel spielst du eigentlich, fuhr Nora sie an.

Ich beobachte nur, sagte Lydia, und ich befürchte, selbst deine Einflussmöglichkeiten sind hier begrenzt.

Wisst ihr eigentlich, was er der Lehrerin nachgeworfen hat, rief Nora so laut, dass ein paar andere neugierig die Köpfe drehten: einen Kugelschreiber! Es war nur ein Kugelschreiber! Nicht etwa ein Stuhl oder ein Stein oder eine Bombe! Und mit der Erzieherin habe ich gesprochen, sie wurde getroffen, als sie Frederic und Leon trennen wollte, die Faust war für Leon bestimmt, im Eifer des Gefechts, und hat nur zufällig …

Mehrere Augenpaare starrten sie an. Warum geht dir das so nahe, fragte eine, die bisher wenig gesagt hatte. Nora schüttelte verzweifelt den Kopf. Ich habe das Gefühl, hier wird einer zum Sündenbock gemacht, begann sie.

Aber warum, fragte die Ruhige, warum sollten unsere Kinder denn so etwas tun?

Die Summe der Vorfälle, meine Liebe, sagte Lydia und verschränkte die Arme unter ihrer großen Brust, die Summe der Vorfälle kann hier schon als Beweis gelten. Und weißt du übrigens, was der Vater beruflich macht?

Was spielt das für eine Rolle, fragte Nora.

Ich finde durchaus, dass es eine Rolle spielt, falls der Vater kriminell ist, sagte Lydia.

Nora nahm sie am Arm und zog sie von den anderen Müttern weg, obwohl Marieke und Clara wie auf Kommando anfingen, zu heulen.

Woher hast du das, fragte sie, Lydia, ich meine das wirklich ernst, sag mir sofort, woher du das hast.

Lydia blinzelte. Ich glaube, Paul hat mal so etwas erwähnt, sagte sie. *Dein* Paul.

Für den ersten Elternabend in der dritten Klasse zog Nora wieder ihre Seidenbluse an. Sie belog Lydia und sagte, sie käme direkt von einem Termin, damit sie sie nicht abholte. Auf dem Weg versuchte sie, sich eine Strategie zu überlegen, aber sie kam über die ersten Sätze nicht hinaus. Sie ließ die detailreiche Besprechung der Klassenfahrt über sich ergehen, ebenso wie Diskussion und Abstimmung über die Frage, ob es schon im Halbjahreszeugnis Noten geben solle oder nicht. Ob Noten achtjährige Kinder eher anspornen oder traumatisieren würden. Sie stimmte mit der Minderheit für Noten. Man lächelte sie und die drei anderen freundlich an, versöhnlich. So eine winzige Minderheit ist nämlich kein Ärgernis, sondern ein schöner Ausweis gelebter Demokratie.

Als der Zeitpunkt gekommen schien, meldete sie sich zu Wort.

– Ich habe da noch eine Frage zum vergangenen Jahr.

Aber auf das kollektive Dummstellen war sie nicht gefasst gewesen. Sie bemerkte zwar, dass Frau Boldewyn ihr bei ihrer weitschweifigen Antwort nicht in die Augen sah, doch gegen den pädagogischen Abwiegelungs- und Schmuse-Sprech war sie vom ersten Satz an machtlos. Von einer *Affäre Frederic* könne gar keine Rede sein, um Himmels willen, die Eltern hätten von sich aus entschieden, ihr Kind auf eine Privatschule zu geben, wo der höhere Betreuungsschlüssel bestimmt dazu beitragen werde, gewisse soziale Schwierigkeiten dieses intelligenten Jungen besser in den Griff zu bekommen. Nein, er sei nicht der Schule verwiesen worden, aber keineswegs! Es habe einige Vorfälle gegeben, die offenbar Teilen der Elternschaft bekannt seien – Frau Boldewyn bat um Verständnis, dass sie, um die Beteiligten zu schützen, darauf keinesfalls näher eingehen könne –, es habe deshalb ausführliche Gespräche mit Eltern, Erziehern und der Schulleitung gegeben. Am Ende sei diese Entscheidung gefallen. Noch einmal: Eine Entscheidung der Eltern, die es zu respektieren gelte. Wir nehmen uns für solche pädagogischen Herausforderungen immer viel Zeit.

Frau Boldewyn lächelte Noras Brustbein frostig an. Die meisten Eltern schauten freundlich und ein bisschen erstaunt. Eine ziemlich junge Mutter, die wie eine Lindgren-Figur links und rechts schlampig geflochtene Zöpfe trug, sagte mit fast verklärtem Gesichtsausdruck, das sei eine sehr gute, auch ganz schön teure Privatschule, mit einem Französisch-Schwerpunkt ab der dritten Klasse, sie habe gehört, dass dort etliche andere libanesische Kinder seien.

Stammen die Malams denn aus dem Libanon, fragte Nora, so neutral sie konnte.

Das habe ich zumindest gehört, lächelte und nickte die Zopfmutter, aber ich denke, du kennst sie besser?

Ich fasse zusammen, sagte Nora und wusste, dass sie so hochfahrend und belehrend wirkte, wie sie es umgekehrt verabscheuen würde: Es gibt Vorfälle in der Klasse unserer Kinder, von denen wir nichts Konkretes erfahren, oder nur einige wenige erfahren etwas. Dann gibt es – das sage ich jetzt Ihnen, Frau Boldewyn, falls Sie es nicht wussten – eine Menge Gerüchte, die immer dieses eine Kind zum Zentrum hatten. Und jetzt, nach den Sommerferien, ist dieses Kind plötzlich weg. Sie müssen doch zugeben …

Ich muss gar nichts zugeben, unterbrach die Boldewyn und klang auf einmal empört, immer wieder wechseln Kinder die Schule, manchmal mitten im Schuljahr. Ich weiß gar nicht, worauf Sie eigentlich hinauswollen.

Nachher, auf dem Schulhof, wo der große Baum besänftigend rauschte, kamen einige Eltern und dankten ihr mit wichtigen Gesichtern für ihre Nachfrage. Sie hätten sich auch schon gewundert, was aus Frederic geworden sei, so sang- und klanglos. Nora fühlte sich umzingelt. Sie scharten und bemühten sich um sie, als läge nun alles an ihr. Nur Lydia lehnte etwas abseits am Eingangstor und lachte mit einem Vater, der ihr, wie sie Nora gestanden hatte, schon seit langem gefiel. Nora fand, dass dieser Vater viel zu dünn war für Lydia, der würde sich, rein theoretisch, auf ihr verlieren wie ein Strich in der Landschaft. Diese weich schwellenden Rothaarigen mit den schneeweißen Hügeln und Hängen, die galten doch eher im Orient als

Schönheitsideal. Oder war auch das nur ein Vorurteil, eine möglicherweise diskriminierende Mär? Malam, dachte sie, ob Lydia eigentlich Mister Malam gefallen hatte? Marguerite hatte allerdings anders ausgesehen, adelig, schlank und sehr französisch.

Schließlich sagte jemand, jetzt gehen wir aber auf ein Bier, wie jedes Jahr, hier werden die Traditionen noch hochgehalten!

Nora zupfte an ihrer Bluse und schob einen weiteren beruflichen Termin vor. Du arbeitest einfach zu viel, warf Lydia hin, und es klang in jedem Fall missbilligend, ob sie ihr nun glaubte oder nicht. Langsam bewegte sich die Gruppe von ihr weg, plaudernd, lachend, entspannt, vollkommen unschuldig. Nora ging allein davon und stellte sich das eiskalte Glas Wein, nach dem sie lechzte, so groß vor, dass sie sich als Ganzes darin abkühlen konnte. Sie dachte an ihre Tochter, die schon lange kein vergnügtes, rundum von ihr abhängiges Baby mehr war. Und fragte sich, ob ein grünlederner, unzerschneidbarer Retro-Ranzen vielleicht doch besser gewesen wäre, zur Abhärtung. Vielleicht nicht aus Claras Sicht, aber zumindest in ihrem Interesse.

Schlangen

*Schlangen gelten als geübte Kletterer. Doch auf
Bäumen gehen sie offenbar kein Risiko ein: Um nicht
abzurutschen, wenden sie viel mehr Kraft auf als nötig.
Eine neue Studie legt nahe, dass ein großer Sicherheits-
faktor, um ein Abrutschen und Fallen zu verhindern,
wichtiger ist als eine energiearme Fortbewegung.*

Dem kleinen Tisch, der seit Ewigkeiten zum Sofa gehörte wie dessen Trabant, fehlte eines Morgens ein Bein. Jakob war vorher nicht bewusst gewesen, dass sein Blick
beim ersten Betreten des Wohnzimmers immer an diesem
Tischlein ansetzte, sich hob und in eingeübtem Bogen
einmal durch das Zimmer schweifte, ohne Neugier und
Erwartung, bloß aus Gewohnheit, so wie man sich morgens auf die immergleiche Art streckt, den Zucker in den
Tee löffelt und sich später mit der Zeitung auf der Toilette
niederlässt. Der Tisch war noch von Anna. Nun stand er
dreibeinig da, die linke vordere Ecke balancierte unge-
stützt in der Luft. Wäre der Tisch eine Person gewesen,
hätte Jakob seine Haltung als tapfer-gekränkt beschrieben.
Es dauerte ein paar Sekunden, bis er das fehlende Bein
entdeckte. Es war weggerollt, lag halb unter dem Sofa.
Wie so etwas möglich war!

Jakob kam dem Tisch nicht gleich zur Hilfe, sondern
machte sich erst Frühstück. Danach arbeitete er ein we-

nig, bis er mitten am Vormittag einen Entschluss fasste, der ihn erstaunte. Er stand abrupt vom Schreibtisch auf, stieg die Treppe hinunter, ging in die Hocke, nahm den Tisch in die Arme und trug ihn nach hinten in den Garten. Er warf ihn auf den Haufen mit dem Brennholz. Das Bein flog gleich anschließend hinterher. Und nachmittags zog er sich ein Hemd und eine saubere Hose an, fuhr achtzig Kilometer in die Hauptstadt, fand auf Anhieb den Laden mit den asiatischen Möbeln, von dem ihm seine Tochter vorgeschwärmt hatte, und kaufte einen teuren Bambustisch mit antikfarbenen Metallverzierungen. Er freute sich über das Stutzen, mit dem sein morgendlicher Schweifblick begann. Ein winziger Widerstand war nun vorhanden. Bald würde sein Auge auch darüber hinweggleiten. Aber dieser Tisch war sein, er gehörte ihm allein, von ihm würde er nicht nach Jahren friedlichen Zusammenlebens durch eine physikalisch unmögliche Selbstverstümmelung zum Narren gehalten werden. Obwohl Jakob zu der Ansicht gelangte, dass diese asiatischen Möbel in ihren angestammten Umgebungen, wo schmetterlingszarte Stoffe wehten und Teelichter brannten, besser aussahen als zu Hause, weniger plump.

Bald danach versäumte er die Kirschblüte, weil er wieder für mehr als zwei Wochen reisen, im Anzug stecken und sich auf Empfängen quälen musste. Für den Tag seiner Rückkehr bestellte er die Tochter der Apothekerin, damit sie wenigstens einen Teil des Staubs und der neu eingewanderten Spinnen beseitigte. Sie fuhr in ihrem feuerroten Kleinwagen vor, schwang die Beine heraus, grinste ihn so frech an wie jedes Mal und fragte grußlos: Und was sagen Sie nun zu Ihren neuen Nachbarn?

Jakob hatte den Kastenwagen hinter den Bäumen wohl gesehen, sich aber nichts dabei gedacht. Kanalarbeiten, Kellertrocknung, der nächste Gutachter oder ein verzweifelter Enkel in Geldnot? Seit Jahren stritten die Nachkommen der verstorbenen Frau Schittek um das Erbe, während das alte Haus in Schönheit verging. Er hatte darüber nachgedacht, ob er versuchen sollte, es zu bekommen, ob er auf die sonnigere Seite des Waldrandes ziehen könnte, um in dem hölzernen Wintergarten zu sitzen, in dem er früher mit der Alten geplaudert hatte. Aber der Aufwand schreckte ihn ab, und er blieb in seinem zweckmäßigen Häuschen, an das er sich gewöhnt hatte wie an eine zweite, weniger enge Haut. Den trockenen Witz der Verstorbenen hatte er geschätzt und all den Tratsch aus der Vergangenheit des Dorfes, Liebesgeschichten, Feindschaften und Intrigen, wie überall und immerdar, schon lange vor Shakespeare, vor Homer.

Nun schienen sich die Erben geeinigt und bereits einen Käufer gefunden zu haben, man hätte gemeint, Jakob hätte früher davon erfahren müssen. Ein junges Paar, verriet die Frau. Es folgte eine Kunstpause, danach ein Röntgenblick: Meine Mutter sagt, die Geschichte wiederholt sich.

Dieser Nachsatz gefiel ihm überhaupt nicht. Wie so oft schien diese Person mit dem, was sie sagte, an eine Tür klopfen zu wollen, die sie nichts anging. So wie man als Besucher auch nicht gleich das Schlafzimmer betritt. Wie leicht ihr immer alles über die Lippen ging. Wäre die Tochter der Apothekerin ein Ding gewesen, dann ein zu leicht laufendes Kugellager. So gut geschmiert, dass man fettige Finger davon bekam.

Schon als der Mensch noch halbgebückt ging, hat er sich gepaart und fortgepflanzt, gab Jakob zurück, man könnte also sagen, die notwendigste Wiederholung der Welt. Und bitte staubsaugen Sie heute auch einmal unter den Teppichen.

Er drehte sich um und ging in den Schuppen, wo er bestimmt etwas finden würde, das zu reparieren sich lohnte.

Am frühen Abend band er aus weißen Narzissen, Vergissmeinnicht und zwei späten Tulpen einen extravaganten kleinen Strauß und ging hinüber. Die neuen Nachbarn krochen mit verschwitzten Gesichtern im Wintergarten auf dem Fußboden herum, wo sie versuchten, Dielen zu verlegen. Offensichtlich machten sie so etwas zum ersten Mal. Sie sahen erschütternd jung aus, jung und unschuldig, zwar erschöpft und angespannt, aber frei von jeder Bitterkeit. Jakob schien mit einem Mal, das Problem sei nicht das Altern an sich, sondern dass einen die Lebenslektionen verderben, wie Schimmel, den man nicht sieht, nur wittert.

Während das magere Mädchen dastand und den Blumenstrauß hielt, als wäre es der erste seines Lebens, fragte der Mann oder Freund, ob Jakob einen Trick wisse, wie man die Ritzen verkleinerte? Sie kämen ihm zu breit vor, und er fürchte, dass sie mit der Zeit sogar noch größer würden. Er fragte auf die barsche Art aller, die sich für ihr Unwissen schämen. Jakob nickte und ging seine Spanngurte holen. Den Satz, dass jedes frische Holz erst austrocknet und sich dabei zusammenzieht, ersparte er sich und ihnen. Frau Schittek hatte ihnen das damals nicht erspart. Dass Anna und er den Boden mit dem Fachwissen von Frau Schittek verlegt hatten und er dieses Wissen nun wieder zurückleiten konnte in Frau Schitteks Haus, das über die vielen Jahre baufällig geworden war – ja, so spielt das Leben eben. Man musste die Dielen erst in kleinen Gruppen, in Fünfer- oder Sechserpartien zusammenziehen, und schließlich die ganze Fläche für etliche Tage zusammengebunden lassen. Es war natürlich mehr Aufwand, als die Bretter einfach so zusammenzutreten, in ihre Nut- und Federverbindungen. Und man brauchte Geduld. Aber man ersparte sich, dass nach einem halben Jahr die Spalten klafften, in denen dann Ameisen eilten wie in geräumigen Gleisbetten.

Als der Mann mit Jakobs Hilfe die Hälfte der Fläche verlegt und zusammengezurrt hatte, standen da plötzlich drei abgeblätterte blaue Metallstühle im verwilderten Garten, dazwischen eine Gemüsekiste als Tischersatz. Das Mädchen, das oben herum flach war wie ein Kind, war nun gewaschen und frisch angezogen. Beim Lächeln wurde es am Halsansatz rosa, aber seine Antworten verrieten Intelligenz. Jakob saß da, hielt die Bierflasche auf dem Oberschenkel und erfuhr die ersten Details. Der Mann, in Jakobs Augen eher ein Junge, besaß eine kleine Software-Firma in der Stadt, für die er zum Teil von zu Hause arbeitete. Jakob und Anna hatten vor Jahren Telefonleitungen bis zum Wald legen lassen, das kam den beiden jetzt zugute. Die junge Frau war Historikerin, die, wie sie sagte, Teile ihres Promotionsstipendiums derzeit im Baumarkt lasse. Ihr Thema verriet sie nicht, und Jakob fragte nicht nach. Sie trug die aschblonden Haare in einem rührend fransigen Kurzhaarschnitt. Wie abgebissen oder nach Topf geschnitten, hätte Anna gesagt, aber Jakob mochte verwuschelte Mädchen lieber als klare Schönheiten. Als Anna und er hier eingezogen waren, hatte sie auch noch ein wenig so ausgesehen, mädchenhaft, halbgar, noch unentschieden, ob sie optisch eine Hausfrau, eine Dame, eine Berufsjugendliche werden wollte. Aber er wollte nicht vergleichen, sich nicht erinnern. Jakob bedankte sich für das Bier, die beiden bedankten sich für die Hilfe, sie ein bisschen herzlicher als er, und dann trollte Jakob sich nach Hause.

Bei seinen täglichen Spaziergängen ging er nun manchmal am hinteren Rand ihres Grundstücks entlang, einen Weg, den er früher selten genommen hatte. Bist du also neugierig, alter Junge, verspottete er sich. Aber da die übernächsten Nachbarn, die vielköpfige Familie Grimm, anderthalb Kilometer weiter wohnten, hinter dem nächsten Wäldchen und damit außer Sicht- und Hörweite, bedeuteten die beiden für ihn tatsächlich eine Veränderung. Manchmal hörte er aus dem offenen Küchenfenster ein Radio, eingestellt auf den Nachrichtensender. In einem Zimmer wollten sie Frau Schitteks Blümchentapeten dranlassen, hatten sie gesagt und dabei gelächelt, als seien sie selbst erstaunt über ihre Sentimentalität.

Jakob hätte es viel schlechter treffen können. Ein nettes junges Paar, noch kinderlos, und zweifellos keine Neonazis, wie sie sich in letzter Zeit in diesem Landstrich gern in abgelegenen Häusern einnisteten, worauf dann Aufregungen folgten, Versammlungen, Polizeieinsätze, manchmal sogar nächtliche Ritualkämpfe mit polnischen Hooligans, die extra dafür über die Grenze kamen.

Rebecca brachte ihm seine Spanngurte einige Tage später zurück. Er beobachtete sie vom Arbeitszimmerfenster aus. Erst suchte sie am Gartentor nach einer Klingel, schaute sich dann um und betrat zögernd das Grundstück. Die Umgangsformen des platten Landes noch nicht gewohnt: Da marschiert man, wenn man einander kennt, einfach unter lautem Rufen in den Garten. Jacko, Anna, hatte Frau Schittek immer geächzt, wenn sie mit ihrem

Stock zu ihnen herübergehumpelt kam, Anna, Jacko, die rote Socke ist da! Anna gab es auf, ihr zu erklären, dass ihr Mann Jakob hieß, nicht wie Jacke mit o. Bin nicht so gläubig, erwiderte die listige Schrapnelle, die bis zum letzten Tag in der anderen Hand eine Zigarette hielt: Außer, wenn es um die Diktatur des Proletariats geht.

Rebecca dagegen schlich bis ans Haus heran und klopfte dann zaghaft ans Küchenfenster. Er stand genau über ihr hinter den Jalousien und rührte sich nicht. Am Hinterkopf hatte sie einen wilden Wirbel, dort, wo bei einem Maskottchen der Ring zum Aufhängen wäre. Erst als sie ein zweites Mal klopfte und halblaut *Hallo, ist jemand zu Hause* sagte, polterte er extralaut die Treppe hinunter und rief *Ich komme, ich bin schon da.*

Nur weil sie so gar nicht eintreten wollte, bat er sie. Sie war verhalten, das Gegenteil der Apotheker-Tochter, und so behandelte er sie, beinahe einladend. Es fiel ihm auf, und er ermahnte sich wieder, sich nicht zu sehr einzulassen. Die meisten Menschen wollten doch immer schnell kleben bleiben.

Sie bewunderte das Haus, nannte es gemütlich, eine orientalisch angehauchte Höhle. Besonders gefiel ihr der neue Tisch, der ja in Wahrheit alt war, eine indonesische Antiquität. Er gab zu, dass das meiste noch der Stil seiner Frau war – er selbst hätte sich schlichter eingerichtet. Als sie nach Worten suchte, um nach dieser Frau und deren Verbleib zu fragen (Anna, sie hieß Anna, und sie war viel kecker und hatte Brüste – aber vielleicht wurde sie erst später so lebhaft und der großen Welt zugewandt, nur die Brüste hat sie schon immer gehabt, flüsterte es giftig in seinem Kopf), drehte er sich um, marschierte in die Küche und bot ihr, was er keineswegs vorgehabt hatte, einen Tee an.

Sie stand bald wieder auf, denn sie hatte Gespür, und sie bat schon vorab um Entschuldigung dafür, dass sie und ihr Mann vermutlich noch öfter Hilfe brauchen würden, in dieser chaotischen ersten Zeit. Kein Problem, sagte Jakob, ich bin ja meistens da. Aber als sie ihm die Hand gab, wie es hier im Osten Brauch war, wo man sich ohne Zögern sechsmal die Hand schüttelte, wenn man einander dreimal am Tag traf, als sie ihm also gerade die Hand gab, da sagte sie zu seinem Entsetzen: Tut mir sehr leid, wegen Ihrer Frau.

Und man konnte gar nichts dagegen tun, jedenfalls nichts, was nicht alles sofort noch viel schlimmer gemacht hätte. Sein Gesichtsausdruck passte aus den falschen Gründen gut dazu.

Nach fast zwanzig Jahren hatte Anna ihn verlassen, und er würde ihr nie verzeihen, zu was für einem Idioten sie ihn gemacht hatte. Abgewartet, bis die Tochter gerade für ein Jahr in Amerika war, ihm dann eröffnet, dass sie sich in einen anderen Mann verliebt hatte. Und war gegangen. Einfach so. Es war, als hätte er all die Jahre einen Menschen geliebt, den es gar nicht gab. All seine Annahmen über seine Frau fielen in hässlich gezackte Splitter. Früher hätte er gesagt, sie sei seine große Liebe, sein bester Freund und sein intellektueller Sparringspartner, beide immer füreinander da und aufeinander bezogen, auch wenn einer von ihnen reiste. Dann telefonierten sie abends stundenlang. Eine Zweisamkeit ohne jedes Hindernis, allumfassendes Vertrauen. Mit ihr erst hatte er sich komplett gefühlt, das Leben davor im bedeutungslosen Nebel versunken, nur dazu da, ausreichend Bildung, Menschenkenntnis und Wissen um die eigenen Bedürfnisse zu sammeln, um die Richtige zu erkennen, als sie dann endlich kam. Inzwischen sah er die letzten gemeinsamen Jahre kritischer. Im Nachhinein glaubte er, ihre Bewegungen weg von ihm genauer erkennen zu können, wer weiß, wie lange schon. Er hatte angenommen, dass das Leben mit einem heranwachsenden, selbständigen Kind und der beruflichen Konsolidierung ruhiger würde, aber sie schien das Gegenteil zu erwarten. Dauernd machte sie Kurse, engagierte sich für dies oder jenes und schleppte von überallher neue Leute an. Zuerst die beiden boshaften Schwulen, mit denen sie dauernd kicherte und von denen sie behauptete, dass sie so herrlich geistreich seien. Später die Aktivistin, wie Jakob sie bei sich nannte, eine hässliche kleine Person, die ihre eineinhalb Meter Körpergröße in den Kampf gegen Gentechnik in der heimischen Landwirtschaft warf. Voller Berechnung setzte sie an ihrer eigenen Statt Anna auf die wichtigen Podien und in die Diskussionsrunden – mit ihrem Witz und Temperament machte sie natürlich viel mehr her. Aber anstatt zu erkennen, dass sie benutzt wurde, bewunderte Anna dieses verbissene Wesen. Magdalena habe ein großes Ziel im Leben, sagte sie mit einem verträumten Pathos, das nicht zu ihr passte – und das sei doch mehr als die meisten Menschen von sich sagen konnten.

Neue Freundinnen im Jahrestakt, die ihm ironisch kamen. In ihren sorgfältig geschminkten oder gelifteten Augen stand überdeutlich die Frage, warum Anna sich mit diesem mürrischen Mann auf dem Land vergrub. Hackst du eigentlich jeden Tag Holz, hatte ihn einmal eine gefragt. Dabei war das Haus Annas großer Wunsch gewesen. Aufwachen unter hohen Bäumen. Ruhe und Vogelgesang und eine nette kleine Dorfschule für ihr Kind. All das sollte die Wiederholung ihrer eigenen Kindheit sein, bei ihrem Vater in Österreich, dessen früher Tod die Wunde war, an der sie noch litt, als Jakob und sie sich kennen-lernten.

Sie wollte auf eine Studienreise nach Persien, sie ließ sich Pigmentflecken im Gesicht entfernen, hungerte einige Kilo herunter und nahm wieder Violinstunden. Auf diesem Selbstoptimierungstrip hat nur noch ein neuer Mann gefehlt, rief die giftige Stimme, und wieder klang es wie seine. Sie hatte nur ein paar Sachen gepackt und war gegangen, und das Zufallen der Tür hallte seither in seinem Kopf, obwohl ihre – seine – Eingangstür leise schloss, mit einem sanften Knacken. Das einzige, was er verändert hatte, war der Tisch vor dem Sofa. Wenn sie wiederkäme, wäre alles noch wie damals. Wenn sie wiederkäme, würde er sie nicht einlassen. Hart bestrafen würde er sie. Er tag-träumte immer noch von Gelegenheiten, endlich seine Entschlossenheit zu demonstrieren.

Im Supermarkt, der, als Anna und er hier anfingen, noch Kaufhalle geheißen und wenig anderes als Kartoffeln, Zwiebeln und Rote Beete angeboten hatte, kam es vor den Bastkörbchen voller Ingwerknollen, Sternfrüchte und Avocados zu einem unangenehmen Zusammentreffen. Als erstes war wohl die neue Nachbarin dagestanden, ab-wesend, mit leicht geöffnetem Mund, als hätte sie voll-kommen vergessen, weswegen sie gekommen war. In der Hand hielt sie eine Plastiktüte, die aussah, als wäre sie seit Jahren in täglichem Gebrauch. Gerade, als Jakob seinen Wagen grüßend an ihr vorbeischieben wollte, wuchs di-rekt daneben die Tochter der Apothekerin aus dem Boden, schaute ihm wie immer ins Gesicht, als hätte ihr Blick zu viel Watt oder Lumen, und sagte: Herr Karner, wir haben etwas Intimes zu besprechen!

Und das wäre, fragte Jakob verständnislos.

Die Apotheker-Tochter kicherte. Nicht Sie und ich – wir beide! Sie zeigte auf Rebecca.

Dann gehen Sie doch einfach zur Seite und lassen mich durch, sagte Jakob, der beschloss, zukünftig eine andere Lösung für sein unregelmäßiges Reinemachen zu finden. Den großen Rest schluckte er herunter, etwa, dass er einfach nur zur falschen Zeit am falschen Ort war, reiner Zufall, aber gleich wurde man angepampt.

Sich nicht einlassen. Sich nicht verwickeln. Bei und für sich bleiben. Die Welt draußen lassen, so gut es geht. Ab und zu herausstechen aus der Blase und etwas zu essen besorgen. Diesen Moment der Schutzlosigkeit nicht ausdehnen und besonders wachsam sein. Einfach weitergehen, den Wagen schieben, den Rücken gerade, auf dem Einkaufszettel stand als nächstes: Butter.

Bitte warten Sie, sagte Rebecca in seinem Rücken und zwängte sich neben ihn in den Gang, über dem *Mehl, Reis, Trockenfrüchte* stand. Jakob griff nach einer Schachtel Kartoffelpüree und tat, als hätte er nicht gehört. Da nahm sie ihm das Püree aus der Hand, stellte es zurück und sagte: Wir wollten Sie zum Abendessen einladen. Und wenn Sie mögen, mache ich Ihnen auch Kartoffelbrei.

Erfreulicherweise stellte sich heraus, dass sie eine passable Köchin war. Sie verwendete frische Kräuter. Sie hatte ein schönes Stück Schmorbraten in den Ofen geschoben, weil grillen gerade verboten war. Nicht das erste Mal, dass es schon im Mai vorkam. Entweder war der Monat eiskalt und regnerisch, oder im Gegenteil so heiß und trocken, dass Waldbrandgefahr annonciert wurde. Jakob erzählte, dass das Wetter anders sei als in der Stadt. Er habe nie herausgefunden, ob es eine topographische Wetterscheide gebe oder ob es sich einfach um den Zug des Wetters von West nach Ost handle.

Rebeccas Mann öffnete ein Bier und sagte: Oder umgekehrt.

Quatsch, sagte Rebecca, das Wetter kommt doch immer von Westen.

Immer, fragte der Mann, auch in Japan?

Rebecca warf ein Geschirrtuch nach ihm.

Jakob saß da, hielt sein Bier auf dem Oberschenkel und hoffte, dass sie sich nicht küssen würden. Sie gingen burschikos miteinander um, neckisch und vertraut. Sie waren aneinander gewöhnt wie junge Hunde, die einander auch deshalb so gut kennen, weil es in ihrem Leben bisher wenig anderes gegeben hat. Man hätte hier, selbst mit genauesten Messinstrumenten, noch keinen Spalt oder Riss finden können. Die Spalten und Risse entstanden erst später, weil sich alles änderte, die Druckverhältnisse, das Licht. Der Druck wurde größer, das Licht nahm ab. Warum das Licht weniger wurde, verstand Jakob noch immer nicht genau. Es konnte nicht nur vom Druck abhängen. Es hatte Zeiten gegeben, wo Anna und er trotz hohem Druck miteinander leuchteten. Aber später nicht mehr, nach ihrer Fehlgeburt, nach seinem einzigen großen und umso belastenderen beruflichen Misserfolg. Er vermutete, dass es auch mit dem Vergehen der Zeit zu tun hatte, mit dem wachsenden Gefühl der eigenen Endlichkeit. Als sie miteinander noch so fugenlos waren wie diese beiden hier, konnten selbst heftige Streits im Bett beigelegt werden. Da erschien ihm Annas verweintes Gesicht übergroß vor düsterem Hintergrund, schwimmend im Raum, wie abgetrennt von ihrem Körper, und sagte: Das, Jakob, verändert alles. Ich weiß nicht, ob es je wieder so werden kann wie davor.

Worum war es da bloß gegangen? Um seine lächerliche kleine Verliebtheit in Julia Marrot, die er Anna, was wirklich unklug gewesen war, halbbetrunken an ihrem Geburtstag gestanden hatte? Gemeint als verdrehtes Kompliment – du bist und bleibst die Frau meines Lebens – aber mit erschreckender Sprengwirkung. Julia hatte damals gar nichts davon bemerkt, wie sich Jahre später herausstellte. Er war mit ihr immer noch befreundet; seit Anna weg war, gingen sie zwei, drei Mal im Jahr miteinander essen. Aber Anna hatte sich damals gebärdet, als hätte er ein paar Dörfer weiter eine Zweitfamilie.

Nach dem Essen gingen sie mit einer Flasche Rotwein hinunter zum See. Die Stelle mit dem horizontalen Baum hatten die beiden natürlich schon entdeckt. Vor vielen Jahren war ein Baum umgekippt und ins Wasser gefallen, hatte sich davon aber nicht umbringen lassen, sondern war, in einem anmutigen Winkel von fünfundvierzig Grad, wieder herausgewachsen. Er hatte eine buschige, verzweigte Krone gebildet, die nun über dem See zu schweben schien.

Nein, auch Jakob kannte die Stelle nur so. Und er wusste nicht, was den Baum damals gefällt hatte, ein Sturm oder Blitz oder eine der wiederkehrenden Dürren, die den Boden im Uferbereich mürbe machten. Die obere Hälfte des dicken Stammes lag seit langem frei und trocken, mit babygrünem Moos überwachsen. Man saß dort bequem, die Füße im Wasser. Die Nachbarn plauderten vor sich hin, er hörte mit halbem Ohr zu. Später gab er sogar ein paar Details über seine Tochter preis, sein ganzer Stolz, wie er sich sagen hörte. Alles, was über sie zu berichten war, klang leider immer ein wenig nach Angeberei: Erasmus-Programm, Stipendien, Amerika, all die

Abschlüsse. Aber dass er sich Sorgen über ihre Unrast machte, dass man es seinem Empfinden nach mit der Ausbildung auch übertreiben konnte, dass man nicht immer weiter lernen, sondern mit dem Gelernten auch etwas beginnen musste – wem hätte er das sagen sollen? Sie wurde nicht sesshaft, sie zog dauernd um, sie flog immer mal wieder bei ihm vorbei, auf ein paar schöne, unverbindliche Tage, aber nahe kam er ihr nicht, schon lange nicht mehr. Sie hielt ihn auf freundlichster Distanz, und er argwöhnte, dass dahinter Anna steckte. Von einem Mann oder Liebhaber war nie die Rede gewesen, auch nicht von einer, nun ja, Lebensgefährtin. Meine Tochter ist auf der Flucht, dachte er plötzlich, die Füße im weichen Wasser, angesichts dieses Paares, das in einem ähnlichen Alter war, aber eben zu zweit, das Entscheidungen getroffen hatte, Ehe und ein altes Haus, all die Arbeit, die Verantwortung. Es konnten falsche Entscheidungen gewesen sein, aber wenigstens waren es welche.

Der Rotwein war schwer und machte ihn schläfrig. Er schlief nicht mehr gut in den letzten Jahren. Der Vorteil des frühen Aufwachens war, dass man den Einsatz des Vogelorchesters erlebte. Jakob, der an nichts glaubte, hätte einzig das Vogelorchester als Gottesbeweis akzeptiert. Woher sie nur den gemeinsamen Zeitpunkt kannten für ihren ausgelassenen Jubel, eine Feier des Lebens, wie die Gottgläubigen vermutlich sagen würden. Und das würde immer so weitergehen, jeden Morgen dieser mächtige Gesang, auch noch in hunderttausend Jahren, wenn es nicht einmal mehr von ihren Zahnprothesen die leiseste Spur gäbe.

Er hatte den Anfang von Rebeccas Geschichte versäumt. Es schien um ihren ersten Freund zu gehen. Er hatte Medizin studiert, so fleißig wie alle anderen. Wochen- und monatelang gelernt, für die Anatomieprüfung, die Hygieneprüfung, die HNO-Prüfung. Rebecca war noch Schülerin gewesen. Sie hatte ihn abgefragt, sie hatte ihren Ekel vor den Abbildungen, besonders im Lehrbuch der Haut- und Geschlechtskrankheiten, unterdrückt. Bis sie eines Tages entdeckte, dass er seit einiger Zeit keine Prüfungen mehr abgelegt hatte. Beim ersten Mal stand er nach der Hälfte der Zeit auf, zerknüllte seine Zettel und floh. Bei den nächsten Malen stand er draußen, bis die Türen geschlossen wurden, später ging er zurück in seine Wohngemeinschaft und sagte auf Nachfrage immer das Gleiche: Es sei schwer gewesen, aber er hoffe, er habe bestanden. Und ein paar Wochen danach erfand er eine Note, immer etwas zwischen zwei und vier.

Rebecca verließ ihn. Es sei ihr unheimlich gewesen, dass einer so lügen konnte, sagte sie. Inzwischen schäme sie sich dafür. Dass sie seine Not nicht wahrgenommen habe, die verzweifelten Versuche, es doch wenigstens in den Prüfungssaal zu schaffen. Geschmerzt habe sie damals nur ihre eigene Kränkung.

Das hast du mir nie erzählt, sagte ihr Mann.

Ich weiß auch nicht, warum es mir jetzt einfällt, sagte sie.

Ich habe die Zeugnisse meiner Tochter mit eigenen Augen gesehen, sagte Jakob, vielleicht nicht alle, aber die meisten.

Um Himmels willen, rief Rebecca, so habe ich das doch nicht gemeint!

Ihr Mann lachte und sagte, es gibt keine Zufälle.

Es gibt Assoziationsketten, fuhr Rebecca ihn an, die vor Peinlichkeit glühte, in diesem Fall habe ich wohl an das Gegenteil gedacht …

Alles in Ordnung, beschwichtigte Jakob, ich werde ins

Bett gehen. Aber dann erbarmte ihm das Mädchen, das angetrunken schien. Sie ließ sich nicht ausreden, ihn gekränkt zu haben. Deshalb blieb er noch am Ufer stehen, erzählte dies und das über sein Leben hier draußen, ein paar Schnurren aus dem Dorf, und am Ende waren sie doch tatsächlich zu einer Fahrt in die Stadt verabredet, wo er ihr den Laden mit den balinesischen Möbeln zeigen sollte.

Am Tag ihres Ausflugs schien eine freundliche Sonne, und alle Peinlichkeiten und Missverständnisse waren vergessen. Sie trug etwas Senfgelbes, offenbar ihre Lieblingsfarbe, es passte jedenfalls nicht schlecht zu ihren aschblonden Haaren. Wäre sie ein Ding, dann vermutlich eine klassische Reislampe, durchscheinende, zarte Stäbchen, mildes Licht, leicht knitterbar. Sie fuhren mit ihrem Kastenwagen, denn sie hoffte, noch anderes für das Haus zu finden.

Gelegentlich, das gestand sich Jakob ein, war es auch schön, die Dörfler zu verlassen, vor allem die Dörflerinnen mit ihrem unstillbaren Verlangen nach der Haarfärbung afghanischer Windhunde und Glitzertops über formlosen Bäuchen. An diesem Tag hatte die weiß- oder cremeverputzte Gründerzeitpracht manch unversehrter Straßenzüge etwas Tröstliches, schien die verletzlichen Menschen besser zu beschirmen als ihre optimistischen Häuser draußen im Wald, wo die Baumwipfel bei Sturm viele Meter hin und her gepeitscht wurden. Gepflegte, saubere Bürgersteige. Auf schmiedeeisernen Jugendstilbalkonen Unmengen bunter Blumen, vermutlich die Sorten, die man bei Manufactum bestellen konnte. Geranien waren wieder schick. Die große Stadt war so vielgesichtig. Man konnte brodelndes Istanbul finden, herbe Banlieus, sowjetische Tristesse. Aber eben auch ein bisschen gelackte Kaiserpracht. Jakob sagte zu dem Mädchen, dass er das inzwischen als perfide Absicht empfinde, diese tausend Masken. Sie täuschten doch nur darüber hinweg, dass diese Stadt keine Mitte habe, und weder Herz noch Charakter.

Jetzt hören Sie aber mal auf mit Ihrer schlechten Laune, sagte Rebecca und lachte, es ist so ein schöner Tag!

Er seufzte. Er hatte einen Zahnarzttermin vereinbart, um nach dem Besuch des Möbelladens nicht mit ihr zurückfahren zu müssen. Inzwischen bereute er das. Man hätte den Tag auf sich zukommen lassen können, anstatt ihn zu fürchten, gemeinsam etwas essen, in einen der Baumärkte fahren, ihnen fehlte doch noch so viel.

Vor dem Geschäft Ständer mit italienischen Ledertaschen, in den Schaufenstern Seidenschals, Kelim-Kissen, mundgeblasene Gläser und Vasen aus Steingut. Alles Unnötige der Welt, sagte Jakob, und sie sagte: Das Schöne ist oft unnötig, und umgekehrt.

Der Laden war fast leer. Drei Frauen standen um einen Tisch in der Mitte, zwei hielten Zettel in der Hand, möglicherweise Lieferlisten, die sie verglichen. Jakob führte das Mädchen herum, hier hinten, sagte er, gibt es Stühle und Tische, und hier alle möglichen Stoffe. Wenn Sie noch Gläser oder Vasen brauchen, dann …

Die drei Frauen verstummten. Sie flüsterten und ließen ihre Zettel sinken.

Mit ihrem versonnenen Blick, der ihm schon im Supermarkt aufgefallen war, stand Rebecca vor einem Regal mit Kissen und Stoffen.

Entschuldigung, sagte eine der Frauen, und ihre Stimme flog durch den Raum wie ein brennender Pfeil, ich habe da mal eine Frage!

Jakob wandte sich um. Sie hatte einen exakt geschnittenen platinblonden Pagenkopf und eine Nase, die einem entgegenstach. Die Nase als optische Entsprechung der Stimme. Einen Moment lang die Vision, dass er sich zwischen diese Frau und seine dünne, verletzliche Nachbarin werfen müsse.

– Sind Sie der Mann, der letztens den kleinen Tempeltisch gekauft hat?

Der bin ich, sagte Jakob, und dieser Tisch hat meiner Bekannten so gut gefallen, dass wir …

Die Frau schnitt ihm das Wort ab: Der den Tisch gekauft und außerdem ein Onyxglas *mitgenommen* hat?

Die Verkäuferinnen sahen ihn unbewegt an. Es war ein Verhör.

Das Nachbarsmädchen fuhr sich mit der Hand durch die Haare wie ein Kind, das nicht weiterweiß.

Ein Ruck ging durch Jakob. Wollen Sie damit sagen, fragte er zurück, dass ich das Glas geklaut habe? Würde ich dann hier am helllichten Tag hereinspazieren und …

Geklaut habe ich nicht gesagt, unterbrach die Frau ein zweites Mal: Ich habe gesagt, mitgenommen.

Jakob sah aus dem Augenwinkel Rebeccas erschrockenes Gesicht. Ihre Angestellte hat es mir geschenkt, begann er ruhiger, ich hatte nach einem Preisnachlass gefragt – der Tisch war ein Ausstellungsstück, stand lange im Schaufenster – und sie sagte mir, dass sie das nicht ohne die Chefin …

Die Chefin bin ich, sagte die Frau, und meine Mitarbeiterin hat diese Szene ganz anders erlebt!

Jakob starrte sie an. Mehrere mögliche Antworten, von kühl bis einschüchternd gingen ihm durch den Kopf, aber vor allem sah er ein großes grünliches Gefäß aus Onyxmarmor, eine Vase, die genau den Umriss seines Körpers hatte, mit hängenden Schultern, unschön gebaucht in der Mitte, er sah diese Vase volllaufen mit einer brodelnden hellroten Flüssigkeit. Niemals hätte Anna so einen abgezirkelten Haarschnitt oder eine solch aggressive Haarfarbe befürwortet, aber etwas in der Entschlossenheit dieser Frau ... das kann man auch anders sehen ... auch wer nichts tut, tut etwas ... es gibt keinen Menschen, dem immer nur widerfährt ... zu jeder Trennung gehören zwei ...

Er drehte sich um und sagte, kommen Sie, wir gehen.

– Aber ...

Wir gehen, rief er, und Rebecca zuckte zusammen. Draußen liefen sie schweigend und schnell die Straße entlang, am Auto vorbei und einfach geradeaus weiter. Sein Herz schlug dröhnend, als wäre es allein da drin, im Hohlraum seines Brustkorbs. Cafés mit fröhlichen Menschen an Tischen davor. Durch einen Park. Dann wieder eine Straße entlang, aber eine weniger gepflegte. Dönerläden, Handyläden, asiatische Nagelstudios. Nach einer Weile fragte sie, was der Tisch gekostet habe. Er sagte es ihr.

Und das Glas?

Keine Ahnung, vielleicht fünfzehn Euro?

Sie blieb stehen. Nehmen wir an, das Glas hätte fünfunddreißig Euro gekostet, sagte sie. Dann wäre es immer noch weniger als ein Zehntel.

Was ändert das, fragte er.

Wir müssen zurückgehen und ihr sagen, dass sie in absolut jeder Hinsicht im Unrecht ist, rief Rebecca, und ihr weißer Hals war wieder voller roter Flecken: Dieses Missverständnis, das es da offenbar zwischen Ihnen und der Mitarbeiterin gegeben hat, muss man gar nicht aufklären, wie ich erst dachte, denn allein der Wert dieses Glases beweist doch ...

Jakob sah sie an. Vergessen Sie es, sagte er, keinen Fuß setze ich da je wieder hinein.

Soll man gar nicht mehr diskutieren, fragte sie aufgeregt, muss man dieser Frau nicht sagen, dass sie als Geschäftsführerin eine Niete ist, was heißt Niete, ein Skandal?

Das ist wirklich lieb von Ihnen, sagte er, aber glauben Sie mir, wer so handelt, will so sein.

In den folgenden Wochen lebte er völlig zurückgezogen. Für drei, vier Großeinkäufe fuhr er in die Kreisstadt, er vernachlässigte den Garten, und als er die Nachbarn einmal gemeinsam herüberkommen sah, ging er einfach ins Haus, schloss die Tür und meldete sich trotz ihrer Rufe nicht, bis sie wieder abzogen. Er arbeitete viel, mit Rotwein tief in die Nächte hinein, und brachte eine Menge voran. Zwischen zwei und drei Uhr früh trank er einen großen Grappa und legte sich in seinem Arbeitszimmer aufs Sofa. Er wusste, dass diese Phase vorübergehen würde, dass er irgendwann lüften, sich und die Sofabezüge reinigen und anschließend wieder, wie ein Mensch, sein gemütliches Schlafzimmer beziehen würde, von dem aus man einen Zipfel des Sees sah.

Eine Arbeit, die ihm lange Zeit Kopfzerbrechen bereitet hatte, ließ sich auf diese Weise bewältigen. Ein Hotel in Südkorea beharrte auf der Wasserrutsche in der ursprünglich von ihm geplanten, spektakulär steilen Form, hatte aber inzwischen drei Fahrstuhlschächte in den Innenhof und damit in den Weg gebaut. Bisher hatte er sich stur gestellt. Wer sein Haus anders baute als vereinbart, konnte nicht auf Vertragstreue pochen. Schon gar nicht auf Einhaltung der Kosten. Aber nun fand er eine Lösung, die ihn selbst erstaunte. Er musste die Neigungswinkel und Kurvendurchmesser nur geringfügig verändern, und die ganze Konstruktion um etwa fünfundzwanzig Grad drehen. Dann passte sie wieder hinein. Ärgern würde sich nun zwar der Gartenarchitekt mit seinen Palmen, aber das war nicht sein Problem. Seine Chefs in der Firma waren hochzufrieden. Sie hatten mit einem positiven Ausgang dieses Sorgenkind-Projekts gar nicht mehr gerechnet. Rückblickend konnte er seine Blockade genau erkennen. Sie war dem Widerwillen geschuldet gewesen, nachzugeben.

Als er an jenem Nachmittag aus Berlin zurückkam – erst im Zug war ihm eingefallen, dass er den Zahnarzt vergessen hatte – nahm er sich vor, alles aus dem Weg zu räumen, was er vor sich hergeschoben hatte. Er wollte es anpacken und versuchen, eine Lösung zu finden, schnell und daher möglicherweise anders als bisher. Er wollte versuchen, wie ein Fremder auf alles Liegengebliebene zu schauen, ein gewitzter, verspielter, optimistischer Fremder, einer, dem sein Leben noch unendlich scheint, einer, der keine Angst vor dem Scheitern hat, weil er es sich noch leisten kann. Aber was sich selbst mit diesem neuen Blick nicht lösen ließ, sollte verworfen werden, sofort und für immer.

Der Umbau des Schlafzimmers, um den er seit Jahren herumschlich, ohne sich zwischen zwei Möglichkeiten entscheiden zu können, wurde auf diese Weise ad acta gelegt. Es war ein schönes Zimmer, es hatte immer seinen Zweck erfüllt, und da es keine perfekte Lösung gab, würde es eben bleiben, wie es war. Doch bei der koreanischen Rutsche klappte es. Er stellte sich fremd, er machte sich neu, vor allem locker. Die Konzentration beim aufwendigen Neuzeichnen der Pläne befriedigte ihn zum ersten Mal seit langer Zeit. Wenn er fertig wäre, würde er zurücktreten und etwas Gelungenes sehen. Vielleicht würde er sich, wie früher als Student, eines der farbigen Renderings an die Wand hängen. Sein Garten konnte warten. Er hatte ihn in den letzten Jahren mit so viel Entschlossenheit gestaltet, dass ihn ein paar Wochen Verwilderung nur noch schöner machen würden.

Doch als das Projekt abgegeben war und er die telefonischen Glückwünsche seines Büroleiters entgegengenommen hatte, fühlte er sich nicht restlos erleichtert. Die beiden Champagnerflaschen, die man ihm hatte schicken lassen, rührte er nicht an. Er legte sie in den Kühlschrank und bewunderte die Etiketten, all das prangende Grün und Gelb, aber er wollte sie noch nicht öffnen. Etwas hatte er vergessen, etwas musste noch erledigt werden, es lag unten oder hinten, er konnte nicht einmal an einen Zipfel gelangen. Aber es drückte, und daher musste er es finden.

Er begann, sein Arbeitszimmer auszumisten. Er stieß auf Papierstapel, auf Projektentwürfe und Zeitungsausschnitte, an die er sich so wenig erinnern konnte wie an den Grund ihrer langen Aufbewahrung. Er hatte sich immer für jemanden gehalten, der gut wegschmeißen konnte. In einem Anfall von Übermut öffnete er das Fenster und warf die Papiere einfach hinaus. Es war ein windstiller Tag. Er würde nachher hinuntergehen, alles aufsammeln und zur Papiertonne tragen. Hinter einem Bücherregal stieß er auf ein großes Stück grauer Pappe, auf das jemand Bilder seiner Tochter geklebt hatte. Ein Babyfoto, mehrere Kleinkindfotos, beginnend links oben, die untere Hälfte war leer. Er überlegte eine Weile und kam zu dem Schluss, dass es sich um eine Altersreihe handeln musste, jedenfalls den Beginn davon. Jedes Jahr, ungefähr um die gleiche Zeit, lassen Eltern ein Porträtfoto anfertigen, um es in chronologischer Reihe aufzukleben oder zu hängen. Das Projekt wird umso faszinierender, je mehr sich ansammelt. Ein Scheinparadox: Mit zunehmendem Alter wird es aussagekräftiger und gleichzeitig unberechenbarer. Es gibt mehr wilde Sprünge, als man denkt.

Vielleicht könnte Jakob das Bild, mit ein bisschen Mogeln, vervollständigen. Bis zu ihrem Abitur müsste er genügend Fotos haben. In den Jahren danach hatte sie bestimmt regelmäßig Passbilder machen lassen, für all ihre Bewerbungsbögen und Ausweise. Er könnte sie darum bitten und das mit einer Überraschung erklären. Er würde ein Exemplar für sich anfertigen und eines für sie. In Buch- oder in Bildform, oder vielleicht kombiniert. Ein Buch, das mit einer Überblicksdoppelseite anfing, voller winziger Fotos, wie aus einem süßen Knopf ein kluger Mensch wurde. Der seither von Diplom zu Diplom irrte, von Kontinent zu Kontinent.

Herr Karner, ist alles in Ordnung mit Ihnen, rief es dringlich zum Fenster herein.

Er beugte sich hinaus und lachte. Alles in bester Ordnung, antwortete er, auf den aschblonden Wirbel schauend, ich miste aus! Kommen Sie rauf!

Und so saß dann plötzlich die magere Rebecca mit ihm zwischen den Papieren, sah sich die Fotos seiner Tochter an und warf wie eine Spießgesellin alte Computerzeitschriften aus dem Fenster. Er machte sich klar, dass die Kinderfotos anders zu ihr sprachen als zu ihm. Er verglich die beiden jungen Frauen, sie aber dachte vermutlich an Babys. Ob sie auch so eines haben wollte und wann.

Sie sieht Ihnen ähnlich, sagte sie, allerdings weiß ich ja nicht, wie Ihre Frau aussah.

Sie sieht ihrer Mutter ähnlicher als mir, antwortete Jakob, aber sie ist insgesamt ruhiger. Sie hat eher mein Temperament.

Nachdem er das gesagt hatte, war er gar nicht mehr sicher, ob es stimmte. Wenn seine Tochter zu Besuch kam, fand er sie angenehm zurückhaltend. Nicht so raumverdrängend wie Anna mit ihrer scharfen Zunge, die redete, lachte, witzelte, sich oft genug selbst bespiegelte in ihrer Formulierlust. Die jedenfalls davon lebte, dass sie sprach, dass sie in Worte fasste, was sie sah und fühlte. Aber es wäre zumindest denkbar, dass die Tochter, wenn sie bei Anna war, sich auch dort anpasste. Dass sie mit ihr anders war, lauter, schlagfertiger. Er wusste nicht, wie oft die beiden einander sahen. Er hatte angenommen, ebenso selten. Aber warum eigentlich? Er wusste nichts von Anna, nicht, ob sie noch mit diesem Mann zusammen war, nicht einmal genau, wo und wie sie lebte. Er hatte seine Tochter nie gefragt. Er hatte jahrelang so getan, als wäre ihre Mutter tot.

Als Jakob aufblickte, erkannte er, dass er all das nicht bloß gedacht hatte. Rebecca, die auf dem Boden zwischen ihren Fersen saß, sah ihn an, nicht schockiert, nicht abgestoßen, nicht unangenehm berührt. Ein Gesicht wie eine freundliche Reislampe. Peinlichkeit stieg in ihm hoch wie Sodbrennen, aber als er ausatmete, ließ sie sich rückstandslos wegblasen. Auch über diese Blockade war er hinweg. Es gab Menschen, die mehr sehen und wissen durften als andere. Julia Marrot, sein Bruder, der in England lebte, und nun eben dieses Mädchen. Hier kämpfte nicht er allein gegen die Welt. So absolut war die Frontstellung doch gar nicht.

Er schlug ihr vor, bei einem frühen Bier einen Rundgang über sein Grundstück zu machen. Er musste sich einen Überblick über die anstehenden Arbeiten verschaffen, und sie hatte den Garten immer schon sehen wollen, weiter hinten die halbrunde Laube aus Buchsbaum, die einen kleinen Goldfischteich umrahmte. Fische waren keine mehr darin, die hatten die Raubvögel aus flachem Wasser zu einladend angeblinkt. Aber die Laube sah hübsch aus, wenn auch ein wenig deplatziert. Ein Schlossgartenelement in einem schroffen Kiefernwald. Sie bewunderte die Laube, den Teich, seine üppigen Stockrosen. Dass sein Rasen so grün war. Sie fragte ihn, ob er ihr beibringen könnte, Figuren in Buchsbäumchen zu schneiden, sie wisse noch nicht, was, vielleicht Tiere oder geometrische Formen. Sie begeisterte sich für die Idee, dass hier hinten im Wald geheime Gartenkunstwerke stünden, auf die die seltenen Spaziergänger stoßen und sich fragen würden, was sie bedeuteten.

Nein, die Laube habe er nicht für seine Frau gemacht, antwortete er nach einer Weile. Die Nachbarin musste geglaubt haben, er habe ihre Frage absichtlich überhört. Dabei hatte er nur über eine möglichst ehrliche Antwort nachgedacht. Anna hatte sich die Laube lange gewünscht, einen Fischteich darin oder eine Nymphe aus Sandstein. Diese Gegend hier war sehr viel weniger lieblich als das Salzkammergut, wo sie aufgewachsen war. Das ärgerte ihn insgeheim. Er wollte, dass sie die Landschaft annahm, wie sie war. Man sollte nichts umdekorieren, nichts idyllischer scheinen lassen. Jedenfalls fand er immer Gründe, sich nicht darum zu kümmern. Erst wollte der Buchsbaum nicht wachsen, dann geriet er beruflich in Schwierigkeiten, und das Anlegen des Teiches wurde ihm zu viel.

Im ersten Sommer nach ihrem Weggang fing er an, zu graben. Zuerst wollte er sich nur mit einer Kiefernwurzel messen. Kiefern haben meterlange Pfahlwurzeln, deshalb fallen sie bei Stürmen selten um. Sie sind lang und dünn und wirken so zerbrechlich, trotzdem sind sie nicht umzulegen. Wenn sie sterben, dann aus anderen Gründen, Schädlinge, zu wenig Licht. Und wenn man eine Kiefer fällt, könnte man den Stumpf höchstens sprengen. Ausgraben kann man ihn nicht. Das heißt, ja, man kann immer tiefer graben und in diesem Loch dann noch weiter sägen und hobeln, aber ans Ende der Pfahlwurzel wird man nie gelangen. Man kann sie nicht ziehen wie einen Zahn. Seine Tochter hätte früher gesagt, das andere Ende sticht in Australien heraus. Was sich Kinder eben gern vorstellen, den entgegengesetzten Teil der Erde.

Jakob grub damals lange. Wider besseres Wissen wollte er so viel von dem Stumpf entfernen wie möglich. Später verbreiterte er das Loch, um besser darin stehen zu können. Schließlich wurde ihm klar, dass er sich überlistet hatte und dabei war, post festum den gottverdammten Teich anzulegen. Aber als alles fertig war, fand er das Ensemble eigentlich überraschend hübsch. Bis auf das Drama mit den Goldfischen, sagte er, und die Nachbarin lachte.

Am Ende ihres Rundganges entdeckte sie den Tisch, der in anklagender Seitenlage den Holzstapel bekrönte. Jakob schien, als hätte er sich in theatralischer Absicht so auf die Seite geworfen, alle verbliebenen Dreie von sich gestreckt. Wäre dieser Tisch eine Person, dann eine Operetten-Soubrette.

So etwas Hübsches werfen Sie weg, fragte sie vorwurfsvoll. Und dann wollte sie ihn natürlich haben.

Das Bein, ihm fehlt ein Bein, wehrte sich Jakob.

Das liegt doch danebén, sagte sie und hob es auf. Ohne Zweifel: Der infame Tisch hatte es hervorrollen lassen,

Jakob war sicher, dass er es nach hinten geworfen hatte, damals, vor vielen Wochen oder Monaten.

Das kommt überhaupt nicht in Frage, sagte Jakob und machte ein strenges Gesicht. Ich werde Sie bestimmt nichts von meinem Müllhaufen mitnehmen lassen – nach allem, was wir beide schon zusammen durchgemacht haben.

Sie sah ihn verständnislos an.

Überraschung, rief er im Kindergeburtstagston, wenn Sie erlauben, dann bringe ich Ihnen die Überraschung heute Abend vorbei. Und damit komplimentierte er sie hinaus.

Annas kleiner Tisch ergab sich ohne weiteren Widerstand. Vermutlich war er von den Wochen im Freien schon angemorscht, jedenfalls brauchte es nicht mehr als ein paar gezielte Axthiebe, dann lagen da nur noch undefinierbare Holzteile. Die kurzen Beinchen hieb er längs entzwei, sie sahen danach aus wie besonders wohlgeformte Scheite. Die ersten kühlen Abende würden nicht mehr lange auf sich warten lassen, manchmal brach die Hitze schon Mitte August. Und dann würden die Tischreste ins Feuer gehen, alle acht Halbbeine voran.

Bis er das Altpapier einsammelte, war es ein durchschlagend erfolgreicher Tag gewesen. Er hockte im Vorgarten und raffte die alten Zeitungen an sich. Da kippte er plötzlich nach hinten und saß auf dem Kies. Seine Hinterseite schmerzte, alles schmerzte. Er sah auf die um ihn verstreuten Mappen und Papiere, hob den Kopf, schaute sich seine Fenster von unten an, wie ein Zwerg. Er rappelte sich hektisch auf und erledigte den Rest in größtmöglicher Hast. Er fluchte, als ihm ein paar Blätter aus der Hand fielen. Er schob das Zeug, damit es schneller ging, mit dem Fuß zusammen. Er musste dreimal gehen, beim letzten Mal rannte er, und es wurde so viel, dass der Deckel der Papiertonne nicht auf Anhieb schloss. Er musste ihn noch einmal öffnen und das Papier mit den Unterarmen und Ellbogen hineindrücken. Danach ging die Tonne endlich zu, er wusste nicht, was er sonst getan hätte. Daraufgeklettert und gestampft? Alles angezündet?

Er lief hinauf in sein Arbeitszimmer. Wenigstens dort würde ihn doch Freude erwarten, Ordnung und Veränderung. Leider außerdem eine Menge Schmutz und Staub. Undenkbar, so kurzfristig die Tochter der Apothekerin anzurufen. Jakob holte selbst den Staubsauger, steckte ihn mit fliegenden Fingern zusammen und ging auf sein Arbeitszimmer los. Das laute Brummen und Vibrieren beruhigte ihn. Eigentlich bewundernswert effektive Geräte, diese Staubsauger. Schlucken alles blitzgeschwind weg. Vielleicht sollte er in Zukunft immer selbst staubsaugen, die umgehende Ergebnisbefriedigung war beinahe so hoch wie beim Streichen des Gartenzauns. Grimmig gegen sich und die Welt und sein Leben nickte er vor sich hin und fuhr dabei mit der fauchenden Spitzdüse noch in die hintersten Winkel.

Anna war nicht gegangen. Er hatte sie hinausgeworfen. Bestimmt wäre sie später gegangen, nach erfolgloser Eheberatung, um die sie unter Tränen tagelang gebettelt hatte. Aber was hätte dabei schon herauskommen sollen. Das war doch alles nur dazu da, ihren Hochverrat zu bemänteln. Ihrer beider große Liebe hatte sie beschworen, gefleht und geweint, auf einem Stuhl war sie vor ihm gesessen mit geradem Rücken, wie eine arme Sünderin bei der Beichte. Sie hatte auf ihre Hände geschaut und mit leiser Stimme ihr Schuldbekenntnis abgespult, dass sie zutiefst bereue und bedauere, dass sie diesen Mann niemals wiedersehen werde. Aber gleichzeitig beharrte sie darauf, dass die Wurzel für die Katastrophe in ihrer Beziehung liegen müsse, dass er doch mitgewirkt haben müsse an ihrer Entfremdung. Und dass sie ihre Ehe daher auch nur gemeinsam retten könnten.

Bin ich auch noch daran schuld, dass du mit einem anderen ins Bett gegangen bist, hatte er geschrien und war geflutet gewesen von Bildern, wie sie es miteinander trieben, seine Frau und dieser gesichtslose Mann: Gibt es überhaupt etwas, an dem nicht immer nur ich allein schuld gewesen bin?

Sie hatte stundenlang geweint und gezittert, hatte angezogen auf dem Sofa geschlafen, ihm morgens Kaffee gebracht, unterwürfig, demütig. Ihr Schuldbewusstsein, das nicht zu ihr passte, regte ihn noch mehr auf. Es bezeichnete den totalen Bruch, die Umwertung aller Regeln, die in ihrer Beziehung geherrscht hatten. Anna hatte vorher niemals um etwas gebeten. Nun hielt sie mehrere Tage lang durch mit ihrer Sack-und-Asche-Rolle, aber er konnte nicht aufhören, sie zu beschimpfen, sie eine Lügnerin zu nennen, eine Verräterin, Betrügerin. Und ich habe jedes Recht dazu, schrie er und knallte mit den Türen. Irgendwann gab sie auf. Er hatte gleichzeitig gefürchtet und herbeigesehnt, dass sie ihre Sachen packte, aber als sie damit begann, konnte es ihm gar nicht schnell genug gehen. Er öffnete die Fenster und warf alles hinaus, ihre Kleider, Bürsten, Schuhe.

Draußen ging die Apothekerin mit ihrer halbwüchsigen Tochter vorbei, auf ihrem gewohnten Sonntagsspaziergang. Das Mädchen trug damals noch eine lächerliche Samtschleife auf dem Kopf, die wippte wie bei einem Turnierpferd. Anna, mit rotem Gesicht und verweinten Augen, lief im Vorgarten hin und her und hob alles auf, raffte zusammen, manches fing sie sogar im Flug. All das war verschwunden gewesen, vergessen. Erst als er vorhin sein Ausgemistetes einsammelte, war es zurückgekommen, stinkend und widerwärtig. Am liebsten hätte er ihr damals noch einen Fußtritt versetzt oder sie geohrfeigt, so verletzt und gedemütigt, so vollkommen außer sich, entwurzelt, heimatlos, verraten, verstoßen hatte er sich durch ihren Betrug gefühlt. Was, wenn er auf ihre Vorschläge eingegangen wäre? Hätte er ihr je wieder vertrauen können? Wäre sie heute noch da?

Er schaltete den Staubsauger ab. Er ging unter die Dusche und zog sich etwas Frisches an. Er hatte nicht bedacht, dass auch der neue balinesische Tisch schon ein bisschen Schmutz angesetzt hatte. Aber hier draußen auf dem Land spielte das keine Rolle. Er nahm den Tisch auf die Arme, trug ihn hinaus und legte ihn in die Schubkarre wie ein großes, faules Kind. Auf dem Weg hinüber zu Rebecca freute er sich bereits auf die neue Leere in seinem Wohnzimmer. Da stand jetzt nichts mehr in der Gegend herum, da gab es jetzt einfach mehr Platz.

Als er sich dem Haus näherte, kam sie gerade heraus, mit langsamen, zögernden Bewegungen. In ihrem senfgelben Kittelkleid blieb sie in ihrer Tür stehen und sah ihm mit großen Augen entgegen, als hätte sie eine Vorahnung gehabt. Schauen Sie, rief er ihr schon von weitem zu, schauen Sie nur, der Tisch streckt Ihnen schon voller Freude die Beine entgegen!

Enten

Enten können gleichzeitig schlafen und nach Feinden
Ausschau halten. Sie schließen nur ein Auge und
lassen eine Gehirnhälfte ruhen, während die andere
Wache hält. Die Gehirnhälften wechseln sich dabei
pro Nacht mehrmals ab, berichten Forscher im
Fachmagazin »Nature«. Wenn Tiere zu mehreren
in einer Gruppe ruhen, dann sind naturgemäß die
am Rand sitzenden Individuen besonders stark
gefährdet. Während die Enten in der Gruppenmitte
nur etwa zwölf Prozent der Nacht »einäugig«
schliefen, verbrachten die am Rand sitzenden
Tiere einunddreißig Prozent der Nacht einäugig.

Als das Auto fast fertiggepackt war, erschien das Abschiedskomitee zeitgleich auf der Bildfläche. Die großen Jungs, quasi über Nacht zu schlaksigen Türmen mit rauhen Gesichtern geworden, zappelten im Gegenlicht der Wintersonne. Abschiednehmen war genauso peinlich wie die meisten Dinge. Unverkrampft waren sie nur ihrem jüngsten Bruder gegenüber, der ihnen gerade an den Bauch reichte. Mit ihm vergaßen sie die Posen und bewegten sich ausgelassen, hoben ihn in die Luft und küssten ihn ab. Ihre tiefen Stimmen waren noch ungewohnt, die Witze und Streitereien aber wie früher, als sie noch die kleinen, weichen Körper hatten.

Auch Chloe, die Nachbarin, war gekommen. Zum dicken Mantel trug sie eine strenge Miene, die den Abschiedsschmerz eher betonte als verbarg. Jenna und sie hatten sich in den vergangenen Jahren eng angefreundet, was für beide überraschend gekommen war. Jenna teilte inzwischen auch sehr private Sorgen mit ihr. Ich wollte immer eine Tochter, hatte Chloe, die, was keiner glauben mochte, auf die Siebzig zuging, vor einer Weile wie nebenhin bemerkt, und Jenna, die sich einbildete, mit ihr so unverkrampft umgehen zu können wie sonst nur mit einem einzigen anderen Menschen, antwortete selbstbewusst: Du hast doch mich.

Ben war mit den letzten Feinheiten des Packens beschäftigt. Er ging um das Auto herum, rüttelte prüfend an der Ladung und stopfte Hohlräume aus. Am Ende war es doch chaotisch geworden, als sie sich einem wachsenden Haufen von Kleinigkeiten gegenüber sahen, die alle noch untergebracht werden wollten. Jenna begann, diese Kleinigkeiten in Beutel und Plastiksäcke zu stopfen: Lieblingsschuhe, die letzten, auf der Wäscheleine übersehenen Unterhosen, die Kaffeemaschine, die Ladestation für den ferngesteuerten Tyrannosaurus Rex und ein bisschen Christbaumschmuck für das weit in der Zukunft liegende, im Grunde unvorstellbare nächste Weihnachten.

Es gab ein kurzes Gehakel zwischen Ben und Jenna, wer als erster fahren durfte. Chloe fotografierte derweil die Kinder, die sich zum A gruppiert hatten. Die Großen lehnten in seltener Eintracht die Schultern aneinander und hielten sich den Kleinen wie einen strampelnden, lachenden Querbalken vor die Brust. Dann ging alles schnell. Die Arme der Jungs legten sich einem eckig und eilig um die Schultern. Roboterhaftes Geruckel, auch wenn es gewiss maximal innig gemeint war. Zwischen dem Vater und seinen großen Söhnen die männlichen Geräusche übertriebenen Rückenklopfens mit der flachen Hand, wie Trommeln. Man stieg einander auf die Füße, entschuldigte sich, verirrte sich einen Moment lang in einem winzigen Wald durcheinanderstolpernder, wohlbekannter Menschen. Vorbeihuschende Wahrnehmungen. Ein verdächtiger Fleck am Hals des Älteren – hat er also doch schon Sex? Der Mittlere drückt noch immer zu viel an seinen Pickeln herum. Sagen durfte man das nicht. Zum Schluss roch Jenna, erstaunlich intensiv, Chloes vertrautes Parfum und bekam ein paar von ihren wilden Locken in die Augen. Bei den Türken, sagte Chloe, wird einem abfahrenden Auto Wasser nachgeschüttet, auf dass es die Insassen wohlbehalten ans Ziel schwemmt. Jenna kam das Lachen mit einem falschen Ton heraus. Als brächte dieses neue Wissen Unglück, da sie kein Wasser vorbereitet hatten.

Sie setzte sich hinter das Lenkrad, denn sie hatte ihren Willen bekommen – wie immer, hatte Ben kommentiert, und es war nicht zu entscheiden, ob er das genervt oder liebevoll-ironisch meinte. Auf dieser unerforschlichen Schneide balancierte ihre Ehe seit einer Weile, von beiden Seiten aus. Und dann fuhren sie einfach los, als wäre so ein Abschied nichts, die Sonne schien, es war kaum Verkehr, und erst an der Stadtgrenze fiel ihr auf, dass sie gar nicht mehr in den Rückspiegel geschaut hatte. Weil sie Gestalten, die kleiner wurden, so schlecht ertrug?

Wenn sie versuchte, sich die Abreise ihres Vaters damals vorzustellen, verdunkelten sich die Bilder. Als hätte man in den eigenen Gedanken eine Sehstörung. Finster und kalt, Menschenmassen, die auf gespenstisch-lautlose Weise hysterisch waren. In der Bildmitte ihre Familie, in historischen Kostümen. Die Großeltern und der halbwüchsige Onkel in der Bewegung eingefroren, nur ihr kleiner Vater, der gar nichts verstand, zappelte. Er hatte diese übergroßen Kinderaugen, die ihm nicht allein gehörten, sondern allen armen Kindern der Welt und der Geschichte. Alles in Schwarzweiß, ein alter Film ohne Ton. Wenn Jenna autoaggressiv aufgelegt war, stellte sie sich als Untermalung Klaviermusik vor, wie zur Stummfilmzeit üblich. Walzer, Polka, Marschmusik. Der Führer schickt die Juden auf den Zug.

In all den Jahrzehnten, die sie mit dieser Szene verbrachte hatte, hatte sie sich kaum verändert. Im Grunde war sie ein Nichts, ein Abziehbild. Sie war der Platzhalter einer Wahrheit, die sich nicht mehr bergen ließ. Und wenn sie sich hätte bergen lassen, hätte man sie ohnehin nicht ausgehalten, verweichlichter, ahnungsloser, im Wohlstand gemästeter Nachkriegsidiot, der man war.

Natürlich war ihr klar, dass die bedeutenden Momente im Leben meist genauso unbemerkt abliefen wie alle anderen. Erst die Rückschau verlieh bestimmten Szenen ihre Aufladung, ihr einzigartiges Licht. Trotzdem musste es Ereignisse geben, von denen man gleich wusste, dass sie schwerer wiegen würden als das meiste andere, was die Zukunft noch bereithielt. Zum Beispiel der Abschied vom eigenen Kind, wenn es ein Abschied ohne Wiedersehensgarantie war. Und doch kam sie an die Sache selbst einfach nicht heran, so wenig wie ein Fisch ans Wasser, von dem er doch umgeben und durchdrungen ist.

Die ersten anderthalb Stunden sprachen sie kaum und hörten auch keine Musik. Draußen flog vorbei, was Jenna für die deprimierendste Landschaft Europas hielt, das platte, scheinbar menschenleere Brandenburg. Kleinmachnow, Teltow-Fläming, Beelitz-Heilstätten. Schon die Namen klangen, wie Grünkohl schmeckt. Langsam wurde es besser, mit den Namen und der Landschaft, aber es fiel ihr immer erst auf, wenn sie die Elbe überquerten. Sammy saß hinten, die feuerroten Kopfhörer auf, wippte mit den Füßen und zeigte gelegentlich das Victory-Zeichen, wenn sie ihm im Rückspiegel zulächelte. Sie bestand darauf, dass sein Kindersitz auf dem mittleren Platz der Rückbank blieb, wie früher, als noch die Großen rechts und links von ihm gesessen und ihn abwechselnd unterhalten oder sekkiert hatten. Denn dort in der Mitte war der Luftraum um ihn herum am Größten, er konnte sich weit mit eingedrückter Karosserie füllen, bevor Sammys Gliedmaßen erreicht würden, die zarten Glieder ihres einzigen Kindes. Sammy wäre lieber am Fenster gesessen, aber wenn er sich beschwerte, pries sie ihm den Platz damit an, dass er zwischen ihnen hinausschauen konnte, als wäre er vorn mit dabei.

Der Statistik zufolge stirbt der Beifahrer als erstes. Daran dachte sie jedes Mal, wenn Ben und sie nach den vom ADAC empfohlenen anderthalb Stunden die Plätze tauschten. Sein Fehler würde sie das Leben kosten. Das galt auch umgekehrt, aber davor hatte sie, solange sie am Steuer saß, keine Angst. Sie war zwar überzeugt, dass man die Schuldgefühle ein Leben lang nicht loswerden würde, was für einen selbst offenkundig viel quälender wäre, als tot zu sein.

Aber solange sie fuhr, hatte sie es in der Hand. Und da hoffte sie darauf, dass ihr im Notfall irgendetwas gelingen würde, auch wenn man nur Sekundenbruchteile hatte. Anders als Piloten. Wenn dort oben etwas Unerwartetes geschah, blieb den Piloten viel Zeit, zu reagieren. Das hatte sie im Flugangst-Seminar gelernt. Es war eine der Informationen gewesen, die fast sofort gewirkt hatten. Wie auch ein zweiter Satz jenes vorbildlich gealterten Lufthansa-Instruktors in goldbetresster Uniform, den man, mit seinen sonnengebräunten Erfahrungsfurchen, nicht besser hätte casten können. Der andere Satz lautete: Da oben, auf zehntausend Metern, sind nur Profis unterwegs. Nicht wie hier unten im Straßenverkehr.

Als sie nach jenem faszinierenden Wochenende nach Hause gekommen war – sie konnte Sammy nun anhand eines einfachen Blattes Papier erklären, warum ein Flugzeug fliegt –, war sie überzeugt, auf dem besten Weg zur Heilung zu sein. Flugangst war eine Art Hexenschuss der Seele, den man durch Fehl- und Schonhaltung maximal verschlimmern konnte. Kommt übrigens besonders häufig bei Frauen vor, sobald sie Kinder haben, predigte sie und hatte dabei dieses bedauernswerte Geschöpf mit Handschweiß und unkontrollierbarem Kniezittern schon ein stolzes Stück hinter sich gelassen. Dies Geschöpf spülte das Valium auch frühmorgens mit Rotwein hinunter, bevor es ins Flugzeug stieg. Es lallte selig, wenn es wieder aussteigen durfte. Es war peinlich. Sie sagte zu Ben: Man bekommt direkt Lust, den Pilotenschein zu machen. Und Ben schaute sie an, mit dieser Mischung aus genervt und liebevoll-ironisch, und antwortete: Dir ist ja alles zuzutrauen.

Irgendetwas haben wir bestimmt vergessen, sagte Ben, kurz bevor sie wechselten. Sie korrigierte im Kopf: Hast *du* bestimmt vergessen. Laut sagte sie: Es gibt nichts, was man dort nicht bekommt.

Solange du es so siehst …, sagte Ben und nahm einen Schluck aus der Wasserflasche. Sie beobachtete aus den Augenwinkeln, wie er die Flasche zuschraubte und ins

Seitenfach der Autotür zurückstellte. Sie sagte: Ich hätte auch gern etwas. Er entschuldigte sich und reichte ihr das Wasser.

Die allgemeine Ansicht über sie als Paar lautete: Treffer. Beide temperamentvoll und meinungsstark, aber ebenso liebenswürdig, sozial und kommunikativ. Er eventuell ein wenig erdiger, sie etwas luftiger, aber beide rundum entwickelte Persönlichkeiten.

Die Ansicht von Jennas Familie lautete: Ein Glück, dass sie diesen Mann gefunden hat, schwierig und hochnervös, wie sie ist. Tüchtig ist sie, das schon, aber das daueraufgeregte Gesamtpaket muss einer erst einmal aushalten. Das schafft nicht jeder. Sie hätten es nicht geschafft, sie hatten es beinahe nicht geschafft, als sie noch minderjährig und zu Hause war. Manchmal war alles auf der Kippe gestanden, der Haussegen, die Ehe der Eltern. Das Gebot, Kinder nicht zu schlagen, hatte damals sowieso nicht gegolten. Als sie mit achtzehn in einem hochdramatischen Akt auszog (niemand außer Jenna wusste mehr, worum es eigentlich gegangen war), hatten sie erleichtert die Handflächen gegeneinander geschlagen, als klopften sie den Kampfesstaub ab. Obwohl sie auch traurig gewesen waren, natürlich. Aber besser, man hielt ein bisschen Abstand.

Nachdem sie sich ausgetobt und das Wichtigste über ihre emotionalen und sexuellen Bedürfnisse herausgefunden hatte, heiratete sie Ben. So hätte sie es erzählt.

Nach einer abenteuerlichen Reihe von Missgriffen, darunter ein alkoholkranker Juwelier und ein professioneller, angeblich bisexueller Motocross-Fahrer – und die waren noch nicht die schlimmsten –, fand sie zum Glück Ben: So erzählten es grinsend Jennas Vater und Bruder, wenn sie in Stimmung waren.

Ab da wurde sie ruhiger. Deshalb schätzte ihre Familie Ben, der sich ihnen gegenüber zuverlässiger und besonnener gab, als er war. Aber da ihre Familie nicht besonders aufmerksam war, wenn es nicht um sie selbst als Gesamtkunstwerk ging, fiel ihnen das gar nicht auf. Deshalb hielten sie an jenem kränkenden Mythos fest, der aus Ben geradezu den Dompteur eines Wildtiers machte. Und aus Jenna die Hauptgewinnerin im Männer-Lotto.

Seit einiger Zeit hatte Jenna den Eindruck, dass Ben ihre schlechten Eigenschaften übernahm, während er die, die sie für ihre besten hielt, inzwischen derart heftig ablehnte, dass sie sie selbst in Frage zu stellen begann. Die Sache mit der Wasserflasche und die neurotische Angst, etwas vergessen zu haben, waren gute Beispiele. Früher hatte er sie beruhigt oder milde verspottet, wenn sie alles mittels Listen vorausplanen und danach fünfmal kontrollieren wollte. Wenn sie ihre Sicherheits-Zeitpolster immer weiter vergrößerte, zog er sie damit auf, dass sie noch irgendwann einen ganzen Tag zu früh kommen werde. Inzwischen war er es, der mit klimperndem Schlüsselbund im Vorzimmer stand, während sie sich schminkte. Obwohl sich an ihrer Pünktlichkeit nichts geändert hatte. Inzwischen war er unzufrieden, wenn sie als Mitbringsel bloß eine Weinflasche oder ein paar Blumen vorbereitet hatte, obwohl sie sich, im Gegensatz zu ihm, genau daran erinnern konnte, was ihre aktuellen Gastgeber ihnen beim letzten Mal mitgebracht hatten: nämlich nichts.

An seiner grenzenlosen Unaufmerksamkeit, die sie, sie gab es zu, anfangs als intellektuelle Zerstreutheit fast rührend gefunden hatte, änderte sich deshalb nichts. Er ließ ihr Schwingtüren ins Gesicht fallen, er ging kilometerweit voraus, weil er nie bemerkte, dass sie vor einem Schaufenster stehengeblieben war oder auf hohen Schuhen einfach nicht nachkam. Er hatte sie schon mehrmals mit der Fernbedienung im Auto eingesperrt, sie saß dann da und zählte, kalt vor Wut, die Sekunden, bis er es bemerkte. Er schenkte den Gästen nicht nach, weil er sich selbst am besten unterhielt, und wenn er kochte, fiel ihm erst beim Servieren ein, dass er vergessen hatte, die Platte einzuschalten, auf der der Topf mit der Beilage schon von ihr vorbereitet gewesen war. Wenn sie versuchte, ihn unauffällig zu lenken, herrschte er sie vor allen anderen an, dass er zum Glück nicht der Idiot sei, für den sie ihn halte. Wenn sie ihn, was ihr schwerfiel, nicht erinnerte, und etwas ging schief, zeigte er höhnisch auf sie und sagte, bitte schaut euch ihr Gesicht an, jetzt glaubt sie wieder, ich werde demnächst dement.

Das waren die banalen, aber morastigen Winkel, in denen eine an sich glückliche Ehe feststeckte. Man kam da, nach eineinhalb Jahrzehnten, nicht mehr heraus. Sie hatte es ihm zu erklären versucht. Es war wie mit einer Allergie. Es genügt, sich die Haselnuss vorzustellen, und man ringt schon nach Luft.

Ihr letztes gescheitertes Beziehungsgespräch hatte sie damit begonnen: Sie verstehe, dass er sich von ihr oft kontrolliert fühle. Ob zu Recht oder zu Unrecht, sei egal, da es um seine subjektive Empfindung gehe. Sie habe sich seit einer Weile sehr um Besserung bemüht. Sie zähle, wie in Frauenzeitschriften empfohlen, innerlich bis drei, bevor sie etwas kritisiere. Manchmal zähle ich auch bis fünf, sagte sie und lachte nervös. Oft gelinge es ihr, den Satz herunterzuschlucken. Das Problem sei jedoch, dass ihm die Male, wo sie sich ihre sogenannten typischen Bemerkungen verbiss, gar nicht auffielen, dass hingegen er, wenn sie es nicht schaffte, genau so sauer sei wie je.

Verstehe, sagte er, und die kleinen goldenen Punkte in seiner Iris schimmerten wie damals, als sie sich in ihn verliebt hatte. Verliebt wie nie zuvor in ihrem Leben. Inzwischen hatte er viel mehr Bauch und weniger Haare. Ihn selbst störte der Haarausfall, sie dagegen der Bauch. Sie nahm nicht an, dass er das wusste.

– Du willst also sagen, ich nehme eine Viertel Haselnuss für die ganze?

– Ein Haselnuss-Molekül.

So sehr hast du dich gebessert, und ich habe es gar nicht gemerkt, fragte er, nur mit einem winzigen Schuss Ironie. Er bat sie, ihm ein paar Beispiele zu geben für Momente, wo sie sich ihre Kritik verkniffen habe. Er sagte nicht, heldenhaft verkniffen. Er fragte neutral. Und deshalb klappte sie willfährig den Daumen auf: Letzte Woche den falschen Saft gekauft, jenen, nach dem Sammy früher immer gebrochen hat … – macht nichts, ich hab ihn gleich selber getrunken. Den Zeigefinger: Am Mittwoch vor Olivers Augen Parmesan in die Sauce geschüttet, jetzt wird er auch Spaghetti Carbonara nie wieder essen. Er hat sich dann gleich unter Vorwänden entschuldigt, aber das ist dir auch nicht aufgefallen, ist weggegangen, ohne etwas zu essen, ausgerechnet Oliver, der doch immer vor Hunger … Sie klappte großzügig den Mittelfinger auf und sagte: Das gilt eigentlich schon als drei.

Stopp, sagte Ben, und als sie zu ihm schaute, war sie verblüfft, wie schnell sich ein Gesicht verändern konnte. Merk dir eins, sagte er schneidend, ich werde es dir nie recht machen, weil man es dir nicht recht machen kann. Und das Problem ist nicht, dass du diesen lächerlichen Scheiß nur manchmal sagst, sondern dass du ihn jedes Mal denkst! Dass du ihn noch Wochen später replizieren kannst!

Tage später, murmelte sie, aber es war zu spät. Das Gebrüll und die geknallten Türen waren nicht mehr zu verhindern, nicht die Tränen (ihre) und die gegenseitigen Beschimpfungen. Nicht die finalen Sätze (warum bist du mit einer obsessiven Irren wie mir dann schon seit fünfzehn Jahren zusammen? Bezahlt man dich etwa dafür?), nicht die Sippenhaft (ihr interessiert euch doch alle nur für euch selbst, du und deine Familie, ihr seid fehlerlos und unerreichbar). Bei diesem letzten Mal, vor ziemlich genau vier Monaten, erschien am Ende Sammy, im Schlafanzug. Sie hatten ihn offenbar wachgebrüllt. Das war noch nie vorgekommen. Er stand in der Tür und musterte sie, nicht vorwurfsvoll, nicht erschrocken, sondern wie ein unerbittlicher kleiner Verhaltensforscher im Feld. Als sie ihn ins Bett brachte, drehte er sich zur Wand. Als sie bettelte, um ein einziges Bussi bettelte, legte er sich den Polster über das Gesicht.

Zwei Wochen später lernte sie in Folge verschiedener Zufälle, die sie beide später magisch nannten, den Maler kennen, der sexuell und seelisch hochempfindlich war wie eine Jungfrau mit milchweißer Haut. Vier Wochen und zweihundert SMS später gingen sie miteinander ins Bett. Und seither hatten Ben und sie nicht mehr gestritten. Wohl, weil Ben sich angesichts der großen Reise zusammenriss, aber auch, weil sie wusste, dass sie jedes Recht verloren hatte, sich über irgendetwas zu beschweren. Was immer ihr Mann tat oder unterließ, was er vergaß, verschlampte, nicht kapierte oder verlor, es reichte nicht heran an das, was sie hinter seinem vertrauten Rücken fast jeden zweiten Tag kriminell und selbstvergessen mit diesem anderen machte, der schöner war, jünger, unbeherrschter, womöglich nur halb so klug wie Ben, aber insgesamt eine einzige himmlische Erlösung.

Es hieß, die Ehe ihrer Großeltern sei nicht glücklich gewesen. Der Großvater ein gutaussehender Schlawiner, der nichts anbrennen ließ. Die Großmutter eine strenge Schönheit, mit erheblich mehr Busen als Humor. Jenna glaubte, dass sie intelligent gewesen war, die Großmutter, mehr, als gut für sie war. Die winzigen Spielräume zu jener Zeit schnürten ja allen Frauen die Luft ab, doch die Intelligenten litten stärker daran. Der Mann also gutaussehend, aber untreu, endlos geistreich, aber ein Hasardeur, spielsüchtig, größenwahnsinnig, verantwortungslos. Es bestand keine Möglichkeit, Einfluss zu nehmen. Nicht einmal, den Schaden zu begrenzen. Nur zusehen konnte die rotblonde Großmutter, selbst gerade erst Mutter geworden: zusehen, wie er ihrer aller Zukunft verspielte. Mit dem Geld und dem Ansehen verspielt man in Wien auch die Beziehungen. Und das wurde lebensgefährlich. Was der Großvater nicht hatte wissen können, als er sein Geld in den frühen Dreißigerjahren an Pokertische trug oder auf Betrüger hereinfiel, die sich als Großhändler mit neuen Geschäftsstrategien ausgaben. Zwar hatte er es nicht wissen können, aber Jenna hätte es ihm, bei allem Charme, dennoch nie verziehen, als das Geld dann so würgend fehlte, um Visa oder Affidavits zu bekommen. Um Beamte oder Bekannte zu bestechen.

Hatte die Großmutter sich deswegen Vorwürfe gemacht? Oder nur ihm, der das Geld durchgebracht hatte? Hätte sie sich um der Kinder willen scheiden lassen sollen? Solche Deals gab es damals zuhauf. Sag dich von dem Juden los, und wir drücken beide Nazi-Augen zu. Sie hätten ihn abgeholt, noch bevor ihre Unterschrift trocken gewesen wäre.

Die Großmutter hatte alles richtig gemacht. Sie hatte niemanden geopfert, niemanden geschont. Unumkehrbare, also blutige Entscheidungen zögerte sie hinaus. Sie versuchte, das Spiel offen zu halten. Vielleicht hoffte sie, dass es nicht ganz so schlimm käme. In Lebensgefahr nur kleine Züge machen, Minenfeld-Schrittchen. Wusste sie, dass sie in Lebensgefahr waren? Wie schätzte sie ihre Chancen ein? Als sie beschlossen, die Kinder nach England zu schicken, musste sie an ein Wiedersehen geglaubt haben. Hatte sie? Vielleicht nur an ihr eigenes Wiedersehen mit den Kindern, weil man ihn doch noch abgeholt hätte. Niemand hatte gewusst, wie es weitergehen würde. Zu keiner Zeit weiß man, wie es weitergehen wird, auch wenn man immer etwas vermutet.

Die Großmutter war perfekt arisch gewesen, zurück bis in die x-te Generation. Jenna bewahrte ihren Ahnenpass in dem glänzend blauen Schuhkarton auf, auf dem mit Filzstift *Archiv* geschrieben stand. Eine kreuzbrave Reihe von mährischen Bauern, Schmieden, Sattlern, Tischlern. Keine Händler. Den weltgewandten Händler hatte sie geheiratet, er war ihre Fahrkarte in die kaiserliche Hauptstadt gewesen. Was war das Schlimmste, mit dem sie gerechnet hatte, damals, auf dem weihnachtlich geschmückten Westbahnhof? Ein halbes Jahr? Ein ganzes? Oder hatte sie sich klargemacht, dass es der letzte Blick sein konnte? Der allerletzte auf ihre beiden Kinder: Der Kleine mit den abstehenden Ohren, im Moment sehr verschreckt, aber dennoch ein Stehaufmanderl. Er würde sich durchcharmieren, genau wie sein Vater. Der Große dagegen, zu klein und lachhaft dünn, nahm alles schwer. Mit fünfzehn wirkte er schon düster und sah dabei aus wie zwölf. Aber er war klug, und das würde ihm helfen, viel mehr, als es ihr selbst geholfen hatte.

Vielleicht hätte die Ehe ihrer Großeltern unter anderen Umständen nicht unglücklich werden müssen.

Sie kehrten in der Raststätte ein, in der Ben und Jenna vor anderthalb Jahrzehnten mit den damals kleinen großen Jungs beim Essen Autotransporter gezählt hatten. Aus Nostalgie machten sie hier Halt, an der ehemaligen Grenze zwischen den beiden Deutschlands, obwohl selbst Sammy für die Sensation eines quer über der Autobahn schwebenden Restaurants schon zu alt war. In Wahrheit ein Zeppelin aus Beton, geschmacklos wie so vieles in diesem Land, geklotzt in den sprichwörtlichen deutschen Wald. Kleinen Jungs war das egal, denn während sie sich die Gesichter mit Mayonnaise oder Schokoladensauce verschmierten, starrten sie fasziniert von oben auf die Autobahn, die ihnen erscheinen musste wie animiertes Spielzeug. Als sie das erste Mal hier waren, war Jenna atemlos gewesen vor Liebe zu Ben, und gleichzeitig bemüht, den Überschuss dieser Liebe seinen beiden Kindern keinesfalls aufzudrängen. Lediglich anzubieten, ohne Erwartung. Als würde nicht auch das großzügigste Angebot, irgendwann, vielleicht erst Jahre später, vom Anbieter mit der mangelnden Nachfrage verrechnet werden.

Zwei Szenen hatten sich hier ereignet, die eine schön, die andere ein wiederkehrender Alptraum. Nummer eins: Sie war mit Oliver zur Toilette gegangen, besser gesagt, er hatte zum ersten Mal eingewilligt, mit ihr zu gehen. Er war fünf Jahre alt. Sie hatte keine Erfahrung mit Kindern, sie war ein stürmisch verliebtes Mädchen und wusste nicht, dass sie ihn vermutlich an der Hand hätte nehmen müssen. Er fiel die Treppe hinunter und begann mit jener kurzen Verzögerung zu brüllen, die sie von nun an bei jedem Kinderunglück wahrnehmen würde. Ein Sturz, ein Atemzug Pause, dann erst Gebrüll. Der Rhythmus wäre in präzisen Notenwerten zu notieren: Paukenschlag, Viertelpause, Einsatz der Trompeten fortissimo. Die Trompeten aber bedeuteten, was sie damals noch nicht wusste: Gut gegangen.

Ein Treppenabsatz aus graugesprenkeltem Marmor, ein rot angelaufenes, zur Unkenntlichkeit verzerrtes Kindergesicht. Und kein Mensch in der Nähe. Zum Glück kein Blut. Sie breitete, unendlich schockiert, die Arme aus, und Oliver, der Schüchterne, stürzte sich mangels Alternative hinein. Sie umarmte ihn, sie hielt ihn fest, roch den Kinderschweiß seiner Kopfhaut, das genetische Programm wies sie an, zu murmeln und zu wiegen, es funktionierte, er beruhigte sich. Sie hatte ihn dann eine Weile auf ihren Knien sitzen, strich ihm immer wieder die Haare aus der Stirn hinter die Ohren, mit dieser sinnlosbetulichen Muttergeste, die sie sich danach meistens verbat. Und sie schämte sich noch immer, dass sie für diesen Sturz beinahe dankbar gewesen war.

Die zweite Szene musste ein oder zwei Jahre später stattgefunden haben, denn Luca wurde nicht mehr im Buggy gefahren. Sie hätte es noch immer aufzeichnen können, für den Richter oder Unfallgutachter: Sie selbst, aus irgendwelchen Gründen vorausgegangen, am Eingang zum Restaurant, Ben im Gespräch mit Oliver zwischen den parkenden Autos. Dann ging Ben mit Oliver los und er achtete nicht darauf, wo Luca war, der wie immer verträumt neben seinem Knie gestanden war. Ben und Oliver gingen also plaudernd los, über die Parkplatzstraße, Luca blieb zurück, und als er sich plötzlich in Bewegung setzte, hatte Jenna schreien wollen … aber sie schrie nicht. Sie hatte nie verstanden, warum.

Ben und Oliver waren schon fast bei ihr, das Auto kam sehr langsam heran, da wischte Luca knapp davor vorbei und drängte sich zu ihnen. Der Fahrer hatte ihn wahrscheinlich gar nicht gesehen, denn wie hoch ist man mit drei oder vier Jahren? Einen Meter? Es ging so schnell, es war so schnell gegangen, nichts war geschehen, nichts anstelle der ewigen Katastrophe. Jenna stammelte Anklagen, aber Ben verstand gar nicht, was sie meinte. Sie wollte es vor den Kindern auch nicht allzu genau erklären, du musst ihn doch an der Hand nehmen, schluchzte sie. Ben hatte den Fehler gemacht, aber sie hatte ihn gesehen und nicht eingegriffen. Sie wäre schuld gewesen, wenn. Sie war dazu da, alle Fehler vorherzusehen, und falls ihr das nicht gelänge, sie in voller Schicksalsfahrt umzulenken.

Damals, mehr als ein Jahrzehnt nach der Wende, hatte das Restaurant nach altem Öl und saurem Bier gestunken. Inzwischen war es in eine Gastronomielandschaft verwandelt worden: Salatbar, Burger-Theke und Kaffeestation, farbiges Resopal und geschwungene Aufbauten aus Messing, daran drapiert falsche Kürbisse, Maiskolben, Weintrauben, geeignet, den Amokläufer in einem wach zu kitzeln. Aber die Autos sah man immer noch von oben flitzen wie auf einer Faller-Autobahn, womöglich machte das ihr selbst inzwischen am meisten Spaß. Der unbeteiligte Blick von oben.

Während Ben und Sammy sich an der Burger-Theke anstellten, sollte sie für Ben einen Salat holen. Warum hieß es Burger-Theke, aber Salat-Bar? In raren Momenten schien Ben abnehmen zu wollen. Oder war es nur die ewige Sorge ums Geld? Sie hatte in den letzten Monaten begonnen, Zeit für sich allein abzuzweigen, geschickt und verschämt wie eine Süchtige. Damit meinte sie keineswegs die dekadenten Stunden, in denen sie, scheinbar von allen irdischen Fesseln befreit, an den Maler geklammert auf dessen Matratze lag, während Sonnenzungen über das staubige Parkett auf sie zukrochen.

Nein, sie brauchte, um sich daran gebührend zu erinnern, noch zusätzliche unbedeutende Minuten, die sie sich im Familienverbund zusammenstahl, hier und da und überall. Ben und Sammy dort drüben in der Schlange, sie alleine hier. Wenn sie später noch aufs Klo ginge, beim Tanken zahlte und Getränke kaufte, würde sie maximal allein gewesen sein, während dieser gemeinsamen Pause.

Wie schnell man lernt, was der andere mag. Erst ist man stolz und sammelt emsig Kenntnisse, doch mit den Jahren bringt einen der Überfluss an Einzelheiten, so intim wie belanglos, zum Wahnsinn. Ben aß, im Gegensatz zu ihr, gern Rote Rüben. Der Rübensaft lief den Salatblättern freudig entgegen. Sie schüttete den roten Fluss mit Mais und Karotten zu. In den dickwandigen Tonkrügen fand sie kein Dressing, das er mochte. Keine einfache Essig-Öl-Marinade, nur schwere Saucen in verschiedenen Farben, rosa, ockergelb, weiß oder weiß-grün-gesprenkelt. Sie entschied sich für letztere und wusste schon, dass er sich beschweren und es für ihren Fehler halten würde. Er wusste in allem viel weniger genau, was sie mochte. Er wusste nicht einmal, wie genau sie es umgekehrt über ihn wusste. Und deshalb war sie jedes Mal maßlos gekränkt, wenn er ihr unterstellte, das Falsche genommen zu haben, anstatt davon auszugehen, dass es das Richtige einfach nicht gegeben hatte.

Dafür noch teuer, sagte Ben, wickelte ein großes Salatblatt um die Gabel und ließ das Kräuterdressing abtropfen. Sie aß eine Currywurst und schaute auf die Autobahn. Auch in ihrer Ehe saß sie im Brückenrestaurant und sah die Bewegungen aus kühler Höhe. Geiz war bisher ihre schlechte Eigenschaft gewesen, die verkrampfte Sorge um eine Zukunft, die einen vergessen ließ, die Gegenwart zu genießen. Inzwischen schien er auch das auf sich genommen zu haben wie der Erlöser die Sünden der Welt.

Sammy fragte, ob er noch ein Eis bekäme. Ben schüttelte den Kopf, doch sie sprang sofort auf. Aber natürlich, sagte sie, heute ist ein besonderer Tag. Sammy, der so groß und kompetent geworden war in den letzten Monaten, als ob er auch an ihren äußeren und inneren Abwesenheiten wüchse, nahm sie an der Hand, und als harmonisches Mutter-Kind-Paar stellten sie sich aufs Neue an. Sie ermutigte ihn, sich ein großes Eis zu nehmen, mindestens zwei Kugeln – magst du immer noch Streusel? Er registrierte die Großzügigkeit mit Interesse. Die eigenen Kinder wissen alles über einen, auch wenn sie es nicht formulieren können, wahrscheinlich nicht einmal später, als Erwachsene.

Als Sammy fünf oder sechs Jahre alt war, verbrachte sie mit ihm fast eine Stunde in der Spielwarenabteilung eines Kaufhauses, bis sie endlich den Grund für seine anwachsende, am Ende überwältigende Verzweiflung verstand. Er hatte von Jennas Eltern einen Geldschein bekommen, zum Geburtstag oder zu Weihnachten, und wollte sich nun selbst etwas kaufen. Jenna hatte ihm die Preisschilder an den Regalen gezeigt und erklärt: Alles bis neunzehn Komma irgendetwas. Er konnte die Zahlen schon.

Erst fand er interessant, dass hinten alles neunundneunzig kostete. Erst kam er immer wieder und vergewisserte sich. Neun Komma geht? Neunundfünfzig Komma nicht? Was ist mit sieben Komma neunundneunzig? Liebevoll erklärte sie es ihm immer wieder.

– Was passiert, wenn wir das mit neunundfünfzig Komma trotzdem nehmen?

– Sie würden es uns nicht mitnehmen lassen.

Sie sah ihm dabei zu, wie er zwischen den Lego- und Playmobil-Regalen auf und ab lief, wie aufmerksam er schaute. Sein erster eigener Einkauf, die erste Verantwortung mit eigenem Geld. Sie wollte ihm so viel Zeit lassen, wie er brauchte. Ungeduld war eine ihrer schlechtesten Eigenschaften, und wenn überhaupt, schaffte sie es nur für Sammy, sie im Zaum zu halten. Dabei wusste sie doch, wie schwer sich Kinder entscheiden. Bald schien er nur noch die Preisschilder zu sehen, sein Finger fuhr die Leisten ab, an denen sie befestigt waren. Schließlich kam er, blass und erschöpft, zu ihr zurück und wollte gehen.

Aber warum denn, fragte sie, von all diesen schönen Sachen gefällt dir gar nichts?

Er sah zu Boden.

Wenn dir etwas gefällt, das ein bisschen teurer ist, dann könnte ich dir vielleicht was dazu…, sagte sie.

Er schüttelte den Kopf und sah weiter zu Boden.

Sammy, sagte sie, bitte, ich bin sicher, du würdest zum Beispiel sehr gern diese Krankenstation hier, mit dem Rettungswagen…

Tonlos sagte er: Nichts, was mir gefällt, kann ich mir leisten.

Und dafür hasste sich Jenna bis heute. Dass sie einen Fünfjährigen in so eine Situation gebracht hatte. Dass sie nicht gesagt hatte, such aus, was dir am besten gefällt, wir nehmen es. Dass sie allen Ernstes mit ihm Kommastellen diskutiert, ihm seine ökonomischen Grenzen gezeigt hatte. Dass sie ihm schon mit fünf Jahren die Illusion genommen hatte, alles sei möglich, jedes Glück der Welt.

Ihr Vater war acht gewesen, als er das lernte. Außer seinen Kleidern hatte er nichts dabei. Er konnte sich nicht erinnern, ein Andenken mitgehabt zu haben, etwas Tröstliches von zu Hause.

Man hat ja nichts gehabt, in dieser Zeit. Das könnt ihr euch heute gar nicht vorstellen.

Murmeln, Spielkarten und aus Lumpen gebastelte Bälle. Ein Stück Zucker, im Kaffeehaus, wenn ein Erwachsener den Kaffee weniger süß trank. Als Jenna klein war, bekam sie diese Zuckerstücke handvollweise geschenkt und verfütterte sie am Wochenende an einen blinden Esel im Badener Kurpark. Das Gefühl seiner pulsierenden Lippen auf ihrer Hand. Ihr Vater hielt sie auf dem Arm, die Mutter fotografierte. Jennas Mutter war fast nie auf Fotos zu sehen. Auf allen Fotos lachte ihr Vater und hielt seine Kinder wie Überlebenstrophäen in die Kamera.

Als Bub hatte er auf der Straße gespielt, und in den Parks. In der Wohnung blieb das größte Zimmer das Jahr über verschlossen, die Möbel abgedeckt. Das gute Zimmer. Es wurde nur bei Verwandtenbesuch und zu Weihnachten betreten. Im Abreisejahr also wahrscheinlich gar nicht. Die Verwandten waren alle schon weg, und sie werden nicht ohne die Kinder gefeiert haben, so wenige Tage danach. Wie haben sie den ersten Abend danach verbracht? Wie die erste Stunde?

Aber dass sie ihnen Fotos eingepackt hatte, die Großmutter, das nahm Jenna doch an. Denn es existierten Fotos aus diesem Jahr, sogar solche, die aussahen, als seien sie extra dafür gemacht worden. Für die Kinder oder für die Eltern?

Auf diesem Bahnhof mit Weihnachtsbaum und SS-Männern mussten die meisten Kinder allein gehen. Es gab Vierjährige, die man in den Dokumenten älter gelogen hatte, damit sie mitdurften. So kleine Kinder, dass sie ihre Eltern innerhalb von einigen Wochen vergessen hatten. Eine Weile lang hätten sie sie natürlich noch wiedererkannt. Aber da die Eltern nicht wiederkamen, wussten sie schon bald gar nicht mehr, was ihnen so sehr fehlte. Neueste hirnphysiologische Forschungen über das Gedächtnis von Kindern zogen Jenna unwiderstehlich an, Studien zu Spracherwerb und Sprachverlust. Wie furchtbar kurz sich Kleinkinder etwas merken können. Zu wissen, wie man isst, und dass man essen muss, wird wichtiger als das Gesicht der Mutter.

Viele waren schlechter dran als wir. Wahrscheinlich die meisten. Man soll nicht undankbar sein.

Ihr Vater war nicht allein gewesen. Er war mit seinem Bruder gefahren. Er war nicht vier, sondern acht. Fast neun. Und vom Ende her betrachtet hatte er unwahrscheinliches Glück gehabt. Aber während man es lebt, kann man das Leben nicht vom Ende her betrachten. Er, der sich an nichts erinnerte, erinnerte sich standhaft daran, das Ganze für ein Abenteuer gehalten zu haben. Eine Kinderreise, mit Spiel, Spaß und Unterhaltung.

Nach der Rast fuhr wieder Jenna. Ben gähnte und kurbelte den Sitz nach hinten. Sammy protestierte und behauptete, sein Bein werde eingeklemmt. Stell dich nicht so an, sagte Ben, Papa muss jetzt eine Runde schlafen.

Mir ist langweilig, sagte Sammy.

Alle Nintendo-Spiele gespielt, fragte Jenna.

Keine Lust mehr, sagte Sammy.

Allein für diesen Satz hat sich die Reise gelohnt, sagte Ben und legte Jenna die Hand zwischen die Beine: Dann schau halt aus dem Fenster.

Auch langweilig, sagte Sammy.

Alle großen Erfinder …, begann Ben.

… haben sich erst sehr gelangweilt, ergänzten Jenna und Sammy.

Aber im fahrenden Auto hat keiner etwas erfunden, sagte Jenna.

Woher willst du das wissen, fragte Ben und fuhr mit dem Zeigefinger am Reißverschluss ihrer Jeans entlang. Sie ruckte unwillig mit der Hüfte.

Ich glaube, die meisten großen Gedanken werden am Klo gedacht, sagte sie.

Oder im Bett, sagte er.

– Da denke ich nicht, da fühle ich, sagte sie.

– Würdest du nur öfter fühlen.

Sie verzog den Mund. Schlaf gut, sagte sie.

Nicht viele Menschen können auf dem Beifahrersitz schlafen, während das Auto mit hundertfünfzig Stundenkilometern dahinrast. Ein Auto, das mit dieser Geschwindigkeit gegen ein Hindernis stieße, würde bis zur Unkenntlichkeit verformt. Zur Zeit ihrer Flugangst hatte sie auch im Flugzeug keine Minute mehr schlafen können. Sie war auf die Geräusche und Bewegungen konzentriert, auf das geringste Ruckeln. Als hinge das Leben aller Passagiere von ihrer Aufmerksamkeit ab. Am schlimmsten war es, wenn sie beim Fliegen durch Wolken für Sekunden das Gleichgewicht verlor, weil das Flugzeug etwa eine Kurve flog, die sie zwar spürte, aber nicht sah. Dann wusste sie für ein paar Momente nicht mehr, wo oben und unten war, hielt für möglich, dass das Flugzeug mit einer Flügelspitze nach unten zeigend bereits fiel, glaubte im Lächeln der Stewardessen kaum kaschierte Panik zu sehen und hatte Mühe, nicht loszuschreien. Beim Aussteigen fühlte sie sich, als hätte sie die Mathematik-Matura noch einmal geschrieben. Von der Mathematik-Matura träumte sie oft, vom Fliegen oder Abstürzen nie. Auch daran hätte man sehen können, dass Flugangst eine angelernte Fehlhaltung war, die sich demgemäß wieder verlernen ließ. Fernreisen hatte sie seither dennoch keine gemacht.

Ben konnte überall und immer schlafen. In den ersten Jahren gelang es ihnen, dass er seine Gelassenheit mit ihr teilte wie eine warme, süße Speise. Er nahm sie in den Arm, brummte in ihre Halsbeuge, schlief ein und zog sie mit in Morpheus' Reich. Später fühlte sie sich von seinen Bewegungen, noch später von seinem Schnarchen gestört. Inzwischen verzog sie sich, wenn sie sich tagsüber hinlegen wollte, in weit entfernte, dunkle Winkel. Sie war immer müde, wenn die anderen wach waren. Aber wenn die Familie schlief, dann wollte sie herumgeistern. Sie blieb länger und länger wach, wie früher, als Studentin, und war am Morgen zerschlagen und unansprechbar. Am Wochenende wiederum gefiel es ihr, sich früh aus dem Bett zu schleichen. Sie tat gar nichts Besonderes, sie saß in der Küche, trank Kaffee und sah zum Fenster hinaus. Leider erwachte neuerdings Ben von ihrem Hinausschleichen. Und dann stand er ebenfalls auf, geradezu beflissen. Statt als Einverständnis gegen die lauten, rücksichtslosen Kinder sah sie das als Verrat an. Daher blieb sie inzwischen lieber liegen und dachte über den Maler nach. Sie glaubte, sie habe noch nie jemand Abwesenden so gut visualisieren können wie ihn. Ihr war, als könnte sie den Druck seiner Finger spüren, aus einer metaphysischen Ferne. Seine Finger waren das Entschiedenste an ihm, der sonst so nervös, pessimistisch, fast düster war. Immer verzweiflungsbereit, weil er Jenna zu spät kennengelernt hatte, weil sie seinen Fragen nach einer gemeinsamen Zukunft auswich. Manchmal wurde er wütend, manchmal war er gekränkt. Dann drehte er sich weg und schaute an die Wand, und sie fühlte sich hilflos wie ein Kind, das das Zauberwort vergessen hat. Wenn sie sich bei einer ihrer leidenschaftlichen Diskussionen über Kunst zu sehr in Rage redete, oder wenn sie zu viel und zu laut lachte, was sie seit Jahren nicht mehr getan hatte – zu Hause trug sie die gleiche starre Maske genervter Überforderung, die sie an ihrer Mutter so gehasst hatte – packte er manchmal mit einer Hand ihre beiden Handgelenke, hob sie über ihren Kopf und küsste sie in dieser unbequemen, ausgelieferten Lage so, wie sie glaubte, noch nie geküsst worden zu sein. Ben und sie hatten das Küssen vernachlässigt, beinahe aufgegeben zugunsten direkterer Freuden, die sie, wie Jenna nun im Vergleich meinte, seit Jahren zwar zur Zufriedenheit auf beiden Seiten, aber doch routiniert und fast variantenfrei ausübten. Mit dem Maler gab es nichts Routiniertes. Er war verspielt und scheinbar ziellos, mit ihm fing es oft romantisch und beinahe keusch an, er näherte sich ihr verehrungsvoll wie einer Märchenprinzessin. Erst später, dann aber plötzlich, wurde es böse, wild, verboten. Manchmal ließ er sie mittendrin los und starrte sie an, mit zusammengezogenen Brauen. Was ist, hatte sie anfangs erschrocken gefragt, aber inzwischen wusste sie, dass in solchen Momenten die schönsten Verrücktheiten kamen. Du bist für mich gemacht, du gehörst mir, willst du das etwa bestreiten, fragte er barsch, oder er forderte: Du musst mir zumindest vier Wochen schenken, vier Wochen zusammen irgendwo, schwöre es mir, sofort.

Sie bestritt nichts, und sie schwor, und wenn sie neben dem leise schnarchenden Ben daran dachte, zog sie sich die Decke über das Gesicht, damit nicht einmal Gott ihr Lächeln sähe. Sie wusste, dass sie dafür würde bezahlen müssen. Sie konnte nur hoffen, dass die Rechnung noch lange nicht käme.

Sammy schniefte gerade zum dritten Mal, in sehr regelmäßigem Abstand. Sie suchte im Rückspiegel seinen

Blick, doch er sah aus dem Fenster. Ihn anzusprechen, hatte keinen Sinn, er hatte wieder die Kopfhörer auf. Sie tastete mit einer Hand nach hinten und tippte auf sein Knie. Er schaute in den Rückspiegel und zog im selben Moment zum vierten Mal die Nase auf, laut und feucht. Ben fuhr zusammen.

So kann ich nicht schlafen, schimpfte er, schneuz dir die Nase und hör auf damit! Du hättest ihm auch etwas sagen können!

Ich war gerade dabei, sagte sie.

Ben schüttelte ungehalten den Kopf. Haben wir Taschentücher, fragte er.

Haben wir eine Trinkflasche, fragte eine schnippische Stimme in Jennas Kopf, haben wir eine Ersatzwindel mit, haben wir noch Waschmittel, Klopapier, Glühbirnen, wo haben wir eigentlich die Heftpflaster, haben wir an Sonnencreme gedacht. Auf alle diese Fragen hätte ihre Antwort gelautet: Ja, ich habe, nicht du, deshalb haben wir jetzt.

Aber das war eines der verbotenen Themen. Da Ben zur ersten selbstbewussten Generation der engagierten Väter gehörte, fand er jede Kritik an sich und seinesgleichen grundsätzlich unzulässig. Er ließ einzig den Vergleich mit seiner Vätergeneration gelten, dagegen sahen die neuen Väter natürlich aus wie Helden im Strahlenkranz. Davon abgesehen, schrie er bei einschlägigen Diskussionen mit unüberwindlicher Wut, machen wir alles genauso wie ihr Frauen: So gut wir es eben können.

Sie sind in meiner Handtasche, sagte Jenna, und verkniff sich ein Wie-immer. Ben reichte Sammy ein Taschentuch. Sammy wischte an seiner Nase herum.

Pusten, rief Ben.

Blasen, rief Jenna.

Ein Nasenloch zuhalten, durch das andere blasen, ganz fest, präzisierte Jenna und machte es mit ihrer Hand, ohne Taschentuch, vor. Sammy schneuzte sich schwach und bohrte dann ein Stück Taschentuch in sein Nasenloch.

Ich kann das nicht, sagte er vorwurfsvoll, das wisst ihr doch.

Er kann sich immer noch nicht die Nase schneuzen, fragte Ben und gab sich fassungslos.

Das ist lächerlich, schimpfte Jenna, die sich wegen allem, was Sammy nicht konnte, kritisiert fühlte: Mit neun Jahren kann sich jeder die Nase schneuzen.

Ich bin acht, sagte Sammy.

Fast neun, sagte Jenna, das ist wirklich eine Schande!

Sammy hinten machte sein verstocktes Ihr-könnt-mich-mal-Gesicht. Aber Jenna wusste, wie sehr es ihm zusetzte, für ein Nichtkönnen getadelt zu werden. Frechsein – kein Problem. Lautsein – kein Problem. Da übernahm er präzise Jennas inneren Wertekatalog, die als Kind nie frech oder laut hatte sein dürfen und beides an ihrem eigenen Kind insgeheim bewunderte.

Aber Unvermögen tat weh. Wie sie wollte auch ihr Sohn immer alles können. Sie hatte bewusst dorthinein gestochen, um seinen Ehrgeiz zu wecken. Schande, hatte sie gesagt. Ein großes Wort. Jetzt fühlte es sich an, als blutete sie selbst. Und zwar verdient.

Ben lehnte sich wieder nach hinten, seine Hand auf ihrem Oberschenkel. Die Finger bewegten sich nicht, die Hand lag schwer wie der Anker des Besitzers. Wenn er streichelte, streichelte er mit der Handfläche. Dass zwei Hände aus zehn kräftigen Punkten bestehen und sogar so tun konnten, als wären sie noch viel mehr, wusste er nicht. Es gab Geheimnisse zwischen ihr und dem Maler, die stellten ihr die Härchen an den Unterarmen auf. Sie konzentrierte sich. An ihren blonden, aufgestellten Härchen vorbei schaute sie auf den Tachometer. Hundertfünfundvierzig. Sie könnte hier niemals schlafen.

In ihrer Vorstellung, die vermutlich naiv war, hatten ihre Großeltern gar keinen Alltag gehabt, an dem sie sich hätten aufreiben können. Alltag? Das war ein Luxusproblem, das gab es damals nicht. Genausowenig wie Spielzeug. Was die Kinder an Manieren und Fähigkeiten erlernten, war Sache der Mutter und jener Kinderstube, die von ihr definiert wurde. Der Mann interessierte sich für die Kinder höchstens, wenn sie fast erwachsen waren. Niemals hätte er sich eingemischt. Es gab keine Partnerschaft, es gab Hierarchie. So sehr sie die gesellschaftlichen Veränderungen seither für Fortschritt hielt, konnte Jenna doch den Sinn sehen, der darin lag. Für ihre Großmutter, aller Intelligenz zum Trotz, ereigneten sich die Wechselfälle des Lebens als Naturkatastrophen, auf die sie nur reagieren konnte. Jenna hingegen glaubte, sie könne Katastrophen durch intensives Studium aller bisher erfolgten verhindern. Das ergiebigste Studienobjekt war die Shoah.
Natürlich hatte sich ihr Vater schneuzen können, als er auf die Reise ging. Er hatte bestimmt immer bitte und danke gesagt, Erwachsenen die Hand gegeben und sich sogar leicht verbeugt. Das hatte ihm gewiss geholfen. Ein wohlerzogenes Kind war leichter zu vermitteln als ein verwöhnter Satansbraten. Heute hießen solche wie ihr Vater *unbegleitete Minderjährige*. Sie waren meistens verwahrlost und dunkelhäutig und wurden grosso modo für Taschendiebnachschub gehalten. Heute trugen sie keine feinen kleinen Anzüge und wurden nicht im Empfängerland erwartet, heute kauerten sie sich in Boote oder LKW-Hohl-

räume. Im Vergleich mit anderen hatte ihr Vater eine Luxusflucht. Auch so musste man vielleicht einmal denken.

Sammy zog freiwillig nicht einmal ein Hemd an, nur T-Shirts mit großen Monstern, und Jenna war froh, dass er so blond war. Wenn er schon wenig Manieren hatte, dann würde ihm seine weiße Haut helfen. Die hatte er von Ben. Topfenneger, hatte man früher in Wien zu diesen Hellhäutigen gesagt, oder: blasse Semmeln. Aber Sammy würde nichts passieren, natürlich nicht. Sammy fuhr, beschützt von seinen Akademiker-Eltern, in einem mit grinsenden Schlangen bedruckten, TÜV-geprüften Kindersitz in den Süden. Sammy hatte beste Chancen, in Sicherheit und Wohlstand uralt zu werden, als schlimmste Erfahrung vielleicht eine Scheidung oder Schwierigkeiten mit der Reproduktion zu erleben, aber zu leben bis ins Jahr 2100.

Jenna kannte Geschichten von Müttern, die ihre Kinder auf dem Weg ins KZ in den Straßengraben gelegt hatten. Mütter hatten ihre Kinder weggejagt, eingesperrt, Fremden in den Arm gedrückt oder zurückgelassen, weil sie hofften, dass sich ihre Chancen auf Überleben dadurch vervielfachten. Dazu oder dagegen ist wenig zu sagen, außer: Es gehört zur Variationsbreite menschlichen Verhaltens. Rechtfertigt das mögliche, aber nicht garantierte Überleben des eigenen Kindes ein lebenslanges Trauma? Solange ein Kind bei seiner Mutter ist, hat es weniger Angst. Und wenn es am Ende zusammen mit der Mutter umgebracht wird, dann hat es höchstens ein paar Minuten Angst gehabt. Und ist dann tot. Während das andere Kind hungernd und panisch umherirrt, tage-, vielleicht wochenlang. Und selbst wenn es überlebt und später ein rasend erfolgreicher Geschäftsmann in Iowa wird, wird es noch mit Mitte fünfzig nachts aufschrecken und in ein Grauen blicken, aus dem es nur mit Tabletten,

Alkohol, Kokain oder minderjährigen Prostituierten vorübergehend herausfindet.

Jenna fand, dass Überleben nicht ohne weiteres als höchstes Gut anzusehen war. Es war eine Frage individueller Begabung. Die eine konnte ihre Zunge längs rollen, die nächste mit den Ohren wackeln, die dritte sich zwischen Knie und Fersen setzen. Die eine konnte ihr Kind wegschicken mit dem moralischen Auftrag, zu überleben und das Andenken seiner Eltern kämpferisch hochzuhalten, der anderen gelang es, es an sich zu drücken und beruhigend zu summen, während sie beide in die Grube geschossen wurden. Und die meisten hatten sowieso keine Wahl.

Im Februar waren die Berge zwischen Österreich und Italien eine Mondlandschaft, schlammbraun, felsgrau und schmutzigschneeweiß gefleckt wie ein unwirtliches Kuhfell. Darüber staksten kreuz und quer die Autobahnen. Doch für Ben und Jenna waren Grenzen noch etwas Besonderes. In ihrer Kindheit waren Grenzübertritte mühsame, ehrwürdige Vorgänge gewesen, die Zeit und Nerven kosteten. Autoschlangen, Zöllner mit Spiegeln an Stangen, Hundegebell, demonstrative Staatsgewalt und, zumindest bei Jenna, unappetitliche kleine Angstreste, eines Tages doch enttarnt und verhaftet zu werden. Inzwischen kündigte sich der besondere Moment nur durch Geschwindigkeitsbeschränkungen an, aber auch mit sechzig Stundenkilometern rauschte man komfortabel über die neuen Grenzen, die so taten, als wären sie gar nicht mehr da. Und wenn die Kinder überhaupt den Blick von ihren elektronischen Spielzeugen hoben, hielten sie den Satz *jetzt sind wir in Italien* vermutlich für genauso bedeutsam wie einen über das Wetter.

Als ich ein Kind war, gab es diese Autobahnen noch nicht, da musste man sich dort unten stundenlang auf kleinen Straßen durchquälen, sagte Ben in aufgeplustertem Ton, Sammy, hörst du mir überhaupt zu?

Als Jenna ein Kind war, hatte es im Prater das Lachkabinett mit all seinen Konvex- und Konkavspiegeln, dem gläsernen Labyrinth und dem rollenden Boden gegeben. Am Ende fuhren den Leuten heiße Luftstöße von unten in die Kleider. Die Erwachsenen, die davor standen wie vor einer Auslage, hofften auf Frauen, denen es die Röcke über die Hüften hob, aber Jenna, die damals einen Mann im schwarzen Anzug gesehen hatte, der plötzlich doppelt so dick schien, auf Säulenbeinen, kurz vor dem Wegfliegen, vergaß gerade dieses Bild nie. Heute trug außerhalb von Friedhöfen niemand mehr schwarze Anzüge, alle hatten enge Hosen, Männer wie Frauen, und wahrscheinlich gab es auch das Lachkabinett nicht mehr. Aber an diesen tonnenbeinigen Mann dachte sie immer, wenn Ben zu historisch-politischen Belehrungen der Kinder ansetzte, die normalerweise mit dem Satz *früher gab es, wie ihr wisst, zwei Deutschlands* anfingen. Damals, im Wiener Lachkabinett, wusste sie wenig von Deutschland, und dass es in zwei Teile gehackt worden war, hätte sie vermutlich gerecht gefunden.

Ja, sagte Sammy von hinten, ich weiß, früher gab es auch keine Autos und keine Computer und keinen Strom.

Ben drehte sich zu ihm, um den Grad der Frechheit zu ermessen.

Sammy schaute unschuldig nach vorne. Oder meintest du die Nazis, fragte er.

Die Nazis, fragte Ben zurück, wie kommst du jetzt auf die Nazis?

Er ist ein Kind, sagte Jenna, er merkt sich doch noch nicht, wann die Nazis waren.

Ach so, sagte Sammy, die Nazis waren, als Opa ein Kind war.

Sehr gut, sagte Jenna.

Und als Papa ein Kind war, waren sie schon wieder weg?, fragte Sammy.

Zum Glück, mein Schatz, sagte Jenna, und sie kommen auch nicht wieder.

Ben lehnte sich in seinem Sitz zurück und schüttelte den Kopf.

Als sie in die Innenstadt von Florenz einfuhren, erlitt Jenna nach langer Zeit wieder eine Panikattacke. Außer im Flugzeug erkannte sie diese Anfälle erst, wenn sie vorbei waren, und dann schämte sie sich dafür. Aber während sie abliefen, hielt sie sich für die einzig vernünftige Person, die mit ihrer ganzen Kraft andere von Katastrophen abhielt, die ansonsten von deren Unachtsamkeit und Ignoranz ausgelöst worden wären.

Die Straßen wurden labyrinthischer und enger, Ben fuhr und folgte unbeirrt dem dicken grünen Pfeil des Navigationsgeräts, selbst wenn es sie gegen die Einbahnstraße oder in eine Fußgängerzone führen wollte. Stopp, rief Jenna und fuchtelte, nein, hier darfst du nicht!

Schrei nicht so, sagte Ben, es ist doch komisch, er sagt ...

Er ist eine Maschine, und du musst trotzdem normal auf die Straße schauen, rief Jenna, die Bens Ergebenheit dem Navi gegenüber mit einer Inbrunst ablehnte, als handelte es sich dabei um eine Nebenbuhlerin. Sie trauerte den Zeiten nach, wo er gefahren war, während sie mit gerunzelter Stirn und Karte auf dem Schoß Anweisungen

gab. Da er nie wusste, wo er war, folgte er widerspruchs-
los. So, wie er auch dem Navi folgte. Aber seit das Navi
mit an Bord war, gab es andauernd zwei Meinungen. In
dem Florentiner Labyrinth musste sich auch Jenna der
Maschine ausliefern, und wie früher, als sie noch Flugangst hatte, stellte sich eine Weiche in ihrem Kopf um.
Das Navi wurde zu etwas halb Lebendigem, Bösem, das
sie ins Unglück zog, in immer engere Winkel führte bis in
eine Sackgasse, in der man nicht mehr wenden konnte.
Und dort würde etwas Grauenvolles passieren. Außer Jenna ahnte das niemand. Ihre Vorahnungen waren das einzige, was sie am Ende retten würde. Die rostrot gekalkten
Wände schoben sich links und rechts näher, als hätten die
Häuser verborgene Füßchen. Bald würde der erste Seiten-
spiegel abrasiert. Jenna kauerte sich nach links, auf Ben
und den Schalthebel zu. Überall tappten bräsige Touris-
ten umher, perfekt identifizierbar anhand ihrer grellen
Funktionskleidung, zu der sich ein Italiener niemals he-
rablassen würde. Jeden zweiten davon sah sie schon halb
unter ihrem Auto liegen, die Reifenspuren auf froschgrü-
nem Sympatex wie ein Sonderdruck. Die winzige Gasse
knickte vorn in zwei abrupten Winkeln weg, rechts eine
verkehrte Einbahnstraße, links ein Gemüsegeschäft, das
mit seinen Waren rücksichtslos in den öffentlichen Raum
wucherte. Sie würden dort nicht um die Ecke kommen, es
war vollkommen unmöglich. Und hinter ihnen zwei knat-
ternde Motorinos.

Ganz schön eng hier, sagte Ben.

Hinten begann Sammy zu singen: We all live in a yellow
submarine …

Der grüne Navi-Pfeil zeigte nach rechts.

Verstehst du das, fragte Ben.

Jenna schlug sich die Hände vors Gesicht und biss sich,

so fest sie konnte, in den Handballen. Es hupte mehrmals. Von draußen drang Stimmengewirr.

Das Auto blieb stehen.

Was soll ich jetzt machen, fragte Ben. Jenna hörte Sammy singen, hörte das Hupen, das bestimmt ihnen galt, alles vermischte sich in ihrem Kopf zu einem Chor der Bedrohung. Sie hätte selbst dagegen anbrüllen wollen. Sobald es ihr gelänge, die Hände vom Gesicht zu nehmen, würde der Chor zumindest aufhören, anzuschwellen. Sie riss die Hände weg. Sie starrte ein paar Sekunden benommen geradeaus, erstickte fast an Bens profunder Ratlosigkeit, die er ohne jeden Zeitdruck verströmte. Schließlich öffnete sie die Tür und stieg aus. Draußen straffte sie die Schultern und versuchte ein Lächeln, für niemanden bestimmten, jedenfalls nicht für Ben. Die Autotür schlug sie fester zu als nötig. Mit einem Lächeln in den Kampf. Die beiden Motorinos drängten sich bereits an ihr vorbei. Sie hob entschuldigend die Hände. Der Gemüsehändler strahlte ihr entgegen.

Entschuldigung, sagte Jenna, wir wissen nicht, wo, wie … Das Wort verirrt hatte sie noch nicht gelernt oder vergessen. Sie erntete einen sehr freundlichen Redeschwall, aus dem sie einzelne Worte herauspickte, die jedoch keinen Sinn ergaben.

Ja, sagte Jenna, ja, ja, aber sehen Sie, wir können nicht … Und dann zeigte sie auf seine Tische voller Tomaten und Auberginen, tat, als wäre sie ein dickes Auto, das nicht um die Kurve kam.

Der Gemüsehändler war entzückt. Er begann von neuem, deutete und zeigte, nickte und sagte etwas.

Jenna schloss die Augen. Dann sah sie ihn fest an und sagte, fließend, wie ihr schien: Können Sie bitte etwas langsamer sprechen? Mein Italienisch ist nicht so gut.

Und plötzlich verstand sie ihn. Ihr Italienisch ist sehr gut, versicherte der Mann nur auf Basis dieser zwei lächerlichen Sätze, und wie ich gerade sagte, Sie können rechts fahren, das machen alle, es ist nur ein kurzes Stück, dann kommen Sie wieder auf die Hauptstraße. Die, die hier die Schilder montiert haben, müssen verrückt sein wie ein Pferd.

Vielen, vielen Dank, sagte Jenna, sehr, sehr nett, und der Gemüsehändler lachte, wünschte einen schönen Tag und eine gute Reise.

Zurück im Auto sagte sie: nach rechts.

Rechts ist nicht erlaubt, sagte Ben.

– Der Mann hat gesagt, wir sollen ruhig rechts fahren, das machen alle, es ist ein kurzes Stück.

Ich habe dabei kein gutes Gefühl, sagte Ben.

Soll ich fahren? Dann steig aus, sagte Jenna.

Warum schreist du mich an, fragte Ben.

Bitte fahr rechts, jetzt, bitte, sagte Jenna, mach es einfach oder lass mich, aber ich muss hier raus, sofort.

Ich weiß wirklich nicht, was du schon wieder hast, sagte Ben.

Mami hat Stress, sagte Sammy von hinten. Und da sah Ben sie zum ersten Mal richtig an. Warum schwitzt du so, fragte er, ist dir nicht gut?

Alles in Ordnung, sagte Jenna und wandte das Gesicht ab, draußen ist es überraschend schwül. Sie nahm den Handballen vorsichtig wieder zwischen die Zähne, versuchte, genau in die noch vorhandenen Zahnabdrücke zu beißen, und verzweifelte einen Moment an der Vorstellung, dass sie das den Rest ihres Lebens aushalten sollte, obwohl es gar nichts gab, was man als konkretes Problem hätte benennen können.

Jennas Eltern akzeptierten kein Unglück. Ein Unglück war ein plötzlicher Todesfall, aber nicht einmal eine Krebsdiagnose musste *gleich ein Unglück bedeuten* – solche Sätze zückten Vater und Mutter allzeit geschmeidig. Krebs kam in Jennas Verwandtschaft kaum vor, wir Juden sterben entweder jung oder so gut wie nie, sagte ihr Vater gern.

Als Jenna jünger war, erzählte sie manchmal eine vertrackte Anekdote, um ihres Vaters parzifaleskes Unverständnis von Unglück und Problemen zu illustrieren. Sie hatte ihm von den schweren Depressionen einer ihrer Freundinnen erzählt, woraufhin er mit dem Ausdruck äußerster Bestürzung rief: Aber warum, um Himmels willen, hat sie Depressionen? Es geht ihr doch gut!

Inzwischen behielt sie die Geschichte, die immer gut angekommen war, für sich. Denn inzwischen schien ihr die Pointe so präzise auf das Lebensunglück ihres Vaters zu zielen, dass es sie in Vertretung umso mehr schmerzte. Das Unglück ihres Vaters, das niemals als solches bezeichnet wurde, war der Maßstab für alles. Beziehungsweise das Unglück, das er hätte haben können, im schlimmeren, im schlimmsten Fall. *Andere waren viel schlechter dran.* Seine Eltern hätten ermordet werden können. Er hätte es nicht überleben können. Dass seine Schwester und seine Großmutter ermordet worden waren, war kein Grund, den Rest zu übersehen. Der bedeutsame Rest hieß: Leben. Und das war ein Synonym für Glück. Wer lebte, hatte Glück gehabt.

Und daher kam es wohl, dass Jenna, wenn sie unglücklich war, sich schmutzig und undankbar fühlte, Kopf und Herz voll von einem klebrigen grauen Schaum, wie der, mit dem man Fensterrahmen einbaut. Eine ihrer Freundinnen hatte einmal Liebeskummer, banal genug, mit einem Messer beschrieben, das sie stach und schnitt. Aber jedes Messer, jeder Dolch oder jede glühende Zange lösten sich in Jenna sofort in jener grauen Masse auf, die jedem kleinen, alltäglichen Unglück seine Berechtigung nahm.

Mit minderen Problemen als dem Tod wollten Jennas Eltern nicht belangt werden. Auch deshalb war die Geheimniskrämerei in ihrer Familie unermesslich. Erkrankungen wurden grundsätzlich verschwiegen, damit sie den anderen keine Sorgen bereiteten. Beängstigende Diagnosen wurden geheimgehalten, bis sie sich als harmlos herausgestellt hatten oder behoben worden waren. Jennas Mutter ging einmal zum Arzt, weil eine lächerliche kleine Kurzatmigkeit, die sie für das Überbleibsel eines Schnupfens hielt, auch nach Wochen nicht vergehen wollte. Noch beim Eintreten entschuldigte sie sich beim Arzt für ihre Übervorsichtigkeit. Zwanzig Minuten später verließ sie den Raum auf der Trage eines Sanitäters, wurde ins Krankenhaus gebracht und bekam zwei Stents eingesetzt. Dass sie nach diesem ambulanten Eingriff vier Wochen auf Reha fahren sollte, fand sie übertrieben. Jenna und ihre Geschwister mussten sie anschreien, damit sie die Kur antrat. Den anderen Patienten im burgenländischen Gesundheitszentrum hat sie vermutlich erzählt, sie sei nur ihren Kindern zuliebe hier. Damit die Kinder nicht vor Sorge der Schlag träfe.

Über so etwas amüsierte sich vor allem ihr Vater ohne Ende. Das Thema Krankheiten nur in Form von barschen Witzen. Schließlich kamen in seiner Familie auch Herz-Kreislauferkrankungen nicht vor. Die Menschen des väterlichen Zweigs waren überwiegend schlank, hatten niedrigen Blutdruck und keinerlei Probleme mit erhöhtem Cholesterin. Wie sich schon an seinen Eltern gezeigt hatte, starben sie erst, wenn es gar nicht mehr anders ging. Sie wurden steinalt, dann stürzten sie und starben leicht und rasch an den Folgen. So war es auch mit dem älteren Bruder des Vaters gewesen, Jennas Onkel.

Wenn er nur nicht gestürzt wäre, sinnierte ihr Vater von Zeit zu Zeit, so ein Pech, man muss wirklich höllisch aufpassen.

Aber wegen alldem war auch undenkbar, ihm zu sagen, dass sie in letzter Zeit mit dem Gedanken spielte, Ben zu verlassen. Vermutlich konnte man etwas, das man dem eigenen Vater nicht sagen konnte, auch nicht tun. Warum, würde er fassungslos fragen, was hast du für einen Grund?

Denk an das Kind, würde er sagen, das Wichtigste ist doch, dass Sammy glücklich ist. Und da wäre er wieder, der würgende Zirkelschluss, wo aus Sammy und dem Anzug tragenden kleinen Vater am Wiener Westbahnhof eine einzige, zu beschützende Kinderfigur würde. Mit übernatürlich großen Kulleraugen, fast wie sie jene neonfarbenen Plüschtiere hatten, die einen neuerdings überall, selbst an Tankstellen, aus Plastikwannen anstarrten. Sammy wünschte sich schon seit langem eines. Bisher hatte sie ihn milde verspottet: Bist du dafür nicht schon zu groß?

Das ist kein Kuscheltier, hatte Sammy erwidert, das ist ein Krieger!

Dieser Satz fiel ihr nun ein, und sie änderte ihre Meinung. Der samtbraune Lachsack, den sie als Kind besessen hatte, war auch kein Kuscheltier gewesen, sondern etwas Schräges, Unangenehmes. Dreh das sofort ab, hatte die Mutter geschimpft, ich halt das nicht aus. Aber Jenna hatte ihn geliebt, den flauschigen Lachsack, der auf Befehl lustig war und deshalb ihre Mutter so sehr ärgerte.

Sie setzte den Blinker und nahm die Ausfahrt zur nächsten Raststation.

Doch an diesem Tag wollte Sammy kein Plüschtier mit karikaturhaften Augen. Er war verschlafen und verschwitzt, verlangte provokant Cola, die er sonst nie bekam, und schleppte schließlich mit tückischem Grinsen eine gewaltige Lego-Packung herbei: Das kannst du kaufen, wenn du mir etwas schenken willst.

Stell das sofort zurück, sagte Jenna leise. Unbescheidenheit konnte sie nicht ertragen. Darüber hinaus hing der gerade noch zulässige Grad proportional vom Lebensalter ab. Je jünger man war, desto weniger hatte man zu verlangen, das war ihre Erziehung und Erfahrung. Als zehnjähriges Mädchen im Italienurlaub wünschte sie sich eine dunkelblaue Samttasche, sagte aber zu niemandem ein Wort. Allerdings blieb sie jeden Abend, beim gemeinsamen Bummel, vor dem Ständer mit dieser Handtasche stehen und betrachtete sie. Manchmal nahm sie sie in die Hand und sah sich die Innenfächer an. Goldfarbene Reißverschlüsse. Gefällt sie dir, fragte ihre Mutter einmal. Oh ja, sagte sie und drehte sich erwartungsvoll um. Doch die Mutter war schon weiter, prüfte mit den Fingern das Leder anderer Taschen und kaufte sich schließlich selbst eine. Später wunderte Jenna sich darüber, dass sie mit zehn Jahren in eine Handtasche verliebt gewesen war. Dieser Anachronismus war wohl der Grund dafür gewesen, dass niemand ihren Wunsch bemerkt und erfüllt hatte. Wahrscheinlich wäre die Sache anders verlaufen, wenn sie sich jeden Abend vor ein Schaufenster mit einer bestimmten Puppe gestellt hätte. Und wenn die Puppe klein oder mittelgroß gewesen wäre. Große Puppen, große Wünsche waren nicht gestattet, das hatte Jenna von Anfang an gewusst. Obwohl sie inzwischen nicht mehr hätte sagen können, woher sie das gewusst, von wem sie das gelernt hatte, und nicht, warum sie sich immer noch an das Gefühl erinnerte, vor der lächerlichen kleinen Tasche zu stehen, sie zu begehren und nicht zu bekommen. Dagegen die Kinder heute! Verlangten im Restaurant Steak oder Pizza mit Meeresfrüchten, tranken ihre Cola in dem Augenblick aus, wo sie kam, und zupften eigenmächtig am Kellner, um eine neue zu bestellen. All das wäre in Jennas Familie undenkbar gewesen. Grundsätzlich rebellierte sie gegen die Zwänge, in denen sie aufgewachsen war, die Vorsicht und Beschränkung, dieses Leben wie auf Zehenspitzen. Aber in diesem Punkt fand sie es richtig und schämte sich für ihre Kinder, wenn sie unbescheiden und materialistisch waren.

Sie nahm Sammy an der Schulter, drehte ihn zu sich und begann mit dem alten Monolog, dass Schenken etwas Freiwilliges sei und der Schenkende, anders als die meisten Kinder dächten, keine Wunscherfüllungsmaschine. Genausowenig, wie man Geschenke, die nicht gefielen, zurückgeben könne, habe man das Recht, zu bestimmen, was man bekäme. Und komm mir jetzt nicht mit Weihnachten, fuhr sie Sammy an, als er den Mund öffnete, auch da kriegt man nicht alles, was man sich wünscht.

Aber wie du überhaupt auf die Idee kommst, er könnte so ein grauenhaftes Glotzvieh haben wollen, sagte Ben.

Jenna starrte ihn an. Er hat schon x-mal …, begann sie.

Ben schüttelte den Kopf.

Sammy schaute sie an, unergründlich.

Wie oft hast du zu mir gesagt, du willst so ein Tier, fragte sie ihn.

Weiß nicht, sagte Sammy.

Jenna drehte sich um und ging zurück zu dem Behälter aus kratzfestem Transparentplastik, geformt wie eine gigantische Champagnerschale. Sie stand lange davor. Nicht alle Tierchen hatten diese übergroßen Augen. Es gab Kühe, Fische und Vögel, es gab Schweinchen in geringelten T-Shirts und eine karamellfarbene Fledermaus mit Flügeln, die aussahen wie ein schützendes Cape um einen bedauernswerten, armlosen Rumpf. Aber vor allem gab es die Bunten mit den riesigen Glotzaugen in hellblau oder dunkel, vom Körper her am ehesten vermenschlichte Bären. Sie waren nicht besonders teuer, das Geschäft lief vermutlich über den Massenabsatz. Plötzlich schien es Jenna, sie habe diese Spielzeuge halb unbewusst schon überall gesehen. In ihrer Erinnerung erschienen sie wie Pop-Ups, im Supermarkt, neben den Kassen im Möbelhaus, sogar in den engen Blumenläden der Asiaten.

Wenn Sammy ihr Geschenk zurückwies, würde sie sich eben selbst eines kaufen. Oder es dem Maler per Post schicken. Ohne Worte. Er würde lachen, weinen oder sich wundern, er würde jedenfalls darüber nachdenken, was sie ihm damit sagen wollte. Er würde nicht halbautomatisch reagieren wie Ben – wahrscheinlich chinesische Kinderarbeit und krebserregende Inhaltsstoffe – obwohl auch Ben das nicht ganz ernst meinen würde. Der unernste Anteil wäre ein ironisches Zitat, bezogen auf eine hysterische Gesellschaft, die so spät wie möglich und dabei unversehrt sterben wollte und sich deshalb vor Fleisch, gespritztem Obst und Handystrahlung fürchtete. Dennoch waren sie selbst Teil dieser ängstlichen Gesellschaft, Jenna wusste das genau, und sich durch Ironisierungen abzuheben war zwar bequem, aber unlauter. Sie wäre ja gern kompromisslos anders gewesen, unerschrocken und wild, aber gerade sie konnte das nicht. Sie musste weit hinter den Linien bleiben und alle Gefahren berechnen.

Sie entschied sich für einen Affen. Er sah so drollig wie verzweifelt aus, ihr Geliebter würde verstehen. Die wenigen Male, wo sie sein Atelier verlassen und sich gemeinsam in die feindliche Außenwelt gewagt hatten, hatten sie einander nachher beteuert, dass sie sogar mit den Augen Sex haben konnten. Daran würde er denken, wenn er diesen schmachtenden Affen sah. Und nicht, dass sie den Verstand verloren hatte und dem globalen Turbokapitalismus auf den Leim gegangen war.

Sie hatte ihm nichts zum Abschied geschenkt, denn sie wollte so tun, als gäbe es keinen. Sie war in den letzten Tagen vor der Abreise absichtlich unklar gewesen, darüber, wann genau sie fuhren und wie oft sie einander noch sehen konnten. Die letzten Male liefen in ihrer Erinnerung ineinander wie seine Tränen, der Champagner und die Streifen aus Sonnenlicht auf dem Parkett. Wie sie sich kannte, würde der Schmerz erst nach Tagen, vielleicht Wochen eintreten. Jetzt fühlte sie sich vor allem taub, wenn sie an ihn dachte, als hätte ein Schlag alle Nerven gelähmt.

Als Sammy drei Jahre alt war, veranstaltete sein Kindergarten eine Sommerreise. Eine Woche lang in einen kleinkindgerechten Naturpark am Stadtrand, wo es Blockhütten, Wald und Wiesen gab. Natürlich übernachteten die Kinder nicht, so etwas war für Dreijährige heutzutage unzumutbar. Viele trugen noch Windeln. Ein großer Bus holte die Kinder morgens beim Kindergarten ab und brachte sie nachmittags um vier wieder zurück. Sie waren genauso lang weg wie sonst, nur dass es sich, offenbar wegen der Busreise, für alle weiter und bedeutsamer anfühlte. Als Jenna mit Sammy an der Hand zum Treffpunkt kam, traute sie ihren Augen nicht. Eltern winkten und jubelten, einige schwenkten Papierfähnchen, auf denen *Gute Reise* stand. Sie musste Sammy auf die erste Stufe heben, so hoch war der Bus. Sie gab ihm einen aufmunternden Klaps. Viel Spaß, sagte sie, ich stell mich da rüber und wink dir.

Sie mischte sich unter die aufgeregten Eltern. Nach einer Weile tauchte Sammys Gesicht an einem der Fenster auf. Er sah ernst auf sie herunter. Sie benahm sich wie die anderen, als handelte es sich um ein sportliches Großereignis. Sie sprang auf und ab, grinste wie für die Zahnpastawerbung und winkte frenetisch. Der Bus stand, immer noch strömten neue Kinder herbei. Sammy sah sie unverwandt an, ohne zurückzuwinken. Plötzlich begann seine Unterlippe zu zittern, er blinzelte, er wandte sich ab. Jenna hörte auf zu springen. Sammy verschwand, ein anderes Kind drückte seine Nase an die Scheibe, er hatte den Platz getauscht oder war zum Tauschen gezwungen worden.

Sie konnte es nicht fassen. Als er mit sechs Monaten krabbeln lernte, krabbelte er fröhlich glucksend von ihr weg. Als er mit zwölf Monaten laufen lernte, lief er von ihr weg. Seit er sprach, unterhielt er sich mit Fremden. Seit einigen Wochen konnte er Fahrrad fahren, der erste Dreijährige weit und breit. Jenna hatte ihren Sohn für ein begnadet unerschrockenes Kind gehalten, und sie war darauf stolzer als auf alles andere. Er schaffte, was sie nicht gekonnt hatte, er ging von klein auf angstfrei und neugierig in die Welt. Sie sah sich um. Ein, zwei Mädchen hingen heulend an ihren Müttern, dieselben, die sich auch morgens im Kindergarten nicht trennen konnten. Alle anderen waren vergnügt und winkten. Aber das Schlimmste war seine Miene gewesen, der Versuch eines Dreijährigen, die Tränen zu verbergen. Jenna hatte Mühe, so stark zu sein wie er. Sich nicht durch die Menge in den Bus zu prügeln und ihr Kind herauszuholen wie aus einem Flammenmeer. Bis zur Abfahrt lief sie auf den äußersten Spitzen ihrer Zehen hin und her, in der Hoffnung, doch noch einen Blick auf ihn zu erhaschen. Danach ging sie absichtlich in die falsche Richtung, um nicht mit den Müttern zusammenzutreffen, die in ihrer Nähe wohnten. Wie ein zerbrechliches Gefäß trug sie sich selbst auf Irrwegen nach Hause. Als sie die Wohnungstür hinter sich schloss, zerbarst es. Sie lief in Sammys Zimmer, warf sich auf sein Bett und ging ohne Gegenwehr unter. Das war kein grauer Schaum mehr, das war etwas viel Gefährlicheres, ein Sog in Richtung der uralten Katastrophen. Es war der erste und letzte Abschied gewesen, der sie unverhofft getroffen hatte. Seither überkrustete sie sich gewissenhaft mit einer schmerzfesten Schicht. Die Schicht baute sich bereits einige Zeit vor dem Ereignis auf und war im entscheidenden Moment fest und verlässlich. Wahrscheinlich hatte es ungefähr gleich lang gedauert, um den Maler jeden Schutz verlieren zu lassen. Bei den letzten Treffen zog er sich vor ihren Augen eine Haut nach der anderen vom Herzen. Das mit anzusehen war auch deswegen schrecklich, weil es sie zwang, sich noch mehr von ihm zurückzuziehen. Sie konnte sich davon nicht mit hinunterreißen lassen. Die Hoffnung, je wieder hochzukommen, hatte sie nicht. Und vielleicht war genau das die Technik, die man in ihrer Familie seit Generationen beherrschte.

Sie bezahlte den Affen und stopfte ihn in ihre Handtasche. Niemand sagte etwas dazu. Aber auf dem Weg zurück zum Auto, einem Weg in ein unbekanntes neues Leben, schlüpfte Sammy an ihre Seite und nahm ihre Hand.

Darf ich ihn anschauen, fragte er. Und später schlief er hinten in seinem Kindersitz noch einmal ein, mit dem verzweifelten Affen im Arm, den er nach dem Aufwachen garantiert würde behalten wollen.

Inhalt

Schmetterling, Biene, Krokodil 9

Raupen 53

Igel 92

Schafe 125

Opossum 181

Haie 209

Schlangen 244

Enten 274

Quellennachweis

Schmetterling, Biene, Krokodil: ORF online vom 1. Mai 2014
http://sciencev2.orf.at/stories/1737848/index.html
Mit freundlicher Genehmigung des ORF

Raupen: ORF online vom 27. August 2010
http://sciencev2.orf.at/stories/1658898/index.html
Mit freundlicher Genehmigung des ORF

Igel: AP vom 1. September 2006
http://www.washingtonpost.com/wp-dyn/content/article/2006/09/01/
AR2006090100880.html
Mit freundlicher Genehmigung der AP

Schafe: Basellandschaftliche Zeitung vom 17. Oktober 2014, mit
freundlicher Genehmigung der AZ Zeitungen AG

Opossum: AP vom 27. März 2010,
http://thetimes-tribune.com/news/police-drunk-pennsylvania-man-
tried-to-revive-dead-opossum-1.700794
Mit freundlicher Genehmigung der AP

Haie: KURIER (Wien) vom 20. April 2001, mit freundlicher Genehmigung der Chefredaktion des KURIER

Schlangen: dpa vom 19. August 2014, mit freundlicher Genehmigung
der dpa

Enten: dpa vom 3. Februar 1999, mit freundlicher Genehmigung der
dpa

Mit herzlichem Dank an die Redaktionen und Agenturen für die
unkomplizierte Lizensierung der Meldungsausschnitte

Zitatnachweis

S. 7: Vladimir Nabokov: *Erinnerung, sprich. Wiedersehen mit einer Autobiographie. Gesammelte Werke. Bd. 22*
Deutsche Übersetzung von Dieter E. Zimmer
© 1964, 1984, 1991 Rowohlt Verlag GmbH, Reinbek bei Hamburg

S. 61: Auszug aus »Abschied«, Rainer Maria Rilke: *Neue Gedichte und Der Neuen Gedichte anderer Teil.* Insel Verlag; Frankfurt am Main 1976

S. 90 f.: Auszug aus »Herbst«, Rainer Maria Rilke: *Das Buch der Bilder.* Suhrkamp Verlag; Frankfurt am Main 1996